Cidade dos Anjos Caídos

Obras da autora publicadas pela Editora Record:

***Série* Os Instrumentos Mortais**

Cidade dos ossos
Cidade das cinzas
Cidade de vidro
Cidade dos anjos caídos
Cidade das almas perdidas
Cidade do fogo celestial

***Série* As Peças Infernais**

Anjo mecânico
Príncipe mecânico
Princesa mecânica

***Série* Os Artifícios das Trevas**

Dama da meia-noite
Senhor das sombras
Rainha do ar e da escuridão

***Série* As Maldições Ancestrais**

Os pergaminhos vermelhos da magia
O livro Branco Perdido

***Série* As Últimas Horas**

Corrente de ouro

O códex dos Caçadores de Sombras
As crônicas de Bane
Uma história de notáveis Caçadores de Sombras e Seres do Submundo:
Contada na linguagem das flores
Contos da Academia dos Caçadores de Sombras
Fantasmas do Mercado das Sombras

Cidade dos Anjos Caídos

CASSANDRA CLARE

OS INSTRUMENTOS MORTAIS

LIVRO QUATRO

Tradução de
Rita Sussekind

5ª edição

Galera
RIO DE JANEIRO
2025

CIP-BRASIL. CATALOGAÇÃO NA FONTE
SINDICATO NACIONAL DOS EDITORES DE LIVROS, RJ

C541c 5ª ed.
Clare, Cassandra
Cidade dos anjos caídos/ Cassandra Clare; tradução de Rita Sussekind. - 5ª ed. - Rio de Janeiro: Galera Record, 2025.
(Os instrumentos mortais; 4)

Tradução de: City of fallen angels
Sequência de: Cidade de vidro
ISBN 978-85-01-09227-4

1. Ficção americana. I. Sussekind, Rita. II. Título. III. Série.

16-34920
CDD: 813
CDU: 821.111(73)-3

Título original:
City of fallen angels

Publicado mediante acordo com a autora, c/o BAROR INTERNATIONAL, INC., Armonk, New York, U.S.A.

Texto revisado pelo novo Acordo Ortográfico da Língua Portuguesa.

Direitos exclusivos de publicação em língua portuguesa somente para o Brasil
adquiridos pela
EDITORA RECORD LTDA.
Rua Argentina 171 — Rio de Janeiro, RJ — 20921-380 — Tel.: 2585-2000,
que se reserva a propriedade literária desta tradução.

Impresso no Brasil

ISBN 978-85-01-09227-4

Seja um leitor preferencial Record.
Cadastre-se e receba informações sobre nossos
lançamentos e nossas promoções.

Atendimento e venda direta ao leitor:
sac@record.com.br.

Para Josh
Sommes-nous les deux livres d'une même ouvrage?*

* Nós dois somos livros de uma mesma obra?

Agradecimentos

Como sempre, a família ofereceu o apoio necessário para fazer um livro acontecer: meu marido Josh, minha mãe e meu pai, Jim Hill e Kate Connor; a família Esons; Melanie, Jonathan e Helen Lewis; Florence e Joyce. Este livro, mais do que qualquer outro, é o produto de um intenso trabalho em equipe, e devo muitos agradecimentos a: Delia Sherman, Holly Black, Sarah Rees Brennan, Justine Larbalestier, Elka Cloke, Robin Wasserman, e uma menção especial a Maureen Johnson por emprestar seu nome à personagem Maureen. Agradeço a Wayne Miller pela ajuda com as traduções em latim. Agradeço a Margie Longoria pelo apoio ao Project Book Babe: Michael Garza, o dono da Big Apple Deli, tem o mesmo nome de seu filho, Michael Eliseo Joe Garza. Minha eterna gratidão ao meu agente, Barry Goldblatt; à minha editora Karen Wojtyla; a Emily Fabre, por fazer mudanças muito depois dos prazos; a Cliff Nielson e a Russell Gordon, por fazerem belíssimas capas; e às equipes da Simon and Schuster e da Walker Books por fazerem o restante da magia acontecer. E, finalmente, meus agradecimentos a Linus e Lucy, meus gatos, que só vomitaram no manuscrito uma vez.

Cidade dos anjos caídos foi escrito com o programa Scrivener, em San Miguel de Allende, México.

Parte Um
Anjos exterminadores

Há doenças que caminham na escuridão;
e há os anjos exterminadores, que voam envoltos nas cortinas de imaterialidade e uma natureza reservada;
a quem não podemos ver, mas cuja força sentimos,
e afundamos sob suas espadas.

— Jeremy Taylor, "*Sermão de um Funeral*"

1

Mestre

— Só café, por favor.

A garçonete ergueu as sobrancelhas pintadas.

— Não quer comer nada? — perguntou. O sotaque era carregado, a postura, decepcionada.

Simon Lewis não podia culpá-la; ela provavelmente torcera por uma gorjeta melhor do que a que ganharia por uma única xícara de café. Mas ele não tinha culpa se vampiros não comiam. Às vezes, em restaurantes, pedia comida assim mesmo, apenas para preservar uma aparência de normalidade, mas, nas últimas horas da noite de terça-feira, quando o Veselka estava quase sem clientes, não parecia valer o esforço.

— Só o café.

Dando de ombros, a garçonete pegou o cardápio plastificado e foi transmitir o pedido. Simon acomodou-se na cadeira dura de plástico do restaurante e olhou em volta. Veselka, um café na esquina da Ninth Street com a Second Avenue, era um de seus lugares preferidos no Lower East Side — um antigo restaurante de bairro coberto por murais em preto e branco, onde permitiam que o cliente passasse o dia sentado, contanto que pedisse café em intervalos de meia hora. Também ofereciam o que outrora fora seu pierogi e borscht vegetariano favorito, mas estes dias tinham ficado para trás.

Era meio de outubro, e tinham acabado de colocar a decoração de Halloween — um cartaz tremulante que dizia BORSCHT-OU-TRAVESSURAS! e um vampiro falso de papelão com o apelido de Conde Blintzula. Em outros tempos, Simon e Clary achavam as decorações bregas hilárias, mas o Conde, com as presas falsas e a capa preta, não parecia mais tão engraçado aos olhos de Simon.

Simon olhou para a janela. Era uma noite fria, e o vento soprava folhas pela Second Avenue como punhados de confete. Uma menina vinha andando pela rua, uma menina usando um casaco comprido justo, seus cabelos pretos e longos ao vento. As pessoas se viraram para vê-la passar. Simon já tinha olhado para garotas assim no passado, imaginando de um jeito preguiçoso para onde estavam indo e quem iriam encontrar. Não seriam caras como ele, disso sabia.

Exceto que, neste caso, era. O sino da porta da frente do restaurante soou quando esta se abriu, e Isabelle Lightwood entrou. Sorriu ao ver Simon, e foi na direção dele, tirando o casaco com um movimento de ombros e colocando-o nas costas da cadeira antes de se sentar. Sob o casaco vestia o que Clary chamava de suas "típicas roupas de Isabelle": um vestido curto e justo de veludo, meia arrastão e botas. Trazia uma faca enfiada no topo da bota esquerda que Simon sabia que só ele conseguia enxergar; mesmo assim, todos no restaurante observaram enquanto ela sentava, jogando os cabelos para trás. Independentemente do que vestisse, Isabelle atraía atenção como uma queima de fogos de artifício.

A bela Isabelle Lightwood. Quando Simon a conheceu, presumiu que não teria tempo para alguém como ele. No fim das contas esteve essencialmente certo. Isabelle gostava de meninos que seus pais reprovavam e, no universo dela, isso significava membros do Submundo — fadas, lobisomens e vampiros. O fato de que estivessem saindo juntos regularmente havia um ou dois meses o impressionava, ainda que a relação se limitasse a encontros raros como este. E ainda que não deixasse de imaginar, será que se não tivesse sido transformado em vampiro, se sua vida inteira não tivesse sido alterada naquele momento, estariam sequer namorando?

Ela colocou uma mecha de cabelo atrás da orelha, o sorriso brilhante.

— Está bonito.

Simon olhou para si mesmo no reflexo da janela do restaurante. A influência de Isabelle era clara na aparência de Simon, que mudara desde que começaram a namorar. Forçou-o a se livrar dos moletons de capuz em prol de jaquetas de couro, e os tênis foram trocados por sapatos de marca. Os quais, por sinal, custavam trezentos dólares o par. Continuava a usar as camisetas características com frases estampadas — a de agora dizia OS EXISTENCIALISTAS O FAZEM INUTILMENTE — mas as calças jeans não tinham mais buracos nos joelhos ou bolsos rasgados. Também tinha deixado os cabelos crescerem, e agora eles caíam sobre os olhos, cobrindo a testa, mas isso era mais por necessidade do que por Isabelle.

Clary caçoava dele pelo novo *look*; mas, pensando bem, Clary achava tudo hilário no que se referia à vida amorosa de Simon. Não conseguia acreditar que ele estivesse namorando Isabelle seriamente. Claro, também não conseguia acreditar que o amigo estivesse namorando Maia Roberts, uma amiga deles que, por acaso, também era licantrope. E definitivamente não acreditava que Simon ainda não tinha contado para nenhuma das duas sobre a outra.

Simon não sabia ao certo como acontecera. Maia gostava de ir para a casa dele jogar Xbox — não tinham o videogame na delegacia de polícia abandonada onde o bando de lobisomens morava — e foi só na terceira ou quarta visita que ela se inclinou e deu um beijo nele antes de sair. Ele gostou, e em seguida ligou para Clary para saber se deveria contar para Isabelle.

— Descubra o que está rolando entre você e Isabelle — aconselhara ela. — E aí conte.

No fim das contas, foi um mau conselho. Já tinha se passado um mês, e Simon ainda não sabia ao certo o que estava acontecendo entre ele e Isabelle, então não contou nada. E quanto mais tempo passava, mas desconfortável se tornava a ideia de falar alguma coisa. Até agora tinha conseguido levar. Isabelle e Maia não eram amigas, e quase nunca se viam. Infelizmente para ele, a situação estava prestes a mudar. A mãe de Clary e seu amigo de longa data, Luke, se casariam dentro de algumas semanas, e tanto Isabelle quanto Maia tinham sido convidadas para a cerimônia, algo que ele achava mais aterrorizante do que a ideia de ser perseguido pelas ruas de Nova York por uma gangue furiosa de caçadores de vampiros.

— Então — disse Isabelle, despertando-o do devaneio. — Por que aqui e não no Taki's? Lá serviriam sangue.

Simon fez uma careta diante do volume da voz dela. Isabelle não era nada sutil. Felizmente, ninguém parecia estar escutando, nem mesmo a garçonete que voltou, colocou uma xícara de café na frente dele, encarou Izzy e saiu sem anotar o pedido.

— Gosto daqui — respondeu ele. — Clary e eu vínhamos quando ela fazia aulas na Tisch. Têm ótimos borscht e blintzes, que são como bolinhos de queijo doces, além disso, fica aberto durante a noite toda.

Isabelle, no entanto, o ignorou. Estava olhando por cima do ombro dele.

— O que é *aquilo*?

Simon seguiu o olhar.

— É o Conde Blintzula.

— Conde *Blintzula*?

Simon deu de ombros.

— É uma decoração de Halloween. Conde Blintzula é para crianças. Como Conde Chocula, ou o Conde da *Vila Sésamo*. — Ele sorriu diante do olhar confuso de Isabelle. — Você sabe. Ele ensina as crianças a contar.

Isabelle estava balançando a cabeça.

— Existe um programa de TV em que as crianças aprendem a contar com um *vampiro*?

— Faria sentido se você já tivesse assistido — murmurou Simon.

— Não é uma ideia totalmente desprovida de base mitológica — disse Isabelle, ativando o modo Caçadora de Sombras palestrante. — Algumas lendas afirmam que vampiros são obcecados por contagem, e que se você derrubar grãos de arroz na frente deles, terão que parar o que estão fazendo para contá-los. Não há verdade nisso, é claro, não mais do que aquela história do alho. E vampiros não têm nada que ensinar crianças. Vampiros são aterrorizantes.

— Obrigado — disse Simon. — É uma brincadeira, Isabelle. Ele é o Conde. Conde conta. Você sabe. "O que o Conde comeu hoje, crianças? *Um* biscoito com gotas de chocolate, *dois* biscoitos com gotas de chocolate, *três* biscoitos com gotas de chocolate..."

Sentiram uma corrente de ar frio quando a porta do restaurante se abriu, para que mais um cliente entrasse. Isabelle estremeceu e esticou o braço para pegar o cachecol preto de seda.

— Não é nada realista.

— O que preferia? "O que o Conde comeu hoje, crianças? *Um* aldeão inocente, *dois* aldeões inocentes, *três* aldeões inocentes..."

— Shh. — Isabelle terminou de amarrar o cachecol na garganta e se inclinou para a frente, colocando a mão no pulso de Simon. Seus olhos pretos de repente ganharam vida, da forma que só faziam quando ela estava caçando demônios ou pensando em caçar demônios. — Olhe ali.

Simon seguiu o olhar. Havia dois homens perto do mostruário com frente de vidro que continha os itens de padaria: bolos com camadas espessas de glacê, pratos de rolinhos de biscoito e pães doces com recheio de creme. Contudo, nenhum deles parecia interessado em comida. Ambos eram baixos e dolorosamente magros, tanto que as maçãs do rosto saltavam das faces pálidas como facas. Os dois tinham cabelos finos e grisalhos, olhos cinza-claros e vestiam casacos cor de ardósia amarrados com cintos que iam até o chão.

— Agora — disse Isabelle —, o que acha que eles são?

Simon cerrou os olhos na direção deles. Ambos o encararam de volta, os olhos desprovidos de cílios pareciam buracos vazios.

— Parecem um pouco com gnomos de jardim do mal.

— São humanos subjugados — sibilou Isabelle. — Pertencem a um vampiro.

— "Pertencem" do tipo...?

Ela emitiu um ruído impaciente.

— Pelo Anjo, você não sabe nada sobre sua espécie, sabe? Nem sequer sabe como vampiros são feitos?

— Bem, quando uma mamãe vampira e um papai vampiro se amam muito...

Isabelle fez uma careta para ele.

— Tudo bem, você sabe que vampiros não precisam de sexo para se reproduzir, mas aposto que não sabe como funciona.

— Sei sim — respondeu Simon. — Sou um vampiro porque bebi um pouco do sangue de Raphael antes de morrer. Beber sangue mais morte é igual a vampiro.

— Não exatamente — disse Isabelle. — Você é um vampiro porque bebeu um pouco do sangue de Raphael, depois foi mordido por outros vampiros, e *depois* morreu. É preciso ser mordido em algum momento durante o processo.

— Por quê?

— Saliva de vampiro tem... propriedades. Propriedades transformadoras.

— Eca — disse Simon.

— Sem "eca" para cima de mim. É você que tem o cuspe mágico. Vampiros mantêm humanos por perto e se alimentam deles quando precisam de sangue: como máquinas de lanche ambulantes — disse Izzy com desgosto. — É de se pensar que ficariam fracos com a perda de sangue o tempo todo, mas saliva de vampiro tem propriedades de cura. Aumenta a contagem de hemácias, os deixa mais fortes e saudáveis, e faz com que vivam mais. É por isso que não é contra a Lei um vampiro se alimentar de um humano. Na verdade não os machuca. É claro que às vezes o vampiro decide que quer mais do que apenas um lanche, quer um subjugado, e então começa a alimentar o humano mordido com pequenas quantidades de sangue de vampiro, só para mantê-lo dócil, mantê-lo conectado ao mestre. Subjugados idolatram os mestres, e amam servi-los. Tudo que querem é ficar perto deles. Como você ficou quando voltou ao Dumont. Foi atraído ao vampiro cujo sangue tinha consumido.

— Raphael — disse Simon, com a voz gelada. — Deixa eu te contar uma coisa, não sinto nenhum desejo ardente de estar com ele ultimamente.

— Não, desaparece quando você se torna um vampiro completo. São apenas os subjugados que idolatram seus senhores e não podem desobedecê-los. Não entende? Quando voltou ao Dumont, o clã de Raphael o drenou, você morreu, e então se tornou um vampiro. Mas se não tivessem drenado, se tivessem dado mais sangue de vampiro, eventualmente se tornaria um subjugado.

— Isso tudo é muito interessante — disse Simon. — Mas não explica por que estão nos encarando.

Isabelle olhou para eles.

— Estão encarando *você*. Talvez o mestre tenha morrido e estejam procurando outro vampiro para ser o dono deles. Você pode ter bichinhos de estimação. — Ela sorriu.

— Ou — disse Simon — talvez estejam aqui pelos bolinhos de batata fritos.

— Humanos subjugados não comem comida. Vivem com uma mistura de sangue de vampiro e sangue animal. Isso os mantém em um estado de animação suspensa. Não são imortais, mas envelhecem muito lentamente.

— Infelizmente — disse Simon, olhando para eles –, não parecem conservar a beleza.

Isabelle endireitou a postura.

— E estão vindo para cá. Acho que já vamos descobrir o que querem.

Os humanos subjugados se moviam como se estivessem sobre rodas. Não pareciam dar passos, e sim deslizar para a frente silenciosamente. Levaram apenas alguns segundos para atravessar o restaurante; quando se aproximaram da mesa de Simon, Isabelle já tinha tirado a adaga afiada como um estilete da bota. O objeto estava sobre a mesa, brilhando sob as luzes fluorescentes do restaurante. Era de uma prata escura, pesada, com cruzes queimadas em ambos os lados do cabo. A maioria das armas repelentes de vampiros parecia conter cruzes, baseando-se, pensou Simon, na crença de que a maioria dos vampiros era cristã. Quem diria que ser da minoria religiosa poderia ser tão vantajoso?

— Já estão perto o bastante — disse Isabelle, enquanto os dois subjugados paravam ao lado da mesa, com os dedos a poucos centímetros da adaga. — Digam o que querem, vocês dois.

— Caçadora de Sombras. — A criatura da esquerda falou com um sussurro sibilado. — Não sabíamos de sua presença nesta situação.

Isabelle ergueu uma sobrancelha delicada.

— E que situação seria esta?

O segundo subjugado apontou um dedo longo e cinza na direção de Simon. A unha na ponta era amarelada e afiada.

— Temos assuntos com o Diurno.

— Não, não têm — disse Simon. — Não faço ideia de quem sejam vocês. Nunca os vi antes.

— Sou o senhor Walker — respondeu a primeira criatura. — Ao meu lado está o senhor Archer. Servimos ao vampiro mais poderoso de Nova York. Líder do maior clã de Manhattan.

— Raphael Santiago — disse Isabelle. — Neste caso devem saber que Simon não faz parte de nenhum clã. É um agente livre.

O senhor Walker deu um sorrisinho contido.

— Meu mestre estava na esperança de que tal situação pudesse ser alterada.

Simon encontrou o olhar de Isabelle do outro lado da mesa. Ela deu de ombros, mas disse:

— Raphael não disse a você que queria que ficasse *longe* do clã?

— Talvez tenha mudado de ideia — sugeriu Simon. — Sabe como ele é. Genioso. Inconstante.

— Não saberia. Não o vejo desde aquela vez em que ameacei matá-lo com um candelabro. Mas ele soube lidar bem com a situação. Não recuou.

— Fantástico — disse Simon. Os dois subjugados estavam olhando para ele. Tinham olhos de uma cor pálida, cinza embranquecida, como neve suja. — Se Raphael me quer no clã, é porque quer algo de mim. Melhor me dizerem o quê.

— Não temos conhecimento dos planos de nosso mestre — disse o senhor Archer com um tom insolente.

— Nada feito, então — disse Simon. — Não vou.

— Se não quer vir conosco, temos autorização para utilizar força para trazê-lo.

A adaga pareceu saltar para a mão de Isabelle; ou, pelo menos, mal pareceu se mover, e mesmo assim a garota a segurava. Ela a girou devagar.

— Eu não faria isso se fosse você.

O senhor Archer exibiu os dentes para ela.

— Desde quando os filhos do Anjo se tornaram guarda-costas de trapaceiros do Submundo? Pensei que estivesse acima destes assuntos, Isabelle Lightwood.

— Não sou a guarda-costas dele — disse Isabelle. — Sou a *namorada*. O que me dá o direito de lhes dar uma surra se o incomodarem. É assim que funciona.

Namorada? Simon ficou espantado o suficiente para olhá-la com surpresa, mas ela estava encarando os dois subjugados, os olhos escuros brilhando. Por um lado, não achava que Isabelle já tinha se referido a si mesma como sua namorada antes. Por outro, era sintomático do quão estranha a vida havia se tornado se *aquilo* era a coisa que mais o espantara esta noite, e não o fato de que tinha acabado de ser convocado para um encontro com o vampiro mais poderoso de Nova York.

— Nosso mestre — disse o senhor Walker, no que provavelmente imaginava ser um tom suave — tem uma proposta para o Diurno...

— O nome dele é Simon. Simon Lewis.

— Para o senhor Lewis. Posso garantir que o senhor Lewis achará muito vantajoso se estiver disposto a nos acompanhar e escutar. Juro pela honra de nosso mestre que não sofrerá nenhum mal, Diurno, e que se quiser recusar a oferta, terá liberdade de fazê-lo.

Meu mestre, meu mestre. O senhor Walker dizia as palavras com uma mistura de adoração e admiração. Simon deu de ombros ligeiramente por dentro. Que coisa horrível ser tão ligado a alguém, e não ter qualquer vontade própria de verdade.

Isabelle estava balançando a cabeça; disse "não" para Simon sem pronunciar as palavras. Provavelmente estava certa, pensou ele. Isabelle era uma excelente Caçadora de Sombras. Caçava demônios e seres do Submundo transgressores — vampiros tratantes, feiticeiros praticantes de magia sombria, lobisomens que tivessem se revoltado e comido alguém — desde os 12 anos de idade, e provavelmente era melhor no que fazia do que qualquer Caçador de Sombras da idade dela, com exceção do irmão Jace. E também tinha Sebastian, pensou Simon, que fora melhor do que os dois. Mas ele estava morto.

— Tudo bem — disse ele. — Eu vou.

Os olhos de Isabelle se arregalaram.

— Simon!

Ambos os subjugados esfregaram as mãos, como vilões de uma revista em quadrinhos. O gesto em si não era assustador, na verdade; era o fato de o fazerem exatamente ao mesmo tempo, e da mesma maneira, como se fossem marionetes cujas cordas estivessem sendo puxadas simultaneamente.

— Excelente — disse o senhor Archer.

Isabelle bateu com a faca na mesa com um ruído e se inclinou para a frente, os cabelos pretos brilhantes esfregando a mesa.

— Simon — disse com um sussurro urgente. — Não seja tolo. Não há razão para ir com eles. E Raphael é um babaca.

— Raphael é o mestre dos vampiros — disse Simon. — O sangue dele me fez vampiro. Ele é meu... como quer que o chamem.

— Ancestral, criador, gerador, há milhões de nomes para o que ele fez — disse Isabelle, distraída. — E talvez o sangue dele o tenha feito vampiro. Mas não o fez *Diurno*. — Os olhos de Isabelle o encontraram do outro lado. Você é *Diurno por causa de Jace*. Mas jamais falaria em voz alta; apenas alguns sabiam a verdade, toda a história por trás do que Jace era, e o que Simon era por causa disso. — Não tem que fazer o que ele diz.

— Claro que não tenho — disse Simon, abaixando a voz. — Mas se eu me recusar a ir, acha que Raphael vai deixar para lá? Não vai. Vão continuar vindo atrás de mim. — Lançou um olhar de lado para os subjugados; pareceram concordar, apesar de poder ter sido imaginação. — Vão me incomodar em todo canto. Quando estiver na rua, no colégio, na casa de Clary...

— E daí? Clary não dá conta? — Isabelle jogou as mãos para o alto. — Tudo bem. Pelo menos me deixe ir junto.

— Certamente não — interrompeu o senhor Archer. — Esta não é uma questão para Caçadores de Sombras. É assunto das Crianças Noturnas.

— Não vou...

— A Lei nos confere o direito de conduzir nossos negócios de forma privada. — O senhor Walker disse automaticamente. — Com a nossa espécie.

Simon olhou para eles.

— Deem-nos um momento, por favor — disse. — Quero conversar com Isabelle.

Fez-se um instante de silêncio. Ao redor deles a vida no restaurante continuava. O lugar estava começando a receber sua onda de movimentação noturna com o final do filme no cinema daquele quarteirão, e as garçonetes se apressavam, carregando pratos quentes de comida para fregueses; casais riam e conversavam nas mesas próximas; cozinheiros gritavam pedidos uns para os outros por trás do balcão. Ninguém olhava para eles ou percebia que algo estranho se passava. Simon já estava acostumado a feitiços de disfarce, mas não conseguia conter a sensação às vezes, quando estava com Isabelle, de estar preso atrás de uma parede invisível de vidro, afastado do resto da humanidade e de seu cotidiano.

— Tudo bem — disse o senhor Walker, recuando. — Mas nosso mestre não gosta de esperar.

Recuaram em direção à porta, aparentemente imunes às rajadas de ar frio de quando alguém entrava ou saía, e ficaram parados como estátuas. Simon voltou-se para Isabelle.

— Tudo bem — disse. — Não vão me machucar. Não *podem* me machucar. Raphael sabe tudo sobre... — Gesticulou desconfortavelmente para a testa. — Isto.

Isabelle esticou o braço para o outro lado da mesa e afastou o cabelo dele, o toque mais clínico do que carinhoso. Ela estava franzindo o cenho. O próprio Simon já tinha olhado para a Marca vezes o suficiente, no espelho, para saber bem como era. Como se alguém tivesse usado um pincel fino para delinear um desenho simples na testa, um pouco acima e bem no meio dos olhos. A forma parecia mudar às vezes, como as imagens encontradas em nuvens, mas era sempre nítida, preta, e de alguma forma parecia perigosa, como um sinal de alerta escrito em outra língua.

— Realmente... funciona? — sussurrou.

— Raphael acha que sim — respondeu Simon. — E não tenho motivo para achar que não. — Ele pegou o pulso dela e afastou-o do rosto. — Vai ficar tudo bem, Isabelle.

Ela suspirou.

— Cada parte do meu treinamento diz que não é uma boa ideia.

Simon apertou os dedos dela.

— Qual é. Está curiosa quanto ao que Raphael quer, não está?

Isabelle afagou a mão dele e recostou-se na cadeira.

— Conte tudo quando voltar. E ligue para mim *primeiro*.

— Vou ligar. — Simon se levantou, fechando o zíper do casaco. — E me faça um favor? Dois favores, na verdade.

Isabelle olhou para ele levemente entretida.

— O quê?

— Clary disse que estaria treinando no Instituto hoje à noite. Se encontrá-la, não diga aonde fui. Ela vai se preocupar à toa.

Isabelle revirou os olhos.

— Ok, eu faço. Segundo favor?

Simon se inclinou sobre a mesa e a beijou na bochecha.

— Experimente o borscht antes de ir embora. É fantástico.

O senhor Walker e o senhor Archer não eram companhias muito falantes. Conduziram Simon silenciosamente pelas ruas do Lower East Side, muitos passos à frente dele com aquele estranho ritmo deslizante. Estava ficando tarde, mas as calçadas da cidade estavam cheias de gente — terminando o turno da noite, apressando-se para casa depois do jantar, cabeças baixas, colarinhos levantados para se protegerem contra o vento frio. Na St. Mark's Place havia mesas armadas pelo meio fio, vendendo de tudo, desde meias baratas e desenhos a lápis de Nova York a incensos de madeira de sândalo esfumaçados. Folhas rangiam pela calçada como ossos secos. O ar cheirava a exaustor de carro misturado à madeira de sândalo, e, abaixo disso, o cheiro de seres humanos — pele e sangue.

O estômago de Simon embrulhou. Tentava manter garrafas de sangue animal no quarto em quantidades suficientes — tinha uma pequena geladeira no fundo do armário agora, onde a mãe não veria — para nunca sentir fome. O sangue era nojento. Achava que iria se acostumar, e até mesmo começaria a querer, mas apesar de matar as pontadas de fome, não havia nada naquilo que o fizesse gostar como outrora gostou de um chocolate, de burritos vegetarianos ou de sorvetes de café. Continuava sendo sangue.

Mas sentir fome era pior. Sentir fome significava que podia sentir o cheiro de coisas que não queria detectar — sal sobre pele; o aroma demasiadamente maduro e doce de sangue exalando dos poros de estranhos. Isso o deixava faminto, confuso e inteiramente errado. Curvando-se, ele enfiou os punhos nos bolsos do casaco e tentou respirar pela boca.

Viraram à direita na Third Avenue e pararam diante de um restaurante cuja placa dizia CLOISTER CAFÉ. JARDIM ABERTO O ANO INTEIRO. Simon piscou para a placa.

— O que estamos fazendo aqui?

— Este é o local de encontro escolhido por nosso mestre. — O tom do senhor Walker era neutro.

— Hum. — Simon estava confuso. — Pensei que o estilo de Raphael fosse mais, você sabe, marcar reuniões sobre uma catedral não consagrada ou em alguma cripta cheia de ossos. Nunca me pareceu um cara do tipo restaurante da moda.

Ambos os subjugados o encararam.

— Algum problema, Diurno? — perguntou o senhor Archer afinal.

Simon se sentiu, de alguma forma, censurado.

— Não. Problema nenhum.

O interior do restaurante era escuro, e havia um bar com bancada de mármore percorrendo uma parede. Nenhum servente ou garçom se aproximou deles ao atravessarem a sala até uma porta no fundo, passarem por esta, e se dirigirem ao jardim.

Muitos restaurantes em Nova York têm varandas em jardins; poucos ficavam abertos nesta época do ano. Este ficava em um pátio entre diversos prédios. As paredes tinham sido pintadas com murais *trompe l'oeil* exibindo jardins italianos cheios de flores. As árvores, suas folhas douradas e vermelhas com o outono, estavam cheias de correntes de luzes brancas, e lâmpadas de calor espalhadas entre as mesas emitiam um brilho avermelhado. Um pequeno chafariz jorrava musicalmente no centro do pátio.

Apenas uma mesa estava ocupada, e não era por Raphael. Uma mulher esguia com um chapéu de aba larga sentava-se à mesa perto da parede. Enquanto Simon observava confuso, ela levantou a mão e acenou. Ele virou e olhou atrás de si; evidentemente, não havia ninguém lá. Walker e Archer tinham começado a se mover novamente; perplexo,

Simon os seguiu ao atravessarem o pátio e pararem a alguns centímetros de onde a mulher se sentava.

Walker se inclinou acentuadamente.

— Mestra — disse.

A mulher sorriu.

— Walker — disse. — E Archer. Muito bem. Obrigada por trazerem Simon até mim.

— Espere um instante. — O olhar de Simon foi da mulher para os dois subjugados novamente. — Você não é Raphael.

— Céus, não. — A mulher tirou o chapéu. Uma enorme quantidade de cabelos louros prateados, brilhantes sob as luzes de natal, caía sobre os ombros. Tinha o rosto liso, branco e oval, muito bonito, dominado por enormes olhos verde-claros. Usava luvas pretas compridas, uma blusa de seda preta, uma saia justa e um cachecol preto amarrado no pescoço. Era impossível adivinhar a idade dela, ou pelo menos a idade que tinha quando havia sido transformada em vampira. — Sou Camille Belcourt. É um prazer conhecê-lo.

Estendeu a mão que estava coberta por uma luva preta.

— Disseram-me que encontraria Raphael Santiago aqui — disse Simon, sem pegar a mão da dama. — Você trabalha para ele?

Camille Belcourt riu como um chafariz jorrando água.

— Certamente não! Apesar de ele outrora ter trabalhado para mim.

E Simon lembrou. *Pensei que o vampiro-chefe fosse outra pessoa*, dissera a Raphael uma vez, em Idris, parecia uma eternidade atrás.

Camille ainda não voltou para nós, respondera Raphael. *Eu sou o líder durante a ausência dela.*

— É a líder do clã — disse Simon. — Do clã de Manhattan. — Voltou-se então para os subjugados. — Vocês me enganaram. Disseram que eu viria encontrar Raphael.

— Disse que encontraria nosso mestre — respondeu o senhor Walker. Tinha olhos vastos e vazios, tão vazios que Simon ficou imaginando se realmente teriam tido intenção de enganá-lo ou se eram simplesmente programados como robôs para dizerem o que quer que o mestre mandasse dizer, e desconhecessem desvios do script. — E aqui está nosso mestre.

— De fato. — Camille sorriu um sorriso brilhante para os subjugados. — Por favor, deixem-nos, Walker, Archer. Preciso conversar com Simon a sós. — Havia algo na maneira como ela disse, tanto seu nome quanto a palavra "sós", que parecia uma carícia secreta.

Os subjugados se curvaram e recuaram. Enquanto o senhor Archer virava e se afastava, Simon viu uma marca na lateral da garganta, um ferimento profundo, tão escuro que parecia tinta, com dois pontos mais escuros no interior. Os pontos mais escuros eram perfurações, circuladas com carne ressecada e rasgada. Simon sentiu um tremor silencioso percorrer o corpo.

— Por favor — disse Camille, e afagou o assento ao lado dela. — Sente-se. Quer um pouco de vinho?

Simon se sentou, empoleirando-se desconfortavelmente na beira de uma cadeira dura de metal.

— Não bebo.

— Claro — disse ela, solidária. — Mal é um incipiente, não é? Não se preocupe demais. Com o tempo vai se treinar para consumir vinho e outras bebidas. Alguns dos mais velhos da nossa espécie podem consumir comida com poucos efeitos negativos.

Poucos efeitos negativos? Simon não gostou de como aquilo soou.

— Vamos demorar muito? — perguntou ele, olhando fixo para o celular, que lhe informou que passava das dez e meia. — Tenho que ir para casa.

Camille tomou um gole de vinho.

— Tem? E por quê?

Porque minha mãe está me esperando acordada. Tudo bem, não havia razão para que esta mulher precisasse saber.

— Você interrompeu meu encontro — disse ele. — Só estava imaginando o que poderia ser tão importante.

— Ainda mora com sua mãe, não mora? — perguntou, repousando a taça. — Estranho, não é, um vampiro poderoso como você se recusando a sair de casa, a se juntar a um clã?

— Então interrompeu meu encontro para caçoar de mim por ainda morar em casa. Não podia ter feito isso em uma noite em que eu não tivesse um encontro? É o caso da maioria das noites, caso esteja curiosa.

— Não estou caçoando de você, Simon. — Passou a língua pelo lábio inferior, como se estivesse saboreando o gosto do vinho que acabara de beber. — Quero saber por que não se tornou parte do clã de Raphael.

Que é o mesmo que o seu, não?

— Tive a forte impressão de que ele não queria que eu fizesse parte — respondeu Simon. — Ele basicamente disse que me deixaria em paz, se eu fizesse o mesmo. Então o deixei em paz.

— *Deixou.* — Os olhos verdes brilharam.

— Nunca quis ser vampiro — disse Simon, meio imaginando por que estava contando estas coisas para esta mulher estranha. — Queria uma vida normal. Quando descobri que era Diurno, pensei que pudesse ter uma. Ou ao menos algo perto disso. Posso frequentar o colégio, morar em casa, posso ver minha mãe e minha irmã...

— Contanto que jamais coma na frente deles — disse Camille. — Contanto que esconda a necessidade de sangue. Nunca se alimentou de um humano, não é? Só sangue empacotado. Velho. Animal. — Ela franziu o nariz.

Simon pensou em Jace, e afastou o pensamento rapidamente. Jace não era precisamente *humano*.

— Não, nunca.

— Um dia vai. E quando o fizer, não vai esquecer. — Ela se inclinou para a frente, e o cabelo claro esfregou na mão dele. — Não pode esconder quem verdadeiramente é para sempre.

— Que adolescente não mente para os pais? — disse Simon. — Seja como for, não vejo por que se importa. Aliás, ainda não sei por que estou aqui.

Camille se inclinou para a frente. Quando o fez, o colarinho da blusa preta de seda se abriu. Se Simon ainda fosse humano, teria enrubescido.

— Pode me deixar ver?

Simon sentiu os olhos saltarem das órbitas.

— Ver o quê?

Ela sorriu.

— A Marca, tolinho. A Marca do Andarilho.

Simon abriu a boca e, em seguida, fechou novamente. *Como ela sabe?* Pouquíssimas pessoas sabiam da Marca que Clary tinha posto nele em Idris. Raphael havia insinuado se tratar de um assunto de segredo mortal, e Simon o tratara como tal.

Mas os olhos de Camille eram muito verdes e firmes, e, por algum motivo, ele queria fazer o que ela desejava que fizesse. Alguma coisa na maneira como olhava para ele, algo na musicalidade da voz. Esticou o braço e afastou o cabelo, exibindo a testa para inspeção.

Os olhos de Camille se arregalaram, os lábios se abrindo. Levemente tocou a garganta com os dedos, como se estivesse checando o pulso inexistente lá.

— Oh — disse. — Como tem sorte, Simon. Quanta sorte.

— É uma maldição — disse. — Não é uma benção. Sabe disso, certo?

Os olhos da vampira brilharam.

— "E Caim disse para o Senhor, meu castigo é maior do que posso suportar." É maior do que pode suportar, Simon?

Simon se recostou, deixando o cabelo cair de volta para o lugar.

— Posso suportar.

— Mas não quer. — Ela passou um dedo enluvado na borda da taça de vinho, com os olhos fixos nele. — E se eu pudesse oferecer uma forma de transformar o que você considera uma maldição em uma vantagem?

Diria que finalmente está chegando na razão pela qual me trouxe aqui, o que é um começo.

— Estou ouvindo.

— Reconheceu meu nome quando o disse a você — falou Camille. — Raphael já falou de mim, não falou? — Ela tinha um sotaque, muito fraco, que Simon não conseguia situar.

— Ele disse que você era a líder do clã, e que ele só estava comandando durante sua ausência. Assumindo o lugar como... como um vice-presidente, ou coisa do tipo.

— Ah. — Camille mordeu levemente o lábio inferior. — Isso, por sinal, não é exatamente verdade. Gostaria de lhe contar a verdade, Simon. Gostaria de fazer uma oferta. Mas primeiro preciso de sua palavra em um assunto.

— E qual seria?

— De que tudo que se passar entre nós aqui esta noite permanecerá segredo. Ninguém pode saber. Nem sua amiguinha ruiva, Clary. Nem suas amigas. Nenhum dos Lightwood. Ninguém.

Simon se recostou mais uma vez.

— E se eu não quiser prometer?

— Então pode se retirar, se assim desejar — respondeu. — Mas então nunca saberá o que eu queria contar. E irá lamentar esta perda.

— Estou curioso — afirmou Simon. — Mas não sei se estou tão curioso assim.

Os olhos de Camille tinham uma pequena faísca de surpresa e divertimento, e talvez, pensou Simon, até mesmo algum respeito.

— Nada do que tenho a lhe dizer os envolve. Não afetará a segurança de nenhum deles, ou o bem-estar. O segredo é para minha segurança.

Simon a olhou com desconfiança. Estava falando sério? Vampiros não eram como fadas, que não podiam mentir. Mas tinha que admitir que estava curioso.

— Tudo bem. Guardo o segredo, a não ser que eu ache que algo que está dizendo represente perigo para meus amigos. Neste caso, vale tudo.

O sorriso dela era gelado; Simon podia perceber que Camille não gostava que desconfiassem dela.

— Muito bem — disse ela. — Suponho que não tenha tanta escolha quando preciso tanto assim da sua ajuda. — Inclinou-se para a frente, uma mão esguia ainda brincando com a base da taça de vinho. — Até muito pouco tempo liderei o clã de Manhattan, e com muita satisfação. Tínhamos belas dependências em um velho prédio pré-guerra no Upper West Side, não naquela toca de ratos daquele hotel em que Santiago mantém as pessoas. Santiago, ou Raphael, como você chama, era meu homem de confiança. Meu companheiro mais leal, ou, pelo menos, era o que eu achava. Uma noite descobri que ele estava assassinando humanos, atraindo-os para o hotel no Spanish Harlem, e bebendo sangue por diversão. Deixava os ossos no lixão do lado de fora. Correndo riscos estúpidos, violando a Lei do Pacto. — Tomou um gole de vinho. — Quando fui confrontá-lo, percebi que ele tinha contado ao resto do clã que eu era a assassina, a transgressora. Foi tudo uma armação. Ele tinha a intenção de me matar, para obter poder. Fugi, tendo apenas Walker e Archer para me oferecer segurança.

— E por todo este tempo ele alegou estar liderando até a sua volta?

Ela fez uma careta.

— Santiago é um mentiroso de talento. Deseja que eu volte, isso é certo, para poder me matar e assumir o clã.

Simon não tinha certeza quanto ao que ela gostaria de ouvir. Não estava acostumado a mulheres adultas olhando para ele com olhos grandes e cheios de lágrimas, ou despejando suas histórias de vida em cima dele.

— Sinto muito — disse, afinal.

Ela deu de ombros, de forma tão expressiva que ele ficou imaginando se talvez aquele sotaque fosse francês.

— Passado — falou. — Estive escondida em Londres durante todo este tempo, procurando aliados, ganhando tempo. Então ouvi falar de você. — Levantou a mão. — Não posso lhe dizer como; jurei segredo. Mas assim que soube, percebi que era por você que eu esperava.

— Eu era? Sou?

Ela se inclinou para a frente e tocou a mão dele.

— Raphael tem medo de você, Simon, e com razão. É da espécie dele, um vampiro, mas não pode ser ferido ou morto; ele não pode erguer um dedo contra você sem trazer a fúria de Deus contra a própria cabeça.

Fez-se silêncio. Simon pôde ouvir o murmúrio elétrico suave das luzes de Natal acima, a água caindo no chafariz de pedra do pátio, o chiado e o ruído da cidade. Quando ele falou, a voz saiu suave:

— Você disse.

— O quê, Simon?

— A palavra. A fúria de... — A palavra ardeu e queimou em sua boca, como sempre acontecia.

— Sim. *Deus.* — Ela retirou a mão, mas os olhos eram calorosos. — Há muitos segredos na nossa espécie, tantos que posso contar, mostrar. Aprenderá que não é amaldiçoado.

— Senhorita...

— Camille. Deve me chamar de Camille.

— Ainda não entendi o que quer de mim.

— Não? — Ela balançou a cabeça, e os cabelos brilhantes esvoaçaram diante de seu rosto. — Quero que se junte a mim, Simon. Se junte a mim contra Santiago. Entraremos juntos no hotel infestado de ratos; assim que os seguidores virem que você está comigo, o deixarão para ficar do meu lado. Acredito que por baixo do medo que sentem dele, são leais a mim. Acredito que quando nos virem juntos, o medo vai desaparecer e virão para o nosso lado. Homens não podem lutar contra o divino.

— Não sei — disse Simon. — Na Bíblia, Jacó lutou contra um anjo e venceu.

Camille olhou para ele com as sobrancelhas erguidas.

Simon deu de ombros.

— Escola hebraica.

— "E Jacó chamou o nome do lugar de Peniel: pois vi Deus cara a cara." Veja bem, você não é o único que conhece as escrituras. — O olhar cerrado havia desaparecido, e ela estava sorrindo. — Pode não perceber, Diurno, mas enquanto tiver essa Marca, é o braço vingador do céu. Ninguém pode se colocar diante de você. Certamente não um vampiro.

— Você tem medo de mim? — perguntou Simon.

E arrependeu-se quase instantaneamente de dizê-lo. Os olhos pretos da mulher escureceram como nuvens de tempestade.

— Eu, medo de você? — Mas ela logo se recobrou, o rosto se acalmou, a expressão suavizada. — Claro que não — respondeu. — Você é um homem inteligente. Estou convencida de que vai enxergar a sabedoria da proposta que faço e se juntará a mim.

— E qual exatamente é a sua proposta? Quero dizer, entendo a parte em que vamos enfrentar Raphael, mas e depois? Não detesto Raphael de fato, nem quero me livrar dele só por me livrar. Ele me deixa em paz. É tudo o que eu sempre quis.

Ela cruzou as mãos diante de si. Usava um anel prateado com uma pedra azul no dedo médio esquerdo, sobre o tecido da luva.

— Acha que é isso que quer, Simon. Acha que Raphael está lhe fazendo um favor em deixá-lo em paz, como colocou. Na verdade ele o está isolando. Neste momento, você acredita que não precisa de outros da sua espécie. Está contente com os amigos que tem, humanos e Caçadores de Sombras. Contenta-se em esconder garrafas de sangue no quarto e em mentir para a sua mãe quanto a quem é.

— Como é que você...

Ignorando-o, ela prosseguiu:

— Mas e daqui a dez anos, quando em tese terá 26 anos? Em vinte anos? Trinta? Acha que ninguém vai perceber que as pessoas envelhecem e mudam, e você não?

Simon não disse nada. Não queria admitir que não tinha pensado tão à frente. Que não queria pensar tão à frente.

— Raphael lhe ensinou que outros vampiros são prejudiciais. Mas não precisa ser assim. A eternidade é um tempo muito longo para se passar sozinho, sem outros da sua espécie. Outros que entendam. É amigo de Caçadores de Sombras, mas nunca poderá ser um deles. Sempre será diferente e de fora. Conosco pode fazer parte de algo. — Enquanto se inclinava para a frente, uma luz branca brilhou do anel, agredindo os olhos de Simon. — Temos milhares de anos de conhecimentos que podemos compartilhar com você, Simon. Pode aprender a manter seu segredo; como comer e beber, como falar o nome de Deus. Raphael foi cruel ao esconder estas informações de você, e até o levou a pensar que não existem. Existem. Posso ajudá-lo.

— Se eu ajudar você primeiro — observou Simon.

Ela sorriu, seus dentes eram brancos e afiados.

— Ajudaremos um ao outro.

Simon se inclinou para trás. A cadeira de ferro era dura e desconfortável, e ele de repente se sentiu cansado. Olhando para as próprias mãos, podia perceber que as veias tinham escurecido, espalhando-se pela parte de trás das juntas. Precisava de sangue. Precisava conversar com Clary. Precisava de tempo para pensar.

— Está abalado — disse Camille. — Entendo. É muito para absorver. Ficaria feliz em oferecer o tempo de que precisasse para se decidir quanto a isso, e quanto a mim. Mas não temos muito tempo, Simon. Enquanto estiver na cidade, corro perigo por causa de Raphael e seus comparsas.

— Comparsas? — Apesar de tudo, Simon deu um sorrisinho.

Camille pareceu espantada.

— Sim?

— Bem, é que... "comparsas". É como dizer "malfeitores" ou "capangas". — Ela o encarou confusa. Simon suspirou. — Desculpe. Provavelmente não assistiu a tantos filmes ruins quanto eu.

Camille franziu o cenho ligeiramente, uma linha muito fina aparecendo entre as sobrancelhas.

— Fui informada de que você seria ligeiramente peculiar. Talvez seja apenas porque não conheço muitos vampiros de sua geração. Mas isso será bom para mim, sinto, estar perto de alguém tão... jovem.

— Sangue novo — disse Simon.

Com isso ela enfim sorriu.

— Então está pronto? Para aceitar minha oferta? Para começar a trabalhar comigo?

Simon olhou para o céu. As cordas de luzinhas brancas pareciam ofuscar as estrelas.

— Veja — falou ele —, aprecio sua oferta. De verdade. — *Droga*, pensou. Tinha que haver algum jeito de dizer isso sem que soasse como se estivesse recusando um convite para o baile de formatura. *Fico muito, muito lisonjeado que tenha me pedido, mas...* Camille, como Raphael, falava rija e formalmente, como se estivesse em um conto de fadas. Talvez ele pudesse tentar isso. Então disse: — Necessito de algum tempo para tomar minha decisão. Tenho certeza de que compreende.

Muito delicadamente, ela sorriu, mostrando apenas as pontas das presas.

— Cinco dias — respondeu. — Não mais. — Estendeu a mão enluvada para ele. Algo brilhava na palma. Era um pequeno frasco de vidro, mais ou menos do tamanho de um frasco de amostra grátis de perfume, mas parecia cheio de um pó amarronzado. — Terra de sepultura — explicou. — Esmague isto, e saberei que está me invocando. Se não me chamar em cinco dias, enviarei Walker para buscar a resposta.

Simon pegou o frasco e o colocou no bolso.

— E se a resposta for não?

— Ficarei decepcionada. Mas nos separaremos como amigos. — Ela empurrou a taça de vinho. — Até logo, Simon.

Simon se levantou. A cadeira emitiu um ruído chiado ao ser arrastada sobre o chão, alto demais. Sentiu como se devesse dizer mais alguma coisa, mas não tinha ideia do quê. Todavia, por enquanto, parecia dispensado. Decidiu que preferia parecer um daqueles vampiros modernos estranhos com maus modos a arriscar ser arrastado novamente para a conversa. Saiu sem dizer mais nada.

No caminho de volta pelo restaurante, passou por Walker e Archer, que estavam perto do grande bar de madeira, com os ombros encolhidos sob os longos casacos cinzentos. Sentiu a força dos olhares nele ao passar e acenou com os dedos para eles — um gesto que estava entre um aceno amigável e um descarte. Archer mostrou os dentes — dentes humanos e lisos — e passou por ele em direção ao jardim, com Walker logo atrás. Simon observou enquanto tomavam os respectivos lugares nas cadeiras diante de Camille; ela não levantou o olhar enquanto eles se sentaram, mas as luzes brancas que iluminavam o jardim se apagaram repentinamente — não uma por uma, mas todas de uma vez — deixando Simon olhando para um bloco desorientador de escuridão, como se alguém tivesse apagado as estrelas. Quando os garçons perceberam e se apressaram para o lado de fora, para corrigir o problema, inundando o jardim com luzes fracas outra vez, Camille e os humanos subjugados tinham desaparecido.

Simon destrancou a porta da frente de casa — uma de uma longa fileira de casas idênticas de tijolos que preenchiam aquele quarteirão do Brooklyn — e a abriu levemente, escutando com atenção.

Tinha dito para a mãe que ia ensaiar com Eric e os outros colegas de banda para um show no sábado. Houve um tempo em que ela simplesmente teria acreditado nele, e a história acabaria aí; Elaine Lewis sempre foi uma mãe tranquila, nunca impusera horário de voltar para casa nem a Simon nem à irmã, nunca insistiu que voltassem cedo em dias de semana. Simon estava acostumado a passar horas na rua com Clary, entrar com a própria chave e cair na cama às duas da manhã, comportamento que não suscitava grandes comentários da parte da mãe.

As coisas eram diferentes agora. Tinha estado em Idris, o país natal dos Caçadores de Sombras, por quase duas semanas. Havia desaparecido de casa, sem chance de oferecer uma desculpa ou explicação. O feiticeiro Magnus Bane havia assumido as rédeas da situação e executado um feitiço de memória na mãe de Simon de modo que ela agora não tinha qualquer lembrança do sumiço do filho. Ou, ao menos, nenhuma lembrança *consciente*. Mas seu comportamento tinha mudado. Agora ela desconfiava, ficava por perto, sempre observando, insistindo que estivesse em casa em determinado horário. Na última vez em que ele voltara de um encontro com Maia, se deparou com Elaine na entrada, sentada em uma cadeira na frente da porta, com os braços cruzados, e um olhar de fúria mal controlada no rosto.

Naquela noite tinha conseguido ouvi-la respirando antes de vê-la. Agora só escutava o ruído fraco da televisão vindo da sala. Devia estar esperando por ele acordada, provavelmente assistindo a alguma maratona de um daqueles dramas de hospital que adorava. Simon fechou a porta e se apoiou nela, tentando reunir forças para mentir.

Era difícil o bastante não comer na presença da família. Por sorte a mãe saía cedo para o trabalho e voltava tarde, e Rebecca, que fazia faculdade em Nova Jersey e só aparecia em casa ocasionalmente para lavar a roupa, não estava presente o suficiente para perceber nada de estranho. A mãe normalmente já tinha saído pela manhã quando ele acordava, e o café e o almoço que havia preparado com tanto amor já estavam colocados na bancada da cozinha. Ele os jogava no lixo no caminho do colégio. O jantar era mais difícil. Nas noites em que ela estava presente, ele tinha que espalhar a comida pelo prato, fingir que não estava com fome, ou que queria comer no quarto enquanto estudava. Uma ou duas vezes forçou a comida a descer só para agradá-la, e passou horas no banheiro depois, suando e vomitando até eliminar tudo do sistema.

Detestava ter de mentir para ela. Sempre sentiu um pouco de pena de Clary, pela relação pesada com Jocelyn, a mãe mais superprotetora que ele já conhecera. Agora a situação estava invertida. Desde a morte de Valentim, a garra de Jocelyn em Clary tinha relaxado a ponto de ela ser quase uma mãe normal. Enquanto isso, sempre que Simon estava em casa, podia sentir o peso do olhar da própria mãe, como uma acusação, aonde quer que fosse.

Esticando os ombros, ele derrubou a bolsa-carteiro perto da porta e foi para a sala encarar a realidade. A televisão estava ligada, com o noticiário passando. O âncora local narrava algo para mexer com a emoção do público — um bebê encontrado abandonado em um beco atrás de um hospital no centro da cidade. Simon se surpreendeu. A mãe detestava o noticiário. Achava deprimente. Ele olhou para o sofá, e a surpresa desapareceu. Ela estava dormindo, os óculos na mesa ao lado, um copo no chão, o conteúdo pela metade. Simon podia sentir o cheiro daqui — provavelmente uísque. Sentiu uma pontada. A mãe quase nunca bebia.

Simon foi para o quarto dela e voltou com um cobertor de crochê. Elaine continuava dormindo, a respiração lenta e uniforme. Era uma mulher pequena como uma ave, e tinha uma auréola de cabelos pretos cacheados, com marcas grisalhas que se recusava a pintar. Trabalhava durante o dia para uma ONG ambiental, e a maioria de suas roupas possuía uma temática animal. Neste momento estava com um vestido com estampa de golfinhos e ondas e um pregador que outrora fora um peixe de verdade, mergulhado em resina. O olho envernizado parecia encarar Simon em tom de acusação enquanto ele se curvava para envolver o cobertor sobre os ombros da mãe.

Ela se moveu, espasmódica, virando a cabeça para o outro lado.

— Simon — sussurrou. — Simon, onde você está?

Arrasado, Simon soltou o cobertor e se levantou. Talvez devesse acordá-la, avisar que estava bem. Mas neste caso haveria perguntas que não queria responder, e aquele olhar ferido no rosto dela que não suportava. Ele se virou e foi para o quarto.

Tinha se jogado na cama e agarrado o telefone da cabeceira, prestes a discar o número de Clary, sem sequer parar para pensar. Pausou por um instante, escutando o barulho da linha. Não podia contar a ela sobre Camille; tinha prometido manter em segredo a oferta da vampira, e apesar de não se sentir em dívida com Camille, se tinha algo que havia aprendido ao longo dos últimos meses, era que renegar promessas feitas a criaturas sobrenaturais era uma péssima ideia. Mesmo assim, queria ouvir a voz de Clary, como sempre acontecia quando tinha um dia ruim. Bem, podia sempre reclamar para ela sobre a vida amorosa; isso parecia diverti-la infinitamente. Rolando na cama, puxou o travesseiro sobre a cabeça e discou o número de Clary.

2
Queda

— Então, se divertiu com Isabelle hoje? — Clary, com o telefone colado na orelha, retorceu-se cuidadosamente de uma longa viga para a outra. As vigas ficavam a seis metros de altura nos caibros do sótão do Instituto, onde se localizava a sala de treinamento. Andar pelas vigas deveria ensinar a pessoa a se equilibrar. Clary as detestava. Seu medo de altura tornava a coisa toda doentia, apesar da corda elástica amarrada na cintura que deveria impedi-la de atingir o chão se caísse. — Já contou a ela sobre Maia?

Simon emitiu um ruído fraco e evasivo que Clary sabia que significava um "não". Podia ouvir música ao fundo; conseguia visualizá-lo deitado na cama, o som tocando suavemente enquanto conversava com ela. Soava cansado, aquele tipo de cansaço profundo que ela sabia que queria dizer que o tom leve não refletia o estado de espírito. Ela perguntou se ele estava bem diversas vezes no início da conversa, mas Simon descartou a preocupação.

Ela riu com desdém.

— Está brincando com fogo, Simon. Espero que saiba.

— Não sei. Você realmente acha tão sério? — Simon soava lamurioso. — Não tive uma única conversa com Isabelle ou Maia sobre exclusividade.

— Deixa eu te contar uma coisa sobre garotas. — Clary se sentou em uma viga, deixando as pernas penduradas no ar. As janelas de meia-lua do sótão estavam abertas, o ar noturno frio entrava, refrescando sua pele suada. Ela sempre achara que os Caçadores de Sombras treinassem com roupas de um tecido grosso, que pareciam de couro, mas, aparentemente, estas eram para treinos posteriores, que envolviam armas. Para o tipo de treinamento que estava cumprindo (exercícios para aumentar a flexibilidade, velocidade e senso de equilíbrio), ela usava uma camiseta leve e calças folgadas que a faziam se lembrar de um uniforme de hospital. — Mesmo que não tenha tido a conversa sobre exclusividade, elas vão se irritar se descobrirem que você está saindo com alguém que elas conhecem sem ter contado nada. É uma regra dos relacionamentos.

— Bem, como é que eu ia saber sobre essa regra?

— Todo mundo sabe sobre a essa regra.

— Pensei que você estivesse do meu lado.

— Estou do seu lado!

— Então por que não está sendo mais solidária?

Clary trocou o telefone de orelha e olhou para as sombras abaixo dela. Onde estava Jace? Tinha saído para pegar outra corda e disse que voltaria em cinco minutos. Claro, se a visse ao telefone ali em cima, provavelmente a mataria. Ele raramente ficava encarregado do treinamento de Clary — normalmente era Maryse, Kadir ou um dos diversos outros membros do Conclave de Nova York, trabalhando temporariamente até que um substituto para o antigo tutor do Instituto, Hodge, pudesse ser encontrado —, mas quando era tarefa sua, ele levava muito a sério.

— Porque — respondeu ela — seus problemas não são problemas de verdade. Está saindo com duas garotas lindas simultaneamente. Pense um pouco. É tipo... o problema de um astro do rock.

— Ter problemas de um astro do rock pode ser o mais próximo que um dia chegarei de ser de fato um astro do rock.

— Ninguém mandou batizar sua banda de Mofo Devasso, meu caro.

— Agora se chama Millenium Lint! — protestou Simon.

— Ouça, apenas resolva isto antes do casamento. Se as duas pensam que vão com você, e descobrirem na hora que está saindo com ambas, vão matá-lo. — Ela se levantou. — E aí vai estragar o casamento da minha mãe, e ela vai matá-lo. Então vai morrer duas vezes. Bem, três vezes, tecnicamente...

— Nunca disse para nenhuma das duas que ia ao casamento com elas! — Simon parecia em pânico.

— Sim, mas é o que elas esperam. É para isso que meninas têm namorados. Para terem quem levar para eventos chatos. — Clary foi para a beira da viga, olhando para as sombras iluminadas por luzes enfeitiçadas abaixo. Tinha um velho círculo de treinamento desenhado no chão; parecia um alvo. — Seja como for, tenho que pular desta viga agora, e, possivelmente, me lançar para minha morte terrível. Falo com você amanhã.

— Tenho ensaio da banda às duas, lembra? Te vejo lá.

— Até amanhã. — Ela desligou e guardou o telefone no sutiã; as roupas leves de treinamento não tinham bolsos, então o que uma garota poderia fazer?

— Então, está planejando ficar aí a noite toda? — Jace apareceu no centro do alvo e olhou para ela.

Estava usando uma roupa de luta, e não de treinamento como Clary, e seus cabelos claros se destacavam, contrastando com o preto. Tinha escurecido levemente desde o fim do verão, e agora era um dourado mais escuro do que claro, o que, Clary achava, ficava ainda melhor nele. Sentia-se absurdamente feliz por agora conhecê-lo há tempo suficiente para notar as pequenas mudanças na aparência.

— Pensei que você fosse subir — gritou ela para baixo. — Mudança de planos?

— Longa história. — Sorriu para ela. — Então? Quer treinar saltos?

Clary suspirou. Treinar saltos envolvia saltos da viga para o espaço vazio e utilizar a corda elástica para se segurar enquanto se empurrava das paredes e dava cambalhotas para cima e para baixo, aprendendo sozinha a girar, chutar e se esquiar sem se preocupar com chãos duros ou com machucados. Já tinha visto Jace fazendo, e ele parecia um anjo caindo do céu, voando pelo ar, girando e rodopiando com uma graça linda de bailarino. Ela, por outro lado, se enrolava como um tatuzinho-de-quintal assim que o chão se aproximava, e o fato de que sabia, racionalmente, que não iria atingi-lo, não parecia fazer grande diferença.

Estava começando a imaginar se ter nascido Caçadora de Sombras não fazia diferença; talvez fosse tarde demais para se transformar em uma, ou, pelo menos, em uma completamente capaz. Ou talvez o dom que fazia dela e de Jace o que eram tivesse sido distribuído desigualmente entre os dois, de forma que ele tivesse recebido toda a graça física, e ela... bem, não muita.

— Vamos, Clary — disse Jace. — Pule.

Ela fechou os olhos e saltou. Por um instante se sentiu pendurada no ar, livre de tudo. Então a gravidade tomou conta, e ela mergulhou em direção ao chão. Instintivamente, encolheu os braços e as pernas, mantendo os olhos bem fechados. A corda se esticou ao máximo e ela voltou, voando para cima novamente antes de cair outra vez. Na medida em que a velocidade diminuiu, ela abriu os olhos e se viu pendurada na ponta da corda, mais ou menos um metro e meio acima de Jace. Ele estava sorrindo.

— Maravilha — disse ele. — Tão graciosa quanto um floco de neve caindo.

— Eu estava gritando? —indagou ela, verdadeiramente curiosa. — Você sabe, durante a queda.

Ele assentiu.

— Por sorte ninguém está em casa ou teriam presumido que eu estava te matando.

— Ha. Você nem sequer me alcança. — Ela chutou com uma perna e girou lentamente no ar.

Os olhos de Jace brilharam.

— Quer apostar?

Clary conhecia aquela expressão.

— Não — disse rapidamente. — O que quer que vá fazer...

Mas já tinha feito. Quando Jace se movia rapidamente, os movimentos individuais eram quase invisíveis. Ela viu a mão dele ir até o cinto, e, em seguida, algo brilhou no ar. Ouviu o som de tecido rompendo acima da cabeça quando a corda foi cortada. Solta, ela caiu livremente, surpresa demais para gritar — diretamente nos braços de Jace. A força os jogou para trás, então se espalharam juntos em um dos tatames, Clary em cima dele. Ele sorriu para ela.

— Agora — disse ele — foi muito melhor. Não gritou nem um pouquinho.

— Não deu tempo. — Clary estava sem fôlego, e não apenas pelo impacto da queda. Estar esticada sobre Jace, o corpo dele contra o seu, fazia com que suas mãos tremessem e o coração batesse mais rápido. Achava que talvez a reação física a ele, as reações de um ao outro, fossem diminuir com a familiaridade, mas isso não tinha acontecido. Se alguma coisa estava mudando, era pra pior à medida que passava tempo com ele... ou melhor, dependendo do ponto de vista.

Ele a encarava com olhos dourados escuros; Clary ficou imaginando se a cor teria se intensificado desde o encontro com Raziel, o Anjo, nas margens do Lago Lyn em Idris. Não podia perguntar a ninguém: apesar de todos saberem que Valentim havia invocado o Anjo, e que o Anjo tinha curado Jace dos ferimentos provocados por Valentim, ninguém além de Clary e Jace sabia que Valentim havia feito mais do que simplesmente machucar o filho adotivo. Tinha esfaqueado Jace no coração como parte da cerimônia de invocação — ele o esfaqueara e o segurara enquanto morria. A enormidade daquilo ainda chocava Clary, e, ela desconfiava, Jace também. Concordaram em nunca contar para ninguém que Jace tinha *morrido*, mesmo que por um breve instante. Era o segredo deles.

Ele esticou o braço e puxou o cabelo do rosto.

— Estou brincando — disse. — Você não é tão ruim assim. Vai chegar lá. Devia ter visto os saltos de Alec no começo. Acho que ele deu um chute na própria cabeça uma vez.

— Claro — disse Clary. — Mas ele provavelmente tinha 11 anos. — Ela olhou para Jace. — Suponho que você sempre tenha sido incrível nisso.

— Nasci incrível. — Ele acariciou a bochecha de Clary com as pontas dos dedos, levemente, mas o suficiente para fazê-la estremecer. Ela não disse nada; ele estava brincando, mas de certa forma era verdade. Jace nasceu para ser o que era. — Até que horas pode ficar hoje à noite?

Um sorrisinho surgiu no rosto de Clary.

— Já acabamos o treino?

— Gostaria de pensar que acabamos a parte da noite em que ele é absolutamente necessário. Apesar de haver algumas coisas que eu gostaria de treinar... — Ele esticou o braço para puxá-la para baixo, mas, naquele instante, a porta se abriu e Isabelle entrou, os saltos altos das botas fazendo barulho no chão de madeira polido.

Ao ver Jace e Clary esparramados no chão, ergueu as sobrancelhas.

— Namorando, percebo. Achei que deveriam estar treinando.

— Ninguém mandou entrar sem bater, Iz. — Jace não se moveu, apenas virou a cabeça para o lado para olhar para Isabelle com uma mistura de irritação e afeto. Clary, no entanto, se levantou desajeitada, esticando as roupas amassadas.

— Aqui é a sala de treinamento. Um espaço público. — Isabelle estava tirando uma das luvas; eram de veludo vermelho brilhante. — Acabei de comprá-las na *Trash and Vaudeville*. Em liquidação. Não acham lindas? Não gostariam de ter um par? — Ela balançou os dedos na direção deles.

— Não sei — disse Jace. — Acho que iam destoar do meu uniforme.

Isabelle fez uma careta.

— Souberam do Caçador de Sombras que encontraram morto no Brooklyn? O corpo estava todo desfigurado, então ainda não sabem quem é. Presumo que tenha sido para lá que a mamãe foi.

— É — respondeu Jace, se sentando. — Reunião da Clave. Encontrei com ela na saída.

— Não me contou isso — disse Clary. — Foi por isso que demorou tanto para buscar corda?

Ele assentiu.

— Desculpe. Não queria preocupá-la.

— O que ele quer dizer — disse Isabelle — é que não queria estragar o clima romântico. — Mordeu o lábio. — Só espero que não seja nenhum conhecido nosso.

— Não acho que possa ser. O corpo foi jogado em uma fábrica abandonada, estava lá há dias. Se fosse algum conhecido, teríamos percebido a ausência. — Jace puxou o cabelo para trás da orelha.

Estava olhando para Isabelle com certa impaciência, pensou Clary, como se estivesse irritado por ela ter tocado no assunto. Ela gostaria que ele tivesse contado mais cedo, mesmo que tivesse afetado o clima. Muito do que ele fazia, do que todos eles faziam, os colocava em constante contato com a realidade da morte. Todos os Lightwood ainda estavam, à sua maneira, de luto pela morte do filho mais novo, Max, que havia morrido simplesmente por estar no lugar errado, na hora errada. Era estranho. Jace tinha aceitado sua decisão de largar a escola e iniciar o treinamento sem um pio, mas se acanhava em discutir os perigos da vida de Caçador de Sombras com ela.

— Vou me trocar — anunciou Clary, e foi para a porta que levava até o pequeno vestiário anexo à área de treinamento.

Era muito simples: paredes claras de madeira, um espelho, um chuveiro e ganchos para roupas. Havia toalhas empilhadas cuidadosamente em um banco de madeira perto da porta. Clary tomou um banho rápido e vestiu as roupas de rua: — meia-calça, botas, saia jeans e um casaco rosa novo. Olhando-se no espelho, viu que tinha um buraco na meia-calça e os cabelos ruivos molhados estavam emaranhados. Jamais ficaria perfeitamente alinhada como Isabelle sempre estava, mas Jace não parecia se importar.

Quando voltou para a sala de treinamento, Isabelle e Jace já tinham deixado o tópico de Caçadores de Sombras mortos para trás, e tratavam de algo que ele parecia achar ainda mais horripilante — o encontro de Isabelle com Simon.

— Não posso acreditar que ele realmente tenha te levado para um restaurante de fato. — Jace estava de pé agora, guardando os tatames e a roupa de treinamento enquanto Isabelle se apoiava na parede e brincava com as luvas novas. — Pensei que a ideia dele de encontro fosse te fazer assisti-lo jogar *World of Warcraft* com os amigos nerds.

— Eu — observou Clary — sou uma das amigas nerds dele, muito obrigada.

Jace deu um sorrisinho para ela.

— Não era exatamente um restaurante. Era mais uma lanchonete. Com sopa rosa que ele queria que eu experimentasse — disse Isabelle, pensativa. — Ele foi um doce.

Clary se sentiu imediatamente culpada por não contar a ela — nem a Jace — sobre Maia.

— Ele disse que vocês se divertiram.

O olhar de Isabelle se desviou para ela. Havia uma característica peculiar na expressão de Isabelle, como se estivesse escondendo alguma coisa, mas desapareceu antes que Clary pudesse ter certeza de que sequer tinha estado lá.

— Você falou com ele?

— Falei, ele me ligou há alguns minutos. Só para dar um oi. — Clary deu de ombros.

— Entendo — disse Isabelle, a voz repentinamente viva e fria. — Bem, como falei, ele é um doce. Mas talvez um pouco doce *demais*. Isso pode ser chato. — Ela pôs as luvas nos bolsos. — De qualquer forma, não é algo permanente. É só uma brincadeira por enquanto.

A culpa de Clary desbotou.

— Vocês já conversaram sobre, você sabe, exclusividade?

Isabelle pareceu horrorizada.

— Claro que não. — Então bocejou, esticando os braços de um jeito felino sobre a cabeça. — Muito bem, hora de dormir. Até mais tarde, pombinhos.

Então ela saiu, deixando uma nuvem entorpecente de perfume de jasmim atrás de si.

Jace olhou para Clary. Tinha começado a desabotoar o uniforme, que fechava nos pulsos e nas costas, formando uma casca protetora sobre as outras roupas.

— Imagino que tenha que ir para casa?

Ela assentiu, relutante. Convencer a mãe a concordar em deixá-la ingressar no treinamento de caça às sombras tinha sido uma tarefa longa e desagradável. Jocelyn batera o pé, dizendo que tinha passado a vida tentando manter Clary longe da cultura dos Caçadores de Sombras, que achava perigosa — não apenas violenta, argumentara ela, mas isolacionista e cruel. Há apenas um ano, ela lembrou a Clary, a decisão de ser treinada como Caçadora de Sombras teria significado que jamais poderia falar com a mãe outra vez. Clary retorquiu dizendo que o fato de que a Clave tinha suspendido regras como essa enquanto o novo Conselho revia as Leis significava que a Clave tinha mudado desde os tempos em que Jocelyn era menina, e, de qualquer forma, Clary precisava saber se defender.

— Espero que isto não seja só por causa de Jace — dissera Jocelyn afinal. — Sei como é estar apaixonada por alguém. Quer estar onde a pessoa está, fazer o que ela faz, mas Clary...

— Não sou você — respondera Clary, lutando para controlar a própria raiva —, os Caçadores de Sombras não são o Ciclo, e Jace não é Valentim.

— Não falei nada sobre Valentim.

— É no que estava pensando — dissera Clary. — Valentim pode ter criado Jace, mas Jace não é nada como ele.

— Bem, espero que não — respondera Jocelyn com suavidade. — Para o bem de todos. — Ela acabou cedendo, mas com algumas regras.

Clary não ia morar no Instituto, mas com a mãe na casa de Luke; Jocelyn receberia relatórios semanais de evolução de Maryse para ter garantia de que Clary estava aprendendo e não apenas, supunha Clary, devorando Jace com os olhos o dia todo, ou o que quer que a preocupasse. E Clary não poderia passar a noite no Instituto — nunca.

— Nada de dormir onde seu namorado mora — dissera Jocelyn com firmeza. — Não me interessa se é o Instituto. Não.

Namorado. Ainda era um choque ouvir a palavra. Por tanto tempo pareceu uma impossibilidade completa que Jace pudesse ser seu namorado, que pudessem ser qualquer coisa além de irmãos um para o outro — o que fora dificílimo e terrível de encarar. Nunca mais se verem, tinham resolvido, seria melhor do que aquilo, e isso já teria sido como morrer. E então, por um milagre, foram libertados. Já haviam se passado seis semanas, mas Clary ainda não tinha se cansado da palavra.

— Tenho que ir para casa — disse ela. — São quase 11 horas, e minha mãe fica doida se fico aqui até depois das dez.

— Tudo bem. — Jace derrubou o uniforme, ou pelo menos a parte superior, em um banco. Estava com uma camiseta fina por baixo; Clary podia ver as Marcas através dela, como tinta sangrando em papel molhado. — Acompanho você.

O Instituto estava quieto quando o atravessaram. Não havia Caçadores de Sombras de outras cidades visitando no momento. Robert

— pai de Isabelle e Alec — estava em Idris ajudando a montar o novo Conselho, e com Hodge e Max ausentes para sempre, e Alec viajando com Magnus, Clary tinha a sensação de que os ocupantes remanescentes eram como hóspedes em um hotel praticamente vazio. Ela gostaria que outros integrantes do Conclave aparecessem com mais frequência, mas imaginava que todos estivessem dando um tempo aos Lightwood no momento. Tempo para se lembrarem de Max, e tempo para esquecerem.

— Teve notícias de Alec e Magnus ultimamente? — perguntou ela. — Estão se divertindo?

— Parece que sim. — Jace tirou o telefone do bolso e entregou a ela. — Alec não para de me mandar fotos irritantes. Várias legendas do tipo *Queria que estivessem aqui, só que na verdade não.*

— Bem, não pode culpá-lo. É para ser uma viagem romântica.

Ela olhou as fotos no telefone de Jace e riu. Alec e Magnus na frente da Torre Eiffel, Alec usando jeans como sempre, e Magnus com um cardigã de tricô, calças de couro e uma boina louca. Nos jardins Boboli, Alec ainda de jeans, e Magnus com uma enorme capa veneziana e um chapéu de gondoleiro. Parecia o Fantasma da Ópera. Na frente do Prado estava com um casaco brilhante de toureiro e botas de plataforma, enquanto Alec parecia alimentar calmamente um pombo ao fundo.

— Vou tirar isso de você antes que chegue na parte da Índia — disse Jace, pegando de volta o telefone. — Magnus de sári. Há coisas que você não esquece.

Clary riu. Já tinham chegado ao elevador, que abriu a porta ruidosamente quando Jace apertou o botão. Ela entrou, e ele a seguiu. Assim que o elevador começou a descer — Clary achava que jamais iria se acostumar à guinada inicial de parar o coração quando a descida começava —, ele se moveu em direção a ela na pouca luminosidade, e a puxou para perto. Ela pôs as mãos no peito dele, sentindo os músculos firmes sob a camiseta, a batida do coração abaixo. Sob a luz sombria os olhos dele brilhavam.

— Sinto muito por não poder ficar — sussurrou ela.

— Não lamente. — Havia uma aspereza na voz que a surpreendeu. — Jocelyn não quer que você fique como eu. Não a culpo por isso.

— Jace — disse ela, um pouco aturdida pela amargura na voz dele —, você está bem?

Em vez de responder, ele a beijou, puxando-a com força contra si. Seu corpo pressionou o dela contra a parede, o metal do espelho frio nas costas de Clary, as mãos de Jace deslizando pela cintura, por baixo do casaco. Ela sempre amou o jeito como ele a segurava. Cuidadoso, mas não muito suave, não tão suave a ponto de dar a sensação de que ele tinha mais controle do que ela. Nenhum dos dois podia controlar o que sentia pelo outro, e ela gostava daquilo, gostava da forma como o coração de Jace batia contra o dela, gostava do jeito como ele murmurava em sua boca quando ela o beijava de volta.

O elevador parou ruidosamente, e a porta abriu. Além dele, Clary podia ver a nave vazia da catedral, luz brilhando em uma fila de candelabros no corredor central. Ela apertou-se contra Jace, feliz por ter tão pouca luz no elevador, de modo que não podia ver o próprio rosto queimando no espelho.

— Talvez possa ficar — sussurrou ela. — Só mais um pouco.

Jace não disse nada. Ela podia sentir a tensão nele, e também ficou tensa. Era mais do que apenas a tensão do desejo. Jace estava tremendo, o corpo inteiro vibrando ao enterrar o rosto no canto do pescoço de Clary.

— Jace — disse ela.

Ele então a soltou, repentinamente, e recuou. Estava com as bochechas rubras, os olhos brilhavam febris.

— Não — disse ele. — Não quero dar mais motivo para sua mãe não gostar de mim. Ela já acha que sou a continuação do meu pai...

Interrompeu-se, antes que Clary pudesse dizer *Valentim não era seu pai*. Jace normalmente tinha o cuidado de só se referir a Valentim Morgenstern pelo nome, nunca como "meu pai" — isso quando chegava a mencionar Valentim. Normalmente evitavam o assunto, e Clary nunca admitiu para ele que a mãe se preocupava que ele, no íntimo, fosse exatamente como Valentim, sabendo que a mera sugestão o machucaria demais. Essencialmente, Clary apenas fazia o que podia para manter os dois afastados.

Ele esticou a mão por cima de Clary antes que ela pudesse falar qualquer coisa, e abriu a porta do elevador.

— Eu te amo, Clary — disse Jace, sem olhar para ela. Estava encarando a igreja, as fileiras de velas acesas, o dourado das chamas refletido em seus olhos. — Mais do que... — interrompeu-se. — Meu Deus. Mais do que provavelmente deveria. Você sabe disso, não sabe?

Ela saiu do elevador e se virou para encará-lo. Havia mil coisas que queria dizer, mas ele já estava desviando o olhar, apertando o botão que faria o elevador subir novamente para os andares do Instituto. Ela começou a protestar, mas o elevador já estava se movendo, as portas fechando enquanto iniciava a ruidosa ascensão. Elas se fecharam com um clique, e Clary as encarou por um instante; tinham o Anjo pintado na superfície, com as asas abertas, olhos erguidos. O Anjo estava pintado em tudo.

Sua voz ecoou duramente no recinto vazio quando ela falou.

— Também te amo — disse.

3
Sete Vezes

— Sabe o que é incrível? — disse Eric, repousando as baquetas. — Ter um vampiro na nossa banda. É isso que vai nos colocar no topo.

Kirk, abaixando o microfone, revirou os olhos. Eric vivia falando sobre levar a banda às alturas, e até agora nada tinha se materializado. O melhor que já tinham conseguido foi um show na *Knitting Factory* e só quatro pessoas compareceram. E uma delas foi a mãe de Simon.

— Não sei como chegaremos ao topo se não podemos contar para ninguém que ele é um vampiro.

— É uma pena — disse Simon. Ele estava sentado em um dos amplificadores, ao lado de Clary, que se concentrava em mandar mensagens de texto para alguém, provavelmente Jace. — Ninguém vai acreditar mesmo, porque olha só: aqui estou. Luz do dia. — Ele ergueu os braços para indicar a luz do sol entrando pelos buracos no telhado da garagem de Eric, que era o atual local de ensaios.

— Isso realmente tem certo impacto sobre nossa credibilidade — disse Matt, tirando o cabelo ruivo da frente dos olhos e apertando-os para encarar Simon. — Talvez você pudesse utilizar uma dentadura falsa.

— Ele não precisa de dentadura — disse Clary irritadiça, abaixando o telefone. — Ele tem presas de verdade. Você já viu.

Isto era verdade. Simon teve que exibir as presas quando revelou a notícia para a banda. Primeiro acharam que ele tinha sofrido uma batida na cabeça, ou um colapso mental. Depois que ele mostrou as presas, todos se convenceram. Eric até admitiu que não estava muito surpreso.

— Sempre soube que vampiros existiam, cara — dissera ele. — Porque, você sabe, há pessoas que, tipo, sabe, têm sempre a mesma aparência, mesmo quando têm, tipo, cem anos de idade? Tipo o David Bowie? É porque são vampiros.

Simon não tinha contado a eles que Clary e Isabelle eram Caçadoras de Sombras. Não era um segredo dele para que pudesse revelar. Também não sabiam que Maia era licantrope. Simplesmente acreditavam que Maia e Isabelle fossem duas gatas que inexplicavelmente tinham concordado em sair com Simon. Atribuíram o fato ao que Kirk classificava de "charme sexy de vampiro". Simon não se importava com o nome que usavam, contanto que jamais escorregassem e contassem para Maia ou Isabelle sobre a outra. Até agora tinham tido sucesso em convidá-las para shows alternados, de modo que nunca apareciam no mesmo.

— Talvez pudesse mostrar as presas no palco? — sugeriu Eric. — Só, tipo, uma vez, cara. Mostra para a multidão.

— Se ele fizesse isso, o líder do clã de vampiros de Nova York mataria todos vocês — disse Clary. — Sabem disso, não sabem? — Balançou a cabeça na direção de Simon. — Não posso acreditar que contou a eles que é um vampiro — acrescentou, diminuindo a voz para que somente Simon pudesse ouvi-la. — São idiotas, caso não tenha percebido.

— São meus amigos — murmurou Simon.

— São seus amigos, *e* são idiotas.

— Quero que as pessoas com as quais me importo saibam a verdade a meu respeito.

— Ah, é? — disse Clary, sem muita gentileza. — Então, quando vai contar para sua mãe?

Antes que Simon pudesse responder, ouviram uma batida alta na porta da garagem, e um instante mais tarde esta deslizou para cima, permitindo que mais luz outonal entrasse. Simon olhou para cima, piscando. Isso era um reflexo, na verdade, dos tempos em que era humano. Seus olhos não levavam mais do que uma fração de segundo para se ajustar à escuridão ou à luz.

Havia um menino na entrada da garagem, iluminado por trás pelo sol brilhante. Trazia um pedaço de papel na mão. Olhou para baixo, incerto, e em seguida novamente para a banda.

— Olá — disse. — É aqui que posso encontrar a banda Mancha Perigosa?

— Somos Lêmure Dicotômica agora — disse Eric, dando um passo à frente. — Quem quer saber?

— Sou o Kyle — respondeu o menino, se abaixando sob a porta da garagem. Endireitando-se, ele tirou o cabelo castanho da frente dos olhos, e entregou o pedaço de papel a Eric. — Vi que estavam procurando um vocalista.

— Opa — disse Matt. — Colocamos esse flyer há, tipo, um ano. Tinha me esquecido completamente.

— É — disse Eric. — Estávamos fazendo umas coisas diferentes naquela época. Agora basicamente revezamos nos vocais. Você tem experiência?

Kyle — que era muito alto, percebeu Simon, apesar de nada desengonçado — deu de ombros.

— Na verdade, não. Mas já me disseram que canto bem. — Tinha uma dicção lenta, ligeiramente arrastada, mais de surfista do que sulista.

Os integrantes da banda se entreolharam incertos. Eric coçou atrás da orelha.

— Pode nos dar um segundo, cara?

— Claro. — Kyle saiu da garagem, fechando a porta atrás de si. Simon podia ouvi-lo assobiando fracamente do lado de fora. Parecia "She'll Be Coming Round the Mountain". E também não estava particularmente afinado.

— Não sei — falou Eric. — Não tenho certeza se precisamos de alguém novo agora. Porque, quero dizer, não podemos contar para ele sobre a história de você ser vampiro, podemos?

— Não — respondeu Simon. — Não podem.

— Bem, então. — Matt deu de ombros. — É uma pena. Precisamos de um vocalista. Kirk é péssimo. Sem ofensa, Kirk.

— Vá se ferrar — disse Kirk. — Não sou péssimo nada.

— É sim — disse Matt. — Você é incrivelmente, terrivelmente...

— *Eu* acho — interrompeu Clary, levantando a voz — que vocês deveriam deixá-lo fazer um teste.

Simon a encarou.

— Por quê?

— Porque ele é muito gato — respondeu Clary, para surpresa de Simon. Ele não tinha ficado muito impressionado com a aparência de Kyle, mas talvez não fosse o melhor juiz para beleza masculina. — E sua banda precisa de um pouco de sex appeal.

— Obrigado — disse Simon. — Em nome de todos nós, muito obrigado.

Clary emitiu um ruído impaciente.

— Sim, sim, todos vocês são rapazes bonitos. Principalmente você, Simon. — Ela afagou a mão dele. — Mas Kyle é gato do tipo "uau". Só estou falando. Minha opinião objetiva como menina é que se acrescentarem Kyle à banda, vão dobrar o número de fãs.

— O que quer dizer que teremos duas fãs em vez de uma — disse Kirk.

— Qual? — Matt parecia verdadeiramente curioso.

— A amiga da priminha do Eric. Como ela chama? A que gosta do Simon. Ela vai a todos os nossos shows e diz para todo mundo que é namorada dele.

Simon franziu o cenho.

— Ela tem 13 anos.

— É seu charme sexy de vampiro trabalhando, cara — disse Matt. — As meninas não resistem a você.

— Ah, pelo amor de Deus — disse Clary. — Não existe charme sexy de vampiro. — Apontou o dedo para Eric. — E nem diga que Charme Sexy de Vampiro parece um nome de banda, ou eu...

A porta da garagem levantou novamente.

— Hã, caras? — Era Kyle de novo. — Ouçam, se não quiserem que eu faça o teste, tudo bem. De repente mudaram o som, sei lá. É só falar que eu vou embora.

Eric inclinou a cabeça para o lado.

— Entre e vamos dar uma olhada em você.

Kyle entrou na garagem. Simon o encarou, tentando aferir o que tinha feito Clary chamá-lo de gato. Era alto, tinha ombros largos, magro, com maçãs do rosto altas, cabelos pretos e cacheados, mais para longos, caindo sobre a testa e o pescoço, e o tom de pele de quem ainda não tinha perdido o bronze do verão. Os cílios longos e espessos sobre olhos verde-âmbar o faziam parecer um astro do rock do tipo bonitinho e rebelde. Vestia uma camisa verde justa e calças jeans, e se entrelaçando nos dois braços nus havia tatuagens — não eram Marcas, apenas tatuagens comuns. Pareciam escrituras circulando a pele, desaparecendo por dentro das mangas da camisa.

Tudo bem, Simon tinha que admitir. Ele não era horrendo.

— Sabe — disse Kirk afinal, rompendo o silêncio. — Eu consigo ver. Ele é bem gato.

Kyle piscou e olhou para Eric.

— Então, querem que eu cante ou não?

Eric tirou o microfone do stand e entregou a ele.

— Vá em frente — disse. — Tenta.

— Sabe, ele mandou muito bem — disse Clary. — Estava mais ou menos brincando sobre incluir Kyle na banda, mas ele tem voz.

Estavam andando pela Kent Avenue, em direção à casa de Luke. O céu tinha escurecido de azul para cinza, em preparação para o crepúsculo, e havia algumas nuvens baixas sobre o East River. Clary estava passando as mãos enluvadas pela grade de corrente que as separava do aterro de concreto, fazendo o metal tilintar.

— Só está falando isso porque o achou bonito — disse Simon.

Ela sorriu.

— Não tão gato assim. Não é o cara mais gato que já vi. — Esse, imaginou Simon, seria Jace, apesar de ela ter tido a gentileza de não falar. — Mas acho que seria uma boa ideia tê-lo na banda, honestamente. Se Eric e o resto deles não podem contar a *ele* que você é vampiro, também não podem contar para ninguém. Com sorte, isso vai acabar com essa ideia ridícula.

Estavam quase na casa de Luke; Simon conseguia enxergá-la do outro lado da rua, as janelas acesas em amarelo contra a escuridão que se aproximava. Clary parou no buraco na grade.

— Lembra quando matamos um monte de demônios Raum aqui?

— Você e Jace mataram demônios Raum. Eu quase vomitei. — Simon se lembrava, mas não estava com a cabeça nisso; estava pensando em Camille, sentada diante dele no jardim, dizendo *É amigo de Caçadores de Sombras, mas nunca poderá ser um deles. Sempre será diferente e de fora.* Simon olhou de lado para Clary, imaginando o que ela diria se ele contasse sobre a reunião com a vampira, e sobre a oferta. Ele imaginava que provavelmente ficaria apavorada. O fato de que ele não podia ser atingido ainda não a tinha impedido de se preocupar com sua segurança.

— Não se assustaria agora — disse ela suavemente, como se estivesse lendo a mente dele. — Agora tem a Marca. — Clary se virou para olhar para ele, ainda apoiada na grade. — Alguém percebe ou pergunta sobre ela?

Ele balançou a cabeça.

— Meu cabelo cobre quase toda, e, de qualquer forma, desbotou bastante. Está vendo? — Ele então puxou o cabelo para o lado.

Clary esticou o braço e tocou a testa dele, e a Marca sinuosa desenhada ali. Ela estava com uma expressão triste, como no dia em que estiveram no Salão dos Acordos em Alicante, quando cortou a mais antiga maldição do mundo na pele de Simon.

— Dói?

— Não. Não dói. — *E Caim disse ao Senhor, meu castigo é maior do que posso suportar.* — Sabe que não a culpo, não sabe? Salvou a minha vida.

— Eu sei. — Os olhos de Clary estavam brilhando. Ela abaixou a mão que estivera na testa dele e esfregou as costas da luva no rosto. — Droga. Detesto chorar.

— Bem, é melhor se acostumar — disse ele e, quando ela arregalou os olhos, acrescentou apressadamente: — Estou falando do casamento. Quando é? Sábado que vem? Todo mundo chora em casamentos.

Ela deu um riso de desdém

— E como estão sua mãe e Luke?

— Irritantemente apaixonados. Um horror. Então... — Afagou-o no ombro. — É melhor eu entrar. Nos vemos amanhã?

Ele assentiu.

— Claro. Amanhã.

Ele a observou enquanto ela corria pela rua e subia as escadas para a porta da frente de Luke. *Amanhã*. Ficou imaginando quanto tempo fazia desde a última vez em que passara mais de alguns dias sem ver Clary. Pensou sobre ser um fugitivo e um andarilho na terra, como Camille dissera. Como Raphael dissera. *O sangue do teu irmão me chama da terra*. Ele não era Caim, o homem que matou o irmão, mas a maldição acreditava que sim. Era estranho, ele achava, ficar à espera de perder tudo, sem saber se aconteceria ou não.

A porta se fechou atrás de Clary. Simon virou para descer a Kent Street, para a estação de metrô da linha G na Lorimer Street. Estava quase completamente escuro agora, o céu acima um redemoinho de cinza e preto. Simon ouviu pneus cantando na estrada atrás dele, mas não se virou. Carros dirigiam rápido demais nesta rua o tempo todo, apesar das rachaduras e das poças. Foi só quando a van chegou do lado dele e freou com um rangido que virou para olhar.

O motorista da van arrancou as chaves da ignição, desligando o motor, e abriu a porta. Era um homem — um homem alto, com uma roupa de ginástica cinza de capuz e tênis, com o capuz tão abaixado que escondia quase todo o rosto. Saltou do banco do motorista, e Simon viu que tinha uma faca grande e brilhante na mão.

Mais tarde Simon pensaria que deveria ter corrido. Era um vampiro, mais rápido do que qualquer humano. Seria mais veloz do que qualquer um. Devia ter corrido, mas estava espantado demais; ficou parado enquanto o sujeito, com a faca na mão, veio em direção a ele. O homem disse alguma coisa com uma voz baixa e gutural, algo em uma língua que Simon não entendia.

Simon deu um passo para trás.

— Veja — disse, alcançando o bolso. — Pode levar minha carteira...

O homem avançou para Simon, apertando a faca contra seu peito. Simon olhou incrédulo. Tudo pareceu acontecer muito lentamente, como se o tempo tivesse se estendido. Viu a ponta da faca perto do peito, a ponta furando o couro da jaqueta — e em seguida ela se moveu para o lado, como se alguém tivesse agarrado o braço do agressor e *puxado*. O homem gritou quando foi lançado para o ar como uma marionete sendo controlada pelas cordas. Frenético, Simon olhou em volta — certamente alguém devia ter visto ou percebido a comoção, mas ninguém apareceu. O homem continuou gritando e se debatendo, enquanto a camisa rasgava na frente, como se tivesse sido destruída por uma mão invisível.

Simon ficou encarando, horrorizado. Hematomas enormes apareciam no tronco do sujeito. A cabeça voou para trás, e sangue foi cuspido da boca. Ele parou de gritar subitamente... — e caiu, como se a mão invisível se tivesse aberto, soltando-o. O homem atingiu o chão e estilhaçou como vidro em mil pedaços brilhantes que se espalharam pela calçada.

Simon caiu de joelhos. A faca com que tentaram matá-lo estava jogada no chão, um pouco afastada, ao alcance de seu braço. Era tudo que restava do agressor, exceto pela pilha de cristais brilhantes que já começavam a voar ao vento frio. Ele tocou uma delas cautelosamente.

Era sal. Olhou para as mãos. Estavam tremendo. Sabia o que tinha acontecido, e por quê.

E Deus disse a ele, Portanto, quem quer que mate Caim, sofrerá uma vingança sete vezes pior.

Então sete vezes era assim.

Mal conseguiu chegar até a sarjeta antes de se curvar e vomitar sangue na rua.

No instante em que abriu a porta, Simon soube que tinha calculado mal. Achou que a mãe já estaria dormindo a essa hora, mas não. Estava acordada, sentada na poltrona diante da porta da frente, com o telefone na mesa ao lado, e viu o sangue na jaqueta dele imediatamente.

Para surpresa de Simon, ela não gritou, mas sua mão voou para a boca.

— *Simon.*

— O sangue não é meu — disse rapidamente. — Eu estava na casa de Eric, e Matt teve um sangramento no nariz...

— Não quero ouvir. — O tom agudo era um que raramente utilizava; fazia com que ele se lembrasse da maneira como ela falava durante aqueles últimos meses em que o pai esteve doente, a ansiedade como uma faca em sua voz. — Não quero ouvir mais mentiras.

Simon jogou as chaves na mesa perto da porta.

— Mãe...

— Só o que você faz é mentir para mim. Cansei disso.

— Não é verdade — respondeu, mas sentiu-se nauseado, sabendo que era. — Minha vida está muito confusa, é só.

— Eu sei. — A mãe se levantou; sempre fora uma mulher magra, e parecia esquelética agora, os cabelos pretos, da mesma cor do dele, marcados com mais linhas grisalhas do que ele se lembrava ao redor do rosto. — Venha comigo, rapazinho. *Agora*.

Confuso, Simon a seguiu até a cozinha amarela brilhante. A mãe parou e apontou para a bancada.

— Se importa de explicar isso?

A boca de Simon ficou seca. Alinhadas no balcão, como uma fileira de soldadinhos de brinquedo, estavam as garrafas de sangue que ele guardava no minibar dentro do armário. Uma estava pela metade, as outras completamente cheias, o líquido vermelho nelas brilhava como uma acusação. Ela também tinha encontrado as bolsas vazias de sangue que ele havia ingerido, lavado e depois colocado cuidadosamente em uma sacola de compras antes de jogá-las na lata de lixo. Também estavam espalhadas pela bancada, como uma decoração grotesca.

— Primeiro achei que fossem garrafas de vinho — disse Elaine Lewis, com a voz trêmula. — Depois encontrei as sacolas. Então abri uma das garrafas. É *sangue*. Não é?

Simon não disse nada. Sua voz parecia ter fugido.

— Tem estado muito estranho ultimamente — prosseguiu a mãe. — Sempre na rua, nunca come, mal dorme, tem amigos que nunca conheci, de quem nunca ouvi falar. Acha que não sei quando está mentindo para mim? Eu sei, Simon. Achei que estivesse usando drogas.

Simon encontrou a voz.

— Então revistou meu quarto?

A mãe enrubesceu.

— Eu tive que fazer isso! Achei... achei que se encontrasse drogas, poderia ajudar, te inscrever em um programa de reabilitação, mas isto?

— gesticulou desgovernadamente para as garrafas. — Não sei nem o que pensar sobre isto. O que está acontecendo, Simon? Entrou em uma espécie de seita?

Simon balançou a cabeça.

— Então, me conte — disse a mãe, com os lábios tremendo. — Porque as únicas explicações que consigo pensar são horríveis e doentias. Simon, por favor...

— Sou um vampiro — disse Simon. Não fazia ideia de como tinha dito, nem mesmo por quê. Mas lá estava. As palavras pairavam no ar entre os dois como um gás venenoso.

Os joelhos da mãe pareceram ceder, e ela afundou em uma cadeira na cozinha.

— O que você disse? — sussurrou ela.

— Sou um vampiro — disse Simon. — Há mais ou menos dois meses. Sinto muito por não ter contado antes. Não sabia como.

O rosto de Elaine Lewis estava branco como giz.

— Vampiros não existem, Simon.

— Sim — disse. — Existem. Olha, eu não pedi para ser um vampiro. Fui atacado. Não tive escolha. Eu mudaria isso se pudesse. — Rapidamente, ele pensou no panfleto que Clary havia lhe dera há tanto tempo, sobre sair do armário e contar para os pais. Na época pareceu uma analogia engraçada; agora não.

— Acha que é um vampiro — disse a mãe de Simon, entorpecida. — Acha que bebe sangue.

— Eu bebo sangue — declarou Simon. — Bebo sangue animal.

— Mas você é *vegetariano*. — A mãe parecia à beira das lágrimas.

— Era. Não sou mais. Não posso ser. É o sangue que me mantém vivo. — A garganta de Simon parecia apertada. — Nunca machuquei uma pessoa. Jamais beberia o sangue de alguém. Continuo sendo o mesmo. Continuo sendo eu.

A mãe parecia estar lutando para se controlar.

— Seus novos amigos... também são vampiros?

Simon pensou em Isabelle, Maia, Jace. Não podia explicar Caçadores de Sombras e lobisomens também. Era demais.

— Não. Mas sabem que sou.

— Eles... eles te deram drogas? Fizeram você tomar alguma coisa? Alguma coisa que provocasse alucinações? — Ela mal parecia ter escutado a resposta do filho.

— Não. Mãe, é verdade.

— Não é — sussurrou. — Você *acha* que é. Meu Deus. Simon. Sinto muito. Devia ter notado. Vamos buscar ajuda. Vamos encontrar alguém. Um médico. Qualquer que seja o preço...

— Não posso ir ao médico, mãe.

— Pode sim. Precisa ir a algum lugar. Talvez um hospital...

Simon esticou o pulso para ela.

— Verifique meu pulso — disse.

Ela olhou para ele, espantada.

— O quê?

— Meu pulso — disse. — Pode checar. Se sentir alguma coisa, tudo bem, vou ao hospital com você. Caso contrário, terá que acreditar em mim.

Ela esfregou as lágrimas dos olhos e lentamente se esticou para verificar o pulso dele. Após tanto tempo cuidando do pai de Simon quando ele estava doente, sabia fazer isso tão bem quanto qualquer enfermeira. Pressionou o indicador na parte interna do pulso do filho e esperou.

Ele observou conforme o rosto dela mudava, de tristeza e irritação para confusão, e depois pavor. Ela se levantou, largando a mão dele, afastando-se. Os olhos eram enormes e escuros em seu rosto branco.

— O que é você?

Simon se sentiu enjoado.

— Já disse. Sou um vampiro.

— Você não é meu filho. Não é o Simon. — Estava tremendo. — Que espécie de criatura viva não tem pulsação? Que tipo de monstro você é? *O que você fez com meu filho?*

— Sou o Simon... — Ele deu um passo em direção a mãe.

Ela gritou. Ele nunca a tinha ouvido gritar assim, e nunca mais queria. Era um som horrível.

— Afaste-se de mim. — A voz falhou. — Não se aproxime mais. — Começou a sussurrar. — *Barukh ata Adonai sho'me'a't'fila...*

Estava *rezando*. Simon percebeu, com choque. Tinha tanto medo dele que estava rezando para que se afastasse, fosse banido. E o pior de tudo era que ele podia sentir. O nome de Deus lhe embrulhava o estômago e fazia a garganta doer.

Ela tinha razão em rezar, pensou Simon, completamente enjoado. Era amaldiçoado. Não pertencia ao mundo. *Que espécie de criatura viva não tem pulsação?*

— Mãe — sussurrou Simon. — Mãe, pare.

Ela olhou para ele, os olhos arregalados, os lábios ainda se movendo.

— Mãe, não precisa ficar tão perturbada. — Ouviu a própria voz como que de longe, suave e calmante, a voz de um estranho. Manteve os olhos fixos na mãe ao falar, capturando seu olhar com o próprio como um gato capturaria um rato. — Não aconteceu nada. Você dormiu na poltrona da sala. Está tendo um pesadelo de que voltei para casa e contei que sou um vampiro. Mas isso é loucura. Jamais aconteceria.

Ela tinha parado de rezar. Piscou os olhos.

— Estou sonhando — repetiu.

— É um pesadelo — disse Simon. Foi em direção a ela e colocou a mão no ombro da mãe. Ela não recuou. Estava com a cabeça caída, como a de uma criança cansada. — Só um sonho. Não encontrou nada no meu quarto. Não aconteceu nada. Está apenas dormindo, só isso.

Pegou a mão da mãe. Ela permitiu que ele a levasse para a sala, onde a colocou na poltrona. Ela sorriu quando o filho colocou um cobertor sobre ela, e fechou os olhos.

Simon voltou para a cozinha e, rápida e metodicamente, jogou as garrafas de sangue em uma sacola de lixo. Amarrou a parte superior e levou para o quarto, onde trocou a jaqueta sangrenta por uma nova, e jogou algumas coisas rapidamente em uma mochila. Apagou a luz e saiu, fechando a porta.

A mãe já estava adormecida quando passou pela sala. Esticou o braço e tocou a mão dela.

— Vou me ausentar por alguns anos — sussurrou. — Mas você não vai se preocupar. Não vai esperar que eu volte. Você acha que estou em um passeio da escola. Não precisa ligar. Está tudo bem.

Ele retirou a mão. À luz fraca a mãe parecia ao mesmo tempo mais velha e mais nova do que estava acostumado. Era tão pequena quanto uma criança, encolhida sob a coberta, mas havia novas rugas no rosto, das quais não se lembrava.

— Mãe — sussurrou Simon.

Tocou a mão dela, e ela se mexeu. Não querendo que ela acordasse, Simon se afastou e foi silenciosamente para a porta, pegando as chaves na mesa ao passar.

O Instituto estava quieto. Vivia quieto ultimamente. Jace tinha passado a deixar a janela aberta à noite, para poder escutar os ruídos do tráfego passando, sirenes ocasionais de ambulâncias e as buzinas da York Avenue. Também ouvia coisas que os mundanos não conseguiam escutar, e estes barulhos penetravam a noite e invadiam seus sonhos — a corrente de ar deslocada pela motocicleta aérea de um vampiro, as batidas das asas de fadas aladas, o uivo distante de lobos em noites de lua cheia.

A lua estava apenas na fase crescente agora, emitindo luz o suficiente para que ele pudesse ler jogado em cima da cama. Estava com a caixa de prata do pai aberta diante de si, examinando o conteúdo. Uma das estelas do pai estava ali, e uma adaga de cabo de prata com as iniciais SWH no cabo e — o que mais interessava a Jace — uma pilha de cartas.

Ao longo das últimas seis semanas tinha passado a ler mais ou menos uma carta por noite, tentando entender melhor o homem que era seu pai biológico. Uma imagem começou a emergir lentamente, de um jovem gentil com pais severos que fora atraído por Valentim e o Ciclo porque lhe ofereciam uma oportunidade de se destacar no mundo. Continuou escrevendo para Amatis mesmo depois do divórcio, fato que ela não tinha mencionado antes. Naquelas cartas, seu desencanto com Valentim e o nojo das atividades do Ciclo eram claros, apesar de ele raramente mencionar a mãe de Jace, Céline — se é que ele o fez. Fazia sentido — Amatis não ia querer ouvir sobre sua substituta — e, no entanto, Jace não conseguia deixar de odiar o pai um pouco por isso. Se não gostava da mãe dele, por que se casara com ela? Se detestava o Ciclo tanto assim, por que não o deixou? Valentim foi um louco, mas pelo menos respeitava os próprios princípios.

E então é claro que Jace só se sentia pior por preferir Valentim a seu pai verdadeiro. Que tipo de pessoa isso o tornava?

Uma batida na porta o arrancou de suas autorrecriminações; então ele se levantou e foi atender, esperando que fosse Isabelle, pedindo algo emprestado, ou reclamando de alguma coisa.

Mas não era Isabelle. Era Clary.

Não estava vestida como de costume. Usava uma camiseta preta com decote profundo com uma blusa branca folgada aberta por cima, e uma saia curta, curta o suficiente para exibir as curvas da perna até o meio da coxa. Os cabelos ruivos brilhantes estavam presos em tranças, alguns cachos soltos grudados na têmpora, como se estivesse chovendo um pouco lá fora. Ela sorriu ao vê-lo, erguendo as sobrancelhas. Eram cúpricas, como os cílios finos que emolduravam seus olhos verdes.

— Não vai me deixar entrar?

Ele olhou de um lado para o outro no corredor. Não havia mais ninguém ali, graças a Deus. Pegando Clary pelo braço, puxou-a para dentro e fechou a porta. Apoiando-se contra ela, disse:

— O que está fazendo aqui? Está tudo bem?

— Tudo bem. — Ela tirou os sapatos e se sentou na beira da cama. A saia levantou quando ela se inclinou para trás, apoiando-se nas mãos, revelando mais da coxa. Não estava ajudando muito na concentração de Jace. — Fiquei com saudade. E minha mãe e Luke estão dormindo. Não vão perceber que saí.

— Não deveria estar aqui. — As palavras saíram como uma espécie de resmungo. Detestava dizê-las, mas sabia que precisavam ser ditas, por razões que ela sequer conhecia. E ele esperava que nunca soubesse.

— Bem, se quiser que eu vá embora, eu vou. — Ela se levantou. Seus olhos eram de um ofuscante brilho verde. Deu um passo em direção a ele. — Mas vim até aqui. Você poderia ao menos me dar um beijo de despedida.

Ele esticou o braço, puxou-a para perto e beijou-a. Havia coisas que precisavam ser feitas, mesmo que não fosse uma boa ideia. Ela caiu em seus braços como seda delicada. Ele passou os dedos pelos cabelos dela, soltando as tranças até os cabelos caírem sobre os ombros como ele gostava. Lembrava-se que quisera fazer isso na primeira vez em que a viu, e que descartara a ideia como uma loucura. Era uma mundana, uma estranha, não fazia sentido querê-la. E depois a beijara pela primeira vez na estufa, o que quase o enlouqueceu. Tinham descido e sido interrompidos por Simon, e ele nunca quis matar alguém tanto quanto quis matar Simon naquela ocasião, apesar de saber, racionalmente, que ele não tinha feito nada errado. Mas o que sentia não tinha nada de racional, e quando a imaginou deixando-o por Simon, esse pensamento o enojou e assustou de uma forma que demônio nenhum jamais havia feito.

E depois Valentim lhe disse que eram irmãos, e Jace percebeu que havia coisas piores, infinitamente piores do que Clary deixá-lo por outra pessoa — era saber que o jeito como a amava era de alguma forma cosmicamente errada; que o que parecia a coisa mais pura e irrepreensível em sua vida tinha sido contaminada além de qualquer redenção. Lembrou-se do pai dizendo que quando anjos caíam, caíam angustiados, pois já tinham visto o rosto de Deus, e jamais o veriam novamente. E achou que sabia como era a sensação.

Porém isso não fez com que a quisesse menos; apenas transformou querê-la em tortura. Às vezes a sombra dessa tortura surgia nas lembranças mesmo quando a beijava, como agora, e isso lhe fez apertá-la com mais força. Ela emitiu um ruído de surpresa, mas não protestou, mesmo quando Jace a levantou, carregando-a até a cama.

Esparramaram-se juntos sobre ela, amassando algumas das cartas, Jace empurrando a própria caixa para abrir espaço para os dois. Seu coração batia forte contra as costelas. Nunca tinham estado juntos na cama assim, não de verdade. Teve aquela noite no quarto dela em Idris, mas mal se tocaram. Jocelyn tinha o cuidado de nunca permitir que um passasse a noite onde o outro morava. Não gostava muito dele, Jace desconfiava, e não podia culpá-la por isso. Duvidava que ele próprio fosse gostar de si se estivesse no lugar dela.

— Eu te amo — sussurrou Clary. Tinha tirado a camiseta dele, e estava passando as pontas dos dedos nas cicatrizes das costas de Jace, e a cicatriz em forma de estrela no ombro, igual à dela, uma relíquia do anjo cujo sangue compartilhavam. — Não quero perdê-lo nunca.

Ele deslizou a mão para baixo para desatar o nó que segurava a blusa de Clary. A outra mão, apoiada no colchão, tocou o metal frio da adaga de caça; devia ter caído na cama com o resto do conteúdo da caixa.

— Isso não vai acontecer nunca.

Ela olhou para ele com olhos brilhantes.

— Como pode ter tanta certeza?

A mão de Jace se fechou sobre o cabo da faca. A luz da lua que jorrava pela janela refletiu na lâmina quando a levantou.

— Tenho certeza — respondeu ele, e abaixou a adaga bruscamente. A lâmina cortou a carne de Clary como se fosse papel, e quando sua boca se abriu em forma de O, em choque, e a frente da camisa branca ficou ensopada de sangue, ele pensou *Meu Deus, de novo não.*

Acordar do pesadelo foi como estilhaçar uma janela de vidro. Os cacos afiados pareciam cortá-lo mesmo enquanto se libertava e se sentava, engasgando. Rolou para fora da cama, instintivamente querendo escapar, e atingiu o chão de pedra sobre as mãos e joelhos. Ar frio entrava pela janela aberta, fazendo-o tremer, mas livrando-o dos restos do sonho.

Olhou para as próprias mãos. Não tinham sangue. A cama estava uma bagunça, os lençóis e cobertores enrolados em uma bola, de tanto Jace se revirar, mas a caixa com as coisas do pai continuava na cabeceira, onde a havia deixado antes de ir dormir.

Nas primeiras vezes em que teve o pesadelo, ele tinha acordado e vomitado. Agora tomava o cuidado de não comer algumas horas antes de dormir, então o corpo se vingava com espasmos de náusea e febre. Quando seu corpo se contorceu num desses espasmos, ele se encolheu, arquejando e arfando até passar.

Quando acabou, pressionou a testa contra o chão frio de pedra. O suor estava esfriando em seu corpo, a camisa grudada na pele, e ele considerou, a sério, se eventualmente os sonhos o matariam. Tinha tentado de tudo para evitá-los — remédios para dormir e poções, marcas de sono, marcas de paz e cura. Nada adiantou. Os sonhos eram como venenos em sua mente, e não havia nada que pudesse fazer para afastá-los.

Mesmo enquanto estava acordado, achava difícil olhar para Clary. Ela sempre conseguira ver através dele como ninguém, e Jace mal podia imaginar o que ela pensaria se soubesse o que ele vinha sonhando. Rolou para o lado e encarou a caixa na cabeceira, refletindo a luz da lua. E pensou em Valentim. Valentim, que havia torturado e aprisionado a única mulher que amou na vida, que ensinou o filho — os filhos — que amar alguma coisa era destruí-la para sempre.

Sua mente girava freneticamente ao dizer as palavras para si mesmo, repetidas vezes. Havia se tornado uma espécie de mantra para ele, e como qualquer mantra, as palavras tinham começado a perder o significado individual.

Não sou como Valentim. Não quero ser como ele. Não serei como ele. Não serei.

Viu Sebastian — Jonathan, na verdade — seu mais-ou-menos-irmão, sorrindo para ele através de um emaranhado de cabelos branco-prateados, os olhos pretos brilhando com júbilo impiedoso. E viu a própria faca entrar em Jonathan e sair, e o corpo de Jonathan caindo em direção ao rio embaixo, o sangue se misturando às ervas daninhas e à grama na margem do rio.

Não sou como Valentim.

Não se arrependera de ter matado Jonathan. Se precisasse, faria outra vez.

Não quero ser como ele.

Sem dúvida não era normal matar alguém — matar o próprio irmão adotivo — e não sentir nada.

Não serei como ele.

Mas seu pai havia lhe ensinado que matar sem piedade era uma virtude, e talvez fosse impossível esquecer o que os pais ensinavam. Independentemente do quanto quisesse.

Não serei como ele.

Talvez as pessoas jamais pudessem mudar de fato.

Não serei.

4

A Arte dos Oito Membros

AQUI ESTAO CONTIDOS OS ANSEIOS DE GRANDES CORAÇOES E COISAS NOBRES QUE SE ERGUEM ACIMA DA MARÉ, A PALAVRA MÁGICA QUE SUSCITOU SUSTOS MARAVILHADOS, A SABEDORIA ARMAZENADA QUE JAMAIS MORREU.

As palavras estavam esculpidas sobre as portas de entrada da Biblioteca Pública do Brooklyn na Grand Army Plaza. Simon estava sentado nos degraus da frente, olhando para a fachada. Inscrições brilhavam em dourado contra a pedra, cada palavra ganhando vida temporariamente quando iluminada pelos faróis de carros que passavam.

A biblioteca sempre foi um de seus locais preferidos durante a infância. Havia uma entrada separada para crianças pela lateral, e durante anos ia encontrar Clary ali todos os sábados. Pegavam uma pilha de livros e iam para o Jardim Botânico ao lado, onde podiam ler durante horas, esparramados na grama, o ruído do trânsito uma batida constante ao longe.

Como tinha parado ali esta noite, não sabia ao certo. Afastou-se de casa o mais rápido que pôde, apenas para perceber que não tinha para onde ir. Não podia encarar uma ida até a casa de Clary — a amiga ficaria horrorizada com o que tinha feito, e ia querer que ele voltasse para consertar. Eric e os outros não entenderiam. Jace não gostava dele, e, além disso, Simon não podia entrar no Instituto. Era uma igreja, e a razão pela qual os Nephilim moravam ali era exatamente manter criaturas como ele do lado de fora. Eventualmente percebeu quem *poderia* chamar, mas a ideia era suficientemente desagradável para que demorasse a reunir a coragem necessária para de fato fazê-lo.

Ouviu a moto antes de vê-la, o ronco alto do motor cortando os sons do leve tráfego na Grand Army Plaza. A moto carenou pela interseção e subiu na calçada, em seguida deu marcha a ré para então avançar pelos degraus. Simon chegou para o lado enquanto o veículo aterrissava suavemente ao lado dele e Raphael soltava o guidão.

A moto desligou instantaneamente. As motocicletas dos vampiros eram alimentadas por espíritos demoníacos e respondiam como animais de estimação aos desejos dos donos. Simon as achava arrepiantes.

— Queria me ver, Diurno? — Raphael, elegante como sempre com uma jaqueta preta e jeans caros, desmontou e apoiou a moto contra a grade da biblioteca. — Espero que seja algo quente — acrescentou. — Não é qualquer coisa que me traz até o Brooklyn. Raphael Santiago não pertence ao subúrbio.

— Ah, ótimo. Está começando a falar de si mesmo na terceira pessoa. Não é como se isso fosse sinal de megalomania nem nada.

Raphael deu de ombros.

— Pode me contar o que queria, ou vou embora. A escolha é sua. — Olhou para o relógio. — Você tem trinta segundos.

— Contei para minha mãe que sou um vampiro.

As sobrancelhas de Raphael se ergueram. Eram muito finas e muito escuras. Em momentos menos generosos Simon imaginava se eram maquiadas.

— E o que aconteceu?

— Ela me chamou de monstro e tentou rezar para mim. — A lembrança fez o gosto amargo de sangue subir no fundo da garganta de Simon.

— E aí?

— Aí não sei ao certo o que aconteceu. Comecei a falar com ela com uma voz muito estranha, muito tranquilizante, dizendo que nada tinha acontecido, e que tudo não passava de um sonho.

— E ela acreditou em você.

— Acreditou — disse Simon, relutante.

— Claro que acreditou — disse Raphael. — Porque você é um vampiro. É um poder que temos. O *encanto*. A fascinação. O poder de persuasão, como chamaria. Pode convencer humanos mundanos de quase qualquer coisa, se aprender a utilizar a habilidade adequadamente.

— Mas não queria usar nela. É minha mãe. Existe algum jeito de tirar dela... algum jeito de consertar?

— Consertar para que ela o odeie novamente? Para que pense que é um monstro? Parece uma definição muito estranha de consertar alguma coisa.

— Não me importo — respondeu Simon. — Tem jeito?

— Não — disse Raphael alegremente. — Não tem. Você saberia disso tudo, é claro, se não desdenhasse tanto da própria espécie.

— Muito bem. Aja como se *eu* tivesse rejeitado *você*. Não é como se você tivesse tentado me matar ou coisa do tipo.

Raphael deu de ombros.

— Aquilo foi política. Não foi pessoal. — Inclinou-se para trás contra a grade e cruzou os braços sobre o peito. Estava com luvas pretas de motoqueiro. Simon tinha que admitir que ele parecia bem descolado.

— Por favor, não me diga que me trouxe aqui só para me contar uma história chata sobre sua irmã.

— Minha mãe — corrigiu Simon.

Raphael fez um gesto de desdém com a mão.

— Que seja. Alguma mulher na sua vida o rejeitou. Não será a última vez, posso garantir. Por que está me incomodando com isso?

— Queria saber se poderia ficar no Dumont — disse Simon, soltando as palavras bem rápido, para que não pudesse desistir no meio. Mal conseguia acreditar que estava perguntando. Suas lembranças do hotel de vampiros eram lembranças de sangue, terror e dor. Mas era um lugar para onde ir, onde poderia ficar sem que procurassem por ele, e assim não precisaria ir para casa. Ele era um vampiro. Tolice temer um hotel cheio de *outros* vampiros. — Não tenho mais para onde ir.

Os olhos de Raphael brilharam.

— A-há — disse, com um tom de triunfo que Simon não achou lá muito agradável. — Agora quer algo de mim.

— Acho que sim. Apesar de ser esquisito você ficar tão animado com isso, Raphael.

Raphael riu.

— Se vier ficar no Dumont, não irá se referir a mim como Raphael, mas como Mestre, Patriarca ou Grande Líder.

Simon se preparou.

— E Camille?

Raphael tomou um susto.

— O que quer dizer?

— Sempre me disse que não era o líder dos vampiros de fato — respondeu Simon, num tom neutro. — Depois, em Idris, me disse que era uma pessoa chamada Camille. Falou que ela não tinha voltado para Nova York ainda. Mas presumo que, quando voltar, *ela* será a mestre, ou qualquer que seja o título, certo?

O olhar de Raphael escureceu.

— Acho que não estou gostando da sua linha de questionamento, Diurno.

— Tenho direito de saber as coisas.

— Não — disse Raphael. — Não tem. Você vem a mim, perguntando se pode ficar no meu hotel, porque não tem para onde ir. Não porque quer estar com outros da sua espécie. Você nos evita.

— O que, conforme já observei, tem a ver com aquela vez em que tentou me matar.

— O Dumont não é uma casa de transição para vampiros relutantes — prosseguiu Raphael. — Você vive entre humanos, caminha à luz do dia, toca na sua banda idiota... sim, não pense que não sei sobre isso. De todas as formas possíveis, não aceita o que realmente é. E enquanto isso for verdade, não é bem-vindo no Dumont.

Simon pensou em Camille dizendo, *assim que os seguidores virem que você está comigo, o deixarão para ficar do meu lado. Acredito que por baixo do medo que sentem dele, são leais a mim. Acredito que quando nos virem juntos, o medo vai desaparecer e virão para o nosso lado.*

— Sabe — disse Simon —, tive outras ofertas.

Raphael olhou para ele como se estivesse falando com um louco.

— Ofertas de quê?

— Apenas... ofertas — respondeu Simon debilmente.

— Você é péssimo neste negócio de política, Simon Lewis. Sugiro que não tente mais.

— Tudo bem — disse Simon. — Vim aqui lhe contar uma coisa, mas agora não vou mais.

— Suponho que também vá jogar fora o presente de aniversário que comprou para mim — disse Raphael. — Muito trágico. — Pegou novamente a moto e passou uma perna sobre ela enquanto o motor ganhava vida. Faíscas vermelhas voaram do exaustor. — Se voltar a me incomodar, Diurno, é melhor que seja por um bom motivo. Ou não serei tão clemente.

E com isso, a moto avançou e começou a subir. Simon esticou a cabeça para trás, para assistir enquanto Raphael, como o anjo que lhe dera o nome, voava pelo céu, deixando um rastro de fogo.

Clary estava sentada com o caderno de desenhos nos joelhos e mordia a ponta do lápis pensativamente. Já tinha desenhado Jace dezenas de vezes — supunha que fosse esta a sua versão da maioria das meninas escrevendo sobre os próprios namorados no diário — mas nunca conseguia fazê-lo exatamente *certo*. Para começar, era quase impossível fazê-lo ficar parado, então achou que agora, enquanto ele dormia, seria perfeito — mas mesmo assim não estava saindo do jeito que ela queria. Simplesmente não parecia *ele*.

Descartou o caderno sobre a toalha com um suspiro exasperado e levantou os joelhos, olhando para ele. Não esperava que ele fosse cair no sono. Tinham vindo ao Central Park para almoçar e treinar em um ambiente externo enquanto o tempo ainda estava bom. Fizeram *uma* dessas coisas. Embalagens de comida para viagem do Taki´s encontravam-se espalhadas na grama ao lado da toalha. Jace não tinha comido muito, mexeu na caixa de macarrão de gergelim de um jeito meio ausente antes de deixá-la de lado e deitar na toalha, olhando para o céu. Clary ficou sentada olhando para ele, para a maneira como as nuvens refletiam em seus olhos claros, o contorno dos músculos nos braços cruzados atrás da cabeça, uma tira perfeita de pele revelada entre a bainha da camiseta e a cintura dos jeans. Ela quis se esticar e passar a mão na barriga lisa e dura dele; em vez disso desviou os olhos, procurando o caderno. Quando se virou, com o lápis na mão, ele estava com os olhos fechados, e a respiração suave e uniforme.

Até o momento já tinha feito três rascunhos da ilustração, e nem um pouco mais perto de um desenho que a satisfizesse. Olhando para ele agora, imaginou por que não conseguia desenhá-lo. A iluminação estava perfeita, uma luz suave de outubro projetava um brilho dourado claro sobre os cabelos e pele já dourados de Jace. As pálpebras fechadas eram cobertas por um dourado um pouco mais escuro do que o dos cabelos dele. Uma das mãos estava pendurada solta sobre o peito, a outra aberta ao lado do corpo. Tinha o rosto relaxado e vulnerável durante o sono, mais suave e menos angular que quando estava acordado. Talvez fosse este o problema. Era tão raro Jace estar relaxado e vulnerável que era difícil capturar suas linhas quando estava. Parecia... estranho.

Naquele exato momento ele se moveu. Tinha começado a emitir pequenos ruídos de engasgo durante o sono, os olhos se mexendo de um lado para o outro sob as pálpebras fechadas. A mão se moveu, fechando-se contra o peito, e ele sentou tão repentinamente que quase derrubou Clary. Abriu os olhos. Por um instante parecia simplesmente atordoado; estava muito pálido.

— Jace? — Clary não conseguiu esconder a surpresa.

Os olhos dele focaram nela; no instante seguinte ele já a puxara em sua direção sem qualquer traço da ternura habitual; a puxou para o colo e a beijou ferozmente, passando as mãos pelos cabelos dela. Clary podia sentir as batidas do coração de Jace junto com as próprias, e sentiu as bochechas enrubescendo. Estavam em um parque público, pensou, e as pessoas provavelmente estavam encarando.

— Uau — disse ele, recuando, os lábios se curvando em um sorriso. — Desculpe. Você provavelmente não estava esperando.

— Foi uma bela surpresa. — A voz soou baixa e gutural aos próprios ouvidos. — *Com o que* você estava sonhando?

— Você. — Girou um cacho de cabelo dela no dedo. — Sempre sonho com você.

Ainda no colo de Jace, as pernas por cima das dele, Clary disse:

— Ah, é? Pois achei que estivesse tendo um pesadelo.

Jace inclinou a cabeça para trás para olhá-la.

— Às vezes sonho que foi embora — contou. — Fico imaginando quando vai descobrir que pode conseguir coisa muito melhor e me deixar.

Clary tocou o rosto do namorado com as pontas dos dedos, passando-os delicadamente sobre as maçãs do rosto, até a curva da boca. Jace nunca dizia coisas assim para ninguém além dela. Alec e Isabelle sabiam, por morarem com ele e amá-lo, que por baixo daquela armadura protetora de humor e arrogância forjada, os cacos afiados de lembrança e da infância ainda o dilaceravam. Mas ela era a única para quem dizia as palavras em voz alta. Clary balançou a cabeça; seus cabelos caíram na testa, e ela os empurrou com impaciência para o lado.

— Queria conseguir dizer as coisas do jeito que você diz — comentou Clary. — Tudo que fala, as palavras que escolhe, são tão perfeitas. Sempre encontra a citação certa, ou a coisa certa para dizer e me fazer acreditar que você me ama. Se não consigo te convencer de que nunca vou deixá-lo...

Jace pegou as mãos dela.

— Diga outra vez.

— Nunca vou deixá-lo — repetiu.

— Independentemente do que aconteça, do que eu faça?

— Jamais desistiria de você — falou. — Jamais. O que sinto por você... — engasgou com as palavras. — É a coisa mais importante que já senti.

Droga, pensou. Aquilo soava completamente idiota. Mas Jace não parecia concordar; sorriu desejoso e disse:

— *L'amor che move il sole e l'altre stelle.*

— Isso é latim?

— Italiano — respondeu ele. — Dante.

Ela passou as pontas dos dedos sobre os lábios dele, que tremeu.

— Não falo italiano — disse Clary, muito suavemente.

— Significa — explicou ele —, que o amor é a força mais poderosa do mundo. Que o amor pode fazer qualquer coisa.

Ela puxou a mão da dele, ciente ao fazê-lo de que ele a observava através de olhos semicerrados. Colocou as duas mãos em volta do pescoço dele, inclinou-se para a frente e tocou os lábios de Jace com os próprios — não foi um beijo desta vez, apenas lábios se tocando. Foi o suficiente; sentiu o pulso de Jace acelerar, e ele se inclinou para a frente, tentando capturar a boca de Clary com a própria, mas ela balançou a cabeça, sacudindo o cabelo em volta deles como uma cortina que os esconderia dos olhos de todas as pessoas do parque.

— Se você está cansado, podemos voltar para o Instituto — disse Clary, em um quase sussurro. — Para tirar uma soneca. A gente não dorme na mesma cama desde... desde Idris.

Os olhares se encontraram, e ela sabia que ele estava lembrando a mesma coisa que ela. A luz fraca entrando pela janela do pequeno quarto de hóspedes de Amatis, o desespero na voz de Jace. *Só quero deitar com você, e acordar com você, só uma vez na vida.* Aquela noite toda, deitados lado a lado, apenas as mãos se tocando. Já tinham se tocado muito mais desde aquela noite, mas nunca passado uma noite juntos. Ele sabia que Clary estava oferecendo muito mais do que um cochilo em um dos quartos não utilizados do Instituto. Ela tinha certeza de que Jace podia enxergar em seus olhos — mesmo que ela própria não soubesse exatamente o quanto *estava* oferecendo. Mas não tinha importância. Jace jamais pediria nada que ela não quisesse dar.

— Eu quero. — O calor que viu nos olhos dele, a aspereza na voz, demonstravam que não estava mentindo. — Mas... não podemos. — Segurou os pulsos da namorada com firmeza e os abaixou, e manteve as mãos entre os dois, formando uma barreira.

Os olhos de Clary se arregalaram.

— Por que não?

Jace respirou fundo.

— Viemos aqui para treinar, e temos que treinar. Se a gente passar todo o tempo em que devíamos estar treinando se agarrando, não vão mais me deixar treinar com você.

— Não deveriam estar procurando alguém para me treinar em tempo integral *de qualquer forma*?

— Deveriam — respondeu ele, levantando e puxando-a junto —, e temo que se você adquirir o hábito de beijar os instrutores, vai acabar beijando o novo contratado também.

— Não seja machista. Pode ser que arrumem uma instrutora.

— Neste caso tem minha permissão para beijá-la, contanto que eu possa assistir.

— Lindo. — Clary sorriu, abaixando para dobrar a toalha que tinham trazido para sentar. — Só está com medo que contratem um homem, e que ele seja mais gato que você.

As sobrancelhas de Jace se ergueram.

— Mais gato do que *eu*?

— Pode acontecer — disse Clary. — Você sabe, teoricamente.

— Teoricamente o planeta pode se partir em dois, me deixando em um lado, e você no outro, eterna e tragicamente separados, mas também não estou com medo disso. Algumas coisas — disse Jace, com o sorriso torto de sempre — são improváveis demais para despertarem preocupação.

Estendeu a mão; ela pegou, e juntos atravessaram o campo, dirigindo-se a um pequeno bosque de árvores na beira do Pasto Leste, que apenas os Caçadores de Sombras pareciam conhecer. Clary desconfiava que fosse encoberto por feitiço, considerando que ela e Jace treinavam ali com frequência, e ninguém jamais interrompeu, exceto Isabelle ou Maryse.

O Central Park no outono era um tumulto de cores. As árvores alinhando o pasto vestiam suas cores mais brilhantes e cercavam o verde com um dourado ardente, vermelho, cobre e laranja avermelhado. Fazia um dia lindo para uma caminhada romântica no parque e um beijo em uma das pontes de pedras. Mas *isso* não ia acontecer. Obviamente, no que dizia respeito a Jace, o parque não passava de uma extensão a céu aberto da sala de treinamento do Instituto, e estavam lá para passar para Clary uma série de exercícios envolvendo habilidades de navegação, técnicas de evasão e fuga, e matar coisas com as próprias mãos.

Normalmente teria ficado animada por aprender a matar coisas com as próprias mãos. Mas ainda havia algo a incomodando em relação a

Jace. Não conseguia se livrar da sensação desagradável de que alguma coisa estava seriamente errada. Se ao menos houvesse um símbolo, pensou, que o fizesse contar o que estava realmente sentindo. Mas jamais criaria um símbolo assim, lembrou ela a si mesma apressadamente. Seria antiético usar seu poder para controlar outra pessoa. Além disso, desde que criara o símbolo de aliança em Idris, o poder parecia adormecido. Não sentia nenhum impulso pedindo que desenhasse velhos símbolos, tampouco tinha tido visões de novos símbolos para criar. Maryse dissera que tentaria trazer um especialista em símbolos para orientá-la, depois que o treinamento ficasse para trás, mas até agora a ideia ainda não tinha se materializado. Não que se importasse de verdade. Tinha que admitir que não estava certa sobre se de fato lamentaria caso o poder desaparecesse para sempre.

— Vai haver momentos em que encontrará um demônio, sem ter uma arma de luta à disposição — dizia Jace enquanto passavam por uma fileira de árvores com folhas baixas cujas tonalidades percorriam uma escala que ia de verde a dourado brilhante. — Quando isso acontecer, não entre em pânico. Primeiro, tem que se lembrar de que qualquer coisa pode ser uma arma. Um galho de árvore, um punhado de moedas... dão um ótimo soco-inglês... um sapato, qualquer coisa. Segundo, tenha em mente que você é uma arma. Teoricamente, quando acabar o treinamento, será capaz de abrir um buraco na parede com um chute, ou nocautear um alce com um único soco.

— Eu jamais bateria em um alce — disse Clary. — Estão em extinção.

Jace sorriu ligeiramente, e se virou para encará-la. Haviam chegado ao bosque, uma pequena área aberta no meio de uma plataforma de algumas árvores. Havia símbolos marcados nos troncos que os cercavam, indicando que aquele era um lugar de Caçadores de Sombras.

— Existe um estilo antigo de luta chamado Muay Thai — disse Jace. — Já ouviu falar?

Clary balançou a cabeça. O sol estava brilhante e firme, e ela estava quase com calor demais, usando as calças de treino e o casaco. Jace tirou o dele e voltou-se para ela, flexionando as mãos esguias de pianista. Seus olhos eram intensamente dourados sob a luz de outono. Marcas de velocidade, agilidade e força se alinhavam como uma estampa de vinhas, a partir dos pulsos, até o inchaço de cada bíceps desaparecendo sob as mangas da camiseta. Clary ficou imaginando por que ele havia se incomodado em se Marcar, como se ela fosse um inimigo a ser combatido.

— Ouvi um boato de que o novo instrutor da semana que vem é mestre em Muay Thai — relatou ele. — E sambo, lethwei, tomoi, krav magá, jiu-jítsu e mais uma coisa que, sinceramente, não lembro o nome, mas envolve matar pessoas com pequenos gravetos, ou coisa do tipo. O que estou *tentando* dizer é que ele, ou ela, não estará acostumado a trabalhar com alguém da sua idade tão inexperiente quanto você, então se eu ensinar um pouco do básico, espero que sejam um pouco mais gentis. — Esticou os braços para colocar as mãos nos quadris de Clary. — Agora vire-se de frente para mim.

Clary agiu conforme instruída. De frente um para o outro desse jeito, a cabeça dela batia na base do queixo dele. Colocou as mãos suavemente nos bíceps de Jace.

— Muay Thai é chamada de "a arte dos oito membros". Porque você não usa apenas os punhos e pés como pontos de ataque, mas também os joelhos e cotovelos. Primeiro você quer atrair seu oponente para perto, depois golpear com todos os seus pontos de ataque, até que ele ou ela sucumba.

— E isso funciona com demônios? — Clary ergueu as sobrancelhas.

— Com os menores. — Jace se aproximou. — Muito bem. Estique a mão e segure minha nuca.

Mal era possível fazer conforme Jace orientara sem ficar na ponta dos pés. Não pela primeira vez, Clary amaldiçoou o fato de ser tão baixinha.

— Agora levante a outra mão e repita o gesto, de modo que suas mãos estejam entrelaçadas na minha nuca.

Ela obedeceu. A nuca dele estava morna por causa do sol, e os cabelos macios fizeram cócegas nos dedos de Clary. Os corpos estavam pressionados um contra o outro; ela podia sentir o anel que usava em uma corrente no pescoço apertado entre os dois, como uma pedra entre duas palmas.

— Em uma luta de verdade, faria esse movimento muito mais depressa — disse ele. A não ser que ela estivesse imaginando, a voz de Jace estava um pouco instável. — Agora, essa sua garra em mim te dá uma alavanca. Você vai utilizar essa alavanca para puxar seu corpo para a frente e acrescentar ímpeto às joelhadas...

— Ora, ora — disse uma voz fria e entretida. — Só seis semanas, e já estão se enforcando? Tão rapidamente desbota o amor mortal.

Soltando Jace, Clary girou, apesar de já saber quem era. A Rainha da Corte Seelie estava nas sombras entre duas árvores. Clary ficou imaginando se a teria visto, caso não soubesse que estava lá, mesmo com o dom da Visão. A Rainha trajava um vestido tão verde quanto a grama, e os cabelos, caindo em volta dos ombros, eram da cor de uma folha em transformação. Ela era tão bonita e tão terrível quanto uma estação no fim. Clary nunca confiara nela.

— O que está fazendo aqui? — perguntou Jace, com os olhos cerrados. — Este é um lugar de Caçadores de Sombras.

— E tenho notícias do interesse dos Caçadores de Sombras. — Enquanto a Rainha avançava graciosamente, o sol descia através das árvores e refletia o aro de frutos dourados ao redor da cabeça dela. Às vezes Clary ficava imaginando se a Rainha planejava estas entradas dramáticas, e, em caso afirmativo, como. — Houve mais uma morte.

— Que espécie de morte?

— Mais um dos seus. Nephilim morto. — Havia certo deleite na forma como a Rainha relatava o fato. — O corpo foi encontrado no alvorecer, sob a ponte Oak Bridge. Como sabem, o parque é meu domínio. Uma morte humana não me diz respeito, mas a morte não parecia ter origens mundanas. O corpo foi trazido até a Corte para ser examinado pelos meus médicos. Declararam que o mortal falecido era um dos seus.

Clary olhou rapidamente para Jace, lembrando-se da notícia sobre o Caçador de Sombras morto dois dias antes. Podia perceber que Jace estava pensando o mesmo que ela; tinha ficado pálido.

— Onde está o corpo? — perguntou ele.

— Está preocupado com a minha hospitalidade? Ele aguarda na minha corte, e lhe garanto que estamos dispensando ao corpo todo o respeito que daríamos a um Caçador de Sombras vivo. Agora que um dos meus tem um lugar no Conselho ao seu lado e junto aos seus, não pode duvidar da nossa boa-fé.

— Como sempre, boa-fé e milady andam juntas. — O sarcasmo na voz de Jace era claro, mas a Rainha apenas sorriu. Ela gostava de Jace, Clary sempre achou, daquele jeito que fadas gostavam de coisas bonitinhas só porque eram bonitinhas. Não achava que a Rainha gostasse dela, e a recíproca era verdadeira. — E por que está transmitindo o recado a nós, e não a Maryse? Os costumes indicam...

— Ah, costumes. — A Rainha descartou a convenção com um aceno de mão. — Vocês estavam aqui. Pareceu oportuno.

Jace lançou mais um olhar cerrado e abriu o celular. Gesticulou para Clary permanecer onde estava, e afastou-se um pouco. Ela o ouviu dizendo "Maryse?", quando o telefone foi atendido, e em seguida teve a voz engolida pelos gritos dos campos próximos.

Com uma sensação de pavor gélido, Clary olhou novamente para a Rainha. Não via a Lady da Corte Seelie desde a última noite em Idris, e, na ocasião, Clary não tinha sido muito educada. Duvidava que a Rainha tivesse esquecido ou que a tivesse perdoado por isso. *Você realmente recusaria um favor da Rainha da Corte Seelie?*

— Soube que Meliorn conseguiu um assento no Conselho — disse Clary agora. — Deve estar satisfeita com isso.

— De fato. — A Rainha a olhou entretida. — Estou suficientemente satisfeita.

— Então — disse Clary. — Sem ressentimentos?

O sorriso da Rainha tornou-se gelado nas bordas, como gelo cercando os cantos de um lago.

— Suponho que esteja se referindo à minha oferta, que recusou com tanta grosseria — disse ela. — Como sabe, meu objetivo se completou independentemente; a perda, imagino que a maioria das pessoas concordaria, foi sua.

— Não quis seu acordo. — Clary tentou manter a aspereza longe da voz, e fracassou. — As pessoas não podem fazer o que você quer o tempo todo, sabe disso.

— Não tenha a pretensão de me passar sermão, criança. — Os olhos da Rainha seguiram Jace, que estava andando de um lado para o outro na beira das árvores, com o telefone na mão. — Ele é lindo — disse. — Dá para entender por que o ama. Mas alguma vez já imaginou o que o atrai a você?

Clary não respondeu; não parecia haver resposta.

— O sangue do Paraíso os une — disse a Rainha. — Sangue chama sangue, por sob a pele. Mas amor e sangue não são a mesma coisa.

— Enigmas — disse Clary, irritadiça. — Você sequer *quer dizer* alguma coisa quando fala assim?

— Ele é ligado a você — disse a Rainha. — Mas te ama?

Clary sentiu as mãos tremerem. Queria muito treinar na Rainha alguns dos novos golpes de luta que aprendera, mas ela sabia o quão idiota aquilo seria.

— Sim, me ama.

— E a quer? Pois amor e desejo nem sempre caminham juntos.

— Não é da sua conta — respondeu apenas, mas pôde ver que os olhos da Rainha a encaravam como agulhas afiadas.

— Você o quer como nunca quis nada. Mas ele sente o mesmo? — A voz suave da Rainha era inexorável. — Ele poderia ter qualquer coisa ou qualquer pessoa que quisesse. Não fica imaginando por que a escolheu? Se pergunta se ele não teria se arrependido? Ele está diferente com você?

Clary sentiu lágrimas queimando por trás dos olhos.

— Não, não está. — Mas pensou no rosto dele no elevador naquela noite, e na forma como disse que ela tinha que ir para casa quando se ofereceu para ficar.

— Me disse que não desejava um pacto comigo, pois não havia nada que eu pudesse lhe dar. Disse que não existia nada que quisesse no mundo. — Os olhos da Rainha brilharam. — Quando imagina sua vida sem ele, continua sendo dessa opinião?

Por que está fazendo isso comigo?, Clary queria gritar, mas não falou nada, pois a Rainha das Fadas passou por ela e sorriu, dizendo:

— Limpe as lágrimas, pois ele retorna. Não fará bem a ele vê-la chorar.

Clary esfregou apressadamente os olhos; Jace vinha na direção delas, cenho franzido.

— Maryse está a caminho da Corte — declarou. — Aonde foi a Rainha?

Clary olhou para ele, surpresa.

— Ela está bem aqui — começou, virando, e parou. Jace tinha razão. A Rainha não estava mais lá, apenas um redemoinho de folhas aos pés de Clary mostrando onde estivera.

* * *

Simon estava deitado de costas, com o casaco amontoado embaixo da cabeça, olhando para o teto de buracos preenchidos da garagem de Eric com um senso de fatalidade cruel. A mochila estava aos pés, o telefone, ao ouvido. Neste momento a familiaridade da voz de Clary do outro lado era a única coisa que o impedia de desmoronar completamente.

— Simon, sinto muito. — Dava para perceber que ela estava em algum lugar na cidade. O barulho alto do trânsito atrás dela abafava a voz. — Está realmente na *garagem* de Eric? Ele sabe?

— Não — respondeu Simon. — Não tem ninguém em casa agora, e eu tenho a chave da garagem. Parecia uma opção. Onde você está?

— Na cidade. — Para moradores do Brooklyn, Manhattan sempre era "a cidade". Não havia outra metrópole. — Estava treinando com Jace, mas ele teve que voltar para o Instituto, algum assunto da Clave. Estou voltando para a casa do Luke agora. — Um carro buzinou alto no fundo. — Simon, você quer ficar com a gente? Pode dormir no sofá.

Simon hesitou. Tinha boas lembranças da casa de Luke. Ao longo de todos os anos que conhecia Clary, Luke sempre morou na mesma casa desconjuntada porém agradável acima da livraria. Clary tinha uma chave, e eles dois já tinham passado muitas horas agradáveis lá, lendo livros que "pegavam emprestados" da loja abaixo ou assistindo a filmes antigos na TV.

Mas as coisas eram diferentes agora.

— Talvez minha mãe possa conversar com a sua — sugeriu Clary, parecendo preocupada pelo silêncio dele. — Fazê-la entender.

— Fazê-la entender que sou um *vampiro*? Clary, acho que ela entende isso, de um jeito estranho. Não significa que vá aceitar ou ficar bem com a ideia.

— Bem, você também não pode ficar fazendo com que ela esqueça, Simon — argumentou Clary. — Não vai funcionar para sempre.

— Por que não? — Sabia que estava sendo irracional, mas deitado no chão duro, cercado por cheiro de gasolina e pelo sussurro de aranhas tecendo teias nos cantos da garagem, se sentindo mais sozinho do que nunca, a razão parecia muito distante.

— Porque assim toda a sua relação com ela será uma mentira. Nunca poderá ir para casa...

— E daí? — Simon interrompeu, hostil. — Faz parte da maldição, não? "Um fugitivo e um andarilho serás."

Apesar dos ruídos de trânsito e dos sons de conversa ao fundo, conseguiu ouvir a súbita respiração de Clary.

— Acha que devo contar isso para ela também? — perguntou ele. — Sobre você ter colocado a Marca de Caim em mim? Sobre eu ser basicamente uma maldição ambulante? Acha que ela vai querer *isso* na casa dela?

Os ruídos ao fundo se aquietaram; Clary devia ter entrado em algum lugar. Ele podia escutá-la lutando para conter as lágrimas ao falar:

— Simon, sinto muito. Você *sabe* que sinto...

— Não é culpa sua. — De repente se sentiu exausto. *Isso, apavore sua mãe, e em seguida faça sua melhor amiga chorar. Um grande dia para você, Simon.* — Olha, obviamente não devo ficar perto de pessoas agora. Vou ficar aqui, e vou pro quarto do Eric quando ele chegar.

Clary emitiu um barulho de rindo-através-das-lágrimas.

— Como assim, Eric não conta como pessoa?

— Respondo isso depois — disse Simon, e hesitou. — Ligo amanhã, tudo bem?

— Vai me *ver* amanhã. Prometeu que ia comigo para a prova do vestido, lembra?

— Uau — respondeu ele. — Devo te amar mesmo.

— Eu sei — disse ela. — Também te amo.

Simon desligou o telefone e deitou para trás, segurando o aparelho contra o peito. Era engraçado, pensou. Agora conseguia dizer "eu te amo" para Clary, quando durante anos havia lutado para declarar as mesmas palavras, sem conseguir colocá-las para fora. Agora que o significado por trás não era o mesmo, era fácil.

Às vezes imaginava o que teria acontecido se jamais tivesse aparecido um Jace Wayland. Se Clary jamais tivesse descoberto que era Caçadora de Sombras. Mas logo afastava esse pensamento — perda de tempo, não adianta percorrer essa estrada. Não tinha como mudar o passado — só era possível ir adiante. Não que ele tivesse ideia do que adiante queria dizer. Não poderia ficar na garagem de Eric para sempre. Mesmo levando em conta seu estado atual, tinha que admitir que se tratava de um lugar miserável para ficar. Não estava com frio — não sentia mais frio ou calor —, mas o chão era duro, e não estava conseguindo dormir. Gostaria de poder adormecer os sentidos. O barulho alto do trânsito lá fora o impedia de descansar, assim como o odor desagradável de gasolina. Mas a pior parte era a preocupação corrosiva quanto ao que fazer em seguida.

Tinha jogado fora a maior parte do estoque de sangue, e escondeu o resto na mochila; tinha o suficiente para mais alguns dias, depois estaria encrencado. Eric, onde quer que estivesse, certamente permitiria que ele ficasse na casa, se quisesse, mas isso poderia resultar nos pais de Eric ligando para sua mãe. E como ela achava que o filho estava em um passeio do colégio, isso não seria nada bom.

Dias, pensou. Era o tempo que tinha. Antes de esgotar o sangue, antes de a mãe começar a imaginar onde estaria e telefonar para a escola perguntando. Antes que começasse a lembrar. Era um vampiro agora. Deveria ter a eternidade. Mas tinha dias.

Fora tão cuidadoso. Lutou tanto pelo que considerava uma vida normal — colégio, amigos, a própria casa, o próprio quarto. Foi difícil, mas era assim que a vida *era*. As outras opções pareciam tão desoladas e solitárias que não eram dignas de consideração. E, no entanto, a voz de Camille soava em sua cabeça. *E daqui a dez anos, quando em tese terá vinte e seis anos? Em vinte anos? Trinta? Acha que ninguém vai perceber que envelhecem e mudam, e você não?*

A situação que tinha criado para si mesmo, que tinha esculpido tão cuidadosamente no formato da antiga vida, nunca fora permanente, ponderou agora, com um vazio no peito. Jamais poderia ter sido. Estava se agarrando a sombras e lembranças. Pensou novamente em Camille, em sua oferta. Agora parecia melhor do que antes. Uma oferta de comunidade, ainda que não fosse a comunidade que desejava. Só tinha mais ou menos três dias até que ela viesse procurando uma resposta. E o que diria quando ela aparecesse? Achou que soubesse, mas não tinha mais tanta certeza.

Um som de moagem interrompeu o devaneio. A porta da garagem estava levantando, uma luz forte perfurando o interior escuro do espaço. Simon se sentou, o corpo inteiro subitamente alerta.

— Eric?

— Não. Sou eu. Kyle.

— Kyle? — disse Simon, confuso, antes de se lembrar: o cara que tinham concordado em convidar para vocalista da banda. Simon quase caiu no chão outra vez. — Ah. Certo. Os outros não estão aqui agora, então, se estava pensando em ensaiar...

— Tudo bem. Não foi por isso que vim. — Kyle entrou na garagem, piscando os olhos na escuridão, as mãos nos bolsos de trás da calça jeans. — Você é aquele cara, o baixista, certo?

Simon se levantou, limpando a poeira do chão da garagem das roupas.

— Sou o Simon.

Kyle olhou em volta, as sobrancelhas franzidas de perplexidade.

— Deixei minhas chaves aqui ontem, acho. Procurei em todo canto. Ah, aqui estão. — Abaixou atrás da bateria e levantou um segundo depois, balançando um chaveiro triunfantemente na mão. Parecia estar igualzinho ao dia anterior . Estava com uma camiseta azul sob uma jaqueta de couro, e uma medalha dourada de santo brilhava no pescoço. Os cabelos escuros estavam mais bagunçados do que nunca. — Então — disse Kyle, apoiando-se em um dos amplificadores. — Estava dormindo aqui? No chão?

Simon assentiu.

— Fui expulso de casa. — Não era exatamente o caso, mas era tudo que estava com vontade de falar.

Kyle assentiu, solidário.

— Sua mãe encontrou seu estoque de maconha? Que droga.

— Não. Nada de... estoque de maconha. — Simon deu de ombros. — Temos uma diferença de opiniões quanto ao meu estilo de vida.

— Então ela descobriu sobre suas duas namoradas? — Kyle sorriu. Era boa pinta. Simon tinha que admitir, mas, ao contrário de Jace, que parecia saber exatamente o quanto era bonito, Kyle parecia alguém que provavelmente não penteava o cabelo há semanas. Mas ele era sincero e amistoso de um jeito meio canino, o que era cativante. — É, Kirk me contou. Bom para você, cara.

Simon balançou a cabeça.

— Não foi isso.

Fez-se um curto silêncio entre os dois. Em seguida:

— Eu... também não moro em casa — disse Kyle. — Saí há alguns anos. — Abraçou o próprio corpo, abaixando a cabeça. Estava com a voz baixa. — Não falo com meus pais desde então. Quero dizer, estou indo bem sozinho, mas... entendo.

— Suas tatuagens — disse Simon, tocando levemente os próprios braços. — O que significam?

Kyle esticou os braços.

— *Shaantih shaantih shaantih* — respondeu. — São mantras dos Upanixades. Sânscrito. Orações pela paz.

Normalmente Simon consideraria tatuagens em sânscrito algo pretensioso. Mas neste momento não.

— *Shalom* — disse.

Kyle piscou para ele.

— Quê?

— Significa paz — disse Simon. — Em hebraico. Só estava pensando que as palavras soam mais ou menos parecidas.

Kyle o olhou longamente. Parecia estar considerando. Finalmente falou:

— Isso vai soar ligeiramente louco...

— Ah, não sei. Minha definição de loucura se tornou bastante flexível nos últimos meses.

— ... mas eu tenho um apartamento. Em Alphabet City. E meu colega de apê acabou de se mudar. É um dois quartos, então pode ficar no lugar dele. Tem cama e tudo.

Simon hesitou. Por um lado não conhecia Kyle, e se mudar para o apartamento de um completo estranho parecia uma burrice de proporções épicas. Kyle poderia ser um assassino em série, apesar das tatuagens de paz. Por outro lado não conhecia Kyle, o que significava que ninguém o procuraria por lá. E que importância tinha se Kyle realmente fosse um assassino?, pensou amargamente. Seria pior para Kyle do que para ele, assim como aconteceu com aquele assaltante de ontem.

— Sabe — disse ele —, acho que vou aceitar, se não tiver problema.

Kyle assentiu.

— Minha picape está lá fora, se quiser ir para a cidade comigo.

Simon se abaixou para pegar a mochila e se levantou com ela no ombro. Guardou o telefone no bolso e abriu as mãos, indicando que estava pronto.

— Vamos lá.

5

Inferno Atrai Inferno

O apartamento de Kyle acabou se revelando uma surpresa agradável. Simon estava esperando uma coisa suja em um cortiço da Avenue D, com baratas subindo pelas paredes e uma cama feita de espuma de colchão e engradados de leite. Na verdade era um dois quartos limpo com uma pequena sala, várias prateleiras de livros, e muitas fotos nas paredes de locais famosos para surfar. Verdade seja dita, Kyle parecia cultivar plantas de maconha na escada de incêndio, mas não se podia ter tudo.

O quarto de Simon era basicamente uma caixa vazia. Quem quer que tivesse morado ali antes não havia deixado nada além de um colchão futon. Paredes nuas, chão vazio, e uma única janela, através da qual Simon via o letreiro luminoso do restaurante chinês do outro lado da rua.

— Gostou? — perguntou Kyle, rondando pela entrada do quarto, os olhos âmbar abertos e amistosos.

— É ótimo — respondeu Simon com sinceridade. — Exatamente o que eu precisava.

O item mais caro no apartamento era a TV de tela plana na sala. Jogaram-se no sofá futon e assistiram a programas ruins enquanto a luz do sol diminuía lá fora. Kyle era legal, concluiu Simon. Não cutucava, não se intrometia, não fazia perguntas. Não parecia querer nada em troca do quarto, exceto contribuições para compras de supermercado. Era apenas um cara bacana. Simon ficou imaginando se teria se esquecido de como eram os humanos normais.

Depois que Kyle saiu para trabalhar no turno da noite, Simon foi para o quarto, desabou no colchão e ouviu o trânsito na Avenue B.

Foi assombrado por pensamentos com o rosto da mãe desde que saíra de casa: a forma como o olhara com horror e medo, como se fosse um intruso. Mesmo não precisando respirar, pensar nisso ainda lhe apertava o peito. Mas agora...

Quando criança, sempre gostou de viajar, pois estar em um lugar novo significava estar longe dos problemas. Mesmo aqui, a apenas um rio do Brooklyn, as lembranças que vinham corroendo como ácido — a morte do assaltante, a reação da mãe à verdade sobre quem era — pareciam borradas e distantes.

Talvez fosse esse o segredo, pensou. Seguir em frente. Como um tubarão. Ir para onde ninguém pudesse encontrar. *Um fugitivo e um andarilho serás na terra.*

Mas só funcionava se não se importasse com ninguém que estava deixando para trás.

Dormiu mal a noite inteira. O impulso natural era dormir durante o dia, apesar dos poderes de Diurno, e lutou contra a inquietação e os sonhos antes de acordar tarde com o sol entrando pela janela. Após vestir umas roupas limpas que tinha na mochila, saiu do quarto para encontrar Kyle na cozinha, fritando bacon e ovos em uma frigideira teflon.

— Olá, colega de apê — saudou Kyle, alegre. — Quer um pouco de café da manhã?

Ver comida ainda deixava Simon ligeiramente enjoado.

— Não, obrigado. Mas aceito um café. — Ajeitou-se em um dos bancos ligeiramente tortos.

Kyle empurrou uma caneca lascada pela bancada em direção a ele.

— O café da manhã é a refeição mais importante do dia, cara. Mesmo que já seja meio-dia.

Simon colocou as mãos na caneca, sentindo o calor na pele fria. Procurou um tópico para servir de conversa — algum que não tivesse a ver com o quão pouco comia.

— Não perguntei ontem, o que você faz da vida?

Kyle pegou um pedaço de bacon da frigideira e mordeu. Simon notou que a medalha no pescoço tinha detalhes em folhas, e as palavras "*Beati Bellicosi*". "*Beati*", Simon sabia, era uma palavra que tinha alguma coisa a ver com santos. Kyle devia ser católico.

— Mensageiro de bicicleta — respondeu, mastigando. — É ótimo. Posso pedalar pela cidade, vendo tudo, falando com todo mundo. Muito melhor que o colégio.

— Você largou?

— Fiz prova de equivalência no último ano. Prefiro a escola da vida. — Simon acharia que Kyle soava ridículo se não fosse pelo fato de que tinha dito "escola da vida" do mesmo jeito que dizia todas as outras coisas, com total sinceridade. — E você? Algum plano?

Ah, você sabe. Vagar pela terra, provocando morte e destruição de inocentes. Talvez beber um pouco de sangue. Viver eternamente, mas sem jamais me divertir. O de sempre.

— Estou deixando a vida me levar no momento.

— Quer dizer que não quer ser músico? — perguntou Kyle.

Para alívio de Simon, o telefone tocou antes que tivesse que responder. Pescou-o do bolso e olhou para a tela. Era Maia.

— Oi — atendeu. — E aí?

— Você vai à prova do vestido com Clary hoje à tarde? — perguntou ela, a voz crepitante do outro lado da linha. Provavelmente estava ligando da sede do bando em Chinatown, onde o sinal não era muito bom. — Ela me contou que ia forçá-lo a ir para fazer companhia.

— Quê? Ah, sim. É. Estarei lá. — Clary havia exigido que Simon a acompanhasse para a prova do vestido de madrinha, para depois poderem comprar quadrinhos e ela se sentir, em suas próprias palavras, "menos menininha embonecada".

— Bem, então também vou. Tenho que dar um recado do bando para o Luke, e, além disso, parece que não te vejo há séculos.

— Eu sei. Sinto muito...

— Tudo bem — disse ela com leveza. — Mas vai ter que me falar o que vai vestir no casamento em algum momento, porque senão nossas roupas podem não combinar.

Ela desligou, deixando Simon encarando o telefone. Clary tinha razão. O casamento era o dia D, e ele estava lamentavelmente despreparado para a batalha.

— Uma das suas namoradas? — perguntou Kyle, curioso. — A ruiva da garagem é uma delas? Porque ela é gatinha.

— Não. Aquela é a Clary; minha melhor amiga. — Simon guardou o telefone no bolso. — E tem namorado. Do tipo tem namorado mesmo, mesmo, *mesmo*. A bomba nuclear dos namorados. Vai por mim.

Kyle sorriu.

— Só estava perguntando. — Derrubou a frigideira de bacon, agora vazia, na pia. — Então, suas duas meninas. Como elas são?

— São muito, muito... diferentes. — De certas formas, pensava Simon, eram opostas. Maia era calma e centrada; Isabelle vivia em nível elevado de agito. Maia era uma luz firme na escuridão; Isabelle uma estrela ardente, girando pelo vazio. — Quero dizer, as duas são incríveis. Bonitas, inteligentes...

— E não sabem sobre a outra? — Kyle se apoiou na bancada. — Tipo, não sabem nada?

Simon se pegou explicando sobre como quando voltou de Idris (apesar de não se referir ao local pelo nome) as duas começaram a ligar para ele, querendo sair. E porque gostava das duas, foi. E de algum jeito as coisas começaram a ficar casualmente românticas com cada uma, mas nunca aparecia uma oportunidade de explicar para nenhuma que estava saindo com outra. E sabe-se lá como, foi se acumulando, e aqui estava ele, sem querer magoar nenhuma, mas sem saber como continuar.

— Bem, se quer minha opinião — disse Kyle, virando para jogar o resto do café na pia —, você deve escolher uma e deixar de ser um cachorro. Só estou falando.

Como estava de costas para Simon, Simon não podia enxergar seu rosto, e por um instante ficou imaginando se Kyle estava irritado de fato. A voz soou estranhamente rígida. Mas quando Kyle se virou, a expressão era receptiva e amigável como sempre. Simon concluiu que devia estar imaginando coisas.

— Eu sei — disse ele. — Você tem razão. — Olhou para o quarto. — Olha, tem certeza que não tem problema, eu ficar aqui? Posso sair quando quiser...

— Tudo bem. Fique o quanto precisar. — Kyle abriu uma gaveta da cozinha e remexeu até encontrar o que estava procurando: chaves extras presas em um anel de borracha. — Um conjunto de chaves para você. É totalmente bem-vindo aqui, tá? Tenho que ir trabalhar, mas pode ficar por aí se quiser. Jogar Halo, qualquer coisa. Vai estar aqui quando eu voltar?

Simon deu de ombros.

— Provavelmente não. Tenho uma prova de vestido às três da tarde.

— Legal — disse Kyle, passando uma bolsa carteiro por cima do ombro, e se dirigindo para a porta. — Peça para fazerem alguma coisa em vermelho para você. É totalmente a sua cor.

— Então — disse Clary, saindo do provador. — O que acham?

Deu uma voltinha experimental. Simon, equilibrado em uma das cadeiras brancas desconfortáveis da loja de trajes de casamento *Karyn's Bridal Shop*, mudou de posição, franziu o rosto e disse:

— Está bonita.

Estava mais do que bonita. Clary era a única madrinha da mãe, então pôde escolher o que queria. Selecionou um vestido muito simples de seda cor de cobre com alças finas que realçavam sua constituição pequena. Sua única joia era o anel Morgenstern, que usava em um cordão no pescoço; a simples corrente de prata destacava a forma das clavículas e a curva da garganta.

Há poucos meses, ver Clary vestida para um casamento teria provocado uma mistura de sentimentos em Simon: desespero sombrio (ela jamais o amaria) e intensa empolgação (ou talvez sim, se ele conseguisse reunir a coragem de revelar o que sentia). Agora só o deixava um pouco saudoso.

— Bonita? — ecoou Clary. — Só isso? Céus. — Voltou-se para Maia. — O que *você* acha?

Maia já tinha desistido das cadeiras desconfortáveis, e estava sentada no chão, com as costas contra uma parede decorada com tiaras e longos véus. Estava com o Nintendo DS de Simon equilibrado em um dos joelhos e parecia pelo menos parcialmente imersa em uma partida de Grand Theft Auto.

— Não me pergunte — disse. — Detesto vestidos. Iria de jeans para o casamento se pudesse.

Era verdade. Simon raramente via Maia com alguma roupa que não fosse jeans e camiseta. Neste aspecto era o oposto de Isabelle, que usava vestido e salto até mesmo nas ocasiões mais inadequadas. (Apesar de que, desde a vez em que a viu despachando um demônio Vermis com o salto de uma bota, estava menos inclinado a se preocupar com o assunto).

O sino da loja tocou e Jocelyn entrou, seguida por Luke. Ambos traziam copos quentes de café, e Jocelyn estava olhando para Luke, com as bochechas ruborizadas e os olhos brilhando. Simon se lembrou do que Clary havia dito sobre estarem irritantemente apaixonados. Ele não achava irritante, apesar de isso provavelmente se explicar pelo fato de não serem os pais *dele*. Ambos pareciam tão felizes e, para falar a verdade, ele achava legal.

Os olhos de Jocelyn se arregalaram ao ver Clary.

— Meu amor, você está linda!

— É, tem que dizer isso. Você é minha mãe — disse Clary, mas sorriu assim mesmo. — Ei, esse café é preto, por acaso?

— É. Considere um presente de desculpa pelo atraso — disse Luke, entregando o copo. — Ficamos presos. Um problema com o bufê ou coisa do tipo. — Acenou com a cabeça para Simon e Maia. — Oi, pessoal.

Maia inclinou a cabeça. Luke era o líder do bando local de licantropes, do qual Maia fazia parte. Apesar de ele ter vencido o hábito da menina de chamá-lo de "Mestre" ou "Senhor", ela permanecia respeitosa na presença dele.

— Trouxe um recado do bando — disse ela, repousando o jogo. — Eles têm algumas perguntas sobre a festa nos Grilhões...

Enquanto Maia e Luke mergulharam em uma conversa sobre a festa que o bando de lobos estava preparando em honra do casamento do lobo alfa, a dona da loja, uma mulher alta que ficara lendo revistas atrás do balcão enquanto os adolescentes conversavam, percebeu que as pessoas que iam *pagar* pelos vestidos tinham acabado de chegar, e se apressou em recebê-los.

— Acabei de receber de volta o seu vestido e está *maravilhoso* — derreteu-se a vendedora, pegando a mãe de Clary pelo braço, e conduzindo-a até o fundo da loja. — Venha experimentar. — Quando Luke foi atrás, ela apontou um dedo ameaçador em direção a ele. — *Você* fica.

Luke, assistindo a noiva desaparecer através de um par de portas brancas pintadas com sinos de casamento, parecia confuso.

— Mundanos acham que não se pode ver a noiva com o vestido de casamento antes da cerimônia — lembrou Clary. — Dá azar. Ela provavelmente está achando estranho que tenha vindo para a prova.

— Mas Jocelyn queria a minha opinião... — Luke se interrompeu e balançou a cabeça. — Paciência. Os hábitos mundanos são tão peculiares. — Jogou-se em uma cadeira e franziu o rosto quando uma das rosetas esculpidas o espetou nas costas. — Ai.

— E casamentos de Caçadores de Sombras? — perguntou Maia, curiosa. — Têm as próprias tradições?

— Têm — respondeu Luke devagar —, mas esta não será uma cerimônia clássica de Caçadores de Sombras. Estas particularmente não abordam nenhuma situação em que um dos participantes não seja um Caçador de Sombras.

— Sério? — Maia parecia chocada. — Não sabia.

— Parte de um casamento de Caçadores de Sombras envolve traçar símbolos permanentes nos corpos dos participantes — explicou Luke. A voz estava calma, mas os olhos pareciam tristes. — Símbolos de amor e compromisso. Mas, é claro, os que não são Caçadores de Sombras não aguentam os símbolos do Anjo, então eu e Jocelyn vamos trocar alianças.

— Que droga — declarou Maia.

Com isso, Luke sorriu.

— Na verdade, não. Casar com Jocelyn é tudo que sempre quis, e não estou ligando para os detalhes. Além disso, as coisas estão mudando. Os novos integrantes do Conselho abriram muitos caminhos no sentido de convencer a Clave a tolerar esse tipo de...

— Clary! — Era Jocelyn, chamando do fundo da loja. — Pode vir aqui um segundo?

— Estou indo! — respondeu Clary, engolindo o resto do café. — Ops. Parece uma emergência com o vestido.

— Bem, boa sorte com isso. — Maia se levantou e jogou o DS de volta no colo de Simon antes de se curvar para beijá-lo na bochecha. — Tenho que ir. Vou encontrar uns amigos no Hunter's Moon.

Ela tinha um cheiro agradável de baunilha. Sob isso, como sempre, Simon podia sentir o odor salgado de sangue, misturado a um aroma cítrico, peculiar a lobisomens. O sangue de cada tipo de ser do Submundo tinha um cheiro diferente — o das fadas era de flores mortas, o de feiticeiros era de fósforos queimados, e o de outros vampiros, metálico.

Clary perguntou uma vez qual era o cheiro de Caçadores de Sombras.

— Luz do sol — respondera.

— Até mais tarde, amor. — Maia se ajeitou, afagou o cabelo de Simon uma vez e saiu. Enquanto a porta se fechava atrás dela, Clary o encarou com um olhar afiado.

— Você *precisa* resolver sua vida amorosa até sábado que vem — pediu. — Estou falando sério, Simon. Se não contar para elas, conto eu.

Luke pareceu aturdido.

— Contar o que para quem?

Clary balançou a cabeça para Simon.

— Está andando em gelo fino, Lewis. — Com esta declaração se retirou, segurando a saia de seda ao fazê-lo. Simon achou graça ao perceber que por baixo do vestido ela estava usando tênis verdes.

— Nitidamente — disse Luke — tem alguma coisa acontecendo, e eu não sei nada a respeito.

Simon olhou para ele.

— Às vezes acho que este é o lema da minha vida.

Luke ergueu as sobrancelhas.

— Aconteceu alguma coisa?

Simon hesitou. Certamente não poderia contar a Luke sobre sua vida amorosa — Luke e Maia integravam o mesmo bando, e bandos de lobisomens eram mais leais que gangues de rua. Colocaria Luke em uma posição muito desagradável. Mas também era verdade que Luke era um recurso. Como líder do bando de Manhattan, ele tinha acesso a todos os tipos de informação, e era engajado na política do Submundo.

— Já ouviu falar em uma vampira chamada Camille?

Luke emitiu um ruído baixo de assobio.

— Sei quem é. Fico surpreso por você saber.

— Bem, ela é a líder do clã de vampiros de Nova York. Eu sei *alguma coisa* sobre eles — disse Simon, com um pouco de rigidez.

— Não sabia. Pensei que quisesse viver como humano o máximo possível. — Não havia julgamento na voz de Luke, apenas curiosidade. — Bem, quando assumi o bando da cidade depois do último líder, ela havia colocado Raphael na frente dos assuntos. Acho que ninguém sabia bem para onde tinha ido. Mas ela é uma espécie de lenda. Uma vampira extraordinariamente velha, pelo que sei. E com fama de cruel e astuta. Competiria em pé de igualdade com o Povo das Fadas.

— Já a viu alguma vez?

Luke balançou a cabeça.

— Acho que não. Por que a curiosidade?

— Raphael a mencionou — disse Simon sem dar muitos detalhes.

Luke franziu a testa.

— Viu Raphael recentemente?

Antes que Simon pudesse responder, o sino da loja soou de novo, e para surpresa de Simon, Jace entrou. Clary não tinha dito que ele viria.

Aliás, percebeu, Clary não vinha mencionando Jace com muita frequência ultimamente.

Jace olhou de Luke para Simon. Parecia um pouco surpreso em ver Simon e Luke ali, embora fosse difícil afirmar. Apesar de Simon imaginar que Jace revelava uma gama de expressões faciais quando estava sozinho com Clary, o padrão era uma espécie de neutralidade feroz.

— Ele parece — dissera Simon a Isabelle certa vez — estar pensando em alguma coisa profunda e importante, mas se você perguntar o que, vai te dar um soco na cara.

— Então não pergunte — respondera Isabelle, como se achasse que Simon estava sendo ridículo. — Ninguém disse que vocês dois precisam ser amigos.

— Clary está aqui? — perguntou Jace, fechando a porta. Parecia cansado. Estava com olheiras, e não parecia ter se incomodado em vestir um casaco, apesar do vento de outono estar gelado. Apesar de a temperatura não afetar Simon, ver Jace apenas de jeans e uma camisa térmica o deixava com frio.

— Está ajudando Jocelyn — explicou Luke. — Mas pode esperar aqui conosco.

Jace olhou em volta desconfortável para as paredes com véus pendurados, leques, tiaras e caudas com pérolas bordadas.

— É tudo... tão branco.

— Claro que é branco — disse Simon. — É um casamento.

— Branco para Caçadores de Sombras é a cor dos funerais — explicou Luke. — Mas para os mundanos, Jace, é a cor dos casamentos. As mulheres vestem branco para simbolizar a pureza.

— Pensei que Jocelyn tivesse dito que o vestido não era branco — disse Simon.

— Bem — falou Jace —, suponho que *seja* tarde demais.

Luke engasgou com o café. Antes que pudesse falar — ou fazer — qualquer coisa, Clary voltou para o recinto. Estava com os cabelos presos agora, com pregadores cintilantes, alguns cachos soltos.

— Não sei — dizia, ao se aproximar deles. — Karyn pôs as mãos em mim e ajeitou meu cabelo, mas não tenho certeza quanto aos brilhos...

Parou de falar ao ver Jace. Pela expressão ficou claro que também não estava esperando vê-lo. Seus lábios se afastaram em sinal de surpresa, mas ela não disse nada. Jace, por sua vez, estava olhando para ela, e pela primeira vez na vida, Simon pôde ler o rosto de Jace como se fosse um livro. Era como se tudo tivesse desabado para Jace, exceto ele e Clary, e ele a olhou com um desejo ardente e não disfarçado, deixando Simon constrangido, como se tivesse invadido um momento particular.

Jace deu um pigarro.

— Você está linda.

— Jace. — Clary parecia mais confusa do que qualquer outra coisa. — Está tudo bem? Pensei que tivesse dito que não viria por causa da reunião do Conclave.

— É mesmo — disse Luke. — Soube do corpo do Caçador de Sombras no parque. Alguma notícia?

Jace balançou a cabeça, ainda olhando para Clary.

— Não. Ele não integra o Conclave de Nova York, mas, além disso, não foi identificado. Nenhum dos corpos foi. Os Irmãos do Silêncio estão olhando agora.

— Isso é bom. Os Irmãos vão descobrir quem são — disse Luke.

Jace não disse nada. Continuava olhando para Clary, com o olhar mais estranho, pensou Simon — o tipo de olhar que se lança a uma pessoa amada, mas que jamais, jamais se poderá ter. Supunha que Jace já tivesse se sentido assim em relação a Clary antes, mas agora?

— Jace? — disse Clary, e deu um passo em direção a ele.

Jace desgrudou o olhar dela.

— Aquele casaco que pegou emprestado ontem no parque — disse ele. — Ainda está com ele?

Parecendo ainda mais confusa agora, Clary apontou para onde a vestimenta, um casaco marrom perfeitamente normal, estava pendurada nas costas de uma das cadeiras.

— Está ali. Eu ia devolver depois...

— Bem — disse Jace, pegando-o, e enfiando os braços rapidamente nas mangas, como se de repente estivesse com pressa —, agora não precisa mais.

— Jace — disse Luke com o tom calmo de sempre —, vamos jantar cedo em Park Slope depois disso. Pode vir conosco.

— Não — respondeu Jace, fechando o zíper do casaco. — Tenho treino hoje à tarde. É melhor ir.

— Treino? — ecoou Clary. — Mas nós treinamos ontem.

— Alguns de nós precisam treinar todos os dias, Clary. — Jace não parecia irritado, mas havia uma dureza no tom que fez Clary enrubescer. — Até mais tarde — acrescentou sem olhar para ela, e praticamente se jogou para a porta.

Quando ela se fechou, Clary levantou as mãos num gesto de irritação e arrancou os pregadores do cabelo. Ele caiu em cascatas sobre os ombros.

— Clary — disse Luke, gentilmente. Levantou-se. — O que está fazendo?

— Meu cabelo. — Puxou o último pregador, com força. Seus olhos brilhavam, e Simon percebeu que ela estava se segurando para não chorar. — Não quero usar assim. Fica ridículo.

— Não fica, não. — Luke pegou os pregadores, e os repousou em uma das pequenas mesas brancas. — Entenda, casamentos deixam homens nervosos, certo? Não quer dizer nada.

— Certo. — Clary tentou sorrir. Quase conseguiu, mas Simon sabia que ela não tinha acreditado em Luke. E mal podia culpá-la. Depois de ver o olhar no rosto de Jace, Simon também não acreditava.

Ao longe, o restaurante Fifth Avenue Diner brilhava como uma estrela contra o crepúsculo azul. Simon caminhou ao lado de Clary pelos quarteirões da avenida, Jocelyn e Luke alguns passos à frente. Clary tinha tirado o vestido e usava novamente a calça jeans, e um cachecol branco grosso no pescoço. De vez em quando levantava a mão e girava o anel na corrente no pescoço, um gesto nervoso que ele ficou imaginando se seria consciente.

Quando saíram da loja, Simon perguntou se ela sabia o que havia de errado com Jace, mas ela não respondeu de fato. Desviou da pergunta e começou a perguntar o que estava acontecendo com ele, se já tinha conversado com a mãe, e se achava ruim ficar na casa de Eric. Quando revelou que estava no apartamento de Kyle, Clary ficou surpresa.

— Mas mal o conhece — argumentou. — Ele pode ser um assassino.

— Considerei essa possibilidade. Verifiquei o apartamento, mas se ele tem um cooler com gelo cheio de braços, ainda não vi. De qualquer forma, me parece bastante sincero.

— Como é o apartamento?

— Bom em termos de Alphabet City. Você deveria passar lá mais tarde.

— Hoje não — disse Clary, um pouco distraída. Estava mexendo no anel outra vez. — Talvez amanhã?

Vai encontrar com Jace?, pensou Simon, mas não tocou no assunto. Se ela não queria falar sobre o assunto, não iria forçá-la.

— Chegamos. — Abriu a porta para ela, e um sopro de ar quente com cheiro de souvlaki os atingiu.

Arranjaram uma cabine perto de uma das TVs de tela plana que alinhavam as paredes. Sentaram enquanto Jocelyn e Luke conversavam animadamente sobre os planos do casamento. O bando de Luke, ao que parecia, tinha se ofendido por não ter sido convidado para a cerimônia — apesar de a lista de convidados ser mínima — e estavam insistindo em promover uma comemoração em uma fábrica reformada no Queens. Clary ouviu sem falar nada; a garçonete apareceu, entregando cardápios plastificados tão duros que poderiam ser utilizados como armas. Simon repousou o que recebera na mesa e ficou olhando pela janela. Havia uma academia do outro lado da rua, e dava para ver as pessoas através do vidro, correndo em esteiras, com os braços em movimento, e fones nos ouvidos. *Tanta corrida para não chegar a lugar nenhum*, pensou. *É a história da minha vida.*

Tentou desvencilhar os pensamentos de aspectos sombrios, e quase conseguiu. Esta era uma das situações mais familiares da sua vida, pensou — uma mesa no canto de um restaurante, ele, Clary e a família da amiga. Luke sempre foi da família, mesmo antes de estar prestes a se casar com a mãe de Clary. Simon deveria se sentir em casa. Tentou forçar um sorriso, apenas para perceber que Jocelyn tinha feito uma pergunta que ele não tinha escutado. Todos à mesa o olhavam com expectativa.

— Desculpe — disse. — Eu não... O que você disse?

Jocelyn sorriu pacientemente.

— Clary me contou que vocês acrescentaram um novo integrante à banda?

Simon sabia que ela só estava sendo educada. Bem, educada do jeito que são os pais quando fingem levar seus hobbies a sério. Mesmo assim, ela já tinha ido a vários shows, só para ajudar a preencher o local. Ela gostava dele; sempre havia gostado. Nos cantos mais escuros e isolados de sua mente, Simon desconfiava que ela sempre soubera dos sentimentos que nutria por Clary, e ficava imaginando se ela teria desejado que a filha fizesse uma escolha diferente, se pudesse controlar. Sabia que ela não adorava Jace completamente. Ficava claro até pela maneira como pronunciava o nome do rapaz.

— É — disse ele. — Kyle. É um cara meio estranho, mas muito legal. — Luke pediu a Simon que explicasse melhor sobre a estranheza de Kyle, então Simon contou sobre o apartamento, com o cuidado de não incluir o fato de que agora o apartamento também era *dele*, sobre o emprego de mensageiro de bicicleta, a picape velha e surrada. — E ele cultiva umas plantas esquisitas na varanda — acrescentou ele. — Não é maconha, eu verifiquei. Elas têm umas folhas meio prateadas...

Luke franziu o cenho, mas antes que pudesse dizer alguma coisa, a garçonete chegou, trazendo um enorme bule de café prateado. Era jovem, com cabelos claros oxigenados amarrados em duas tranças. Ao se curvar para preencher a xícara de Simon, uma delas tocou-lhe o braço. Sentia o cheiro de suor nela, e, sob este, sangue. Sangue humano, o mais doce dos aromas. Sentiu um aperto familiar no estômago. Frio se espalhou por ele. Estava com fome, e tudo que tinha na casa de Kyle era sangue em temperatura ambiente que já estava começando a precipitar — uma perspectiva repugnante, até mesmo para um vampiro.

Nunca se alimentou de um humano, não é? Ainda vai. E quando o fizer, não vai se esquecer.

Simon fechou os olhos. Quando os abriu novamente, a garçonete já tinha se retirado e Clary o encarava curiosa do outro lado da mesa.

— Está tudo bem?

— Tudo. — Fechou a mão em torno da xícara de café. Estava tremendo. Acima deles a TV continuava transmitindo o noticiário noturno.

— Ugh — disse Clary, olhando para a tela. — Estão ouvindo isso?

Simon seguiu o olhar da amiga. O âncora estava com aquela expressão que âncoras costumam ter quando relatam alguma coisa particularmente sombria.

— Ninguém apareceu para identificar um menino que foi encontrado abandonado em um beco atrás do hospital Beth Israel há alguns dias — dizia. — O bebê é branco, pesa dois quilos e noventa e cinco gramas, e fora isso é saudável. Ele foi encontrado em uma cadeirinha de carro atrás de um lixão no beco — continuou o âncora. — O mais perturbador no entanto é um bilhete escrito a mão no cobertor da criança, implorando que autoridades do hospital exercessem a eutanásia na criança, pois "eu não tenho forças para fazê-lo pessoalmente". A polícia diz que é provável que a mãe da criança sofra de distúrbios mentais, e alega dispor de "pistas promissoras". Qualquer pessoa com informações sobre esta criança deve ligar para...

— Isso é terrível — disse Clary, virando as costas para a TV com um tremor. — Não entendo como as pessoas podem largar os próprios bebês desse jeito, como se fossem lixo...

— Jocelyn — disse Luke, um tom nítido de preocupação na voz. Simon olhou na direção da mãe de Clary. Estava branca como um papel, e parecia prestes a vomitar. Afastou o prato subitamente, levantou-se da mesa, e correu para o banheiro. Após um instante, Luke derrubou o guardanapo do colo e foi atrás.

— Droga. — Clary colocou a mão na boca. — Não acredito que disse isso. Sou tão burra.

Simon estava inteiramente perplexo.

— O que está acontecendo?

Clary se afundou no assento.

— Ela estava pensando no Sebastian — disse. — Quero dizer, Jonathan. Meu irmão. Presumo que se lembre dele.

Estava sendo sarcástica. Nenhum deles esqueceria Sebastian, cujo verdadeiro nome era Jonathan, que matou Hodge e Max, e quase teve êxito em auxiliar Valentim a ganhar uma guerra que teria visto a destruição de todos os Caçadores de Sombras. Jonathan, que tinha olhos pretos ardentes e um sorriso como uma navalha. Jonathan, cujo sangue tivera gosto de ácido quando Simon o mordeu uma vez. Não que se arrependesse.

— Mas sua mãe não o abandonou — disse Simon. — Continuou criando, mesmo sabendo que havia algo terrivelmente errado com ele.

— Mas o detestava — respondeu Clary. — Acho que ela nunca superou isso. Imagine odiar o próprio filho. Minha mãe costumava pegar uma caixa com as coisas de bebê dele e chorava, todo ano, no dia do aniversário. Acho que chorava pelo filho que teria tido, você sabe, se Valentim não tivesse feito o que fez.

— E você teria tido um irmão — declarou Simon. — Digo, um irmão de verdade. Não um psicopata assassino.

Parecendo prestes a chorar, Clary afastou o prato.

— Estou enjoada agora — falou. — Sabe aquela sensação de estar com fome, mas não conseguir comer?

Simon olhou para a garçonete oxigenada, que estava se apoiando na bancada do restaurante.

— Sim — respondeu ele. — Sei sim.

Luke voltou para a mesa depois de um tempo, mas apenas para avisar a Clary e Simon que ia levar Jocelyn para casa. Deixou dinheiro, com o qual pagaram a conta antes de sair do restaurante para a Galaxy Comics na Seventh Avenue. Mas nenhum dos dois conseguiu se concentrar o suficiente para aproveitar, então se despediram com a promessa de se encontrarem no dia seguinte.

Simon foi para a cidade com o capuz na cabeça e o iPod ligado, tocando música nos ouvidos. Música sempre havia sido sua forma de bloquear as coisas. Quando saltou na Second Avenue e foi andando pela Houston, começou a garoar; seu estômago ainda estava embrulhado.

Cortou caminho pela First Street, que estava basicamente deserta, um fio de escuridão entre as luzes brilhantes da First Avenue e da Avenue A. Porque estava com o iPod ligado, não os ouviu se aproximando por trás até estarem quase em cima dele. O primeiro indício de que algo estava errado foi a longa sombra que surgiu na calçada, sobrepondo-se à dele. Outra se juntou à primeira, esta do outro lado. Ele se virou...

E viu dois homens atrás de si. Ambos vestidos exatamente como o assaltante que o havia atacado na outra noite — roupas cinzentas, capuzes cobrindo as faces. Perto o bastante para o tocarem.

Simon pulou para trás, com uma força que o surpreendeu. Sua força vampiresca era tão nova que ainda tinha o poder de chocá-lo. Quando, um instante depois, se viu empoleirado na coluna de um prédio baixo, a vários metros dos assaltantes, congelou.

Os assaltantes avançaram até ele. Falavam a mesma língua gutural do primeiro bandido — o qual, Simon estava começando a desconfiar, não era ladrão nenhum. Ladrões, até onde sabia, não operavam em gangues, e era improvável que o primeiro tivesse amigos criminosos que decidiram se vingar pela morte do camarada. Era evidente que alguma coisa incomum estava acontecendo aqui.

Os dois chegaram à coluna, encurralando Simon efetivamente na escada. Simon puxou os fones do iPod dos ouvidos e levantou as mãos apressadamente.

— Vejam — falou —, não sei o que está se passando, mas é melhor me deixarem em paz.

Os assaltantes simplesmente olharam para ele. Ou, pelo menos, ele achou que estivessem olhando. Sob as sombras dos capuzes, era impossível ver os rostos.

— Estou com a impressão de que alguém os mandou atrás de mim — disse ele. — Mas é uma missão suicida. Sério. Não sei o que estão pagando a vocês, mas não é o suficiente.

Uma das figuras riu. A outra enfiou a mão no bolso e sacou alguma coisa. Algo que brilhava em preto sob as luzes da rua.

Uma arma.

— Ai, cara — disse Simon. — Você não quer fazer isso, não quer mesmo. Não estou brincando. — Deu um passo para trás, subindo um degrau. Talvez se conseguisse altura o suficiente, pudesse pular sobre eles, ou passar por eles. Qualquer coisa para impedir que o atacassem. Não achava que pudesse aguentar o que isso representava. Não outra vez.

O homem com a arma a levantou. Ouviu-se um clique quando ele puxou o martelo do revólver para trás.

Simon mordeu o lábio. No pânico as presas haviam crescido. Sentiu uma dor se espalhando ao afundarem na pele.

— Não...

Um objeto escuro caiu do céu. Inicialmente Simon achou que alguma coisa tinha caído de uma das janelas superiores — um ar-condicionado desabando ou alguém preguiçoso demais para levar o lixo para baixo. Mas a coisa caindo, ele viu, era uma pessoa — caindo com direção, propósito e graça. A pessoa aterrissou no assaltante, esmagando-o. A arma voou da sua mão, e ele gritou, um ruído fino, agudo.

O segundo bandido se curvou e pegou a arma. Antes que Simon pudesse reagir, o sujeito a levantou e puxou o gatilho. Uma faísca de chama apareceu na boca da arma.

A arma explodiu. Explodiu, e o assaltante explodiu junto, rápido demais para sequer gritar. Planejara dar a Simon uma morte rápida, e foi uma ainda mais rápida o que recebeu em troca. Estilhaçou como vidro, como as cores voadoras em um caleidoscópio. Ouviu uma explosão suave — o ruído de deslocamento de ar —, em seguida nada além de uma chuva fraca de sal, caindo no chão como chuva sólida.

A visão de Simon borrou, e ele afundou nos degraus. Tinha consciência de um murmúrio alto nos ouvidos, e então alguém o agarrou com força pelos pulsos, e o sacudiu, violentamente.

— Simon. Simon!

Levantou o olhar. A pessoa o agarrando e sacudindo era Jace. Ele não estava uniformizado, mas ainda de jeans e usando o casaco que pegara com Clary. Estava desgrenhado, as roupas e o rosto sujos de poeira e fuligem. O cabelo molhado com a chuva.

— Que diabos foi isso? — perguntou Jace.

Simon olhou de um lado para o outro da rua. Continuava deserta. O asfalto brilhava, preto, molhado e vazio. O segundo assaltante havia desaparecido.

— *Você* — disse, um pouco grogue. — Você atacou os assaltantes...

— Não eram assaltantes. Estavam te seguindo desde que saltou do metrô. Alguém mandou aqueles dois — afirmou Jace com total certeza.

— O outro — disse Simon. — O que aconteceu com ele?

— Simplesmente desapareceu. — Jace estalou os dedos. — Viu o que aconteceu com o amigo e sumiu, simples assim. Não sei o que eram, exatamente. Não eram demônios, porém, não exatamente humanos.

— É, isso eu pude concluir, obrigado.

Jace o olhou mais de perto.

— Aquilo... o que aconteceu com o assaltante... aquilo foi você, não foi? Sua Marca, aqui. — Apontou para a testa. — A vi ardendo em branco antes de o cara... dissolver.

Simon não respondeu nada.

— Já vi muita coisa — contou Jace. Não havia qualquer sarcasmo na voz, surpreendentemente, nem deboche. — Mas nunca vi nada assim.

— Não fui eu — disse Simon com calma. — Não fiz nada.

— Não precisou — disse Jace. Seus olhos dourados ardiam no rosto sujo de fuligem. — "*Pois está escrito, a Vingança é minha; irei pagar, disse o Senhor.*"

6

Acordar os Mortos

O quarto de Jace estava mais arrumado do que nunca — a cama feita com perfeição, os livros organizados em ordem alfabética nas prateleiras, anotações e livros de referência empilhados cuidadosamente na mesa. Até mesmo as armas estavam enfileiradas na parede por ordem de tamanho, que ia uma espada enorme, até um conjunto de pequenas adagas.

Clary, parada na entrada, conteve um suspiro. A organização era formidável. Já estava acostumada. Era, sempre achou, a maneira de Jace exercer controle sobre os elementos de uma vida que sob outros aspectos poderia parecer oprimida pelo caos. Ele vivera durante tanto tempo sem saber quem — ou mesmo o que — realmente era, que ela não podia se chatear com a cuidadosa ordem alfabética em que estava organizada a coleção de poesia.

Podia, contudo, ficar — e ficou — chateada por ver que ele não estava lá. Se não tinha voltado para casa depois de sair da loja de noivas, *aonde* tinha ido? Ao olhar ao redor do quarto, uma sensação de irrealidade a dominou. Não era possível que isso estivesse acontecendo, era? Sabia como funcionavam términos de namoro por ouvir outras meninas reclamando. Primeiro o afastamento, a recusa gradual em responder bilhetes ou telefonemas. As mensagens vagas afirmando que não havia nada errado, que a outra pessoa só queria um pouco de espaço. Em seguida o discurso de que "não é você, sou eu". E depois a parte da choradeira.

Nunca pensou que nada disso se aplicaria a ela e Jace. O que tinham não era comum ou sujeito a regras usuais de relacionamentos e términos. Pertenciam um ao outro por completo, e assim seria eternamente; isso era um fato.

Mas talvez todo mundo se sentisse da mesma maneira? Até o instante em que percebiam que eram como todo mundo, e tudo que consideravam real estilhaçava.

Alguma coisa com um brilho prateado do outro lado do quarto lhe chamou a atenção. Era a caixa que Amatis dera a Jace, com um desenho delicado de pássaros nas laterais. Sabia que ele estava analisando o conteúdo aos poucos, lendo as cartas lentamente, avaliando anotações e fotos. Não contou muita coisa para Clary, e ela não queria se intrometer. Seus sentimentos em relação ao pai biológico eram algo que ele precisaria descobrir sozinho.

No entanto, se viu atraída pela caixa agora. Lembrou-se dele sentado nos degraus de entrada do Salão dos Acordos em Idris, segurando o objeto no colo. *Como se eu pudesse deixar de te amar*, Jace dissera. Ela tocou a tampa da caixa, e os dedos encontraram o fecho, que abriu com facilidade. Dentro havia papéis espalhados, fotos antigas. Puxou uma e encarou, fascinada. A fotografia era de duas pessoas, uma moça e um rapaz. Reconheceu a mulher imediatamente: era a irmã de Luke, Amatis. Ela estava olhando para o rapaz com todo o esplendor do primeiro amor. Ele era bonito, alto e louro, mas tinha olhos azuis, e não dourados, e as feições era menos angulares do que as de Jace... Mas, mesmo assim, saber quem ele era — pai de Jace — era o bastante para fazer seu estômago se contrair.

Guardou apressadamente a foto de Stephen Herondale, quase cortando o dedo na lâmina de uma fina adaga de caça que estava repousada transversalmente na caixa. Havia pássaros esculpidos no cabo. A lâmina estava suja de ferrugem, ou de algo que parecia ferrugem. Provavelmente não fora adequadamente limpa. Fechou a caixa rapidamente e virou-se de costas, sentindo o peso da culpa nos ombros.

Pensou em deixar um bilhete para Jace, mas, concluindo que seria melhor esperar até que pudesse falar com ele pessoalmente, saiu e atravessou o corredor que levava ao elevador. Tinha batido à porta de Isabelle mais cedo, mas aparentemente ela também não estava em casa. Até as tochas de luz enfeitiçadas nos corredores pareciam queimar mais fracamente do que o normal. Sentindo-se completamente deprimida, Clary se encaminhou ao botão do elevador — apenas para perceber que já estava aceso. Alguém estava subindo do térreo para o Instituto.

Jace, pensou imediatamente, o pulso acelerando. Mas claro que podia não ser, disse a si mesma. Era possível que fosse Izzy, ou Maryse, ou...

— Luke? — disse, surpresa, quando a porta do elevador se abriu. — O que está fazendo aqui?

— Eu poderia fazer a mesma pergunta. — Ele saiu do elevador, fechando o portão atrás de si. Estava com um casaco de flanela com forro de lã que Jocelyn tentava fazer com que jogasse fora desde que começaram a namorar. Era bem legal, Clary achava, que nada parecesse mudar Luke, independentemente do que acontecesse em sua vida. Gostava do que gostava, e isso era um fato. Ainda que o objeto em questão fosse um casaco velho e surrado. — Mas acho que consigo adivinhar. E aí, ele está aqui?

— Jace? Não. — Clary deu de ombros, tentando parecer despreocupada. — Não tem problema. Falo com ele amanhã.

Luke hesitou.

— Clary...

— Lucian. — A voz fria que veio de trás deles era de Maryse. — Obrigada por vir tão depressa.

Ele se virou para cumprimentá-la com um aceno de cabeça.

— Maryse.

Maryse Lightwood estava na entrada, a mão tocando levemente a moldura. Usava luvas cinza-claras que combinavam com o tailleur cinza. Clary ficou imaginando se Maryse usava jeans em alguma ocasião. Nunca tinha visto a mãe de Isabelle e Alec usando nada além de tailleur ou uniforme de luta.

— Clary — disse ela. — Não sabia que estava aqui.

Clary se sentiu enrubescer. Maryse não parecia se importar com ela entrando e saindo, mas também nunca reconhecera a relação de Clary e Jace de forma alguma. Era difícil culpá-la. Maryse ainda estava enfrentando a morte de Max, que só tinha acontecido há seis semanas; e sozinha, pois Robert Lightwood continuava em Idris. Tinha assuntos mais importantes do que a vida amorosa de Jace.

— Estava de saída.

— Eu te levo quando acabar aqui — disse Luke, colocando a mão no ombro da menina. — Maryse, tem algum problema se Clary ficar enquanto conversamos? Eu preferiria que ela ficasse.

Maryse balançou a cabeça.

— Não tem problema, suponho. — Suspirou, passando as mãos pelo cabelo. — Acredite em mim, gostaria de não incomodá-lo. Sei que se casa em uma semana... meus parabéns, aliás. Não sei se já lhe disse isso.

— Não — respondeu Luke —, mas agradeço. Obrigado.

— Apenas seis semanas. — Maryse esboçou um sorriso. — Um namoro relâmpago.

A mão de Luke apertou mais o ombro de Clary, o único sinal de que estava irritado.

— Suponho que não tenha me chamado aqui para me parabenizar pelo meu noivado, não é?

Maryse balançou a cabeça. Parecia muito cansada, Clary avaliou, e seu cabelo escuro e despenteado tinha linhas grisalhas que não existiam antes.

— Não. Presumo que esteja sabendo dos corpos que encontramos na última semana?

— Os Caçadores de Sombras mortos, sei.

— Encontramos mais um hoje. Em um lixão perto do Columbus Park. Território do seu bando.

As sobrancelhas de Luke se ergueram.

— Sim, mas os outros...

— O primeiro foi encontrado em Greenpoint. Território dos feiticeiros. O segundo, boiando em um lago no Central Park. Domínio das fadas. Agora temos um no território dos licantropes. — Ela fixou o olhar em Luke. — O que isso faz você pensar?

— Que alguém que não ficou muito satisfeito com os novos Acordos está tentando jogar os seres do Submundo uns contra os outros — disse Luke. — Posso garantir que meu bando não teve nada a ver com isso. Não sei quem está por trás, mas foi um esforço um tanto desajeitado, se quer minha opinião. Espero que a Clave enxergue isso.

— Tem mais — disse Maryse. — Identificamos os dois primeiros corpos. Demorou um pouco, considerando que o primeiro estava queimado a ponto de quase impossibilitar qualquer reconhecimento, e o segundo bastante decomposto. Consegue adivinhar de quem possam ser?

— Maryse...

— Anson Pangborn — disse ela —, e Charles Freeman. Não se tinha notícia de nenhum dos dois, vale observar, desde a morte de Valentim.

— Mas isso é impossível — interrompeu Clary. — Luke matou Pangborn em agosto, em Renwick.

— Ele matou Emil Pangborn — disse Maryse. — Anson era o irmão mais novo de Emil. Ambos faziam parte do Ciclo.

— Assim como Freeman — acrescentou Luke. — Então não estão matando apenas Caçadores de Sombras, mas antigos membros do Ciclo? E deixando os corpos em territórios do Submundo? — Ele balançou a cabeça. — Parece que alguém está tentando atingir alguns dos integrantes mais... relutantes da Clave. Fazer com que repensem os novos Acordos, talvez. Devíamos ter esperado isto.

— Pode ser — disse Maryse. — Já me encontrei com a Rainha da Corte Seelie, e enviei uma mensagem a Magnus. Onde quer que esteja. — Ela revirou os olhos; Maryse e Robert pareciam ter aceitado a relação de Alec com Magnus com uma boa vontade surpreendente, mas Clary percebia que, ao menos Maryse, não levava a sério. — Pensei apenas que, talvez... — Suspirou. — Ando tão exausta ultimamente. Tenho a sensação de que mal consigo pensar direito. Estava torcendo para que você pudesse ter alguma ideia de quem está fazendo isso, algo que não tivesse me ocorrido.

Luke balançou a cabeça.

— Alguém que não concorde com o novo sistema. Mas isso pode ser qualquer um. Imagino que não haja nenhuma pista nos corpos?

Maryse suspirou.

— Nada conclusivo. Se pelo menos os mortos pudessem falar, não é, Lucian?

Foi como se Maryse tivesse levantado uma mão e puxado uma cortina sobre a visão de Clary; tudo escureceu, exceto um único símbolo, pendurado como um sinal brilhante contra um céu noturno vazio.

Ao que parecia, seu poder não tinha desaparecido, afinal.

— E se... — disse ela lentamente, levantando os olhos para Maryse. — E se pudessem?

Olhando para si mesmo no espelho do banheiro do apartamento de Kyle, Simon não conseguia deixar de pensar sobre qual seria a origem do boato de que vampiros não conseguem se enxergar no espelho. Conseguia se ver perfeitamente na superfície refletora — cabelos castanhos emaranhados, olhos castanhos grandes, pele branca, sem marcas. Tinha limpado o sangue do corte labial, apesar de a pele já ter se curado.

Sabia, objetivamente, que se transformar em vampiro o tornara mais atraente. Isabelle explicou que seus movimentos se tornaram mais graciosos e que, ao passo que antes parecia desgrenhado, agora era desarrumado de um jeito charmoso, como se tivesse acabado de sair da cama.

— Da cama de *outra* pessoa — destacara ela, ao que ele respondeu que já tinha entendido, muito obrigado.

Quando se olhava, no entanto, não via nada disso. A brancura sem poros da pele o perturbava como sempre, assim como as veias escuras que apareciam nas têmporas, evidências de que não tinha se alimentado no dia. Parecia um estranho, e não ele mesmo. Talvez a história de vampiros não se enxergarem no espelho fosse apenas um desejo dos próprios. Talvez quisesse dizer apenas que um vampiro não reconhecia o próprio reflexo.

Limpo, voltou para a sala, onde Jace estava esparramado no sofá, lendo a cópia surrada de *O senhor dos anéis* de Kyle. Derrubou-a sobre a mesa de centro assim que Simon apareceu. Seus cabelos pareciam recém molhados, como se tivesse jogado água no rosto na pia da cozinha.

— Dá para entender por que gosta daqui — disse Jace, fazendo um gesto amplo para indicar a coleção de pôsteres de cinema de Kyle e os livros de ficção científica. — Tem um leve toque nerd em tudo.

— Obrigado, agradeço muito. — Simon olhou seriamente para Jace. De perto, sob a luz brilhante da lâmpada sem sombras, Jace parecia... doente. As olheiras que Simon tinha notado sob os olhos estavam mais acentuadas do que nunca, e a pele parecia esticada sobre os ossos do rosto. A mão tremia um pouco ao tirar o cabelo da testa em seu gesto característico.

Simon balançou a cabeça como se pretendesse esvaziá-la. Desde quando conhecia Jace o bastante para saber identificar quais gestos eram característicos? Não era como se fossem amigos.

— Você está péssimo — disse Simon.

Jace piscou.

— Parece um momento esquisito para começar um concurso de ofensas, mas se insiste, provavelmente consigo pensar em alguma coisa boa.

— Não, estou falando sério. Você não me parece bem.

— Isso vindo de um sujeito que tem o *sex appeal* de um pinguim. Veja bem, entendo que possa ter inveja pelo Senhor não ter lidado com você com a mesma mão talhadeira que destinou a mim, mas isso não é razão para...

— Não estou *tentando insultá-lo* — irritou-se Simon. — Quero dizer que está parecendo *doente*. Quando comeu pela última vez?

Jace pareceu pensativo.

— Ontem?

— Comeu alguma coisa ontem. Tem certeza?

Jace deu de ombros.

— Bem, não juraria sobre uma pilha de Bíblias. Mas acho que foi ontem.

Simon tinha investigado o conteúdo da geladeira de Kyle antes, quando revistou o local, e não encontrara muita coisa. Um limão velho, algumas latas de refrigerante, meio quilo de carne moída e, inexplicavelmente, um único salgadinho no freezer. Pegou as chaves na bancada da cozinha.

— Vamos — disse. — Tem um supermercado na esquina. Vamos comprar comida para você.

Jace parecia a fim de protestar, mas acabou dando de ombros.

— Tá bom — disse, em tom de quem não se importava com para onde iriam ou o que fariam lá. — Vamos.

Lá fora Simon trancou a porta com as chaves às quais ainda estava se acostumando enquanto Jace examinava a lista de nomes dos moradores perto do interfone.

— Esse é o seu, então? — perguntou, apontando para o 3A. — Por que só diz "Kyle"? Ele não tem sobrenome?

— Kyle quer ser um astro do rock — disse Simon, descendo os degraus. — Acho que está tentando fazer a coisa de um nome só funcionar. Como a Rihanna.

Jace o seguiu, se encolhendo contra o vento, apesar de não fazer qualquer gesto para fechar o zíper do casaco que pegara com Clary mais cedo.

— Não faço ideia do que esteja falando.

— Tenho certeza de que não.

Quando viravam a esquina para a Avenue B, Simon olhou de lado para Jace.

— Então — falou. — Estava me *seguindo*? Ou é apenas uma grande coincidência você estar no telhado de um prédio pelo qual eu estava passando quando fui atacado?

Jace parou na esquina, esperando o sinal abrir. Aparentemente, até os Caçadores de Sombras precisavam obedecer às leis de trânsito.

— Eu estava te seguindo.

— Esta é a parte em que me conta que é secretamente apaixonado por mim? O charme sexy de vampiro ataca novamente.

— Não existe charme sexy de vampiro — declarou Jace, repetindo o comentário que Clary fizera mais cedo, o que era assustador. — E eu estava seguindo a Clary, mas ela entrou em um táxi, e não consigo seguir um táxi. Então mudei de direção e segui você mesmo. Basicamente para ter o que fazer.

— Seguindo Clary? — ecoou Simon. — Fica a dica: a maioria das garotas não gosta de ser perseguida.

— Ela deixou o telefone no bolso do meu casaco — disse Jace, afagando o lado direito do corpo, onde, presumivelmente, o telefone estava guardado. — Achei que se pudesse descobrir para onde ela estava indo, poderia deixar em algum lugar onde fosse encontrar.

— Ou — disse Simon —, poderia ligar para a casa dela e dizer que estava com o telefone, e ela iria buscar.

Jace não disse nada. O sinal abriu, e eles atravessaram a rua para o supermercado C-Town. Ainda estava aberto. Mercados em Manhattan nunca fechavam, pensou Simon, o que era uma melhora em relação ao Brooklyn. Manhattan era um bom lugar para ser vampiro. Podia fazer todas as compras à meia-noite e ninguém acharia esquisito.

— Está evitando Clary — observou Simon. — Imagino que não queira me contar por quê?

— Não, não quero — respondeu Jace. — Apenas se considere sortudo porque eu *estava* te seguindo, ou...

— Ou o quê? Outro assaltante estaria morto? — Simon podia ouvir a amargura na própria voz. — Você viu o que aconteceu.

— Vi. E vi seu olhar na hora. — O tom de Jace era neutro. — Não foi a primeira vez que viu aquilo acontecer, foi?

Simon se viu contando para Jace sobre a figura vestida de cinza que o tinha atacado em Williamsburg, e como concluíra que se tratava apenas de um ladrão.

— Depois que ele morreu, virou sal — concluiu. — Que nem o segundo cara. Acho que é uma coisa bíblica. Pilares de sal. Como a esposa de Ló.

Quando chegaram ao supermercado, Jace abriu a porta e Simon o seguiu, pegando um pequeno carrinho prateado de uma fila perto da entrada. Começou a empurrá-lo em direção a uma das seções, com Jace atrás, nitidamente perdido nos próprios pensamentos.

— Então, a pergunta é — disse Jace — você faz alguma ideia de quem pode querer te matar?

Simon deu de ombros. Ver tanta comida ao redor fazia seu estômago revirar, lembrando-o do quanto estava com fome, apesar de não sentir vontade de comer nada do que vendiam ali.

— Talvez Raphael. Ele parece me odiar. E me queria morto antes...

— Não é ele — disse Jace.

— Como pode ter tanta certeza?

— Porque Raphael sabe sobre a sua Marca e não seria burro o suficiente para atacá-lo diretamente assim. Sabe exatamente o que iria acontecer. Quem quer que esteja atrás de você é alguém que sabe o bastante a seu respeito para saber sua provável localização, mas não sobre a Marca.

— Mas assim pode ser qualquer pessoa.

— Exatamente — concordou Jace, e sorriu. Por um instante quase pareceu ele mesmo outra vez.

Simon balançou a cabeça.

— Então, você sabe o que quer comer ou só quer que eu fique empurrando esse carrinho pelos corredores porque acha divertido?

— Isso — disse Jace. — E não sou totalmente familiarizado com o que vendem em mercados mundanos. Maryse normalmente cozinha, ou pedimos comida. — Deu de ombros, e pegou uma fruta a esmo. — O que é isso?

— Uma manga. — Simon encarou Jace. Às vezes realmente parecia que Caçadores de Sombras vinham de outro planeta.

— Acho que nunca vi uma destas sem estar cortada — revelou Jace. — Gosto de manga.

Simon pegou a fruta e colocou no carrinho.

— Ótimo. Do que mais você gosta?

Jace pensou por um instante.

— Sopa de tomate — disse, afinal.

— Sopa de tomate? Quer sopa de tomate e manga para o jantar?

Jace deu de ombros.

— Não ligo muito para comida.

— Tudo bem. Que seja. Fique aqui. Já volto.

Caçadores de Sombras, Simon sussurrou para si mesmo ao dobrar a esquina na seção de latas de sopa. Eram como uma espécie amálgama bizarra de milionários, pessoas que nunca precisavam considerar os aspectos mesquinhos da vida, como compras de supermercado ou utilização das máquinas de cartão no metrô, e soldados com a autodisciplina rígida e os treinamentos constantes. Talvez fosse mais fácil para eles passar pela vida com antolhos, pensou ao pegar uma lata de sopa na prateleira. Talvez ajudasse a manter o foco no objetivo maior, que, quando seu trabalho é manter o mundo protegido dos perigos, é um grande objetivo, de fato.

Estava quase se sentindo solidário a Jace quando se aproximou da seção onde o deixara — e parou. Jace estava apoiado no carrinho, girando alguma coisa nas mãos. Àquela distância, Simon não conseguia ver o que era, e não podia se aproximar, pois duas meninas adolescentes estavam bloqueando a passagem, paradas no meio do corredor, rindo e sussurrando, como garotas faziam. Obviamente estavam vestidas para tentar convencer que tinham 21 anos, com saltos, saias curtas e sutiãs que levantavam os seios, e não usavam jaquetas, mesmo com o frio.

Cheiravam a brilho labial. Brilho labial, talco de bebê e sangue.

Podia escutá-las, é claro, apesar dos sussurros. Estavam falando sobre Jace, sobre como era bonito, uma desafiando a outra a ir falar com ele. Houve muita discussão sobre o cabelo e o abdômen, apesar de Simon não saber como estavam enxergando o abdômen através da camiseta. *Eca*, pensou. *Que ridículo*. Estava prestes a pedir licença quando uma delas, a mais alta e de cabelos mais escuros, se afastou e foi até Jace, cambaleando um pouco sobre o salto plataforma. Jace levantou o olhar cautelosamente quando ela se aproximou, e Simon por um instante teve o pensamento apavorante de que Jace a confundiria com uma vampira ou uma espécie de demônio e sacaria uma de suas lâminas serafim ali mesmo, então os dois seriam presos.

Não precisava ter se preocupado. Jace apenas ergueu uma sobrancelha. A menina disse alguma coisa para ele, arfando; ele deu de ombros; ela colocou alguma coisa na mão dele, em seguida voltou para a amiga. Saíram cambaleando do supermercado, rindo juntas.

Simon foi até Jace e jogou a lata de sopa no carrinho.

— O que foi aquilo?

— Acho — respondeu Jace — que ela perguntou se podia encostar na minha manga.

— Ela *disse* isso?

Jace deu de ombros.

— É, depois me deu o telefone dela. — Mostrou para Simon o pedaço de papel com uma expressão de total indiferença, em seguida o jogou no carrinho. — Podemos ir agora?

— Não vai ligar para ela, vai?

Jace olhou para ele como se Simon estivesse louco.

— Esqueça que perguntei isso — disse Simon. — Este tipo de coisa acontece com você o tempo todo, não é? Garotas se aproximando?

— Só quando não estou escondido por feitiços.

— Sim, porque quando está, as meninas não te enxergam, porque fica *invisível*. — Simon balançou a cabeça. — Você é uma ameaça pública. Não deveriam permitir que você saísse sozinho.

— A inveja é um sentimento tão feio, Lewis. — Jace deu um sorriso torto que normalmente teria feito com que Simon quisesse agredi-lo. Mas não desta vez. Tinha acabado de perceber no que ele vinha mexendo, girando nos dedos como se fosse algo precioso ou perigoso; ou ambos. Era o telefone de Clary.

— Ainda não tenho certeza se é uma boa ideia — manifestou-se Luke.

Clary, com os braços cruzados para se proteger do frio da Cidade do Silêncio, olhou de lado para ele.

— Talvez devesse ter dito isso *antes* de chegarmos aqui.

— Tenho certeza de que disse. Várias vezes — ecoou a voz de Luke pelos pilares que se erguiam, circundados com aneis de pedras semipreciosas: ônix preta, jade verde, cornalina rosa e lápis-lazúli.

Luz enfeitiçada prateada queimava em tochas presas aos pilares, iluminando os mausoléus que alinhavam cada parede e deixando-as com um branco brilhante quase doloroso de se ver.

Pouco havia mudado na Cidade do Silêncio desde a última vez em que Clary estivera lá. Ainda parecia um lugar estranho, apesar de agora os símbolos espalhados em espirais pelos chãos e as estampas provocarem sua mente com as sombras de seus significados, em vez de serem totalmente incompreensíveis. Maryse a deixara ali com Luke, naquela câmara de entrada, no instante em que chegaram, preferindo prosseguir e consultar pessoalmente os Irmãos do Silêncio. Não havia garantia de que deixariam os três entrarem para ver os corpos, alertara ela. Nephilim mortos eram da competência dos guardiões da Cidade dos Ossos, e mais ninguém tinha jurisdição sobre eles.

Não que ainda houvesse muitos guardiões. Valentim tinha matado quase todos em sua busca pela Espada Mortal, deixando vivos apenas os que não estavam na Cidade do Silêncio no momento. Novos membros foram acrescentados desde então, mas Clary duvidava que ainda houvesse mais de dez ou quinze Irmãos do Silêncio no mundo.

Os estalos fortes dos saltos de Maryse no chão de pedra alertaram-nos sobre seu retorno antes que ela aparecesse de fato, acompanhada de perto por um Irmão do Silêncio vestido com uma túnica.

— Aqui estão vocês — disse ela, como se Clary e Luke não estivessem exatamente onde os deixou. — Este é o Irmão Zachariah. Irmão Zachariah, esta é a menina de quem lhe falei.

O Irmão do Silêncio puxou ligeiramente o capuz para fora do rosto. Clary conteve uma exclamação de surpresa. Não tinha uma aparência semelhante à do Irmão Jeremiah, com olhos ocos e boca costurada. Os olhos do Irmão Zachariah estavam fechados, cada uma das maçãs do rosto marcada pela cicatriz de um único símbolo preto. Mas a boca não era fechada com pontos de costura, e Clary também não achou que tivesse a cabeça raspada. Era difícil dizer, com o capuz levantado acima do rosto, se estava vendo sombras ou cabelos escuros.

Sentiu a voz tocar sua mente.

Realmente acredita que pode fazer isto, filha de Valentim?

Ela sentiu as bochechas ruborizarem. Detestava ser lembrada de quem era filha.

— Certamente já ouviu falar das outras coisas que ela já fez — disse Luke. — O símbolo de aliança nos ajudou a acabar com a Guerra Mortal.

O Irmão Zachariah puxou o capuz para esconder o rosto.

Venha comigo ao Ossário.

Clary olhou para Luke, esperando um aceno de apoio, mas ele estava olhando para a frente e mexendo nos óculos, como fazia quando estava ansioso. Com um suspiro, foi atrás de Maryse e do Irmão Zachariah. Ele se movia silencioso como fumaça enquanto os saltos de Maryse pareciam tiros nos chãos de mármore. Clary ficou imaginando se a propensão de Isabelle a calçados inadequados era genética.

Seguiram um caminho sinuoso pelos pilares, passando pelo pátio das Estrelas Falantes, onde os Irmãos do Silêncio haviam contado a Clary sobre Magnus Bane. Depois do pátio havia uma entrada arqueada, com enormes portas de ferro. Na superfície haviam sido queimados os símbolos de morte e paz. Sobre as portas, uma inscrição em latim que fazia com que Clary desejasse ter consigo suas anotações. Estava lamentavelmente atrasada em latim para uma Caçadora de Sombras; a maioria deles a falava como uma segunda língua.

Taceant Colloquia. Effugiat risus. Hic locus est ubi mors gaudet succurrere vitae.

— *Que a conversa pare. Que as risadas cessem* — leu Luke em voz alta. — *Aqui é o lugar onde os mortos se alegram em ensinar aos vivos.*

O Irmão Zachariah pôs a mão na porta.

O mais recente dos assassinados foi preparado para você. Está pronta?

Clary engoliu em seco, se perguntando no que exatamente teria se metido.

— Estou pronta.

As portas se abriram amplamente, e eles atravessaram. Entraram em uma sala grande e sem janelas com paredes de mármore branco e liso. Não tinha muitas características marcantes, exceto ganchos nos quais se penduravam instrumentos prateados de dissecação: bisturis brilhantes, coisas que pareciam martelos, serrotes de osso e separadores de costelas. E ao lado, em prateleiras, havia instrumentos ainda mais peculiares: ferramentas que pareciam saca-rolhas imensos, folhas de lixa e jarras com líquidos multicoloridos, inclusive um esverdeado que levava uma etiqueta em que se lia "ácido", mas que, na verdade, parecia vapor.

O centro do recinto tinha uma fila de mesas altas de mármore. A maioria vazia. Três estavam ocupadas, e em duas delas, só o que Clary conseguia enxergar era uma forma humana escondida por um lençol branco. Na terceira encontrava-se um corpo, coberto até as costelas com um lençol. Nu da cintura para cima, o corpo era evidentemente masculino, tão evidente quanto o fato de que se tratava de um Caçador de Sombras. A pele clara estava inteiramente desenhada com Marcas. Os olhos do morto tinham sido fechados com seda branca, conforme o costume dos Caçadores de Sombras.

Clary engoliu a sensação de náusea que começava a dominá-la e foi para perto do corpo. Luke a acompanhou, a mão protetora sobre o ombro; Maryse estava do lado oposto, assistindo a tudo com olhos azuis curiosos, da mesma cor dos de Alec.

Clary retirou a estela do bolso. Pôde sentir o frio do mármore através da camiseta ao se inclinar sobre o homem. Perto assim, dava para enxergar os detalhes — tinha cabelos castanho-avermelhados, e a garganta fora cortada em tiras, como que por uma garra imensa.

O Irmão Zachariah removeu o pedaço de seda dos olhos do falecido. Por baixo do pano, estavam fechados.

Pode começar.

Clary respirou fundo e tocou a ponta da estela na pele do braço do Caçador de Sombras morto. O símbolo que visualizara antes, na entrada do Instituto, voltou tão nitidamente quanto as letras do próprio nome. Começou a desenhar.

As linhas pretas da Marca se desenrolaram a partir da ponta da estela, como sempre acontecia — mas sua mão parecia pesada e o instrumento se arrastava ligeiramente, como se ela estivesse escrevendo em lama em vez de pele. Como se a estela estivesse confusa, passando pela superfície da pele morta, procurando o espírito vivo do Caçador de Sombras que não estava mais ali. O estômago de Clary se agitou ao desenhar e, quando ela terminou e recolheu o objeto, estava suando e sentindo enjoo.

Por um longo instante nada aconteceu. Então, com uma rapidez espantosa, os olhos do Caçador de Sombras morto se abriram. Eram azuis, e as partes brancas tinham manchas vermelhas de sangue.

Maryse soltou uma exclamação. Evidentemente não tinha acreditado que o símbolo iria funcionar.

— Pelo Anjo.

Um suspiro falho veio do morto, o barulho de alguém tentando respirar através de uma garganta cortada. A pele rasgada do pescoço tremulava como as brânquias de um peixe. Seu peito se ergueu, e uma palavra saiu da boca.

— *Dói.*

Luke praguejou e olhou para Zachariah, mas o Irmão do Silêncio estava impassível.

Maryse se aproximou da mesa, os olhos repentinamente aguçados, quase predatórios.

— Caçador de Sombras — disse ela. — Quem é você? Diga-me seu nome.

A cabeça do homem virou de um lado para o outro. As mãos subiam e desciam convulsivamente.

— *A dor... faça parar.*

A estela de Clary quase caiu da mão. Isso era muito mais terrível do que tinha imaginado. Olhou para Luke, que estava recuando da mesa, os olhos arregalados de horror.

— Caçador de Sombras. — O tom de Maryse era autoritário. — Quem fez isso com você?

— *Por favor...*

Luke se virou, ficando de costas para Clary. Parecia estar procurando alguma coisa nas ferramentas do Irmão do Silêncio. Clary congelou quando a mão enluvada de Maryse foi adiante e se fechou ao redor do ombro do cadáver, os dedos apertando a carne.

— Em nome do Anjo, ordeno que responda!

O Caçador de Sombras emitiu um ruído engasgado.

— *Vampira... Submundo...*

— Que vampira? — perguntou Maryse.

— *Camille. A anciã...* — As palavras foram engasgadas quando uma gota de sangue preto coagulado escorreu da boca morta.

Maryse arquejou e afastou a mão. Ao fazê-lo, Luke reapareceu, trazendo a jarra de líquido verde ácido que Clary notara anteriormente. Com um único gesto retirou a tampa e jogou o conteúdo sobre a Marca no braço do cadáver, erradicando-a. O corpo soltou um único grito quando a carne chiou — e depois caiu de volta na mesa, olhos vazios e fixos; o que quer que o tivesse animado por aquele breve período nitidamente desaparecera.

Luke colocou a jarra de ácido vazia sobre a mesa.

— Maryse. — Seu tom era reprovador. — Não é assim que tratamos nossos mortos.

— Eu decido como tratamos os *nossos* mortos, criatura do Submundo. — Maryse estava pálida, as bochechas com marcas vermelhas. — Agora temos um nome. Camille. Talvez possamos evitar novas mortes.

— Há coisas piores do que a morte. — Luke estendeu a mão para Clary, sem olhar para ela. — Vamos, Clary. Acho que está na hora de irmos embora.

— Então realmente não consegue pensar em mais ninguém que possa querer matá-lo? — perguntou Jace, não pela primeira vez.

Avaliaram a lista diversas vezes, e Simon estava começando a se cansar de tanto ouvir as mesmas perguntas. Sem falar que desconfiava que Jace não estava prestando atenção completamente. Já tinha tomado a sopa que Simon comprara — fria, direto da lata, com uma colher, o que Simon não podia deixar de achar repugnante — e estava apoiado na janela, a cortina ligeiramente aberta de modo que podia ver o trânsito na Avenue B e as janelas acesas dos apartamentos do outro lado da rua. Através destas, Simon via pessoas jantando, vendo TV e sentadas ao redor de mesas conversando. Coisas comuns que pessoas comuns faziam. Aquilo fez com que ele se sentisse estranhamente vazio.

— Ao contrário de você — observou Simon —, não existem tantas pessoas que desgostam de mim.

Jace ignorou o comentário.

— Tem alguma coisa que não está me contando.

Simon suspirou. Não queria falar sobre a oferta de Camille, mas considerando que alguém estava tentando matá-lo, por mais ineficiente que fossem os atentados, talvez o segredo não fosse mais tão prioritário. Explicou o que tinha acontecido na reunião com a vampira, enquanto Jace o encarava com uma expressão atenta.

Quando terminou, Jace disse:

— Interessante, mas também é improvável que seja ela a mandante. Para começar, ela sabe sobre a Marca. E não tenho tanta certeza de que fosse querer quebrar os Acordos assim. Quando se trata de seres do Submundo antigos, eles geralmente sabem se manter longe de problemas. — Repousou a lata de sopa. — Podemos sair outra vez — sugeriu. — Para ver se tentam atacar uma terceira vez. Se conseguíssemos capturar um deles, talvez...

— Não — respondeu Simon. — Por que vive tentando se matar?

— É o meu trabalho.

— É um *risco* do seu trabalho. Pelo menos para a maioria dos Caçadores de Sombras. Para você, parece um objetivo.

Jace deu de ombros.

— Meu pai sempre disse... — interrompeu-se, enrijecendo o rosto. — Desculpe. Quis dizer Valentim. Pelo Anjo. Cada vez que o chamo assim, parece que estou traindo meu verdadeiro pai.

Simon se solidarizou, apesar de tudo.

— Olha, pensou que ele fosse seu pai por quanto tempo, 16 anos? Isso não desaparece de uma hora para a outra. E nunca conheceu seu pai de verdade. Além disso, ele está morto. Então você não pode traí-lo. Apenas pense em si mesmo como alguém que tem dois pais por um tempo.

— Não se pode ter dois pais.

— Claro que pode — argumentou Simon. — Quem disse que não? Podemos comprar para você um daqueles livros infantis. *Timmy tem dois pais*. Exceto que não acho que exista um chamado *Timmy tem dois pais e um deles era mau*. Essa parte vai ter que resolver sozinho.

Jace revirou os olhos.

— Fascinante — disse. — Você conhece um monte de palavras, mas quando as une em frases, não fazem o menor sentido. — Puxou singelamente a cortina. — Não esperaria que me entendesse.

— Meu pai morreu — disse Simon.

Jace se virou para olhar para ele.

— O quê?

— Imaginei que não soubesse — falou Simon. — Quero dizer, não é como se você fosse *perguntar* ou tivesse algum interesse em mim. Então, é isso, meu pai morreu. Temos isso em comum.

Subitamente exausto, apoiou-se no futon. Sentia-se doente, tonto e cansado, um cansaço profundo que parecia impregnado nos ossos. Jace, por outro lado, parecia dotado de uma energia inquietante que Simon achava um pouco perturbadora. Também não foi fácil vê-lo tomando aquela sopa de tomate. Parecia demais com sangue para o seu gosto.

Jace o encarou.

— Há quanto tempo *você*... não come? Parece bem mal.

Simon suspirou. Supunha que não podia argumentar, depois de encher Jace para comer alguma coisa.

— Espere aí — disse. — Já volto.

Levantando-se do futon, foi para o quarto e pegou a última garrafa de sangue de debaixo da cama. Tentou não olhar — sangue coagulado era repugnante. Balançou a garrafa e foi para a sala, onde Jace continuava olhando pela janela.

Apoiando-se na bancada da cozinha, Simon abriu a garrafa de sangue e tomou um gole. Normalmente não gostava de beber aquilo na frente dos outros, mas era Jace; não se importava com a opinião de Jace. Além disso, não era como se ele nunca o tivesse visto bebendo sangue antes. Pelo menos Kyle não estava em casa. Isso seria difícil de explicar ao novo colega de apartamento. Ninguém gostaria de um sujeito que guardava sangue na geladeira.

Dois Jaces o encaravam: um verdadeiro e o outro refletido na janela.

— Você não pode deixar de se alimentar, você sabe.

Simon deu de ombros.

— Estou comendo agora.

— É — disse Jace —, mas é um vampiro. Sangue não é como comida para você. Sangue é... sangue.

— Muito esclarecedor. — Simon se jogou na poltrona em frente à TV; provavelmente um dia fora de um veludo dourado claro, mas agora estava gasta e cinzenta. — Tem outros pensamentos profundos assim? Sangue é sangue? Uma torradeira é uma torradeira? Um cubo gelatinoso é um cubo gelatinoso?

Jace deu de ombros.

— Tudo bem. Ignore meu conselho. Vai se arrepender depois.

Antes que Simon pudesse responder, ouviu o barulho da porta da frente abrindo. Lançou um olhar significativo a Jace.

— É meu colega de apartamento, Kyle. Seja gentil.

Jace deu um sorriso charmoso.

— Sou sempre gentil.

Simon não teve chance de responder como gostaria, pois no instante seguinte Kyle entrou, parecendo alegre e cheio de energia.

— Cara, andei a cidade inteira hoje — contou. — Quase me perdi, mas é como dizem. O Bronx é para cima, Battery para baixo... — Olhou para Jace, registrando com atraso a presença de mais uma pessoa no recinto. — Ah. Oi. Não sabia que tinha convidado um amigo. — Estendeu a mão. — Sou o Kyle.

Jace não respondeu no mesmo tom. Para surpresa de Simon, Jace havia se tornado inteiramente rijo. Os olhos amarelo-claros cerrados, o corpo inteiro demonstrando aquele alerta de Caçador de Sombras que parecia transformá-lo de um adolescente comum em algo muito diferente.

— Interessante — disse. — Sabe, Simon não mencionou que o novo colega de apartamento dele era um lobisomem.

Clary e Luke percorreram todo o caminho de volta para o Brooklyn praticamente em silêncio. Clary olhou pela janela enquanto avançavam, observando Chinatown passar, depois a Williamsburg Bridge, acesa como uma corrente de diamantes contra o céu noturno. Ao longe, sobre a água preta do rio, conseguia ver Renwick, iluminado como sempre. Parecia uma ruína outra vez, janelas pretas vazias abertas como buracos de olhos em uma caveira. A voz do Caçador de Sombras morto sussurrava em sua mente:

A dor... Faça parar.

Ela estremeceu e puxou o casaco mais firmemente ao redor dos ombros. Luke a olhou de relance, mas não disse nada. Só quando estacionou na frente de casa e desligou o motor que virou para ela e falou.

— Clary — disse. — O que você acabou de fazer...

— Foi errado — completou ela. — Sei que foi errado. Eu também estava lá. — Clary limpou o rosto com a manga. — Pode gritar comigo.

Luke ficou olhando para fora, através do para-brisa.

— Não vou gritar. Você não sabia o que ia acontecer. Caramba, eu também achei que pudesse funcionar. Não teria ido com você se não achasse.

Clary sabia que isso deveria fazê-la se sentir melhor, mas não fez.

— Se não tivesse jogado ácido no símbolo...

— Mas joguei.

— Nem sabia que dava para fazer isso. Destruir uma Marca assim.

— Se desfigurá-la o suficiente, pode minimizar ou destruir o poder. Às vezes, em batalhas, o inimigo tenta queimar ou cortar a pele de Caçadores de Sombras, apenas para privá-los do poder dos símbolos. — Luke parecia distraído.

Clary sentiu os lábios tremerem, e trincou os dentes com força para contê-los. Às vezes se esquecia dos piores aspectos de ser Caçadora de Sombras — *esta vida de cicatrizes e de morte*, como Hodge dissera uma vez.

— Bem — disse ela —, não vou mais fazer isso.

— Fazer o quê? Aquela Marca específica? Não tenho dúvidas de que não vai, mas não sei se isso cuida do problema. — Luke tamborilou os dedos no volante. — Você tem uma habilidade, Clary. Uma grande habilidade. Mas não faz ideia do que isso representa. É totalmente destreinada. Não sabe quase nada sobre a história dos símbolos antigos ou o que representaram para os Nephilim ao longo dos séculos. Não conhece a diferença entre um símbolo feito para o bem e outro criado para o mal.

— Não se importou em me deixar usar meu poder quando fiz o símbolo da aliança — disse, irritada. — Não me disse para não criar símbolos naquele momento.

— Não estou falando para não utilizar seu poder. Aliás, acho que o problema é que raramente faz uso dele. Não é como se estivesse exercendo seu poder para mudar a cor do esmalte ou fazer o metrô chegar na hora que quer. Só utiliza nestes ocasionais momentos de vida ou morte.

— Os símbolos só vêm até mim nessas horas.

— Talvez porque ainda não tenha sido treinada quanto ao *funcionamento* do seu poder. Pense em Magnus; o poder dele é parte de quem é. Você parece pensar no seu como uma coisa separada. Algo que acontece. Não é. É uma ferramenta que tem que aprender a utilizar.

— Jace falou que Maryse pretende contratar um especialista em símbolos para trabalhar comigo, mas ainda não o fez.

— Sim — disse Luke —, suponho que Maryse tenha outras questões em mente. — Tirou a chave da ignição e ficou em silêncio por um instante. — Perder um filho como perdeu Max — disse ele. — Nem consigo imaginar. Eu deveria ser mais compreensivo quanto ao comportamento dela. Se alguma coisa acontecesse a você, eu...

Luke não terminou a frase.

— Queria que Robert voltasse de Idris — disse Clary. — Não sei por que ela tem que lidar com isto tudo sozinha. Deve ser horrível.

— Muitos casamentos se desfazem quando um filho morre. O casal não consegue parar de se culpar, ou um ao outro. Suponho que Robert esteja afastado justamente porque precise de espaço, ou porque Maryse precisa.

— Mas eles se amam — disse Clary, estarrecida. — Não é isso que significa o amor? Que deve estar presente para a outra pessoa, independentemente de qualquer coisa?

Luke olhou para o rio, a água escura se movendo sob a luz da lua de outono.

— Às vezes, Clary — disse ele —, o amor não basta.

7
Praetor Lupus

A garrafa escorregou da mão de Simon e caiu no chão, onde estilhaçou, lançando cacos em todas as direções.

— Kyle é um lobisomem?

— Claro que é um lobisomem, seu idiota — disse Jace. Olhou para Kyle. — Não é?

O menino não disse nada. O bom humor relaxado desapareceu de sua expressão. Os olhos âmbar estavam duros e fixos como vidro.

— Quem quer saber?

Jace se afastou da janela. Não havia nada exatamente hostil em sua conduta, e, no entanto, tudo nele sugeria evidente ameaça. As mãos estavam largadas nas laterais do corpo, mas Simon se lembrava da maneira como já vira Jace entrar em ação do nada, ao que parecia, entre pensamento e resposta.

— Jace Lightwood — disse. — Do Instituto Lightwood. A que bando pertence?

— Jesus — disse Kyle. — Você é um Caçador de Sombras? — Olhou para Simon. — A ruivinha bonitinha que estava com você na garagem... Ela também, não é?

Espantado, Simon assentiu.

— Sabe, algumas pessoas acham que Caçadores de Sombras não passam de mitos. Como múmias ou gênios. — Kyle sorriu para Jace. — Consegue conceder desejos?

O fato de que tinha acabado de chamar Clary de bonitinha não parecia tê-lo tornado mais querido a Jace, cujo rosto enrijeceu assustadoramente.

— Depende — disse. — Quer levar um soco na cara?

— Ai, ai — disse Kyle. — E eu achando que vocês todos estivessem alegrinhos com os Acordos recentemente...

— Os Acordos se aplicam a vampiros e licantropes com alianças definidas — interrompeu Jace. — Diga-me a que bando pertence, ou terei que presumir que é um trapaceiro.

— Tudo bem, já chega — disse Simon. — Os dois, parem de agir como se estivessem prestes a se bater. — Então olhou para Kyle. — Devia ter me contado que é um lobisomem.

— Não reparei que me contou que é um vampiro. Talvez achasse que não fosse da sua conta.

O corpo inteiro de Simon tremeu, surpreso.

— Quê? — Olhou para o vidro estilhaçado e o sangue no chão. — Eu não... não...

— Não perca seu tempo — disse Jace, baixinho. — Ele pode sentir que você é vampiro. Exatamente como você vai sentir lobisomens e outros seres do Submundo quando tiver um pouco mais de prática. Ele sabe o que é desde que o conheceu. Não é verdade? — Encarou os olhos gelados de Kyle, que não disse nada. — E aquela coisa que ele cultiva na varanda, a propósito? É acônito, veneno de lobo. Agora você sabe.

Simon cruzou os braços e encarou Kyle.

— Então que diabos é isso? Alguma espécie de armadilha? Por que me chamou para morar com você? Lobisomens detestam vampiros.

— Eu, não — disse Kyle. — Mas não morro de amores pela espécie dele. — Apontou um dedo para Jace. — Acham que são melhores do que todo mundo.

— Não — disse Jace. — *Eu* acho que *eu* sou melhor do que todo mundo. Uma opinião que já foi endossada com grandes evidências.

Kyle olhou para Simon.

— Ele sempre fala assim?

— Sempre.

— E nada cala a boca dele? Além de uma boa surra, é claro.

Jace se afastou da janela.

— *Adoraria* que tentasse.

Simon se colocou entre os dois.

— Não vou deixar que briguem.

— E o que vai fazer se... Ah. — O olhar de Jace desviou para a testa de Simon, e ele sorriu relutantemente. — Então, basicamente está ameaçando me transformar em algo que se coloca na pipoca se eu não fizer o que está mandando?

Kyle se espantou.

— O quê...

— Só acho que deveriam conversar — interrompeu Simon. — Então Kyle é um lobisomem. Eu sou um vampiro. E você não é exatamente um menino comum — acrescentou para Jace. — Acho melhor entendermos o que está acontecendo, e continuar a partir disso.

— Sua confiança estúpida não tem limites — disse Jace, mas sentou no parapeito, cruzando os braços. Após um instante, Kyle também sentou no futon. Ambos se encararam. *Parados*, pensou Simon. *Progresso.*

— Tudo bem — pronunciou-se Kyle. — Sou um lobisomem. Não faço parte de um bando, mas *tenho* uma aliança. Já ouviu falar em Praetor Lupus?

— Já ouvi falar em lúpus — disse Simon. — Não é uma espécie de doença?

Jace lançou a Simon um olhar arrasador.

— "*Lupus*" significa "lobo" — explicou. — E os pretorianos eram uma força militar romana de elite. Então presumo que a tradução seja "Lobos Guardiões". — Deu de ombros. — Já ouvi algo sobre eles, mas é uma organização bastante reservada.

— E os Caçadores de Sombras não? — rebateu Kyle.

— Temos bons motivos.

— Nós também. — Kyle se inclinou para a frente. Os músculos nos braços se flexionaram quando apoiou os cotovelos nos joelhos. — Existem dois tipos de lobisomens — explicou. — Do tipo que nasce lobisomem, com pais licantropes, e do tipo que é infectado com licantropia através de mordida. — Simon olhou para ele, surpreso. Não pensaria que Kyle, o mensageiro preguiçoso e maconheiro, conheceria a palavra "licantropia", quanto mais que saberia pronunciá-la. Mas este era um Kyle bem diferente: concentrado, atento e direto. — Para aqueles de nós que são transformados por mordida, os primeiros anos são anos-chave. A descendência demoníaca que provoca licantropia causa diversas outras mudanças: ondas de agressão incontroláveis, incapacidade de conter a raiva, fúria suicida e desespero. O bando pode ajudar com isso, mas muitos dos recém-infectados não têm sorte o bastante para encontrar um. Ficam sozinhos, tentando lidar com todas essas coisas, e muitos se tornam violentos, com os outros e consigo mesmos. Há uma taxa alta de suicídio e de violência doméstica. — Olhou para Simon. — O mesmo vale para vampiros, podendo ser até pior. Um incipiente órfão não faz ideia do que aconteceu, literalmente. Sem orientação, não sabe se alimentar com segurança ou sequer que deve ficar longe do sol. É aí que entramos.

— E fazem o quê?

— Localizamos seres do Submundo órfãos, vampiros e lobisomens que foram Transformados há pouco e ainda não sabem direito o que são. Às vezes até feiticeiros; alguns não entendem o que são por anos. Nós intervimos, tentamos encaixá-los em um bando ou um clã, ajudá-los a controlar os próprios poderes.

— Bons samaritanos, hein? — Os olhos de Jace brilharam.

— Somos, sim, na verdade. — Kyle soava como se estivesse se esforçando para manter a voz neutra. — Fazemos a intervenção antes que o novo ser do Submundo se torne violento e se machuque, ou a outros. Sei o que teria me acontecido se não fosse pelos Guardiões. Fiz coisas ruins. Muito ruins.

— Ruins como? — perguntou Jace. — Ruins do tipo ilegais?

— Cala a boca, Jace — disse Simon. — Você está de folga, OK? Pare de ser um Caçador de Sombras por um instante. — Então voltou-se para

Kyle. — Então, como acabou fazendo teste para a porcaria da minha banda?

— Não sabia que você sabia que era uma porcaria.

— Responda a pergunta.

— Recebemos um relatório sobre um vampiro novo, um Diurno, vivendo por conta própria, sem um clã. Seu segredo não é tão secreto quanto pensa. Vampiros incipientes sem um clã para ajudá-los podem ser muito perigosos. Fui enviado para ficar de olho em você.

— Então, o que está dizendo — concluiu Simon — é que não só não quer que eu saia daqui agora que sei que é um lobisomem, como que não vai deixar eu ir embora?

— Isso — disse Kyle. — Quero dizer, você pode se mudar, mas eu vou junto.

— Não é necessário — disse Jace. — Posso muito bem ficar de olho em Simon, obrigado. Ele é *meu* ser neófito do Submundo para zombar e dar ordens, e não seu.

— Calem a boca! — gritou Simon. — Os dois. Nenhum de vocês estava presente quando tentaram me matar hoje mais cedo...

— Eu estava — disse Jace. — Você sabe, uma das vezes.

Os olhos de Kyle brilharam, como os olhos de um lobo à noite.

— Alguém tentou te matar? O que aconteceu?

Os olhos de Simon encontraram os de Jace do outro lado da sala. Um consenso silencioso de não mencionar a Marca de Caim passou entre eles.

— Há dois dias, e hoje, fui seguido e atacado por uns caras com roupas cinzas de treinamento.

— Humanos?

— Não temos certeza.

— E não faz ideia do que queriam com você?

— Definitivamente me querem morto — explicou Simon. — Fora isso, não sei.

— Temos algumas pistas — declarou Jace. — Vamos investigar.

Kyle balançou a cabeça.

— Tudo bem. O que quer que não estejam me contando, vou descobrir eventualmente. — Levantou-se. — Agora estou cansado. Vou dormir. Até amanhã — disse a Simon. — Você — falou para Jace —, bem, imagino que vamos nos encontrar por aí. É o primeiro Caçador de Sombras que já conheci.

— Que pena — disse Jace —, pois todos que conhecer a partir de agora serão uma grande decepção.

Kyle revirou os olhos e saiu, fechando a porta do quarto.

Simon olhou para Jace.

— Não vai voltar para o Instituto — perguntou —, vai?

Jace balançou a cabeça.

— Você precisa de proteção. Quem sabe quando alguém pode tentar te matar outra vez?

— Essa sua coisa de evitar a Clary realmente assumiu proporções épicas — disse Simon, levantando-se. — Algum dia vai voltar para casa?

Jace olhou para ele.

— Você vai?

Simon foi para a cozinha, pegou uma vassoura e varreu os cacos da garrafa destroçada. Era a última. Jogou os pedaços de vidro no lixo e passou por Jace em direção ao próprio quarto, onde tirou o casaco e os sapatos e se jogou no colchão.

Um instante mais tarde, Jace entrou no quarto. Olhou em volta, as sobrancelhas claras erguidas em uma expressão de divertimento.

— Um belo espaço que tem aqui. Minimalista. Gostei.

Simon rolou para o lado e encarou Jace, incrédulo.

— Por favor, não me diga que está planejando ficar no meu *quarto*.

Jace sentou no parapeito e olhou para ele.

— Você realmente não entende como funciona essa coisa de guarda-costas, não é mesmo?

— Nem achava que gostasse tanto assim de mim — replicou Simon. — Essa é uma daquelas situações de "mantenha os amigos por perto e os inimigos ainda mais perto"?

— Pensei que fosse "mantenha os amigos por perto para ter quem dirigir o carro quando você vai até a casa do seu inimigo vomitar na caixa de correio".

— Tenho certeza de que não é. E essa coisa de me proteger é mais perturbadora do que tocante, só para avisar. Estou *bem*. Viu o que acontece com quem tenta me machucar.

— Sim, eu vi — falou Jace. — Mas eventualmente a pessoa que está tentando te matar vai descobrir sobre a Marca de Caim. E então vai desistir ou descobrir outro meio. — Apoiou-se na janela. — E é por isso que estou aqui.

Apesar da exasperação, Simon não conseguia enxergar falhas naquele argumento, ou, pelo menos, nenhuma grande o bastante para se incomodar. Rolou de barriga para baixo e enterrou o rosto nos braços. Em poucos minutos estava dormindo.

Estava caminhando pelo deserto, sobre areias ardentes, passando por ossos embranquecendo ao sol. Nunca sentira tanta sede. Quando engolia, a boca parecia coberta de areia, a garganta repleta de facas.

O apito agudo do celular acordou Simon. Ele rolou e alcançou o casaco, exaurido. Quando conseguiu pegar o telefone do bolso, já tinha parado de tocar.

Virou o aparelho para ver quem tinha ligado. Luke.

Droga. Aposto que minha mãe ligou para a casa de Clary procurando por mim, pensou, sentando-se. O cérebro ainda estava ligeiramente embriagado de sono, e levou um instante para se lembrar de que quando adormecera no quarto; não estava sozinho.

Olhou rapidamente para a janela. Jace ainda estava ali, mas nitidamente dormia — sentado, com a cabeça apoiada no vidro. A luz clara do alvorecer se filtrava ao redor dele. Parecia muito jovem assim, pensou Simon. Sem deboche na expressão, sem defensivas ou sarcasmo. Era quase possível imaginar o que Clary vira nele.

Estava bastante claro que ele não estava levando as obrigações de guarda-costas muito a sério, mas isso tinha sido óbvio desde o início. Simon ficou imaginando, e não pela primeira vez, que diabos estava se passando entre Clary e Jace.

O telefone começou a zumbir novamente. Levantando-se, Simon foi para a sala, apertando o botão de atender bem a tempo de evitar que a ligação fosse para a caixa postal outra vez.

— Luke?

— Desculpe acordá-lo, Simon. — Luke, como sempre, infalivelmente educado.

— Eu já estava acordado — mentiu Simon.

— Preciso que me encontre na Washington Square Park em meia hora — disse Luke. — No chafariz.

Agora Simon ficou seriamente alarmado.

— Está tudo bem? Clary está bem?

— Tudo bem. Não é nada com ela. — Pôde ouvir um ronco ao fundo. Simon concluiu que Luke estava ligando a picape. — Apenas me encontre no parque. E não leve ninguém com você.

Desligou.

O barulho da caminhonete de Luke saindo despertou Clary de sonhos desconfortáveis. Ela se sentou, encolhendo-se. A corrente do pescoço havia prendido no cabelo enquanto dormia, e ela a tirou por cima da cabeça, libertando-a cuidadosamente dos nós.

Colocou o anel na palma da mão, com a corrente ao redor. O pequeno círculo de prata, estampado com estrelas, parecia piscar para ela, zombeteiro. Lembrava-se de quando Jace lhe dera, enrolado no bilhete que havia deixado para trás quando saiu para caçar Jonathan. *Apesar de tudo, não posso suportar a ideia deste anel se perdendo para sempre, não mais do que posso suportar a ideia de deixá-la para sempre.*

Fazia quase dois meses. Tinha certeza de que ele a amava, tanta certeza que a Rainha da Corte Seelie não conseguiu tentá-la. Como poderia haver qualquer outra coisa que quisesse, quando tinha Jace?

Mas talvez jamais fosse possível ter alguém, pensava agora. Talvez, independentemente do quanto se amasse, ainda fosse possível que a pessoa escapasse por entre seus dedos como água, sem que houvesse nada para fazer a respeito. Entendia porque as pessoas falavam sobre corações "partidos"; tinha a sensação de que o seu era feito de vidro rachado, e os cacos eram como facas minúsculas no peito quando respirava. *Imagine sua vida sem ele*, dissera a Rainha Seelie...

O telefone tocou, e por um instante Clary sentiu apenas alívio por alguma coisa, qualquer coisa, interromper seu desespero. O segundo pensamento foi: *Jace*. Talvez não tivesse conseguido encontrá-la no celular e estivesse ligando para casa. Largou o anel na cabeceira e esticou o braço para alcançar o aparelho. Estava prestes a atender quando percebeu que a ligação já tinha sido interceptada por sua mãe.

— Alô? — A mãe parecia ansiosa e, o que era surpreendente, acordada, apesar de ser tão cedo.

A voz que atendeu era desconhecida, e dotada de um ligeiro sotaque.

— Aqui é Catarina, do hospital Beth Israel. Procuro por Jocelyn.

Clary congelou. O hospital? Será que tinha acontecido alguma coisa, talvez com Luke? Ele tinha saído absurdamente rápido...

— Sou eu. — A mãe não soava assustada, mas parecia que estivera aguardando a ligação. — Obrigada por retornar a ligação tão depressa.

— Claro. Fiquei feliz em receber notícias. Não é comum ver pessoas se recuperando de uma maldição como a que lhe afligiu. — Certo, pensou Clary. A mãe tinha estado no Beth Israel em coma pelos efeitos da poção que tomou para impedir que Valentim a interrogasse. — E qualquer amigo de Magnus Bane é meu amigo.

Jocelyn parecia tensa.

— Meu recado fez sentido? Sabe por que liguei?

— Queria saber sobre a criança — respondeu a mulher do outro lado da linha. Clary sabia que devia desligar, mas não conseguiu. Que criança? O que estava acontecendo? — A que foi abandonada.

A voz de Jocelyn falhou.

— S-sim. Pensei...

— Sinto informar, mas ele está morto. Faleceu ontem à noite.

Por um instante, Jocelyn ficou em silêncio. Clary pôde sentir o susto da mãe através do telefone.

— Morreu? Como?

— Eu mesma não tenho certeza de que entendi. O padre veio ontem para batizar a criança e...

— Meu Deus. — A voz de Jocelyn falhou. — Eu posso... poderia, por favor, passar aí e dar uma olhada no corpo?

Fez-se um longo silêncio. Finalmente a enfermeira respondeu:

— Não tenho certeza. O corpo está no necrotério, esperando transferência para o consultório do médico legista.

— Catarina, acho que sei o que aconteceu com o menino. — Jocelyn estava ofegante. — E se eu puder confirmar, talvez possa evitar que volte a acontecer.

— Jocelyn...

— Estou indo — disse a mãe de Clary, e desligou o telefone. A menina encarou, confusa, o objeto por um instante antes de desligar. Então levantou-se, passou uma escova no cabelo, vestiu uma calça jeans e um casaco e deixou o quarto, bem a tempo de encontrar a mãe na sala, escrevendo um bilhete no caderno ao lado do telefone. Ela levantou o olhar quando Clary entrou e deu um pulo de susto, com uma expressão culpada.

— Estava saindo — informou. — Alguns probleminhas de última hora no casamento surgiram e...

— Não perca tempo mentindo para mim — disse Clary, sem preâmbulos. — Estava ouvindo na extensão, e sei exatamente aonde está indo.

Jocelyn empalideceu. Então, lentamente, repousou a caneta.

— Clary...

— Precisa parar de tentar me proteger — falou. — E aposto que também não contou nada a Luke sobre ligar para o hospital.

Jocelyn ajeitou o cabelo, nervosa.

— Me parece injusto com ele. Com o casamento chegando e tudo mais...

— Certo. O casamento. Vão fazer um casamento. E por que isso? Porque vão se *casar*. Não acha que é hora de começar a confiar em Luke? E em mim?

— Confio em você — disse suavemente.

— Então não vai ligar se eu for com você ao hospital.

— Clary, não acho...

— Sei o que acha. Acha que é a mesma coisa que aconteceu com Sebastian; quero dizer, Jonathan. Acha que talvez alguém esteja por aí fazendo com bebezinhos o que Valentim fez com meu irmão.

A voz de Jocelyn tremeu ligeiramente.

— Valentim está morto. Mas há outros que estavam no Ciclo que nunca foram capturados.

E nunca encontraram o corpo de Jonathan. Não era uma coisa sobre a qual Clary gostava de pensar. Além disso, Isabelle estava lá, e sempre foi firme na declaração de que Jace tinha danificado a espinha de Jonathan com a lâmina da adaga, e que, como resultado, Jonathan morreu bem morrido. Ela foi até a água e verificou, dissera. Sem pulso, sem batimentos cardíacos.

— Mãe — disse Clary. — Ele era *meu irmão*. Tenho direito de ir também.

Muito lentamente, Jocelyn assentiu.

— Tem razão. Imagino que tenha. — Ela alcançou a bolsa, pendurada em um cabide perto da porta. — Bem, vamos então, e pegue o casaco. A previsão do tempo anunciou que pode chover.

O Washington Square Park era essencialmente deserto nas primeiras horas da manhã. O ar estava frio e limpo, e as folhas já cobriam a rua com camadas espessas de vermelho, dourado e verde-escuro. Simon chutou-as para o lado ao abrir caminho sob o arco de pedra no eixo sul do parque.

Havia poucas pessoas ao redor — alguns desabrigados dormindo em bancos, enrolados em sacos de dormir ou cobertores puídos, e alguns homens com uniformes verdes de limpeza esvaziando as latas de lixo. Tinha um sujeito empurrando um carrinho pelo parque, vendendo rosquinhas, café e pães. E no centro, perto do grande chafariz circular, Luke. Vestia um casaco verde e acenou ao ver Simon.

Simon retribuiu o aceno, um pouco hesitante. Ainda não tinha certeza de que não estava encrencado por alguma razão. A expressão de Luke, à medida que Simon se aproximou, só intensificou seu mau pressentimento. Luke parecia cansado e mais do que um pouquinho estressado. O olhar, ao repousar em Simon, estava carregado de preocupação.

— Simon — disse. — Obrigado por ter vindo.

— Claro. — Simon não estava com frio, mas colocou as mãos nos bolsos do casaco assim mesmo, só para dar a elas uma coisa para fazer. — Qual é o problema?

— Não falei nada sobre um problema.

— Não me arrastaria até aqui no alvorecer se não tivesse um — observou Simon. — Se não é nada com Clary, então...?

— Ontem, na loja de noivas — explicou Luke. — Você me perguntou sobre uma pessoa. Camille.

Um bando de pássaros levantou voo de uma árvore próxima, grasnando. Simon se lembrou de uma rima que a mãe costumava recitar, sobre pombos: *um para tristeza, dois para alegria, três para um casamen-*

to, quatro para um nascimento; cinco para prata, seis para dourado, sete para um segredo nunca revelado.

— Certo — respondeu Simon. Já tinha perdido a conta do número de pássaros. Sete, supôs. Um segredo nunca revelado. O que quer que isso quisesse dizer.

— Sabe sobre os Caçadores de Sombras que foram encontrados assassinados pela cidade nos últimos dias — disse Luke. — Não sabe?

Simon assentiu lentamente. Estava com um mau pressentimento quanto ao rumo desta conversa.

— Parece que Camille pode ter sido a responsável — revelou Luke. — Não pude deixar de me lembrar que perguntou sobre ela. Ouvir o nome duas vezes, no mesmo dia, após anos sem escutá-lo... pareceu muita coincidência.

— Coincidências acontecem.

— Algumas vezes — disse Luke —, mas raramente são a resposta mais provável. Hoje à noite Maryse vai convocar Raphael para interrogá-lo sobre o papel de Camille nestes assassinatos. Se for revelado que você sabia alguma coisa sobre Camille, que teve contato com ela, não quero que esteja desavisado.

— Então somos dois. — A cabeça de Simon começou a latejar outra vez. Vampiros tinham dor de cabeça? Não conseguia se lembrar da última vez em que tivera uma antes dos eventos destes últimos dias. — Conheci Camille — contou. — Há mais ou menos quatro dias. Pensei que estivesse sendo convocado por Raphael, mas foi ela. Me ofereceu um acordo. Se eu fosse trabalhar para ela, me tornaria o segundo vampiro mais importante da cidade.

— Por que queria que você fosse trabalhar para ela? — O tom de Luke era neutro.

— Ela sabe sobre a minha Marca — explicou. — Disse que foi traída por Raphael e poderia me usar para recuperar o controle do clã. Tive a impressão de que ela não morre de amores por ele.

— Isso é muito curioso — disse Luke. — A história que ouvi é que Camille tirou uma licença de prazo indeterminado da liderança do clã e fez de Raphael o sucessor temporário. Se o escolheu para liderar em seu lugar, por que agiria contra ele?

Simon deu de ombros.

— Não sei. Só estou contando o que ela disse.

— Por que não nos contou sobre ela, Simon? — disse Luke, bem baixinho.

— Ela disse para não contar. — Simon percebeu o quão estúpido soava. — Nunca conheci um vampiro como ela — acrescentou. — Só Raphael, e os outros no Dumont. É difícil explicar como ela é. Tudo o que diz, você quer acreditar. Tudo o que pede, você quer fazer. Eu queria agradá-la, mesmo sabendo que só estava brincando comigo.

O homem com o carrinho de rosquinhas e café estava passando outra vez. Luke comprou um café e um pão e sentou na borda do chafariz. Após um instante, Simon se juntou a ele.

— O homem que me deu o nome de Camille a chamou de "a anciã" — disse Luke. — Ela é, acredito, um dos vampiros muito, muito velhos deste mundo. Imagino que seja capaz de fazer a maioria das pessoas se sentir muito pequena.

— Fez com que eu me sentisse um inseto — disse Simon. — Prometeu que se em cinco dias eu não quisesse trabalhar para ela, nunca mais voltaria a me incomodar. Então eu disse que pensaria a respeito.

— E então? Pensou a respeito?

— Se ela está matando Caçadores de Sombras, não quero nenhuma ligação com ela — respondeu Simon. — Isso eu garanto.

— Tenho certeza de que Maryse ficará aliviada em saber.

— Agora está sendo sarcástico.

— Não estou — disse Luke, parecendo muito sério. Era em momentos como este que Simon conseguia deixar de lado as lembranças de Luke, o mais ou menos padrasto de Clary, o cara que estava sempre por perto, sempre disposto a dar uma carona para casa ou emprestar dez pratas para um livro ou uma entrada de cinema, e lembrar que Luke liderava o principal bando de lobos da cidade, que era alguém que, em momentos cruciais, toda a Clave escutava. — Você esquece o que é, Simon. Esquece o poder que tem.

— Quem dera eu pudesse esquecer — respondeu Simon com amargura. — Queria que ele simplesmente sumisse se eu não usasse.

Luke balançou a cabeça.

— O poder é um ímã. Atrai aqueles que o desejam. Camille é um deles, mas haverá outros. Tivemos sorte, de certa forma, por ter demorado tanto. — Olhou para Simon. — Acha que se ela o invocar novamente, pode me avisar, ou ao Conclave, informando onde podemos encontrá-la?

— Posso — respondeu Simon, lentamente. — Ela me deu uma forma de entrar em contato, mas não é como se fosse aparecer se eu soprar um apito mágico. Na última vez em que quis conversar comigo, mandou capangas me surpreenderem e me levarem até ela. Então, ter pessoas perto de mim enquanto tento falar com ela não vai dar certo. Conseguirá os subjugados, mas não ela.

— Humm. — Luke pareceu ponderar a questão. — Teremos que pensar em um jeito mais inteligente, então.

— Melhor pensar depressa. Ela disse que me daria cinco dias, e isso quer dizer que até amanhã ela vai esperar alguma espécie de sinal meu.

— Imagino que sim — disse Luke. — Aliás, estou contando com isso.

Simon abriu a porta da frente do apartamento de Kyle com cuidado.

— Olá — disse, entrando e pendurando o casaco. — Tem alguém em casa?

Ninguém respondeu, mas da sala Simon pôde ouvir o familiar *zap-bang-crash* de um videogame. Foi até lá, segurando na frente de si, como uma oferta de paz, um saco branco de pães que tinha comprado na Bagel Zone, na Avenue A.

— Trouxe café da manhã...

Sua voz falhou. Não sabia ao certo o que esperava que fosse acontecer quando seus autodeclarados guarda-costas percebessem que tinha saído escondido do apartamento. Definitivamente envolvia alguma variação da frase "tente outra vez e eu te mato". O que não envolvia era Kyle e Jace sentados lado a lado no futon, parecendo melhores amigos. Kyle tinha um controle de videogame nas mãos e Jace estava inclinado para a frente, com os cotovelos nos joelhos, assistindo atentamente. Mal pareceram reparar na chegada de Simon.

— Aquele cara no canto está olhando para o outro lado — observou Jace, apontando para a tela da TV. — Um chute giratório acabaria com ele.

— Não posso chutar nesse jogo. Só atirar. Está vendo? — Kyle apertou alguns botões.

— Que idiotice. — Jace olhou para Simon e pareceu vê-lo pela primeira vez. — De volta da reunião matinal, percebo — disse, num tom não muito acolhedor. — Aposto que se achou muito esperto, fugindo daquele jeito.

— Meio esperto — reconheceu Simon. — Como um cruzamento entre George Clooney em *Onze homens e um segredo* e aqueles caras dos *Caçadores de mitos*, só que, você sabe, mais bonito.

— Sempre fico tão feliz por não saber do que está falando — falou Jace. — Me preenche com uma sensação de paz e bem-estar.

Kyle repousou o controle, deixando a tela congelada em um close de uma arma enorme estilo rifle.

— Aceito um bagel.

Simon jogou um para ele, que foi até a cozinha, separada da sala por uma longa bancada, para torrar e passar manteiga no pão. Jace olhou para o saco branco e o dispensou com um aceno.

— Não, obrigado.

Simon se sentou sobre a mesa de centro.

— Precisa comer alguma coisa.

— Olha quem fala.

— Estou sem sangue agora — explicou Simon. — A não ser que esteja oferecendo.

— Não, obrigado. Já passamos por isso, e acho que é melhor continuarmos apenas amigos. — O tom de Jace era levemente sarcástico, como sempre, mas a distância que estava, Simon conseguia ver o quanto estava pálido e com olheiras cinzentas. Os ossos do rosto pareciam mais proeminentes do que antes.

— Sério — disse Simon, empurrando o saco pela mesa em direção a Jace. — Precisa comer alguma coisa. Não estou brincando.

Jace olhou para o saco de comida e fez uma careta. Suas pálpebras estavam cinza-azuladas de exaustão.

— Só de pensar fico enjoado, para ser sincero.

— Você pegou no sono ontem à noite — disse Simon. — Quando deveria estar tomando conta de mim. Sei que essa história de guarda-costas é mais uma brincadeira para você, mas mesmo assim. Há quanto tempo não dorme?

— Tipo, a noite inteira? — Jace considerou. — Duas semanas. Talvez três.

O queixo de Simon caiu.

— Por quê? Quero dizer, o que está acontecendo?

Jace deu um meio sorriso.

— Eu poderia viver recluso numa casca de noz e me considerar rei do espaço infinito se não estivesse tendo pesadelos.

— Essa eu conheço. *Hamlet*. Então está dizendo que não consegue dormir porque vem tendo *pesadelos*?

— Vampiro — disse Jace, com uma certeza exaurida —, você nem imagina.

— Ei. — Kyle reapareceu e sentou na poltrona cheia de protuberâncias. Mordeu um pedaço do pão. — O que está rolando?

— Fui encontrar Luke — relatou Simon, e explicou o que tinha acontecido, não vendo motivo para esconder. Não mencionou nada sobre o fato de que Camille o queria não só por ser um Diurno, mas também por causa da Marca de Caim. Kyle assentiu assim que terminou.

— Luke Garroway. Líder do bando da cidade. Já ouvi falar nele. É poderoso.

— O verdadeiro nome dele não é Garroway — disse Jace. — Ele era um Caçador de Sombras.

— Certo. Ouvi isso também. E agora contribuiu para os novos Acordos e tudo mais. — Kyle olhou para Simon. — Você conhece pessoas importantes.

— Pessoas importantes trazem grandes problemas — afirmou Simon. — Camille, por exemplo.

— Quando Luke contar para Maryse o que está acontecendo, a Clave cuidará dela — disse Jace. — Existem protocolos para lidar com os trapaceiros do Submundo. — Com isso, Kyle olhou de lado para ele, mas Jace não pareceu notar. — Já disse que não acho que ela esteja tentando te matar. Ela sabe... — Jace se interrompeu. — Ela sabe que é melhor não.

— Além disso, quer usar você — completou Kyle.

— Bom argumento — disse Jace. — Ninguém vai apagar um recurso valioso.

Simon olhou de um para o outro e balançou a cabeça.

— Quando foi que ficaram tão amiguinhos? Ontem à noite estavam todos "sou o maior guerreiro de elite!", "não, *eu* sou o maior guerreiro de elite!", e hoje estão jogando Halo e se cumprimentando por boas ideias.

— Percebemos que temos algo em comum — respondeu Jace. — Você irrita os dois.

— Por falar nisso, me ocorreu uma coisa — revelou Simon. — Mas acho que nenhum dos dois vai gostar.

Kyle ergueu as sobrancelhas.

— Vamos ver.

— O problema de me observarem o tempo todo — disse Simon — é que assim os sujeitos que estão tentando me matar não tentarão mais, e se não tentarem mais, não saberemos quem são. Além disso, terão que ficar de olho em mim o tempo todo. E presumo que tenham outras coisas que prefiram fazer. Bem — acrescentou na direção de Jace —, talvez *você* não tenha.

— Então? — indagou Kyle. — Qual é a sua sugestão?

—Vamos atraí-los. Fazer com que ataquem novamente. Tentamos capturar um deles para descobrir quem está por trás.

— Se bem me lembro — declarou Jace —, tive essa ideia no outro dia... e você não gostou muito.

— Eu estava cansado — falou Simon. — Mas andei pensando. E pela minha experiência com malfeitores até agora, sei que eles não vão embora só porque você resolveu ignorá-los. Continuam vindo de outras maneiras. Então, ou faço com que venham até mim logo ou passo a eternidade esperando que ataquem novamente.

— Estou dentro — disse Jace, apesar de Kyle ainda não parecer convencido. — Então quer sair e vagar por aí até que apareçam novamente?

— Pensei em facilitar para eles. Aparecer onde todos sabem que devo estar.

— Quer dizer...? — perguntou Kyle.

Simon apontou para o flyer na geladeira. MILLENIUM LINT, 16 DE OUTUBRO, ALTO BAR, BROOKLYN, 21H.

— Estou falando do show. Por que não? — Ainda estava com uma dor de cabeça muito forte, mas afastou-a, tentando não pensar no quanto estava exausto ou em como sobreviveria ao show. Precisava conseguir mais sangue de algum jeito. Precisava.

Os olhos de Jace estavam brilhando.

— Sabe, até que é uma bela ideia, vampiro.

— Quer que te ataquem *no palco*? — perguntou Kyle.

— Deixaria o show bem interessante — disse Simon, com mais bravata do que sentia.

A ideia de ser atacado mais uma vez era mais do que podia suportar, mesmo que não temesse por sua segurança pessoal. Não sabia se conseguia aguentar ver a Marca de Caim em ação novamente.

Jace balançou a cabeça.

— Eles não atacam em público. Vão esperar até depois do show. E estaremos lá para lidar com eles.

Kyle balançou a cabeça.

— Não sei...

Fizeram mais algumas rodadas, Jace e Simon de um lado da discussão e Kyle do outro. Simon sentiu um pouco de culpa. Se Kyle soubesse sobre a Marca, seria muito mais fácil persuadi-lo. Eventualmente cedeu à pressão e relutantemente concordou com o que, continuava insistindo, se tratava de um "plano idiota".

— Mas — falou afinal, levantando-se e limpando farelos de pão da camisa — só estou concordando porque sei que vão fazer o que querem, comigo concordando ou não. Então é melhor que eu esteja lá. — Olhou para Simon. — Quem diria que protegê-lo de si mesmo seria tão difícil?

— Eu poderia ter te dito isso — afirmou Jace, enquanto Kyle vestia um casaco e ia para a porta. Aparentemente ele era de fato um mensageiro; o Praetor Lupus, apesar do nome poderoso, não pagava tão bem. A porta se fechou atrás dele e Jace voltou-se novamente para Simon. — Então, o show é às nove, certo? O que faremos com o resto do dia?

— O que faremos? — Simon o olhou, incrédulo. — *Alguma hora* pretende ir para casa?

— O quê, já está entediado com a minha companhia?

— Deixa eu fazer uma pergunta — continuou Simon. — Me acha uma pessoa fascinante de se ter por perto?

— Como? — perguntou Jace. — Desculpe, acho que caí no sono por um instante. Por favor, continue com qualquer que seja a coisa memorável que estava falando.

— Pare — disse Simon. — Pare de ser sarcástico por um segundo. Não está comendo, não está dormindo. Sabe quem mais não está fazendo nada disso? Clary. Não sei o que está acontecendo entre vocês, porque, francamente, ela não me contou nada. Presumo que ela também não queira conversar a respeito. Mas está bastante claro que estão brigados. E se vai terminar com ela...

— *Terminar com ela*? — Jace o encarou. — Está louco?

— Se continuar a evitá-la — rebateu Simon —, ela vai terminar com *você*.

Jace se levantou. O relaxamento de antes desapareceu; estava inteiramente tenso agora, como um gato caçando. Foi até a janela e mexeu na cortina, ansioso, a luz do fim da manhã entrando pelo buraco e clareando os olhos dele.

— Tenho motivo para as coisas que faço — falou afinal.

— Ótimo — respondeu Simon. — Clary conhece estes motivos?

Jace não disse nada.

— Tudo o que ela faz é te amar e confiar em você — observou Simon. — Deve a ela...

— Existem coisas mais importantes do que honestidade — replicou Jace. — Acha que gosto de machucá-la? Pensa que gosto de saber que estou deixando Clary irritada, talvez fazendo com que me odeie? Por que acha que estou *aqui*? — Olhou para Simon com uma espécie de raiva fria. — Não posso estar com ela — declarou. — E se não posso estar com ela, pouco me importa onde estou. Posso muito bem ficar com você, pois se pelo menos ela soubesse que estou tentando te proteger, talvez ficasse feliz.

— Então está tentando deixá-la feliz mesmo sabendo que o motivo pelo qual ela está infeliz é você — disse Simon, sem muita gentileza. — Parece contraditório, não?

— O amor é uma contradição — respondeu Jace, e se virou novamente para a janela.

8

Andar na Escuridão

Clary tinha se esquecido do quanto odiava cheiro de hospital até entrarem pela porta da frente do Beth Israel. Não havia esterilização, metal, café velho e água sanitária suficiente para cobrir o odor de doença e tristeza. A lembrança da enfermidade da mãe, de Jocelyn deitada inconsciente e sem reação no ninho de tubos e fios, a atingiu como um tapa na cara, e Clary respirou fundo, tentando não sentir o gosto do ar.

— Você está bem? — Jocelyn puxou o capuz do casaco de Clary para trás e olhou para ela, os olhos verdes cheios de ansiedade.

Clary assentiu, se encolhendo dentro do casaco, e olhou em volta. O lobby era todo composto de mármore frio, metal e plástico. Tinha um balcão grande de informações atrás da qual várias mulheres, provavelmente enfermeiras, trabalhavam; placas apontavam o caminho para a UTI, Radiologia, Oncologia Cirúrgica, Pediatria e outros. Provavelmente teria encontrado o caminho para a cantina de olhos fechados; tinha levado copos tépidos de café de lá para Luke o suficiente para encher a reserva do Central Park.

— Com licença. — Uma enfermeira esguia empurrando um senhor em uma cadeira de rodas passou por elas, quase atropelando os dedos dos pés de Clary com as rodas. Clary olhou para ela; vira alguma coisa, um brilho...

— Não fique encarando, Clary — sussurrou Jocelyn.

Colocou o braço ao redor dos ombros de Clary, virando-a de modo que ambas encarassem as portas que levavam à sala de espera do laboratório, onde as pessoas tiravam sangue. Clary viu a si própria e a mãe refletidas no vidro escuro. Apesar de ainda ser meia cabeça mais baixa do que a mãe, elas *realmente* se pareciam, não? No passado sempre descartava quando as pessoas mencionavam. Jocelyn era linda, e ela não. Mas os formatos dos olhos e da boca eram os mesmos, assim como os cabelos ruivos, os olhos verdes e as mãos finas. Como tinha herdado tão pouco da aparência de Valentim, pensou Clary, quando o irmão herdou tudo? Ele ficara com os cabelos claros e os olhos escuros penetrantes. Apesar de que, ponderou, talvez se olhasse de perto, conseguisse ver um pouco de Valentim na posição teimosa da própria mandíbula...

— Jocelyn. — As duas viraram. A enfermeira que estivera empurrando o senhor na cadeira de rodas estava diante delas. Era magra, aparentemente jovem, pele marrom, olhos escuros, e então, enquanto Clary olhava, o feitiço foi despido. Ainda era uma mulher magra e jovem, mas agora a pele era azul-escura, e os cabelos, enrolados em um nó atrás da cabeça, brancos como a neve. O azul da pele contrastava de forma chocante com o uniforme rosa-claro.

— Clary — disse Jocelyn. — Esta é Catarina Loss. Ela cuidou de mim enquanto estive aqui. É também amiga de Magnus.

— Você é uma feiticeira. — As palavras deixaram a boca de Clary antes que pudesse contê-las.

— *Shhh*. — A feiticeira parecia horrorizada. Encarou Jocelyn. — Não me lembro de ter mencionado que ia trazer sua filha. Ela é só uma criança.

— Clarissa sabe se comportar. — Jocelyn olhou duramente para Clary. — Não sabe?

Clary assentiu. Já tinha visto feiticeiros além de Magnus antes, na batalha em Idris. Todos eles tinham feições que os destacavam como não humanos, aprendera, como os olhos de gato de Magnus. Alguns eram dotados de asas, ou tinham os dedos dos pés unidos por membranas, ou garras nas mãos. Mas pele completamente azul seria difícil esconder com lentes de contato ou casacos grandes. Catarina Loss devia ter que se enfeitiçar todos os dias para conseguir sair de casa, principalmente trabalhando em um hospital mundano.

A feiticeira apontou o polegar para os elevadores.

— Vamos. Venham comigo. Vamos acabar com isso de uma vez.

Clary e Jocelyn se apressaram a segui-la até os elevadores, e entraram no primeiro que abriu. As portas se fecharam atrás delas com um chiado, e Catarina apertou um botão marcado com a letra N. Havia um entalhe no metal ao lado que indicava que o andar M só podia ser alcançado com uma chave de acesso, mas quando ela tocou o botão, seu dedo emitiu uma faísca azul e o botão acendeu. O elevador começou a descer.

Catarina estava balançando a cabeça.

— Se não fosse amiga de Magnus Bane, Jocelyn Fairchild...

— Fray — respondeu Jocelyn. — Atendo por Jocelyn Fray agora.

— Não tem mais nome de Caçadora de Sombras? — Catarina sorriu afetadamente; os lábios eram surpreendentemente vermelhos contra a pele azul. — E você, garotinha? Vai ser Caçadora de Sombras como seu pai?

Clary tentou conter a irritação.

— Não — declarou. — Vou ser Caçadora de Sombras, mas não serei como meu pai. E meu nome é Clarissa, mas pode me chamar de Clary.

O elevador parou; as portas se abriram. Os olhos azuis da feiticeira repousaram em Clary por um instante.

— Ah, sei como se chama — disse. — Clarissa Morgenstern. A garotinha que impediu uma guerra imensa.

— Suponho que sim. — Clary saltou do elevador depois de Catarina, com a mãe logo atrás. — Você estava lá? Não me lembro de tê-la visto.

— Catarina estava aqui — esclareceu Jocelyn, um pouco ofegante por ter tido que apertar o passo para acompanhar. Estavam atravessando um corredor praticamente vazio; não havia janelas nem portas. As paredes eram pintadas de um verde-claro nauseante. — Ela ajudou Magnus a usar o *Livro Branco* para me despertar. Depois ficou tomando conta enquanto ele voltava para Idris.

— Tomando conta do livro?

— É um livro muito importante — disse Catarina, os sapatos com solas de borracha batendo no chão enquanto acelerava na frente.

— Pensei que fosse uma guerra muito importante — murmurou Clary, baixinho.

Finalmente chegaram a uma porta. Tinha um quadrado de vidro e a palavra “necrotério” pintada em letras grandes e pretas. Catarina girou a maçaneta com um olhar entretido no rosto e fixou os olhos em Clary.

— Aprendi cedo que tinha um dom de cura — revelou. — É o tipo de magia que faço. Então trabalho aqui, por um salário péssimo, e faço o que posso para curar mundanos que gritariam se conhecessem minha verdadeira aparência. Poderia ganhar uma fortuna vendendo minhas habilidades a Caçadores de Sombras e mundanos tolos que acham que sabem o que é magia, mas não faço isso. Trabalho aqui. Então não venha bancar a superior para cima de mim, ruivinha. Não é melhor do que eu só porque é famosa.

As bochechas de Clary queimaram. Nunca pensou em si como uma pessoa famosa.

— Tem razão — admitiu. — Desculpe.

Os olhos azuis da feiticeira desviaram para Jocelyn, que também assentiu. Catarina abriu a porta, e as duas a seguiram para o necrotério.

A primeira coisa que impactou Clary foi o frio. Estava um gelo ali dentro, e a menina fechou o casaco apressadamente. A segunda foi o cheiro, o odor forte de produtos de limpeza se sobrepondo ao enjoativo de apodrecimento. Uma luz amarelada transbordou das luzes fluorescentes no alto. Duas mesas de exame grandes e vazias se encontravam no centro no recinto; havia também uma pia e uma bancada de metal com uma balança para pesar órgãos. Em uma das paredes havia compartimentos metálicos, como cofres em um banco, mas muito maiores. Catarina atravessou a sala até um deles, pegou a maçaneta, e puxou, fazendo-a deslizar sobre as rodinhas. Ali dentro, em uma maca de metal, havia o corpo de um bebê.

Jocelyn emitiu um pequeno ruído, então se apressou para perto de Catarina; Clary seguiu mais devagar. Já tinha visto cadáveres antes — vira o corpo de Max Lightwood, e o conhecia. Ele só tinha 9 anos. Mas um bebê...

Jocelyn pôs a mão na boca. Seus olhos estavam grandes e escuros, fixos no corpo da criança. Clary olhou para baixo. À primeira vista o bebê — um menino — parecia normal. Tinha os dez dedos das mãos e dos pés. Mas quando chegou mais perto — como se quisesse enxergar além dos feitiços — viu que os dedos da criança não eram dedos, mas garras que se curvavam para dentro, pontudas. A pele era cinzenta, e os olhos, abertos e fixos, absolutamente pretos — não somente as íris, mas as partes que deveriam ser brancas também.

Jocelyn sussurrou:

— Os olhos de Jonathan eram assim quando nasceu, como túneis pretos. Mudaram depois, para parecerem mais humanos, mas eu *me lembro*...

Com um tremor, virou-se e saiu da sala, fechando a porta do necrotério.

Clary olhou para Catarina, que estava impassível.

— Os médicos não perceberam? — perguntou. — Quero dizer, os olhos... e essas mãos...

Catarina balançou a cabeça.

— Não veem o que não querem ver — disse, e deu de ombros. — Tem alguma espécie de magia atuando aqui que não conheço bem. Magia demoníaca. Algo ruim. — Retirou uma coisa do bolso. Era um pedaço de tecido, guardado em uma bolsa plástica. — Isto é um pedaço do que o enrolava quando o trouxeram. Também cheira à magia de demônios. Entregue à sua mãe. Talvez ela possa mostrar aos Irmãos do Silêncio, ver se eles conseguem extrair alguma coisa. Descobrir quem fez isto.

Entorpecida, Clary pegou o objeto. Enquanto fechava as mãos em torno do saco, um símbolo surgiu por trás dos seus olhos — uma matriz de linhas e curvas, o sussurro de uma imagem que desapareceu assim que guardou o plástico no bolso do casaco.

Contudo, seu coração estava acelerado. *Isto não vai para os Irmãos do Silêncio*, pensou. *Não antes que eu veja o que o símbolo faz com ele.*

— Falará com Magnus? — indagou Catarina. — Conte para ele que mostrei para sua mãe o que ela queria ver.

Clary assentiu mecanicamente, como uma boneca. De repente tudo o que queria era sair de lá, da sala de luz amarela, ir para longe do cheiro de morte e do pequeno corpo desfigurado na maca. Pensou na mãe, em como todo ano no aniversário de Jonathan pegava aquela caixa e chorava sob a mecha de cabelo dele, chorava pelo filho que deveria ter tido, que foi trocado por uma *coisa* como esta. *Não acho que era isso que ela queria ver*, pensou Clary. *Acho que ela estava torcendo para que fosse impossível.* Mas tudo que o falou foi:

— Claro. Direi a ele.

O Alto Bar era um típico *point* hipster, localizado parcialmente abaixo da passagem do elevado do Brooklyn-Queens Expressway, em Greenpoint. Mas tinha uma noite para todas as idades aos sábados, e Eric era amigo do dono, então deixavam a banda de Simon tocar no sábado sempre que queriam, apesar de viverem mudando de nome e de não atraírem público.

Kyle e os outros integrantes da banda já estavam no palco, montando o equipamento e fazendo as últimas checagens. Iam tocar uma das setlists antigas, com Kyle nos vocais; ele aprendeu as letras bastante rápido, e estavam todos bastante confiantes. Simon concordou em ficar no camarim até o show começar, o que pareceu aliviar parte do estresse de Kyle. Agora Simon estava espiando de trás da cortina, tentando ter uma ideia de quem poderia estar presente.

O interior do bar outrora fora decorado de forma estilosa, com latas amassadas nas paredes e no teto, lembrando um daqueles antigos bares clandestinos, e um vitral art déco na parte de trás do bar. Hoje em dia era muito mais grunge do que quando fora inaugurado, com suas manchas permanentes de fumaça nas paredes. O chão era coberto de serragem que se acumulara devido às cervejas derramadas e coisas piores.

O lado bom era que as mesas que alinhavam as paredes estavam quase todas cheias. Simon viu Isabelle sentada sozinha, com um vestido prateado curto que parecia cota de malha e as botas esmagadoras de demônios. O cabelo estava enrolado em um coque desarrumado, preso com palitos prateados. Simon sabia que cada um dos palitos era afiado como um estilete, capaz de cortar metal ou osso. O batom era vermelho forte, como sangue fresco.

Controle-se, disse Simon a si mesmo. *Pare de pensar em sangue.*

Mais mesas estavam ocupadas por outros amigos da banda. Blythe e Kate, as namoradas de Kirk e Matt, estavam juntas em uma mesa dividindo um prato de nachos meio pálidos. Eric tinha várias namoradas espalhadas por mesas ao redor do salão, e a maioria dos amigos do colégio também estava ali, fazendo o local parecer mais cheio. Sentada no canto, sozinha em uma mesa, estava Maureen, a única fã de Simon — uma menina loura e pequena que parecia ter 12 anos, mas alegava ter 16. Ele concluiu que ela provavelmente tinha 14. Ao vê-lo colocando a cabeça para fora da cortina, acenou e sorriu vigorosamente.

Simon recuou como uma tartaruga, fechando as cortinas.

— Oi — disse Jace, que estava sentado em um amplificador, olhando para o telefone —, quer ver uma foto de Alec e Magnus em Berlim?

— Na verdade, não — respondeu Simon.

— Magnus está com um traje típico da Baviera.

— Mesmo assim, não quero.

Jace guardou o telefone no bolso e olhou, confuso, para Simon.

— Você está bem?

— Estou — respondeu Simon, mas não estava.

Estava tonto, enjoado e tenso, o que atribuiu ao estresse de ter que se preocupar com o que aconteceria esta noite. E o fato de não ter se alimentado não estava ajudando; teria que lidar com isso, e logo. Queria que Clary estivesse lá, mas sabia que ela não poderia ir. Tinha alguma obrigação do casamento para cumprir, e já tinha avisado havia muito tempo. Simon contara isso a Jace antes de chegarem. Ele pareceu ao mesmo tempo lamentavelmente aliviado e decepcionado, o que não deixava de ser impressionante.

— Ei, ei — disse Kyle atravessando a cortina. — Estamos prontos. — Encarou Simon bem de perto. — Tem certeza?

Simon olhou de Kyle para Jace.

— Sabia que vocês dois estão combinando?

Olharam para si mesmos e depois para o outro. Ambos vestiam jeans e camisas pretas de manga comprida. Jace puxou a bainha da camisa.

— Peguei emprestada com Kyle. Minha outra blusa estava imunda.

— Uau, estão trocando roupas agora. Isso é, tipo, coisa de melhor amigo.

— Está se sentindo excluído? — perguntou Kyle. — Suponho que queira uma camisa preta emprestada também.

Simon não apontou o óbvio: nada que coubesse em Kyle ou Jace ficaria bem em sua figura magra.

— Contanto que cada um use a própria calça.

— Vejo que cheguei em um momento fascinante da conversa. — A cabeça de Eric surgiu através da cortina. — Vamos. Está na hora.

Enquanto Kyle e Simon se dirigiam ao palco, Jace se levantou. Logo abaixo da bainha da camisa, Simon viu a ponta brilhante de uma adaga.

— Merda — disse Jace, com um sorriso travesso. — Vou ficar lá embaixo, se tiver sorte, fazendo alguma merda também.

Raphael deveria ter aparecido ao crepúsculo, mas os fez esperar por quase três horas depois da hora marcada até que sua Projeção aparecesse na biblioteca do Instituto.

Política de vampiros, pensou Luke secamente. O líder do clã de vampiros de Nova York viria, se necessário, quando os Caçadores de Sombras chamassem; mas não seria convocado, nem pontual. Luke passara as últimas horas lendo diversos livros da biblioteca para matar o tempo, já Maryse não demonstrou interesse em conversar, e passou o tempo quase todo perto da janela, tomando vinho de uma taça de cristal e observando o trânsito na York Avenue.

Virou-se quando Raphael apareceu, como um desenho em giz branco na escuridão. Primeiro a palidez do rosto e das mãos se tornaram visíveis, em seguida o escuro das roupas e do cabelo. Finalmente ali estava, completo, uma Projeção de aparência sólida. Viu Maryse se aproximando e disse:

— Chamou, Caçadora de Sombras? — Ele se virou, passando os olhos por Luke. — E o lobo humano também está aqui, percebo. Fui convocado para alguma espécie de Conselho?

— Não exatamente. — Maryse repousou a taça sobre a mesa. — Soube das recentes mortes, Raphael? Os corpos de Caçadores de Sombras que foram encontrados?

Raphael ergueu as sobrancelhas de maneira expressiva.

— Soube. Não pensei em dar muita atenção. Não tem nenhuma relação com o meu clã.

— Um corpo encontrado em território de feiticeiros, um em território de lobos, um em território de fadas — acrescentou Luke. — Suponho que sua espécie seja a próxima. Parece uma clara tentativa de fomentar a discórdia entre os membros do Submundo. Estou aqui de boa-fé, para demonstrar que não acredito que seja você o responsável, Raphael.

— Que alívio — disse Raphael, mas os olhos estavam sombrios e atentos. — Por que haveria qualquer sugestão do contrário?

— Um dos mortos conseguiu nos revelar quem o atacou — disse Maryse, cuidadosamente. — Antes de... morrer... nos contou que a responsável era Camille.

— Camille. — A voz de Raphael era cuidadosa, mas o rosto, antes de conseguir forçar uma expressão vazia, demonstrou choque. — Mas isso é impossível.

— Por que é impossível, Raphael? — perguntou Luke. — Ela é a líder do seu clã. É muito poderosa, notoriamente implacável. E parece ter desaparecido. Não foi a Idris lutar com você na guerra. Não concordou com os novos Acordos. Nenhum Caçador de Sombras a viu ou ouviu falar nela em meses, até agora.

Raphael não disse nada.

— Alguma coisa está acontecendo — falou Maryse. — Queríamos lhe dar a chance de nos explicar, antes de informarmos à Clave sobre o envolvimento de Camille. Como uma demonstração de boa-fé.

— Sim — respondeu Raphael. — Sim, é certamente uma demonstração.

— Raphael — disse Luke, evitando ser indelicado. — Não precisa protegê-la. Se gosta dela...

— Gostar dela? — Raphael se virou para o lado e cuspiu; apesar de ser uma Projeção, era mais uma questão de demonstração do que de resultado. — Eu a detesto. Desprezo. Toda noite quando me levanto, desejo que esteja morta.

— Oh — disse Maryse, delicadamente. — Então, talvez...

— Ela nos liderou durante anos — contou Raphael. — Era chefe do clã quando me fizeram vampiro, e isso foi há cinquenta anos. Antes disso, veio até nós de Londres. Era uma estranha na cidade, mas impiedosa o bastante para se elevar à condição de líder do clã de Manhattan em poucos meses. Ano passado me tornei o segundo no comando. Depois, há alguns meses, descobri que ela vinha matando humanos. Matando por esporte, e bebendo o sangue. Transgredindo a Lei. Às vezes acontece. Vampiros trapaceiam e não há nada que possa ser feito para contê-los. Mas acontecer com a líder do clã... Eles têm que ser melhores do que isso. — Ficou parado, os olhos aparentemente sem foco, perdidos em lembranças. — Não somos como os lobos, aqueles selvagens. Não matamos um líder para encontrar outro. Para um vampiro, erguer a mão contra outro vampiro é o pior dos crimes, mesmo que esse vampiro tenha desrespeitado a Lei. E Camille tem muitos aliados, muitos seguidores. Não poderia me arriscar a exterminá-la. Em vez disso fui até ela e disse que teria que nos deixar, ir embora, ou então eu procuraria a Clave. Ela não queria fazer isso, é claro, pois sabia que se fosse descoberta, a ira se abateria sobre todo o clã. Desconfiariam de nós, seríamos investigados. Passaríamos vergonha e seríamos humilhados perante outros clãs.

Maryse emitiu um ruído impaciente.

— Há coisas mais importantes do que passar vergonha.

— Quando se é um vampiro, pode significar a diferença entre a vida e a morte. — A voz de Raphael ficou mais baixa. — Apostei que ela fosse acreditar em mim, e acreditou. Concordou em ir embora. Eu a fiz partir, mas isso deixou para trás um dilema. Eu não podia tomar seu lugar, pois ela não tinha abdicado. Não teria como explicar a partida sem revelar o que ela tinha feito. Tive que declarar uma longa ausência, uma necessidade de viajar. A sede por viagens não é algo incomum na nossa espécie; acontece de vez em quando. Quando se pode viver eternamente, ficar em um único lugar pode parecer uma prisão após muitos e muitos anos.

— E por quanto tempo achou que pudesse sustentar a farsa? — indagou Luke.

— O máximo possível — respondeu. — Até agora, ao que parece. — Desviou o olhar em direção à janela e à noite cintilante lá fora.

Luke se apoiou em uma das prateleiras de livros. Ficou ligeiramente entretido ao ver que parecia estar na seção de transmorfos, preenchida com tópicos de lobisomens, naga, kitsunes e selkies.

— Talvez se interesse em saber que ela anda contando a mesma história a seu respeito — revelou ele, sem mencionar a quem ela dissera isso.

— Pensei que tivesse deixado a cidade.

— Talvez, mas voltou — afirmou Maryse. — E não está mais satisfeita apenas com sangue humano, ao que parece.

— Não sei o que posso dizer — falou Raphael. — Estava tentando proteger meu clã. Se a Lei deve me punir, então aceitarei o castigo.

— Não estamos interessados em castigá-lo, Raphael — disse Luke. — A não ser que se recuse a cooperar.

Raphael então se virou para eles, os olhos em chamas.

— Cooperar com o quê?

— Gostaríamos de capturar Camille. Viva — disse Maryse. — Queremos interrogá-la. Precisamos saber por que anda matando Caçadores de Sombras, e estes em particular.

— Se realmente acha que consegue isto, espero que tenha um plano muito engenhoso. — Havia uma mistura de divertimento e desprezo no tom de Raphael. — Camille é ardilosa até para nós, e somos todos muito ardilosos.

— Tenho um plano — disse Luke. — Envolve o Diurno. Simon Lewis.

Raphael fez uma careta.

— Não gosto dele — declarou. — Preferia não fazer parte de um plano que dependa do envolvimento do Diurno.

— Ora — disse Luke —, que pena para você.

Que burra, pensou Clary. *Que burrice não trazer um guarda-chuva.* A fraca garoa que a mãe havia dito que viria naquela manhã tinha se transformado quase em uma tempestade quando chegou ao Alto Bar, na Lorimer Street. Passou por um grupo de pessoas que fumavam na calçada e entrou, agradecida pelo calor seco do interior do bar.

A Millenium Lint já estava no palco, com os meninos tocando, e Kyle, na frente, rosnando de forma sexy no microfone. Por um instante,

Clary sentiu-se satisfeita. Tinha tido muita influência na incorporação de Kyle à banda, e ele evidentemente estava orgulhando a todos.

Ela olhou em volta, torcendo para ver Maia ou Isabelle. Sabia que não encontraria as duas, visto que Simon tinha o cuidado de convidá-las para shows alternados. Seu olhar repousou em uma figura magra e de cabelos pretos, e ela foi em direção à mesa, mas parou no meio do caminho. Não era Isabelle, mas uma mulher muito mais velha, com os olhos maquiados de preto. Trajava um tailleur e lia um jornal, aparentemente ignorando a música.

— Clary! Aqui! — Clary se virou e viu Isabelle de verdade, sentada à mesa próxima ao palco. Usava um vestido que brilhava como um farol prateado; Clary foi em direção a ela e sentou à sua frente. — Acabou pegando chuva, dá pra ver — observou Isabelle.

Clary tirou o cabelo molhado do rosto com um sorriso pesaroso.

— Quem aposta contra a Mãe Natureza perde.

Isabelle ergueu as sobrancelhas escuras.

— Achei que não fosse vir hoje. Simon falou que tinha algum blá-blá-blá de casamento para resolver. — Isabelle não se impressionava com casamentos ou qualquer armadilha do amor romântico, até onde Clary sabia.

— Minha mãe não estava se sentindo muito bem — explicou Clary. — Decidiu remarcar.

Era verdade, até certo ponto. Quando voltaram do hospital para casa, Jocelyn foi para o quarto e fechou a porta. Clary, sentindo-se desamparada e frustrada, a ouviu chorando suavemente através da porta, mas a mãe se recusou a deixá-la entrar ou a conversar a respeito. Eventualmente Luke chegou em casa e Clary ficou agradecida em deixar a mãe aos cuidados dele, saindo para andar pela cidade antes de ir ver a banda de Simon. Sempre tentava ir aos shows do amigo quando podia, e além disso, conversar com ele faria com que se sentisse melhor.

— Hum. — Isabelle não fez mais perguntas. Às vezes a quase completa falta de interesse que ela demonstrava nos problemas dos outros era uma espécie de alívio. — Bem, tenho certeza de que Simon ficará feliz ao ver que veio.

Clary olhou para o palco.

— Como está o show?

— Bom. — Isabelle mastigou pensativamente o canudo. — Esse vocalista novo é gato. É solteiro? Queria montar *nele* como se fosse um pônei mau, muito mau...

— Isabelle!

— O quê? — Isabelle olhou para ela e deu de ombros. — Ah, que seja. Eu e o Simon não somos exclusivos. Já disse isso.

Como ele mesmo já tinha admitido, pensou Clary, Simon não tinha muita moral para reclamar desse assunto em particular. Mas ainda era seu amigo. Estava prestes a dizer alguma coisa em defesa dele quando olhou para o palco outra vez — e alguma coisa lhe chamou a atenção. Uma figura familiar, aparecendo pela porta lateral do palco. Ela o reconheceria em qualquer lugar, a qualquer hora, independentemente da escuridão do recinto ou do quão inusitada fosse a situação.

Jace. Vestido como um mundano; jeans e camisa preta justa que mostrava os movimentos dos músculos nos ombros e costas. Os cabelos brilhavam sob a luz do palco. Olhares encobertos o observaram enquanto ele se movia em direção à parede e se apoiava nela, olhando atentamente para a frente. Clary sentiu o coração acelerar. Parecia que não o via havia uma eternidade, apesar de só fazer mais ou menos um dia. Mesmo assim, olhar para ele já era como olhar para alguém distante, um estranho. O que ele estava fazendo aqui? Ele não gostava de Simon! Nunca tinha ido a nenhuma das apresentações da banda.

— Clary! — O tom de Isabelle era acusador. Clary se virou e viu que tinha acertado acidentalmente o copo de Isabelle; pingava água no vestido prateado da menina.

Isabelle, pegando um guardanapo, a olhou sombriamente.

— Fale com ele — disse. — Você sabe que quer.

— Desculpe — falou Clary.

Isabelle fez um gesto de "deixa pra lá".

— Vai.

Clary se levantou, desamassando o vestido. Se soubesse que Jace estaria lá, teria vestido alguma coisa diferente de leggings vermelhas, botas, e um vestido rosa Betsey Johnson vintage que encontrou no armário reserva de Luke. Em outros tempos havia achado os botões verdes em forma de flores que iam de ponta a ponta na frente do vestido legais, mas agora só estava se sentido menos arrumada e sofisticada do que Isabelle.

Abriu caminho pela pista, que agora estava cheia de pessoas dançando ou paradas no lugar, tomando cerveja e se mexendo um pouco ao som da música. Não conseguiu deixar de pensar na primeira vez em que vira Jace. Tinha sido numa boate, e ela o vira através do salão, os cabelos brilhantes e a postura arrogante. Tinha achado ele lindo, mas de nenhuma forma que pudesse ter a ver com ela. Não era o tipo de menino com quem poderia sair, pensara. Ele existia fora daquele mundo.

Jace não a notara até Clary ficar quase na sua frente. De perto, ela percebeu o quanto ele parecia exausto, como se não dormisse há dias. O rosto estava tenso de cansaço, os ossos parecendo afiados sob a pele. Estava apoiado na parede, os dedos nos arcos do cinto, os olhos dourado-claros atentos.

— Jace — disse.

Ele deu um pulo de susto e se virou para olhar para ela. Por um instante os olhos brilharam, como sempre faziam quando a via, e ela sentiu uma esperança desgovernada crescer no peito.

Quase instantaneamente a luz desapareceu, e o resto da cor escoou do rosto dele.

— Pensei... Simon disse que você não vinha.

Uma onda de náusea a atravessou e Clary esticou a mão para se apoiar na parede.

— Então você só veio porque achou que eu não estaria aqui?

Ele balançou a cabeça.

— Eu...

— Tinha planos de falar comigo mais alguma vez na vida? — Clary sentiu a própria voz se elevar, e se obrigou a diminuir o tom com um esforço cruel. As mãos agora estavam firmes nas laterais do corpo, as unhas se enterrando nas palmas. — Se quer terminar, o mínimo que deveria fazer era me contar, e não parar de falar comigo e me deixar descobrir sozinha.

— Por que — perguntou Jace — todo mundo fica me perguntando se vou terminar com você? Primeiro Simon, e agora...

— Você falou com *Simon* sobre a gente? — Clary balançou a cabeça. — Por quê? Por que não está falando comigo?

— Porque não posso falar com você — respondeu. — Não posso falar com você, não posso estar com você, não posso nem olhar para você.

Clary respirou fundo; parecia que estava inspirando ácido de bateria.

— O quê?

Ele pareceu notar o que tinha dito e caiu em um silêncio espantado. Por um instante simplesmente se entreolharam. Então Clary se virou e saiu pela multidão, abrindo caminho pelos cotovelos agitados e grupos de pessoas conversando, sem pensar em nada além de chegar até a porta o mais rápido possível.

— E agora — gritou Eric ao microfone —, vamos tocar uma música nova, que acabamos de escrever. É para a minha namorada. Estamos juntos há três semanas, e, caramba, nosso amor é verdadeiro. Vamos ficar juntos para sempre, amor. Esta se chama *Te tocar como um tambor*.

Houve uma rodada de risos e aplausos da plateia quando a música começou, apesar de Simon não ter certeza se Eric tinha percebido que as pessoas achavam que ele estava brincando quando ele não estava. Eric estava sempre apaixonado por qualquer garota que tivesse acabado de começar a namorar, e sempre compunha uma música inadequada sobre isso. Normalmente Simon não ligaria, mas estava querendo sair do palco desde a última música. Sentia-se pior do que nunca — tonto, grudento, enjoado e suado, além de perceber um gosto metálico na boca, tipo sangue velho.

A música estourava em volta, como pregos sendo enterrados nos tímpanos. Os dedos escorregavam e deslizavam nas cordas ao tocar, e ele viu Kirk o olhando, confuso. Tentou forçar a concentração, focar, mas era como tentar dar a partida em um carro sem bateria. Tinha um barulho vazio de moagem na cabeça, mas nenhuma faísca.

Olhou para o bar, procurando — nem sabia ao certo por quê — Isabelle, mas só conseguia enxergar um mar de rostos brancos voltados para ele, e se lembrou da primeira noite no Hotel Dumont e dos rostos dos vampiros olhando para ele, como flores de papel desabrochando em um vazio escuro. Uma onda de enjoo forte e dolorosa o atingiu, fazendo-o cambalear para trás e soltar o baixo. Parecia que o chão sob seus pés estava se movendo. Os outros integrantes da banda, imersos na música, não pareceram perceber. Simon arrancou a correia do ombro e passou por Matt em direção à parte de trás do palco, a tempo de cair de joelhos, com ânsia de vômito.

Não saiu nada. O estômago estava vazio como um poço. Simon se levantou e se apoiou na parede, pressionando as mãos gélidas contra o rosto. Há semanas que não sentia nem frio nem calor, mas agora estava febril — e assustado. O que estava acontecendo com ele?

Lembrou-se de Jace falando: *Você é um vampiro. Sangue não é como comida para você. Sangue é... sangue.* Será que isso tudo poderia ser porque não tinha comido? Mas não estava com fome, nem mesmo com sede, na verdade. Sentia-se tão mal quanto se estivesse morrendo. Talvez tivesse sido envenenado. Talvez a Marca de Caim não protegesse contra algo assim?

Foi lentamente em direção à saída de incêndio que o levaria para a rua nos fundos do bar. Talvez o ar frio ajudasse a clarear a mente. Talvez tudo aquilo fosse apenas exaustão e nervosismo.

— Simon? — chamou uma voz baixa, como um chiado de passarinho.

Olhou para baixo, temeroso, e viu que Maureen estava atrás. Parecia ainda menor de perto, ossinhos de pássaro e cabelos louros bem claros que caíam em cascata sobre os ombros por baixo de um chapéu de tricô. Estava com aquecedores de braço de arco íris e uma camiseta branca com uma estampa da Moranguinho. Simon resmungou internamente.

— Não é uma boa hora, Mo — disse.

— Só quero tirar uma foto sua com o meu celular — falou, colocando o cabelo para trás da orelha, nervosa. — Para mostrar para as minhas amigas; tudo bem?

— Tudo bem. — Sua cabeça estava latejando. Aquilo era ridículo. Não era como se tivesse milhares de fãs. Até onde eu sabia, Maureen era literalmente a única fã da banda, e era amiga da prima de Eric, para completar. Concluiu que não podia se dar o luxo de perdê-la. — Vá em frente. Pode tirar.

Maureen ergueu o celular e apertou um botão, em seguida franziu o rosto.

— Agora uma de nós dois? — Ela se aproximou rapidamente, pressionando o corpo contra o dele. Simon sentiu o cheiro do protetor labial de morango dela e, por baixo, o odor salgado de suor e o ainda mais salgado de sangue humano. Ela olhou para ele, levantando o telefone com a mão livre, e sorriu. Tinha um espaço entre os dois dentes da frente e uma veia azul na garganta. Ela pulsou quando inspirou.

— Sorria — disse.

Duas pontadas de dor afligiram Simon quando as presas cresceram, perfurando o lábio. Ele ouviu Maureen exclamar e viu o telefone voar quando pegou a menina e a girou em sua direção, enterrando os caninos na garganta dela.

Sangue explodiu em sua boca, com um gosto diferente de tudo. Era como se estivesse com fome de ar e finalmente respirasse, inalando grandes lufadas de oxigênio limpo e frio; Maureen lutou e o empurrou, mas Simon mal percebeu. Sequer notou quando ela ficou flácida e o peso morto puxou-o para baixo, de modo que ficou deitado sobre ela, com as mãos agarrando os ombros da menina, apertando e soltando enquanto bebia.

Nunca se alimentou de um humano, não é?, dissera Camille. *Ainda vai.*

E quando o fizer, não vai se esquecer.

9

Do Fogo ao Fogo

Clary chegou à porta e a abriu para o ar noturno, úmido por causa da chuva, que estava caindo profusamente agora, deixando-a instantaneamente ensopada. Engasgando com a água da chuva e lágrimas, passou pela van amarela de Eric, na qual a chuva escorria do telhado para a calha, e estava prestes a atravessar a rua correndo quando uma mão a agarrou pelo braço, virando-a.

Jace. Estava tão ensopado quanto ela, a chuva grudando os cabelos claros na cabeça e colando a camisa no corpo como tinta preta.

— Clary, não me ouviu chamando?

— Me solta. — A voz saiu trêmula.

— Não. Não até falar comigo. — Olhou de um lado para o outro na rua deserta, com a chuva explodindo no asfalto como flores desabrochando em alta velocidade. — Vamos.

Ainda segurando Clary pelo braço, Jace praticamente a arrastou ao redor da van para um beco estreito que cercava o Alto Bar. Janelas altas acima dos dois deixavam passar o som abafado da música que ainda tocava lá dentro. O beco tinha paredes de tijolo e era nitidamente um terreno de descarte de pedaços inutilizáveis de equipamentos musicais. Amplificadores quebrados e microfones velhos poluíam o chão, junto com copos estilhaçados de cerveja e bitucas de cigarro.

Clary sacudiu o braço para soltá-lo da mão de Jace e se virou para encará-lo.

— Se está planejando pedir desculpas, não se incomode — disse, afastando o cabelo molhado e pesado do rosto. — Não quero ouvir.

— Ia contar que estava tentando ajudar o Simon — disse, com água da chuva pingando dos cílios e escorrendo pelas bochechas como lágrimas. — Fiquei na casa dele nos últimos...

— E não podia me contar? Não podia me mandar uma mensagem avisando onde estava? Ah, espera. Não podia, porque ainda está com *a porcaria do meu telefone*. Devolva.

Silenciosamente, ele o pegou no bolso da calça e entregou a ela. Parecia intacto. Clary o enfiou na bolsa carteiro antes que a chuva pudesse estragá-lo. Jace a observou fazendo isso como se ela tivesse acabado de dar um tapa no rosto dele, o que só fez com que ela se irritasse ainda mais. Que direito ele tinha de ficar magoado?

— Acho — disse lentamente — que pensei que o mais próximo de estar com você seria ficar com Simon. Cuidar dele. Tive alguma ideia idiota de que perceberia que estava fazendo isso por você e me perdoaria...

Toda a raiva de Clary subiu em uma onda quente e impossível de conter.

— Não sei nem pelo *que* você acha que eu devo perdoá-lo — gritou. — Por não me amar mais? Porque se é isso que quer, Jace Lightwood, pode ir em frente e... — Ela deu um passo para trás, no escuro, e quase tropeçou em um amplificador abandonado. A bolsa deslizou para o chão quando Clary esticou a mão para se equilibrar, mas Jace já estava lá. Avançou para pegá-la, então continuou se movendo para frente até as costas dela atingirem a parede do beco e seus braços a envolverem e ele começar a beijá-la freneticamente.

Clary sabia que deveria afastá-lo; sua mente lhe dizia que era a atitude sensata, mas nenhuma outra parte do corpo se preocupava com sensatez. Não quando Jace a beijava como se achasse que pudesse ir para o inferno por isso, mas que valeria a pena.

Apertou os dedos contra os ombros dele, contra o tecido molhado da camisa, sentindo a resistência dos músculos abaixo e retribuindo o beijo com todo o desespero dos últimos dias, a incerteza quanto a onde ele estava ou no que pensava, a sensação de que parte do coração tinha sido arrancada do peito e de que jamais conseguiria respirar direito.

— Me diz — disse ela entre beijos, os rostos molhados deslizando um contra o outro. — Me diz o que está errado... Oh — arquejou quando ele se afastou, apenas o bastante para abaixar as mãos e colocá-la na cintura de Clary. Jace a levantou para cima de um amplificador quebrado, deixando os dois quase da mesma altura. Depois colocou uma das mãos de cada lado da cabeça dela e se inclinou para a frente, de modo que os corpos quase se tocavam; mas não de fato. Era enervante. Clary podia sentir o calor febril que vinha dele; ainda estava com as mãos apoiadas nos seus ombros, mas não bastava. Ela o queria em volta dela, segurando-a com força. — P-por que — suspirou — não pode falar comigo? Por que não pode olhar para mim?

Ele abaixou a cabeça para encará-la. Seus olhos, cercados por cílios escurecidos pela água da chuva, eram impossivelmente dourados.

— Porque eu te amo.

Clary não aguentava mais. Tirou as mãos dos ombros dele e enganchou os dedos nas alças da calça que prendiam o cinto, puxando-o contra si. Ele se deixou levar sem resistência, apoiando as mãos na parede e pressionando o corpo contra o dela, até estarem se encostando em todas as partes — peitos, quadris, pernas — como peças de um quebra-cabeça. As mãos de Jace deslizaram para a cintura de Clary e ele a beijou longa e lentamente, fazendo-a tremer.

Ela o afastou.

— Isso não faz o menor sentido.

— Nem isso — respondeu Jace —, mas eu não ligo. Estou cansado de tentar fingir que posso viver sem você. Não entende? Não vê que está me matando?

Ela o encarou. Podia ver que ele estava falando sério, podia ver naqueles olhos que conhecia tão bem quanto os próprios, nas sombras escuras sob eles, no pulso sob a garganta. A busca por respostas lutou contra a parte mais primitiva do cérebro, e perdeu.

— Então me beije — sussurrou, e ele pressionou a boca contra a dela, os corações batendo juntos através das camadas finas de tecido molhado que os separavam.

Clary estava se afogando naquilo: na sensação do beijo dele; da chuva por todos os lados, caindo dos cílios; de deixar as mãos de Jace deslizarem livremente pelo tecido molhado e amarrotado do vestido, fino e grudento por causa da água. Era quase como ter as mãos dele em sua pele nua, o peito, a cintura, a barriga; quando chegou à bainha do vestido, agarrou as pernas dela, apertando-a com mais força contra a parede enquanto ela as envolvia na cintura de Jace.

Ele emitiu um ruído baixo de surpresa e enterrou os dedos no tecido fino sobre as coxas de Clary. Não inesperadamente, ele se rasgou, e os dedos molhados de repente estavam na pele nua das pernas. Para não ficar para trás, ela passou a mão por baixo da bainha da camisa ensopada de Jace e permitiu que os dedos explorassem o que estava ali: a pele firme, quente sobre as costelas, as sobressalências do abdômen, as cicatrizes nas costas, o ângulo dos ossos dos quadris acima da cintura da calça. Era um território inexplorado para ela, mas isto parecia enlouquecê-lo: Jace estava gemendo suavemente na boca de Clary, beijando a cada vez mais forte, como se jamais fosse ser suficiente, nunca o suficiente...

Então um terrível ruído tilintado explodiu nos ouvidos de Clary, arrancando-a do sonho de beijos e chuva. Com um arquejo, afastou Jace, com força o bastante para que ele a soltasse e ela caísse do amplificador e aterrissasse cambaleante sobre os próprios pés, ajeitando o vestido apressadamente. O coração batia aceleradamente nas costelas, como um aríete, e ela se sentiu tonta.

— Droga. — Isabelle, na entrada do beco, com os cabelos pretos molhados como uma capa ao redor dos ombros, chutou uma lata de lixo do caminho e olhou furiosa. — Ah, qual é — disse ela. — Não estou acreditando em vocês. Por quê? O que há de errado com quartos? E privacidade?

Clary olhou para Jace. Ele estava completamente ensopado, água escorria dele em rios, e os cabelos claros, grudados na cabeça, estavam quase prateados com o brilho claro das luzes distantes da rua. Só de olhar, Clary queria tocá-lo outra vez, com ou sem Isabelle; era um desejo que chegava a ser quase doloroso. Ele olhava para Izzy com o olhar de alguém que tinha acabado de ser despertado de um sonho com um tapa — espanto, raiva, lenta compreensão.

— Estava procurando Simon — relatou Isabelle defensivamente, ao ver a expressão de Jace. — Ele fugiu do palco, e não faço ideia de para onde foi. — A música tinha parado em algum momento, Clary percebeu; não reparou quando. — Seja como for, é óbvio que não está aqui. Podem voltar ao que estavam fazendo. De que adianta desperdiçar uma parede de tijolos perfeitamente adequada quando se tem alguém para jogar nela, é o que sempre digo. — E saiu, de volta para o bar.

Clary olhou para Jace. Em qualquer outro momento teriam rido juntos da irritação de Isabelle, mas não havia humor na expressão do namorado, e ela entendeu imediatamente que o que quer que tenha acontecido entre eles — o que quer que tivesse feito brotar aquela falta de controle momentânea nele — havia desaparecido. Sentiu gosto de sangue na boca, e não tinha certeza se tinha mordido o próprio lábio ou se ele o fizera.

— Jace... — Clary deu um passo na direção dele.

— Não — disse, a voz muito áspera. — Não posso.

E então saiu, correndo com uma velocidade que só ele conseguia, um borrão que desapareceu ao longe antes que Clary sequer pudesse respirar para chamá-lo de volta.

— *Simon!*

A voz furiosa explodiu nos ouvidos de Simon. Teria soltado Maureen naquele instante — ou pelo menos foi o que disse a si mesmo —, mas não teve a oportunidade. Mãos fortes o agarraram pelos braços, arrancando-o dela. Foi arrastado pelos pés por um Kyle pálido, ainda emaranhado e suado por conta do show que tinham acabado de concluir.

— Que diabos, Simon. Que diabos...

— Não tive a intenção — engasgou-se Simon. A voz soava estranha aos próprios ouvidos; as presas ainda estavam expostas, e Simon não tinha aprendido a falar com aquelas coisas. Atrás de Kyle, no chão, viu Maureen deitada encolhida, terrivelmente parada. — Simplesmente aconteceu...

— Eu disse a você. *Disse* a você. — A voz de Kyle se elevou, e ele empurrou Simon com força. O menino cambaleou para trás, a testa queimando, quando uma mão invisível pareceu erguer Kyle e jogá-lo com força contra a parede. Ele bateu nela e deslizou para o chão, aterrissando agachado como um lobo, sobre as mãos e os joelhos. Levantou-se bambo, encarando-o. — Jesus Cristo. Simon...

Mas Simon tinha ajoelhado ao lado de Maureen, as mãos na menina, tateando freneticamente a garganta à procura do pulso. Quando sentiu a palpitação sob as pontas dos dedos, fraca, porém firme, ele quase chorou de alívio.

— Afaste-se dela. — Kyle, parecendo cansado, se aproximou de Simon. — Levante-se e afaste-se.

Relutante, Simon se levantou e encarou Kyle por cima da forma débil de Maureen. Luz atravessava o espaço entre as cortinas que davam no palco; era possível ouvir os outros integrantes da banda lá, conversando entre si, começando a desmontar o palco. A qualquer momento sairiam por ali.

— O que acabou de fazer — disse Kyle. — Você... me empurrou? Porque não vi nenhum movimento.

— Não tive a intenção — repetiu Simon, miserável. Isso parecia ser tudo o que dizia ultimamente.

Kyle balançou a cabeça, os cabelos balançando.

— Saia daqui. Vá esperar perto da van. Eu cuido dela. — Abaixou-se e levantou Maureen nos braços. Ela parecia tão pequena em contraste com ele; uma boneca. Encarou Simon. — Vá. E espero que se sinta realmente péssimo.

Simon foi. Foi até a porta de incêndio e a abriu. Nenhum alarme soou; estava quebrado havia meses. A porta se fechou atrás, e ele se apoiou na parede dos fundos do bar enquanto cada parte de seu corpo começava a tremer.

O bar desembocava em uma rua estreita repleta de armazéns. No caminho tinha um lote vago isolado com uma grade. Uma grama feia crescia através das rachaduras no asfalto. A chuva caía, molhando o lixo que sujava a rua; latinhas velhas de cerveja boiavam nas valetas.

Simon achou que era a coisa mais linda que já tinha visto. A noite inteira pareceu explodir com luz prismática. A grade era feita de correntes de arames prateados brilhantes, cada gota como uma lágrima de platina. A grama crescendo pelo asfalto parecia uma franja de fogo.

Espero que se sinta realmente péssimo, dissera Kyle. Mas era muito pior. Sentia-se ótimo, vivo de uma maneira como jamais se sentira antes. Ondas de energia passavam por ele como uma corrente elétrica. A dor na cabeça e no estômago haviam desaparecido. Poderia correr 16 mil quilômetros.

Era péssimo.

— Ei, você. Está bem?

A voz que se pronunciou era culta, entretida; Simon virou e viu uma mulher com um casaco preto longo e um guarda-chuva amarelo aberto acima da cabeça. Com a nova visão prismática, parecia um girassol cintilante. A mulher era linda... apesar de que tudo parecia mais bonito agora, com cabelos pretos fulgurantes e boca de batom vermelho. Lembrava-se vagamente de tê-la visto em uma das mesas durante o show.

Simon assentiu, não confiando em si mesmo para falar. Devia parecer ter sofrido um verdadeiro trauma, se completos estranhos estavam aparecendo para perguntar sobre seu bem-estar.

— Parece que talvez você tenha batido a cabeça — disse ela, apontando para a testa dele. — Um machucado feio. Tem certeza de que não tem ninguém para quem eu possa ligar para vir te pegar?

Simon ergueu a mão apressadamente para colocar o cabelo por cima da testa, escondendo a Marca.

— Tudo bem. Não é nada.

— Muito bem. Se está dizendo. — Não soava convencida. Enfiou a mão no bolso, retirou um cartão e entregou a ele. Tinha um nome: Satrina Kendall. Abaixo dele, um título: PROMOTORA DE BANDAS, com um número de telefone e um endereço. — Sou eu — disse. — Gostei do que fizeram lá. Se tiver interesse em chegar mais longe, dê uma ligada.

E com isso, se virou e foi embora, deixando Simon parado, com o olhar fixo. Certamente, pensou, não havia como a noite ficar mais bizarra.

Sacudindo a cabeça — um movimento que fez gotas de água voarem por todas as direções — virou a esquina para onde a van estava parada. A porta do bar estava aberta, e as pessoas saíam. Tudo ainda parecia estranhamente brilhante, pensou Simon, mas a visão prismática estava começando a desbotar aos poucos. O cenário à frente parecia comum

— o bar esvaziando, as portas laterais abertas, e a van com as portas traseiras escancaradas, já sendo carregada com os equipamentos por Matt, Kirk e alguns amigos. Ao se aproximar, Simon viu que Isabelle estava apoiada na lateral do veículo, com uma perna dobrada, o salto da bota contra a superfície pintada da van. Poderia estar ajudando com os instrumentos, é claro — Isabelle era mais forte do que qualquer um na banda, exceto, talvez, por Kyle —, mas é claro que não se incomodaria com isso. Simon não esperaria nada diferente.

Levantou o olhar quando ele se aproximou. A chuva tinha diminuído, mas ela nitidamente estava havia um tempo do lado de fora; os cabelos pesavam como uma cortina molhada nas costas.

— Olá — disse, se afastando da van e indo em direção a ele. — Por onde andou? Saiu correndo do palco...

— É — respondeu Simon. — Não estava me sentindo bem. Desculpe.

— Desde que esteja melhor agora. — Abraçou-o e sorriu contra o rosto dele. Simon sentiu uma onda de alívio por não ter nenhum impulso de mordê-la. Em seguida outra onda de culpa ao se lembrar do porquê.

— Não viu Jace em lugar nenhum, viu? — perguntou.

Isabelle revirou os olhos.

— Encontrei com ele e Clary se agarrando — respondeu. — Mas já foram. Para casa, espero. Aqueles dois exemplificam muito bem a expressão "arrumem um quarto".

— Não achei que Clary fosse vir — falou Simon, apesar de não ser tão estranho assim; era possível que o compromisso do bolo tivesse sido cancelado ou coisa do tipo.

Sequer tinha energia para se irritar por Jace ter se provado um péssimo guarda-costas. Não era como se tivesse acreditado que Jace levava sua segurança tão a sério. Esperava apenas que o casal tivesse resolvido o problema, qualquer que fosse.

— Que seja. — Isabelle sorriu. — Já que estamos a sós, quer ir para algum lugar e...

Uma voz — uma voz muito familiar — falou das sombras, vindo além do alcance do poste de luz mais próximo.

— Simon?

Ah, não, agora não. Agora não.

Ele se virou devagar. O braço de Isabelle ainda envolvia ligeiramente sua cintura, mas ele sabia que isso não duraria muito. Não se a pessoa falando fosse quem estava pensando.

E era.

Maia chegou à luz, e olhava para ele com uma expressão incrédula no rosto. Os cabelos normalmente cacheados estavam grudados na cabeça pela chuva, os olhos âmbar muito arregalados, a calça jeans e a jaqueta ensopadas. Trazia um pedaço de papel enrolado na mão esquerda.

Simon teve uma vaga noção de que ao lado os integrantes da banda desaceleraram os movimentos e estavam encarando descaradamente. O braço de Isabelle soltou a cintura dele.

— Simon? — disse ela. — O que está havendo?

— Você disse que ia estar ocupado — falou Maia, olhando para ele. — Aí alguém passou isso por baixo da porta hoje de manhã. — Ela esticou o braço com o papel enrolado para a frente; instantaneamente reconhecível como um dos flyers do show da banda.

Isabelle olhava de Simon para Maia, entendendo lentamente.

— Espere um instante — pronunciou-se. — Vocês dois estão *saindo*?

Maia empinou o queixo.

— Vocês estão?

— Estamos — respondeu Isabelle. — Há algumas semanas.

Os olhos de Maia cerraram.

— Nós também. Desde setembro.

— Não consigo acreditar — declarou Isabelle. E parecia mesmo não acreditar. — Simon? — Ela se virou para ele, com as mãos nos quadris. — Tem alguma explicação?

A banda, que finalmente tinha acabado de guardar o equipamento — a bateria ocupando todo o banco de trás, e as guitarras e baixos na mala — estava parada atrás do carro, encarando abertamente. Eric pôs as mãos em volta da boca como um megafone.

— Meninas, meninas — entoou. — Não precisam brigar. Tem Simon o suficiente para todas.

Isabelle virou e lançou um olhar tão aterrorizante a Eric que ele imediatamente se calou. As portas de trás da van se fecharam, e o veículo partiu. *Traidores*, pensou Simon, mas para ser justo, provavelmente concluíram que ele poderia pegar uma carona para casa com Kyle, cujo carro estava estacionado na esquina. Se sobrevivesse.

— Não acredito, Simon — disse Maia. Ela também estava com as mãos nos quadris, em uma pose idêntica a de Isabelle. — O que passou pela sua cabeça? Como pôde mentir assim?

— Não menti — protestou Simon. — Nunca dissemos que éramos exclusivos! — Então voltou-se para Isabelle. — Nem nós! E sei que você sai com outras pessoas...

— Não pessoas que você *conheça* — argumentou Isabelle, séria. — Não seus *amigos*. Como se sentiria se descobrisse que eu estava saindo com o Eric?

— Impressionado, para ser sincero — respondeu. — Ele não faz seu tipo.

— Não é essa a questão, Simon.

Maia se aproximou de Isabelle, e as duas o encararam, uma parede imóvel de fúria feminina. O bar já tinha acabado de esvaziar e, exceto pelos três, a rua estava deserta. Pensou nas próprias chances se tentasse fugir, e concluiu que não eram muito grandes. Licantropes eram velozes, e Isabelle era uma caçadora de vampiros treinada.

— Sinto muito — desculpou-se Simon. A euforia do sangue que bebera estava começando a desbotar, por sorte. Estava menos tonto com o excesso de sensações, porém, mais apavorado. Para piorar as coisas, a mente não parava de voltar para Maureen, para o que tinha feito com ela, e se ela estava bem. *Por favor, que ela esteja bem.* — Devia ter contado para vocês. É que... gosto muito das duas, e não queria magoar nenhuma.

Assim que as palavras saíram da sua boca, percebeu como soavam tolas. Apenas mais um idiota procurando desculpas pelo comportamento idiota. Simon nunca pensou que fosse assim. Era um cara legal, o tipo de menino que era negligenciado, preterido por um bad boy sexy ou por artistas torturados. Por caras egoístas que não achariam nada demais sair com duas meninas ao mesmo tempo desde que talvez não estivesse exatamente *mentindo* sobre o que estava fazendo, mas também não falando a verdade.

— Uau — falou, principalmente para si mesmo. — Sou um *grande* babaca.

— Essa foi, provavelmente, a primeira verdade que falou desde que cheguei aqui — disse Maia.

— Amém — concordou Isabelle. — Mas, se me perguntar, é pouco e tarde demais...

A porta lateral do bar se abriu, e alguém saiu. Kyle. Simon sentiu uma onda de alívio. Kyle parecia sério, mas não tão sério quanto Simon imaginava que estaria se algo terrível tivesse acontecido com Maureen. Começou a descer os degraus em direção a eles. A chuva mal passava de uma garoa agora. Maia e Isabelle estavam de costas para ele; encaravam Simon, os olhos repletos de raiva.

— Acho bom que não espere que *alguma* de nós duas fale com você outra vez — disse Isabelle. — E vou ter uma conversa com Clary, uma conversa muito, muito séria sobre a escolha das amizades dela.

— Kyle — disse Simon, sem conseguir conter o alívio na voz quando Kyle chegou ao alcance auditivo. — Hum, Maureen... ela...

Não fazia ideia de como perguntar o que queria sem que Maia e Isabelle soubessem o que tinha acontecido, mas, no fim das contas, não fez diferença, pois não conseguiu pronunciar o resto das palavras. Maia e Isabelle se viraram; Isabelle parecia irritada, e Maia, surpresa, nitidamente imaginando quem seria Kyle.

Assim que Maia viu quem era, seu rosto mudou; os olhos arregalaram, o sangue escoou da face. Já Kyle, por sua vez, a encarava com o olhar de alguém que tinha acordado de um pesadelo apenas para descobrir que ele era real e contínuo. Sua boca se moveu, formando palavras, mas nenhum som foi emitido.

— Uau — disse Isabelle, olhando de um para o outro. — Vocês dois... se conhecem?

Os lábios de Maia se abriram. Continuava encarando Kyle. Simon só teve tempo de pensar que ela nunca tinha olhado para ele com nada parecido com aquela intensidade quando a licantrope sussurrou:

— *Jordan* — E avançou para Kyle, com as garras expostas e afiadas, e as enfiou na garganta do rapaz.

Parte Dois
Para cada vida

Nada é gratuito. Tudo precisa ser pago.
Para cada lucro em uma coisa, pagamento em outra.
Para cada vida, uma morte. Mesmo a sua música, da qual
ouvimos tanto, teve que ser paga. Sua mulher foi o
pagamento por sua música. O Inferno agora está satisfeito.

— Ted Hughes, "*The Tiger's Bones*"

10
Riverside Drive, nº 232

Simon estava sentado na poltrona da sala de Kyle, olhando fixamente para a imagem congelada na tela da TV que ficava no canto do recinto. Tinha sido pausada no jogo que Kyle estava jogando com Jace, e a imagem era de um túnel submerso de aparência fria e úmida com uma pilha de corpos no chão e algumas piscinas de sangue muito realistas. Era perturbador, mas Simon não tinha nem a energia nem a inclinação a se incomodar em desligar. As imagens que vinham passando por sua mente a noite inteira eram bem piores.

A luz que invadia a sala pelas janelas passara de uma luminosidade aquosa do alvorecer a uma iluminação pálida de início da manhã, mas Simon mal reparara. Só via o corpo de Maureen largado no chão, com os cabelos louros manchados de sangue. O próprio progresso cambaleante pela noite, com o sangue da menina zumbindo por suas veias. E em seguida Maia atacando Kyle, perfurando-o com as garras. Kyle tinha ficado lá, sem levantar uma mão para se defender. Provavelmente teria permitido que o matasse se Isabelle não tivesse interferido, arrancando Maia de cima dele e jogando-a pelo asfalto, contendo-a ali até que a raiva se transformasse em lágrimas. Simon havia tentado se aproximar, mas Isabelle o afastara com um olhar furioso, o braço envolvendo Maia e a mão levantada para alertá-lo.

— *Saia* daqui — ordenara. — E leve-o com você. Não sei o que ele fez, mas deve ter sido muito sério.

E foi. Simon conhecia aquele nome, Jordan. Já tinha sido mencionado quando ele perguntou a Maia como havia se transformado em licantrope. Obra do ex-namorado, revelara. Ele a atacara de uma maneira selvagem, cruel, e depois fugira, abandonando-a para lidar com o problema sozinha.

O nome dele era Jordan.

Por isso Kyle só tinha um nome perto da campainha. Porque era o seu *sobrenome*. O nome completo devia ser Jordan Kyle, concluiu Simon. Tinha sido burro, incrivelmente burro por não perceber antes. Não que precisasse de mais um motivo para se odiar agora.

Kyle — ou melhor, Jordan — era um lobisomem; curava-se rapidamente. Quando Simon o levantou, sem qualquer gentileza, e o levou de volta ao carro, os cortes profundos na garganta e embaixo dos rasgos na camisa já tinham melhorado e formado casquinhas. Simon tirou as chaves dele e o levou de volta para Manhattan praticamente em silêncio, Jordan praticamente imóvel no banco do passageiro, encarando as próprias mãos sangrentas.

— Maureen está bem — revelou afinal, enquanto passavam pela Williamsburg Bridge. — Pareceu pior do que foi. Você ainda não é muito bom em se alimentar de humanos, então ela não tinha perdido tanto sangue. Eu a coloquei em um táxi. Não se lembra de nada. Acha que desmaiou na sua frente, e está morrendo de vergonha.

Simon sabia que deveria agradecer, mas não conseguia.

— Você é o Jordan — disse. — O antigo namorado de Maia. Que a transformou em licantrope.

Estavam em Kenmare agora; Simon foi na direção norte, passando por Bowery com seus prédios de viciados e lojas de iluminação.

— É — confirmou Jordan afinal. — Kyle é meu sobrenome. Comecei a atender por ele quando me juntei ao Praetor.

— Ela ia te matar se Isabelle tivesse deixado.

— Tem todo direito de me matar se quiser — afirmou Jordan, e se calou. Não falou mais nada enquanto Simon encontrava uma vaga e depois enquanto subiam as escadas para o apartamento. Foi para o quarto sem sequer tirar a jaqueta ensanguentada, e fechou a porta.

Simon já tinha arrumado a mochila e estava prestes a sair quando hesitou. Até agora não sabia ao certo por quê, mas em vez de sair largou a mochila perto da porta e sentou na cadeira, onde passou toda a noite.

Queria poder ligar para Clary, mas ainda era muito cedo, e, além disso, Isabelle tinha dito que ela tinha saído com Jace, e a ideia de interromper algum momento especial entre os dois não era muito convidativa. Pensou em como estaria a mãe. Se tivesse visto o filho ontem, com Maureen, teria achado mesmo que era o monstro que ela o acusara de ser.

Talvez fosse.

Levantou a cabeça quando a porta de Jordan se abriu e ele apareceu. Estava descalço, com a mesma calça jeans e a camisa do dia anterior. As cicatrizes na garganta haviam desbotado, tornando-se linhas vermelhas. Olhou para Simon. Os olhos âmbar, normalmente tão brilhantes e alegres, estavam sombriamente encobertos.

— Achei que você ia embora — disse.

— Eu ia — confessou Simon. — Mas depois concluí que deveria te dar uma chance de explicar.

— Não há nada para explicar. — Jordan vasculhou a cozinha e uma gaveta até encontrar um filtro de café. — O que quer que Maia tenha contado a meu respeito, tenho certeza de que é verdade.

— Ela disse que você bateu nela — falou.

Jordan, na cozinha, ficou completamente parado. Olhou para o filtro como se não tivesse mais certeza de sua utilidade.

— Disse que ficaram juntos durante meses, e que estava tudo ótimo — prosseguiu Simon. — Então você virou violento e ciumento. E que quando ela reclamou, bateu nela. Ela terminou com você, e quando estava voltando para casa em uma determinada noite, alguma coisa a atacou, e quase a matou. E você... você saiu da cidade. Sem pedir desculpas, sem se explicar.

Jordan repousou o filtro na bancada.

— Como ela chegou aqui? Como encontrou o bando de Luke Garroway?

Simon balançou a cabeça.

— Entrou em um trem para Nova York e os encontrou. Maia é uma sobrevivente. Não permitiu que o que fez com ela a destruísse. Muitas pessoas permitiriam.

— Foi pra isso que ficou? — perguntou Jordan. — Para dizer que sou um canalha? Porque isso eu já sei.

— Fiquei — respondeu Simon — por causa do que fiz ontem à noite. Se tivesse descoberto um dia antes, teria ido. Mas depois do que fiz com Maureen... — Mordeu o lábio. — Pensei que tinha controle sobre minhas ações, mas não tenho, e machuquei alguém que não merecia. Por isso fiquei.

— Porque se eu não for um monstro, você também não é.

— Porque quero saber como seguir em frente, e talvez você possa me dizer. — Simon se inclinou. — Porque tem sido legal comigo desde que o conheci. Nunca o vi sendo mau, ou se irritando. Depois pensei nos Lobos Guardiões, e no que disse sobre ter se filiado porque tinha feito coisas ruins. E achei que Maia fosse essa coisa ruim pela qual você está buscando compensação.

— Estou — disse Jordan. — É ela.

Clary sentou-se à escrivaninha do pequeno quarto de hóspedes da casa de Luke, com o pedaço de tecido recolhido no Beth Israel esticado à sua frente. Colocara dois lápis de cada lado para fazer peso e estava olhando, com a estela na mão, tentando se lembrar do símbolo que lhe viera no hospital.

Estava difícil se concentrar. Não parava de pensar em Jace, na noite passada. Para onde teria ido. Por que estava tão infeliz. Até vê-lo não tinha percebido que ele estava tão triste quanto ela, e isso lhe partiu o coração. Queria ligar para ele, mas precisou se conter diversas vezes desde que chegara em casa. Se ele fosse contar qual era o problema, teria que fazê-lo sem que ela perguntasse. Ela o conhecia o suficiente para saber disso.

Fechou os olhos, tentando se forçar a enxergar o símbolo. Não era algum que tivesse inventado, tinha certeza. Ele existia de fato, mas Clary não tinha certeza quanto a ter visto no *Livro Gray*. A forma lhe falava menos em tradução do que em revelação, em mostrar a forma de alguma coisa escondida debaixo da terra, em soprar poeira lentamente para ler a inscrição abaixo...

A estela tremeu em seus dedos, e Clary abriu os olhos para descobrir, surpresa, que tinha conseguido traçar um pequeno desenho na beira do tecido. Parecia quase uma mancha, com pedaços estranhos em cada direção, e ela franziu o cenho, imaginando se estaria perdendo a habilidade. Mas o tecido começou a cintilar, como calor exalando de um teto preto quente. Observou enquanto palavras começaram a surgir no tecido como se uma mão invisível estivesse escrevendo:

PROPRIEDADE DA IGREJA DE TALTO. RIVERSIDE DRIVE Nº 232.

Um murmúrio de entusiasmo a percorreu. Uma pista, uma pista de verdade. E a descobrira sozinha, sem ajuda de ninguém.

Riverside Drive nº 232. Ficava no Upper West Side, pensou, perto do Riverside Park, do outro lado do rio de Nova Jersey. Uma viagem nada longa. A Igreja de Talto. Clary repousou a estela com uma cara preocupada. O que quer que fosse, parecia ruim. Arrastou a cadeira até o velho computador de Luke e acessou a internet. Não podia dizer que se surpreendeu quando descobriu que digitar "Igreja de Talto" não produzia resultados compreensíveis. O que fora escrito no canto do tecido estava em purgatês, ou cthoniano, ou alguma outra língua demoníaca.

De uma coisa tinha certeza: o que quer que fosse a Igreja de Talto, era segredo, e provavelmente ruim. Se tinha qualquer relação com transformar bebês em *coisas* com garras em vez de mãos, não era nada parecido com alguma religião de verdade. Clary ficou imaginando se a mãe que abandonou a criança perto do hospital fazia parte da igreja, se sabia no que tinha se metido antes de o neném nascer.

Sentiu calafrios por todo o corpo enquanto esticava a mão para o telefone — e congelou quando o segurou. Estava a ponto de ligar para a mãe, mas não podia falar com Jocelyn sobre isso. Ela tinha acabado de parar de chorar, finalmente concordado em sair com Luke para ver alianças. E por mais que acreditasse que a mãe era forte o suficiente para lidar com qualquer que fosse a verdade, certamente se encrencaria muito com a Clave por ter conduzido sua investigação até ali sem informá-los.

Luke. Mas Luke estava com a mãe. Não podia ligar para ele.

Maryse, talvez. A simples ideia de telefonar para ela parecia estranha e intimidante. Além disso, Clary sabia — sem querer admitir para si mesma que era um diferencial — que se deixasse a Clave assumir, iria para o banco de reservas. Ficaria de fora de um mistério que julgava intensamente pessoal. Sem falar que seria como trair a própria mãe para a Clave.

Mas sair sozinha, sem saber o que encontraria... Bem, tinha treinamento, mas não *tanto* assim. E sabia que tendia a agir antes e pensar depois. Relutante, puxou o telefone para perto, hesitou por um instante — e mandou uma mensagem: RIVERSIDE DRIVE, Nº 232. PRECISA ME ENCONTRAR LÁ AGORA. É IMPORTANTE. Apertou a tecla de envio e esperou um pouco até a tela acender com um barulho de resposta: OK.

Com um suspiro, Clary repousou o telefone e foi buscar as armas.

— Eu amava Maia — disse Jordan. Estava sentado no futon agora após ter finalmente conseguido fazer café, apesar de não ter bebido nada. Só estava segurando a caneca nas mãos, girando-a enquanto falava. — Precisa saber disso antes que eu conte qualquer outra coisa. Nós dois viemos de uma cidadezinha abominável no fim de mundo de Nova Jersey, e ela aturava muita palhaçada porque o pai era negro e a mãe, branca. E também tinha um irmão, que era completamente psicótico. Não sei se ela falou sobre ele. Daniel.

— Não muito — respondeu Simon.

— Com tudo isso, a vida dela era um verdadeiro inferno, mas nunca se deixou abalar. Eu a conheci em uma loja de música, comprando discos antigos. Isso, vinil. Começamos a conversar, e percebi que era a menina mais legal de lá. E linda, também. E doce. — Os olhos de Jordan estavam distantes. — Começamos a sair juntos, e era fantástico. Estávamos completamente apaixonados. Do jeito que acontece quando se tem 16 anos. Aí fui mordido. Me envolvi em uma briga numa noite, em uma boate. Entrava em muitas brigas. Estava acostumado a socos e chutes, mas mordidas? Achei que o sujeito que me mordeu fosse louco, mas não liguei. Fui ao hospital, levei pontos, esqueci o assunto.

"Cerca de três semanas depois comecei a sentir ondas de fúria incontrolável. Minha visão apagava e eu não sabia o que estava acontecendo. Soquei a janela da cozinha porque uma gaveta não queria abrir. Comecei a sentir um ciúme louco de Maia, convencido de que ela estava atrás de outros caras, convencido de que... Nem sei o que estava pensando. Só sei que me descontrolei. Bati nela. Queria dizer que não me lembro de ter feito isso, mas lembro. E aí ela terminou comigo... — A voz se interrompeu. Jordan tomou um gole de café; parecia nauseado, pensou Simon. Não devia ter contado essa história muitas vezes, se é que já contara alguma. — Algumas noites depois, fui a uma festa, e ela estava lá. Dançando com outro cara. Beijando como se quisesse me provar que tinha acabado mesmo. Maia escolheu uma péssima noite, não que ela tivesse como saber. A primeira lua cheia desde a mordida. — As juntas dos dedos estavam brancas onde agarrava a caneca. — A primeira vez em que me Transformei. A Transformação rasgou meu corpo e dilacerou meus ossos e minha pele. Estava agonizante, e não apenas por causa daquilo. Queria a Maia, queria que voltasse, queria explicar, mas só conseguia uivar. Saí correndo pelas ruas, e foi então que a vi, atravessando o parque perto da casa onde morava. Estava indo para casa..."

— E então a atacou — completou Simon. — Mordeu Maia.

— Foi. — Jordan parecia cego ao rever o passado. — Quando acordei na manhã seguinte, sabia o que tinha feito. Tentei ir até a casa dela, para explicar. Estava no meio do caminho quando um sujeito grandalhão parou na minha frente e me encarou. Sabia quem eu era, sabia tudo a meu respeito. Explicou que era membro do Praetor Lupus, e que tinha sido enviado atrás de mim. Não gostou de ter chegado atrasado, de saber que já tinha mordido alguém. Não me deixou chegar perto dela. Disse que só pioraria as coisas. Prometeu que os Lobos Guardiões cuidariam dela. Falou que como eu já tinha mordido uma humana, o que era terminantemente proibido, a única maneira de escapar do castigo seria me juntando a eles e treinando para me controlar.

"Não teria aceitado. Teria cuspido nele e aceitado qualquer que fosse o castigo que quisessem aplicar. Me detestava a esse ponto. Mas quando me explicou que eu poderia ajudar a outros como eu, talvez impedir que o que ocorrera com Maia acontecesse novamente, foi como uma luz no fim do túnel. Talvez uma chance de consertar meu erro."

— Certo — disse Simon lentamente. — Mas não é uma coincidência um pouco estranha que tenha sido enviado a mim? O cara que estava namorando a menina que você mordeu e transformou em licantrope?

— Coincidência nenhuma — garantiu Jordan. — Sua pasta foi uma das várias que recebi. Escolhi *porque* Maia era mencionada nas anotações. Uma loba e um vampiro namorando. Sabe, é grande coisa. Foi a primeira vez que percebi que ela tinha se tornado licantrope depois... depois do que fiz.

— Nunca pesquisou para descobrir? Parece um pouco...

— Tentei. O Praetor não deixou, mas fiz o que pude para descobrir o que tinha acontecido com ela. Soube que tinha fugido de casa, mas a vida lá era infernal, então isso não me disse nada. E não é como se existisse um registro nacional de licantropes onde pudesse procurá-la. Eu simplesmente... torci para que não tivesse se Transformado.

— Então quis o meu caso por causa de Maia?

Jordan enrubesceu.

— Pensei que talvez se te conhecesse, pudesse descobrir o que tinha acontecido com ela. Saber se estava bem.

— Por isso brigou comigo por enganá-la — disse Simon, lembrando-se. — Estava sendo protetor.

Jordan o encarou por cima da caneca.

— É, bem, foi uma atitude idiota.

— E foi você quem colocou o flyer do show da banda embaixo da porta, não foi? — Simon balançou a cabeça. — Então bagunçar minha vida amorosa fazia parte do trabalho ou foi apenas um toque pessoal extra?

— Fiz com que ela sofresse — observou ele. — Não queria vê-la sofrendo por causa de outra pessoa.

— E não pensou que se ela aparecesse no show tentaria arrancar a sua cara? Se não tivesse se atrasado, talvez o atacasse no palco. Teria sido um extra bem empolgante para a plateia.

— Não sabia — relatou Jordan. — Não sabia que me odiava tanto assim. Quero dizer, eu não odeio o sujeito que me Transformou; entendo um pouco que possa ter perdido o controle.

— É — disse Simon —, mas você nunca *amou* o cara. Não teve um relacionamento com ele. Maia te amava. Ela acha que você a mordeu, depois a abandonou e nunca mais pensou nela. Vai odiá-lo tanto quanto um dia amou.

Antes que Jordan pudesse responder, a campainha tocou — não o chiado como se houvesse alguém lá embaixo, interfonando para cima, mas o que soaria se o visitante estivesse no corredor, do lado de fora da porta. Os meninos trocaram olhares espantados.

— Está esperando alguém? — indagou Simon.

Jordan balançou a cabeça e repousou a caneca de café. Juntos, foram até a pequena entrada. Jordan gesticulou para Simon ficar atrás dele antes de abrir a porta.

Não havia ninguém. Em vez de uma pessoa, jazia um pedaço de papel dobrado no tapete de entrada, com uma pedra por cima, prendendo-o. Jordan abaixou para pegar o papel e se ajeitou, franzindo o cenho.

— É para você — disse, entregando a Simon.

Confuso, Simon desdobrou o papel. No centro, com uma fonte infantil, havia a mensagem:

SIMON LEWIS. ESTAMOS COM A SUA NAMORADA. PRECISA VIR A RIVERSIDE DRIVE Nº 232 HOJE. ESTEJA LÁ ENTES QUE ESCUREÇA OU CORTAREMOS A GARGANTA DELA.

— É uma piada — disse Simon, encarando o papel, entorpecido. — Tem que ser.

Sem uma palavra, Jordan pegou o braço de Simon e o puxou para a sala. Soltando-o, procurou o telefone sem fio até encontrar.

— Ligue para ela — disse, colocando o aparelho no peito de Simon. — Ligue para Maia e certifique-se de que ela está bem.

— Mas pode não ser ela. — Simon encarou o telefone enquanto o horror da situação zumbia em seu cérebro como espíritos chiando do lado de fora de uma casa, implorando para entrar. *Concentre-se*, disse para si mesmo. *Não entre em pânico.* — Pode ser Isabelle.

— Ai, meu Deus. — Jordan fitou-o com um ar zangado. — Você tem mais alguma namorada? Temos que fazer uma lista de nomes para ligar?

Simon arrancou o telefone dele e se virou, digitando o número. Maia atendeu no segundo toque.

— Alô?

— Maia... É o Simon.

A delicadeza sumiu da voz.

— Ah. O que você quer?

— Só queria ter certeza de que está bem — disse.

— Estou — respondeu secamente. — Não é como se o que estava acontecendo entre a gente fosse tão sério. Não estou feliz, mas vou sobreviver. Ainda assim, você continua sendo um idiota.

— Não — disse Simon. — Quis dizer que queria verificar se você estava *bem.*

— Está falando do Jordan? — Deu para ouvir a ira tensa quando pronunciou o nome dele. — Certo. Vocês foram embora juntos, não foram? São amigos ou coisa do tipo, não? Bem, pode dizer para ele ficar longe de mim. Aliás, isso vale para os dois.

E desligou. O tom de discagem chiou pelo telefone como uma abelha irritada.

Simon olhou para Jordan.

— Ela está bem. Detesta a nós dois, mas não me pareceu que alguma coisa estivesse errada.

— Tudo bem — disse Jordan automaticamente. — Ligue para Isabelle.

Foram necessárias duas tentativas antes de Izzy atender; Simon estava quase em pânico quando a voz da Caçadora de Sombras veio do outro lado da linha, soando distraída e irritada.

— Quem quer que seja, espero que seja sério.

Ele sentiu alívio jorrando pelas veias.

— Isabelle. É o Simon.

— Ah, pelo amor de Deus. O que *você* quer?

— Só queria ter certeza de que estava bem...

— Ah, o quê, eu deveria estar arrasada porque você é um infiel, mentiroso, traidor filho da...

— Não. — Isto estava realmente começando a irritar Simon. — Quero dizer, você está bem? Não foi sequestrada nem nada?

Seguiu-se um longo silêncio.

— Simon — disse Isabelle afinal. — Esta é realmente, de verdade, a desculpa mais idiota para uma ligação choramingada de pazes que já ouvi em toda a minha vida. Qual é o seu *problema*?

— Não tenho certeza — respondeu Simon, e desligou antes que ela pudesse fazer o mesmo. Entregou o telefone a Jordan. — Ela também está bem.

— Não entendo. — Jordan parecia aturdido. — Quem faz uma ameaça dessas se não houver fundamento? Digo, é muito fácil descobrir se é mentira.

— Devem achar que sou burro — começou Simon, em seguida parou, um pensamento horrível lhe ocorrendo. Arrancou o telefone de Jordan outra vez e começou a discar com dedos entorpecidos.

— O que foi? — indagou Jordan. — Para quem está ligando?

O telefone de Clary tocou exatamente quando ela virou a esquina da 96th Street para a Riverside Drive. A chuva parecia ter lavado a sujeira habitual da cidade; o sol reluzia em um céu brilhante sobre a tira verde de parque que corria ao longo do rio, cuja água parecia quase azul hoje.

Catou o telefone na bolsa, o encontrou e atendeu.

— Alô?

A voz de Simon veio do outro lado da linha.

— Ah, graças a... — interrompeu-se. — Está tudo bem? Não foi sequestrada nem nada?

— *Sequestrada*? — Clary olhou para os números dos prédios enquanto subia a rua; 220, 224. Não sabia exatamente o que estava procurando. Será que *pareceria* com uma igreja? Ou seria outra coisa, enfeitiçada para parecer um lote abandonado? — Está bêbado ou coisa do tipo?

— É um pouco cedo para isso. — O alívio na voz era claro. — Não, é que... recebi um bilhete estranho. Alguém ameaçando acabar com a minha namorada.

— Qual delas?

— Ha-ha. — Simon não soava entretido. — Já liguei para Maia e Isabelle, e as duas estão bem. Depois pensei em você... quero dizer, passamos muito tempo juntos. Alguém poderia ter uma impressão errada. Mas agora não sei o que pensar.

— Não sei. — O número 232 da Riverside Drive surgiu repentinamente na frente de Clary, um prédio grande e quadrado de pedra com um telhado pontudo. *Poderia* ter sido uma igreja em algum momento, pensou, apesar de não se parecer muito com uma agora.

— Maia e Isabelle descobriram tudo ontem à noite, a propósito. Não foi bonito — acrescentou Simon. — Você tinha razão quanto a brincar com fogo.

Clary examinou a fachada do número 232. A maioria dos edifícios na rua eram de apartamentos caros, com porteiros uniformizados. Este aqui, no entanto, tinha apenas portas altas de madeira com topos arredondados e alças metálicas antigas no lugar de maçanetas.

— Iiih, ai. Sinto muito, Simon. Alguma das duas está falando com você?

— Não exatamente.

Ela segurou uma das maçanetas e empurrou. A porta se abriu com um chiado suave. Clary diminuiu o tom de voz.

— Talvez uma delas tenha deixado o bilhete?

— Não faz o gênero de nenhuma das duas — afirmou, parecendo verdadeiramente confuso. — Acha que Jace teria feito isso?

O som do nome dele era como um soco no estômago. Clary perdeu o fôlego e disse:

— Não acredito mesmo que ele pudesse fazer isso, mesmo que estivesse irritado. — Afastou o telefone do ouvido. Espiando pela porta entreaberta, viu o que parecia o interior de uma igreja normal: uma nave longa e luzes tremeluzindo como velas. Certamente não faria mal dar uma olhadinha do lado de dentro. — Tenho que ir, Simon — despediu-se. — Ligo mais tarde.

Então fechou o telefone e entrou.

— Acha mesmo que era brincadeira? — Jordan estava andando de um lado para o outro como um tigre em uma jaula. — Não sei. Parece um tipo de piada doentio demais para mim.

— Nunca disse que não era doentia. — Simon olhou para o bilhete; estava sobre a mesa de centro, as letras grossas impressas bem visíveis, mesmo de longe. Só de olhar sentia um sobressalto no estômago, apesar de saber que não significava nada. — Só estou tentando pensar quem pode ter mandado. E por quê.

— Talvez eu devesse tirar o dia de folga de você e ficar de olho nela — declarou Jordan. — Sabe, por via das dúvidas.

— Presumo que esteja falando sobre Maia — respondeu Simon. — Sei que tem boas intenções, mas não acho que ela o queira por perto. De nenhuma maneira.

A mandíbula de Jordan enrijeceu.

— Ficaria fora do caminho, para que não me visse.

— Uau. Você ainda gosta muito dela, não gosta?

— Tenho uma responsabilidade pessoal. — Jordan soava sério. — O que eu sinto além disso não tem importância.

— Pode fazer o que quiser — disse Simon. — Mas acho...

A campainha tocou outra vez. Os dois trocaram um único olhar antes de correrem para a entrada estreita que dava na porta. Jordan chegou primeiro. Pegou o cabideiro perto da porta, arrancou os casacos e escancarou a porta, segurando o objeto acima da cabeça como uma lança.

Do outro lado da porta estava Jace. Ele piscou.

— Isso é um cabideiro?

Jordan devolveu o objeto ao chão e suspirou.

— Se você fosse um vampiro, teria sido muito mais útil.

— Sim — disse Jace. — Ou alguém com muitos casacos.

Simon esticou a cabeça por trás de Jordan e falou:

— Desculpe. Tivemos uma manhã estressante.

— É, bem — respondeu. — Está prestes a piorar muito. Vim para levá-lo ao Instituto, Simon. O Conclave quer vê-lo, e não gostam de esperar.

No instante em que a porta da Igreja de Talto se fechou atrás de Clary, ela sentiu que estava em outro mundo, o barulho e o agito de Nova York inteiramente bloqueados. O espaço no interior do prédio era grande e amplo, com teto alto. Havia uma nave ladeada por fileiras de bancos, e velas marrons e grossas queimando em arandelas nas paredes. O interior parecia mal-iluminado aos olhos de Clary, mas talvez fosse por estar habituada à claridade da luz enfeitiçada.

Caminhou pelo ambiente, sentindo os tênis suaves contra a pedra empoeirada. Era esquisito, pensou, uma igreja sem janelas. Ao fim da nave chegou à abside, onde alguns degraus de pedra conduziam a um pódio no qual se encontrava o altar. Clary piscou, percebendo o que mais havia de estranho: não havia cruzes nesta igreja. Em vez disso, uma placa vertical de pedra pendia no altar, coroada com a figura esculpida de uma coruja. As palavras na placa diziam:

POIS SUA CASA SE INCLINA PARA A MORTE
E SUAS VEREDAS PARA AS SOMBRAS.
NENHUM DOS QUE SE DIRIGEM A ELA TORNARÁ A SAIR,
NEM RETORNARÁ ÀS VEREDAS DA VIDA.

Clary piscou. Não tinha tanta familiaridade com a Bíblia — certamente não dispunha da capacidade de Jace de se lembrar quase com perfeição de longas passagens das Sagradas Escrituras — mas ao passo que soava religioso, era também um trecho estranho para se exibir em uma igreja. Estremeceu e se aproximou do altar, onde um grande livro fechado fora deixado. Uma das páginas parecia marcada; quando Clary esticou o braço para abrir, percebeu que o que achou que fosse um marcador tratava-se na verdade de uma adaga de cabo preto com símbolos ocultos esculpidos. Já tinha visto fotos nos livros de estudo. Era um *athame*, frequentemente utilizado em rituais de invocação de demônios.

Seu estômago gelou, mas ainda assim ela se abaixou para examinar a página marcada, determinada a descobrir alguma coisa — mas apenas pôde constatar que estava escrito numa uma letra garranchada e estilizada que teria sido difícil de decifrar ainda que o livro fosse em inglês. Não era; tratava-se de um alfabeto anguloso e pontudo que Clary tinha certeza de jamais ter visto antes. As palavras situavam-se abaixo de uma ilustração que reconheceu como um círculo de invocação — o tipo de desenho que feiticeiros traçavam no chão antes de executar feitiços. Os círculos eram feitos para atrair e concentrar poder mágico. Estes, espalhados na página em tinta verde, pareciam dois círculos concêntricos, com um quadrado no meio. No espaço entre eles, havia símbolos espalhados. Clary não os reconheceu, mas podia sentir a linguagem dos símbolos nos ossos, e estremeceu. Morte e sangue.

Virou a página apressadamente e encontrou um conjunto de ilustrações que fez com que respirasse fundo.

Tratava-se de uma progressão de figuras que começavam com a imagem de uma mulher com um pássaro empoleirado no ombro esquerdo. A ave, possivelmente um corvo, parecia sinistra e ardilosa. No segundo desenho o pássaro havia desaparecido, e a mulher estava visivelmente grávida. Na terceira ilustração ela estava deitada em um altar não muito diferente do que se encontrava diante de Clary no momento. Uma figura de túnica se colocava na frente da mulher, com uma seringa espantosamente moderna na mão. A seringa estava cheia de um líquido vermelho-escuro. A mulher evidentemente sabia que estavam prestes a injetar o conteúdo da seringa, pois a boca estava aberta.

No último desenho a mulher estava sentada com um bebê no colo. A criança parecia quase normal, exceto pelo fato de que os olhos eram inteiramente pretos, sem nenhuma parte branca. A mulher olhava para o filho com uma expressão de terror.

Clary sentiu os cabelos da nuca se arrepiarem. A mãe tinha razão. Alguém estava tentando fazer bebês como Jonathan. Aliás, já tinha feito.

Ela se afastou do altar. Cada nervo no corpo gritava que havia algo errado naquele lugar. Não se julgava capaz de passar mais um segundo ali; era melhor sair e aguardar a cavalaria. Podia ter descoberto a pista sozinha, mas o resultado era muito mais do que podia encarar por conta própria.

Foi quando ouviu o som.

Era um sussurro, como uma corrente lenta retrocedendo, que parecia vir de cima dela. Olhou para o alto, segurando o *athame* com firmeza na mão. E ficou com o olhar vidrado. Ao redor das galerias superiores havia filas de figuras silenciosas. Trajavam o que pareciam roupas de esporte cinzentas — tênis, moletons e casacos de zíper com capuzes puxados sobre os rostos. Estavam completamente imóveis, as mãos nas grades da galeria, encarando-a. Pelo menos presumiu que estivessem encarando. Os rostos escondiam-se nas sombras; sequer conseguia saber se eram homens ou mulheres.

— Eu... sinto muito — disse ela. Sua voz ecoou, alta, pela sala de pedra. — Não tive a intenção de atrapalhar ou...

Não houve qualquer resposta além do silêncio. Um silêncio pesado. O coração de Clary começou a bater com força

— Vou embora, então — pronunciou-se, engolindo em seco.

Deu um passo para a frente, repousou o *athame* no altar e virou para se retirar. Então, uma fração de segundo antes de se virar, sentiu o cheiro no ar, o fedor familiar de lixo apodrecendo. Entre ela e a porta, erguendo-se como uma parede, erguia-se uma miscelânea de pele com escamas, dentes como lâminas e garras compridas se esticando.

Há sete semanas Clary vinha treinando para encarar uma batalha demoníaca, ainda que fosse gigantesca. Mas agora que estava acontecendo de fato, tudo que conseguiu fazer foi gritar.

11

Nossa Espécie

O demônio avançou para Clary e ela parou de gritar abruptamente, se jogando para trás por cima do altar — um salto perfeito, e por um instante bizarro desejou que Jace estivesse ali para ver. Caiu no chão agachada, exatamente no momento em que algo atingiu com força o chão, fazendo a pedra vibrar.

Um uivo ressoou através da igreja. Clary se ajoelhou desajeitadamente e espiou por sobre a beira do altar. O demônio não era tão grande quanto pareceu inicialmente, mas também não era pequeno — mais ou menos do tamanho de uma geladeira, com três cabeças em caules oscilantes. As cabeças eram cegas, com mandíbulas enormes abertas das quais se dependuravam fios esverdeados de saliva. O demônio parecia ter batido a cabeça esquerda no altar quando tentou agarrá-la, pois estava balançando-a para a frente e para trás como se tentasse clarear os pensamentos.

Clary olhou para cima descontroladamente, mas as figuras de cinza continuavam no lugar. Nenhuma delas se mexeu. Pareciam observar tudo que se passava com um interesse alheio. Girou e olhou para trás, mas ao que tudo indicava, não havia saída da igreja além da porta pela qual entrara. Percebendo que estava desperdiçando segundos preciosos, levantou-se e agarrou o *athame*. Arrancou-o do altar e desviou para trás na hora em que o demônio tentou atacar novamente. Clary rolou para o lado enquanto uma cabeça, balançando sobre um pescoço espesso, mirou o altar, com a língua preta para fora, procurando por ela. Com um grito, enfiou o *athame* no pescoço da criatura e então o soltou, recuando e saindo do caminho.

A coisa gritou, a cabeça sacudindo para trás, sangue preto espirrando do machucado que Clary provocara. Mas não foi um ataque mortal. Mesmo enquanto a menina observava, o ferimento começou a se curar lentamente, a carne verde escurecida se remendando como um tecido sendo costurado. Seu coração despencou. Claro. A razão pela qual os Caçadores de Sombras utilizavam armas com símbolos, era porque eles impediam que demônios se curassem.

Pegou a estela no cinto com a mão esquerda, soltando-a exatamente quando o demônio atacou outra vez. Saltou para o lado e se jogou dolorosamente pelas escadas, rolando até chegar à primeira fila de bancos. O demônio se virou, arrastando-se um pouco ao se mover, então avançou outra vez. Percebendo que ainda estava agarrando a estela e a adaga — aliás, a adaga a cortara em algum momento enquanto rolava, e o sangue estava manchando rapidamente a frente do casaco — transferiu a adaga para a mão esquerda, a estela para a direita e, com uma velocidade desesperada, talhou um símbolo *enkeli* no cabo do *athame*.

Os outros símbolos no cabo começaram a derreter e escorrer enquanto o símbolo do poder angelical se firmava. Clary levantou o olhar; o demônio estava quase chegando, as três cabeças a alcançando, bocas abertas. Levantando-se, impulsionou o braço para trás e jogou a adaga com toda força. Para sua grande surpresa, atingiu a cabeça do meio em cheio, afundando até o cabo. A cabeça se debateu enquanto o demônio berrava — Clary sentiu o coração na garganta — e em seguida a cabeça simplesmente caiu, atingindo o chão com uma batida horrorosa. O demônio continuou avançando mesmo assim, agora arrastando a cabeça morta e flácida atrás de si enquanto se aproximava de Clary.

O ruído de muitos passos veio de cima. Clary olhou. As figuras de roupa cinza tinham desaparecido, e as galerias ficaram vazias. A visão não a tranquilizou. Com o coração batendo desgovernadamente no peito, Clary se virou e correu para a porta da frente, mas o demônio foi mais veloz. Com um rugido de esforço, ele se lançou *por cima* dela e aterrissou diante da porta, bloqueando a saída. Emitindo um ruído sibilado, foi na direção dela e levantou, se erguendo ao máximo para atacar...

Alguma coisa brilhou pelo ar, uma chama certeira de ouro prateado. As cabeças dos demônios giraram; o silvo elevou-se a um grito, mas era tarde demais — a coisa prateada que as envolvera puxou com firmeza e, com um esguicho de sangue preto, as duas cabeças remanescentes foram decepadas. Clary rolou para fora do caminho enquanto o sangue respingava nela, queimando a pele. Em seguida desviou a cabeça quando o corpo decapitado cambaleou e caiu na direção dela...

E desapareceu. Enquanto sucumbia, o demônio sumiu, sugado de volta à própria dimensão. Clary levantou a cabeça cautelosamente. As portas da igreja estavam abertas, e na entrada estava Isabelle, de botas e vestido preto, com o chicote de electrum na mão. Enrolava-o com cuidado no pulso, olhando em volta ao fazê-lo, as sobrancelhas escuras aproximadas em uma carranca de curiosidade. Ao fixar o olhar em Clary, sorriu.

— Caramba, garota — disse. — No que foi se meter dessa vez?

O toque das mãos dos serventes da vampira na pele de Simon era frio e leve, como o toque de asas geladas. Ele estremeceu um pouco ao desenrolarem a venda de sua cabeça, sentindo as peles secas e ásperas contra a dele, antes de recuarem, curvando-se em reverência ao fazerem.

Olhou em volta, piscando. Há poucos instantes estava à luz do sol, na esquina da 78th Street com a Second Avenue — a uma distância grande o suficiente do Instituto para julgar seguro utilizar a terra de cemitério para entrar em contato com Camille sem levantar suspeitas. Agora estava em um recinto mal-iluminado, bastante amplo, com chão liso de mármore e pilares elegantes que sustentavam um teto alto. Ao longo da parede esquerda corria uma fileira de cubículos com frentes de vidro, cada qual com uma placa de bronze pendurada que dizia CAIXA. Outra placa metálica na parede dizia que este era O DOUGLAS NATIONAL BANK. Camadas espessas de poeira se acumulavam sobre o chão e os balcões, outrora utilizados por pessoas que passavam cheques ou recibos de saques, e os lustres de base metálica que se penduravam do teto estavam cobertos de verdete.

No centro da sala havia uma poltrona alta, e na cadeira sentava-se Camille. Os cabelos louro-prateados estavam soltos e desciam sobre os ombros como fios de prata. O rosto belo não tinha maquiagem, mas os lábios ainda estavam muito vermelhos. Na escuridão do banco, era quase a única cor que Simon conseguia enxergar.

— Normalmente não concordaria com um encontro durante o dia, Diurno — comentou ela. — Mas como é você, abri uma exceção.

— Obrigado. — Notou que não havia cadeira para ele, então continuou de pé, desajeitadamente. Se seu coração ainda batesse, pensou, estaria a mil por hora. Quando concordou em fazer isso pelo Conclave, tinha se esquecido do quanto Camille o assustava. Talvez não tivesse a menor lógica (o que ela poderia, afinal, *fazer* com ele?), mas era um fato.

— Presumo que isto signifique que considerou minha oferta — disse Camille. — E que aceitou.

— O que a faz pensar que aceitei? — questionou Simon, torcendo muito para que ela não atribuísse a fatuidade da pergunta ao fato de que ele estava tentando ganhar tempo.

A vampira aparentava uma ligeira impaciência.

— Dificilmente comunicaria em pessoa a decisão de me recusar. Teria medo do meu temperamento.

— Devo temer seu temperamento?

Camille recostou-se na cadeira, sorrindo. A cadeira parecia moderna e luxuosa, diferente de tudo no banco abandonado. Devia ter sido trazida de outro lugar, provavelmente pelos servos de Camille, que no momento estavam um de cada lado, como estátuas silenciosas.

— Muitos temem — respondeu. — Mas você não tem motivo para isso. Estou muito satisfeita com você. Apesar de ter esperado até o último segundo para entrar em contato, sinto que tomou a decisão certa.

O telefone de Simon escolheu aquele instante para começar a vibrar insistentemente. Ele deu um pulo, sentindo uma gota de suor frio descendo pela coluna, em seguida pescou o aparelho do bolso da jaqueta apressadamente.

— Desculpe — disse, abrindo-o. — Telefone.

Camille ficou horrorizada.

— *Não* atenda.

Simon começou a levantar o aparelho para o ouvido. Ao fazê-lo, conseguiu apertar o botão da câmera diversas vezes.

— Não vai levar nem um segundo.

— *Simon.*

Apertou o botão para enviar e em seguida fechou o telefone rapidamente.

— Desculpe. Não pensei.

O peito de Camille subia e descia de raiva, apesar de ela não respirar.

— Exijo mais respeito dos meus serventes — sibilou. — Jamais fará isso outra vez, senão...

— Senão o quê? — perguntou Simon. — Não pode me machucar mais do que qualquer outro. E me falou que eu não seria um servente. Disse que seria um parceiro. — Fez uma pausa, para dar o tom certo de arrogância à voz. — Talvez deva repensar minha aceitação.

Os olhos de Camille escureceram.

— Ora, pelo amor de Deus. Não seja tolo.

— Como consegue falar essa palavra? — Simon exigiu saber.

Camille ergueu uma sobrancelha delicada.

— Que palavra? Não gostou que o chamasse de tolo?

— Sim. Bem, não, mas não foi isso que quis dizer. Você falou "ora, pelo amor de..." — interrompeu-se, a voz falhando. Ainda não conseguia pronunciar. *Deus.*

— Porque não acredito nele, bobinho — respondeu Camille. — E você ainda acredita. — Inclinou a cabeça para o lado, olhando para ele como um pássaro olharia para uma minhoca na calçada que considerasse comer. — Acho que talvez seja hora de um juramento de sangue.

— Um... juramento de sangue? — Simon ficou imaginando se tinha escutado direito.

— Esqueço que seu conhecimento sobre os costumes da nossa espécie é muito limitado. — Camille balançou os cabelos prateados. —

Farei com que assine um juramento, com sangue, de que é leal a mim. Evitará que me desobedeça no futuro. Considere como uma espécie de... acordo pré-nupcial. — Sorriu, e Simon pôde ver o brilho dos caninos. — Venha. — Estalou os dedos imperiosamente, e os capangas foram até ela, as cabeças cinzentas abaixadas. O primeiro que a alcançou entregou algo que parecia uma caneta antiquada de vidro, do tipo que tinha uma ponta de espiral feita para reter tinta. — Terá que se cortar e tirar o próprio sangue — instruiu Camille. — Normalmente eu mesma faria isso, mas a Marca me impede. Portanto, teremos que improvisar.

Simon hesitou. Aquilo era ruim. Muito ruim. Conhecia o suficiente do mundo sobrenatural para saber o que juramentos significavam no Submundo. Não eram apenas promessas vazias que podiam ser quebradas. Eles prendiam as pessoas de verdade, como algemas virtuais. Se assinasse o juramento, realmente seria leal a Camille. Possivelmente por toda a eternidade.

— Venha — disse Camille, uma pontinha de impaciência surgindo na voz. — Não há necessidade de perder tempo.

Engolindo em seco, Simon deu um passo muito relutante para a frente, e depois mais um. Um servente se colocou diante dele, bloqueando a passagem. Estava estendendo uma faca a Simon, um objeto de aparência perversa, com uma lâmina afiada. Simon a pegou e a levantou sobre o pulso. Então o abaixou.

— Sabe — comentou —, não sou muito fã de sentir dor. Ou de facas...

— *Faça* — rugiu Camille.

— Tem que haver outra maneira.

Camille se ergueu da cadeira, e Simon viu que as presas estavam completamente expostas. Estava realmente enfurecida.

— Se não parar de desperdiçar meu tempo...

Ouviu-se uma leve implosão, um ruído como algo imenso rasgando no meio. Um painel brilhante apareceu na parede oposta. Camille se virou na direção dele, os lábios abrindo-se em choque ao ver o que era. Simon sabia que ela reconhecia, assim como ele. Só podia ser uma coisa.

Um Portal. E, por ele, pelo menos uma dúzia de Caçadores de Sombras entrava.

— Tudo bem — disse Isabelle, guardando o kit de primeiros socorros com um gesto rápido. Estavam em um dos muitos quartos vazios do Instituto, destinados a membros visitantes da Clave. Cada um contava com uma cama, uma cabeceira e um armário, além de um pequeno banheiro. E, claro, cada qual era equipado com um kit de primeiros socorros: ataduras, cataplasmas e até estelas extras. — Já está muito "*iratzada*", mas vai demorar até que alguns destes machucados desapareçam. E estas — passou a mão sobre as queimaduras no antebraço de Clary, onde o sangue do demônio havia respingado — provavelmente não desaparecerão por completo até amanhã. Mas se descansar, vão se curar mais depressa.

— Tudo bem. Obrigada, Isabelle. — Clary olhou para as mãos; a direita estava envolta em ataduras, e a camisa ainda estava rasgada e suja de sangue, apesar de os símbolos de Izzy terem curado os cortes abaixo. Supunha que pudesse ter feito os *iratzes* sozinha, mas era bom ter alguém que cuidasse dela, e Izzy, apesar de não ser a pessoa mais calorosa que Clary conhecia, era capaz e gentil quando queria. — E obrigada por aparecer e, você sabe, salvar a minha vida do que quer que aquilo fosse...

— Um demônio Hydra. Já disse. Eles têm muitas cabeças, mas são muito burros. E você não estava se saindo tão mal quando apareci. Gostei do que fez com o *athame*. Pensou bem sob pressão. Isso é tão parte de ser Caçadora de Sombras quanto aprender a abrir buracos com socos. — Isabelle foi para a cama ao lado de Clary e suspirou. — É melhor eu ir e descobrir o que puder sobre a Igreja de Talto antes que o Conclave retorne. Talvez nos ajude a descobrir o que está acontecendo. A coisa do hospital, os bebês... — Ela estremeceu. — Não gosto disso.

Clary havia revelado a Isabelle o máximo possível sobre as razões pelas quais tinha ido à igreja, até mesmo sobre o bebê demônio no hospital, apesar de ter fingido que a desconfiança partira dela, deixando a mãe de fora. Isabelle pareceu nauseada quando Clary descreveu que o bebê parecia normal, exceto pelos olhos pretos e as garras no lugar das mãos.

— Acho que estavam tentando fazer outro bebê como... como o meu irmão. Acho que fizeram a experiência em uma pobre mundana — opinou Clary. — Mas ela não aguentou quando a criança nasceu e enlouqueceu. Mas... quem faria uma coisa assim? Um dos seguidores de Valentim? Os que não foram capturados, talvez tentando continuar com a obra dele?

— Talvez. Ou simplesmente uma seita de adoração demoníaca. Existem muitos. Apesar de eu não conseguir imaginar por que alguém ia querer fazer mais criaturas como Sebastian. — A voz assumiu um tom de ódio ao pronunciar o nome dele.

— O nome dele na verdade é Jonathan...

— Jonathan é o nome de Jace — afirmou Isabelle duramente. — Não vou chamar aquele monstro pelo nome do meu irmão. Para mim será sempre Sebastian.

Clary precisava admitir que Isabelle tinha uma bom argumento. Também tinha dificuldades de pensar nele como Jonathan. Supunha que não fosse justo com o verdadeiro Sebastian, mas ninguém o conheceu. Era mais fácil atribuir o nome de um estranho ao filho maldoso de Valentim do que se referir a ele de uma forma que o deixasse mais próximo de sua família, de sua vida.

Isabelle conversava com leveza, mas Clary sabia que a mente da amiga estava trabalhando, percorrendo diversas possibilidades:

— Seja como for, fiquei feliz que tenha me mandado uma mensagem naquela hora. Deu para perceber que alguma coisa estranha estava rolando, e para ser sincera, eu estava entediada. Todo mundo saiu para alguma função secreta com o Conclave, e eu não queria ir, porque Simon vai estar lá, e eu o detesto agora.

— Simon está com o Conclave? — Clary se espantou. Tinha percebido que o Instituto parecia mais vazio do que o normal quando chegaram. Jace, é claro, não estava lá, mas ela não esperava que fosse estar, apesar de não saber o porquê. — Falei com ele hoje de manhã, mas não me contou nada sobre fazer alguma coisa para eles —acrescentou ela.

Isabelle deu de ombros.

— Tem alguma coisa a ver com política de vampiros. É tudo que sei.

— Acha que ele está bem?

Isabelle soou exasperada.

— Ele não precisa mais de sua proteção, Clary. Tem a Marca de Caim. Poderia ser bombardeado, levar um tiro, ser afogado e esfaqueado que continuaria bem. — Olhou severamente para Clary. — Percebi que não me perguntou por que odeio o Simon — declarou. — Presumo que soubesse da vida dupla?

— Sabia — admitiu Clary. — Desculpe.

Isabelle dispensou a confissão com um aceno.

— Você é a melhor amiga dele. Seria estranho se não soubesse.

— Deveria ter contado — disse Clary. — É que... nunca tive a impressão de que você levasse tão a sério a história com Simon, sabe?

Isabelle franziu o rosto.

— Não levava. É que... pensei que *ele* fosse levar a sério, pelo menos. Considerando que sou muita areia para o caminhãozinho dele e tudo mais. Acho que esperava mais dele do que espero de outros caras.

— Talvez — respondeu Clary, baixinho — Simon não devesse sair com alguém que se acha tão melhor do que ele. — Isabelle olhou para Clary, que se sentiu enrubescendo. — Desculpe. Seu relacionamento não é da minha conta.

Isabelle estava enrolando o cabelo em um coque, algo que fazia quando estava tensa.

— Não, não é. Quero dizer, poderia perguntar por que me mandou a mensagem pedindo para encontrá-la na igreja, em vez de para Jace, mas não disse nada. Não sou burra. Sei que tem alguma coisa errada entre vocês, independentemente das sessões passionais de beijos em becos. — Lançou em olhar cheio de significado para Clary. — Vocês já dormiram juntos?

Clary sentiu o sangue fluir para o próprio rosto.

— O quê... Quero dizer, não, mas não sei o que isso tem a ver.

— Não tem nada a ver — respondeu Isabelle, afagando o cabelo no lugar. — Apenas curiosidade lúbrica. Qual é o empecilho?

— *Isabelle*... — Clary ergueu os joelhos, abraçou-os e suspirou. — Nenhum. Só estamos indo devagar. Eu nunca... você sabe.

— Jace já — relatou Isabelle. — Digo, presumo que sim. Não tenho certeza. Mas se algum dia precisar de alguma coisa... — Deixou a frase pairando no ar.

— Precisar de alguma coisa?

— Proteção. Você sabe. É bom tomar cuidado — disse Isabelle. Falava com tanta praticidade como se conversasse sobre botões extras. — O Anjo poderia ter sido suficientemente presciente e nos dado um símbolo anticoncepcional, mas não.

— Claro que eu seria cuidadosa — balbuciou Clary, sentindo as bochechas ruborizarem. — Mas chega. Isso é muito constrangedor.

— Isso é conversa de meninas — afirmou Isabelle. — Só acha que é constrangedor porque passou a vida inteira tendo Simon como único amigo. E não pode conversar com ele sobre Jace. *Isso* seria constrangedor.

— E Jace não disse nada? Sobre o que está incomodando ele? — perguntou Clary, com a voz baixa. — Jura?

— Não precisou — respondeu Isabelle. — A maneira como você vem agindo, e com Jace andando por aí como se alguém tivesse acabado de morrer, não tinha como deixar de notar que algo estava errado. Devia ter vindo conversar comigo antes.

— Ele está bem, pelo menos? — perguntou Clary, bem baixinho.

Isabelle se levantou da cama e olhou para ela.

— Não — disse. — Não está nada bem. E você?

Clary balançou a cabeça.

— Não pensei que estivesse — concluiu Isabelle.

Para surpresa de Simon, Camille, ao ver os Caçadores de Sombras, nem tentou se defender. Gritou e correu para a porta, apenas para congelar ao perceber que estava dia lá fora, e que sair do banco a incineraria rapidamente. Ela exclamou e se encolheu em uma parede, os caninos expostos, um sussurro baixo vindo da garganta.

Simon recuou enquanto os Caçadores de Sombras se agrupavam ao redor, todos vestidos de preto como um bando de corvos; ele viu Jace, a face pálida e dura como mármore branco, cortar com uma espada um dos serventes humanos ao passar por ele, com a casualidade de um pedestre matando uma mosca. Maryse foi na frente, os cabelos pretos esvoaçantes fazendo Simon se lembrar de Isabelle. Ela despachou o segundo capanga encolhido com um movimento chicoteado da lâmina serafim, e avançou para cima de Camille, a lâmina brilhante esticada. Jace estava ao lado dela, e outro Caçador de Sombras — um homem alto com símbolos pretos se enroscando como vinhas nos antebraços —, do outro.

O restante havia se espalhado, todos revistando o banco, varrendo-o com aquelas coisas estranhas que utilizavam — Sensores — e verificando cada canto à procura de atividade demoníaca. Ignoraram os corpos dos serventes humanos de Camille, deitados imóveis sob as piscinas de sangue que já secavam. Também ignoraram Simon. Podia ser apenas mais um pilar, a julgar pela atenção dispensada a ele.

— Camille Belcourt — disse Maryse, a voz ecoando nas paredes de mármore. — Você transgrediu a Lei e está sujeita aos castigos dela. Vai se render e vir conosco ou lutar?

Camille estava chorando, sem fazer qualquer tentativa de cobrir as lágrimas tingidas de sangue. Elas marcavam o rosto pálido com linhas vermelhas enquanto soluçava.

— Walker... e meu arqueiro...

Maryse se espantou. Virou-se para o homem à esquerda.

— Do que ela está falando, Kadir?

— Dos serventes humanos — respondeu. — Acho que está pranteando as mortes.

Maryse acenou com indiferença.

— É contra a Lei tornar humanos serventes.

— Os fiz antes de os seres do Submundo serem submetidos às suas malditas leis, sua vaca. Estavam comigo há duzentos anos. Eram como filhos para mim.

A mão de Maryse se apertou sobre o cabo da lâmina.

— O que sabe sobre filhos? — sussurrou. — O que a sua espécie sabe a respeito de qualquer coisa além de destruição?

O rosto sujo de lágrimas de Camille brilhou com triunfo por um instante.

— Eu sabia — disse ela. — O que quer que diga, independentemente das mentiras que conte, detesta a nossa espécie. Não é mesmo?

O rosto de Maryse se enrijeceu.

— Peguem-na — ordenou. — Levem-na ao Santuário.

Jace foi rapidamente até Camille e a segurou; Kadir pegou o outro braço. Juntos, prenderam-na entre eles.

— Camille Belcourt, você está sendo acusada de homicídio de humanos — entoou Maryse. — E do homicídio de Caçadores de Sombras. Será conduzida ao Santuário, onde passará por interrogatório. A pena pelo assassínio de Caçadores de Sombras é a morte, mas é possível que, caso colabore conosco, tenha a vida poupada. Entendeu? — inquiriu Maryse.

Camille balançou a cabeça desafiadoramente.

— Só respondo a um homem — afirmou. — Se não o trouxer até mim, não direi nada. Pode me matar, mas não digo nada.

— Muito bem — disse Maryse. — Que homem é esse?

Camille mostrou os dentes.

— Magnus Bane.

— *Magnus Bane*? — Maryse pareceu estarrecida. — O Alto Feiticeiro do Brooklyn? Por que deseja falar com ele?

— Responderei a ele — repetiu Camille. — Ou não respondo a ninguém.

E assim foi. Não disse mais uma palavra. Enquanto a vampira era arrastada por Caçadores de Sombras, Simon assistia. Não se sentiu triunfante como achou que se sentiria. Sentia-se vazio e estranhamente enjoado. Olhou para os corpos dos serventes assassinados; também não gostava muito deles, mas as criaturas não pediram para ser o que eram de fato. De certa forma, talvez nem Camille. Mas era um monstro para os Nephilim ainda assim. E talvez não apenas por ter matado Caçadores de Sombras; talvez não houvesse como pensarem nela como outra coisa.

Camille foi empurrada pelo Portal; Jace estava do outro lado, gesticulando impacientemente para que Simon os seguisse.

— Você vem ou não? — chamou.

O que quer que diga, independentemente das mentiras que conte, detesta a nossa espécie.

— Vou — respondeu Simon, e avançou com relutância.

12
Santuário

— Para que acha que Camille quer Magnus? — perguntou Simon.

Ele e Jace estavam apoiados na parede dos fundos do Santuário, que era uma sala imensa anexa ao corpo do Instituto por uma passagem. Não era *parte* do Instituto em si; não o haviam consagrado deliberadamente, para que pudesse ser utilizado como um local de retenção para demônios e vampiros. Santuários, Jace informara a Simon, tinham saído um pouco de moda desde a invenção da Projeção, mas em algumas ocasiões encontravam uso para o deles. Aparentemente, esta era uma delas.

Tratava-se de uma sala grande, feita de pedras e pilares, com uma entrada após um conjunto de portas duplas; ela levava ao corredor que ligava a sala ao Instituto. Sulcos imensos no chão de pedra indicavam que o que quer que houvesse sido enjaulado ali ao longo dos anos tinha sido bastante terrível — e grande. Simon não pôde deixar de se perguntar em quantas salas enormes e cheias de pilares teria que passar parte do seu tempo. Camille estava apoiada em uma das colunas, com os braços atrás do corpo e guerreiros Caçadores de Sombras em ambos os lados. Maryse caminhava de um lado para o outro, ocasionalmente conversando com Kadir, nitidamente tentando bolar alguma espécie de plano. Não havia janelas no local, por razões óbvias, mas tochas de luz enfeitiçada queimavam por todos os lados, conferindo ao cenário um aspecto branco peculiar.

— Não sei — respondeu Jace. — Talvez ela queira dicas de moda.

— Ha — disse Simon. — Quem é aquele sujeito com a sua mãe? Me parece familiar.

— Kadir — explicou. — Provavelmente conheceu o irmão dele, Malik. Morreu no ataque do navio de Valentim. Kadir é a segunda pessoa mais importante no Conclave, depois da minha mãe. Ela confia muito nele.

Enquanto Simon observava, Kadir puxou os braços de Camille para trás ao redor do pilar e os acorrentou pelos pulsos. A vampira soltou um gritinho.

— Metal bento — disse Jace sem qualquer traço de emoção. — Provoca queimaduras neles.

Neles, pensou Simon. *Quer dizer "em vocês". Sou exatamente como ela. Não sou diferente só porque me conhece.*

Camille estava choramingando. Kadir chegou para trás, com o rosto impassível. Símbolos, escuros contra a pele negra, entrelaçavam-se por toda a extensão dos braços e da garganta. Virou-se para dizer alguma coisa a Maryse; Simon escutou as palavras "Magnus" e "mensagem de fogo".

— Magnus outra vez — disse Simon. — Mas ele não está viajando?

— Magnus e Camille são muito velhos — respondeu Jace. — Suponho que não seja estranho que se conheçam. — Deu de ombros, aparentemente sem interesse no assunto. — Seja como for, tenho certeza de que vão acabar convocando Magnus de volta. Maryse quer informações, e quer muito. Sabe que Camille não matou aqueles Caçadores de Sombras apenas por sangue. Existem maneiras mais simples de se obter sangue.

Simon pensou fugazmente em Maureen, e sentiu enjoo.

— Bem — disse, tentando não soar preocupado. — Suponho que isso signifique que Alec vai voltar. Então isso é bom, certo?

— Claro.

A voz de Jace parecia sem vida. Ele também não parecia muito bem; a luz branca no recinto projetava sombras novas e mais acentuadas dos ângulos de suas maçãs do rosto, deixando claro que ele havia emagrecido. As unhas estavam completamente roídas, e havia olheiras escuras sob seus olhos.

— Pelo menos seu plano deu certo — acrescentou Simon, tentando injetar um pouco de alegria no tormento de Jace. Fora sugestão dele que Simon tirasse fotos com o celular e enviasse ao Conclave, o que permitiria que abrissem um Portal até lá. — Foi uma boa ideia.

— Sabia que funcionaria. — Jace parecia entediado com o elogio. Levantou a cabeça quando as portas duplas do Instituto se abriram e Isabelle entrou, os cabelos pretos balançando. Olhou em volta, mal prestando atenção em Camille ou nos outros Caçadores de Sombras, e foi em direção a Jace e Simon, as botas estalando no chão de pedra.

— Que história é essa de arrancar os coitados do Magnus e do Alec das férias? — perguntou Isabelle. — Eles tinham entradas para a ópera!

Jace explicou enquanto Isabelle ouvia, com as mãos nos quadris e ignorando Simon por completo.

— Tudo bem — disse, quando Jace acabou. — Mas isso tudo é ridículo. Ela só está tentando ganhar tempo. O que poderia querer dizer a Magnus? — Olhou por cima do ombro para Camille, que agora não estava apenas algemada, mas amarrada com correntes de ouro e prata. Cruzavam o corpo através do tronco, dos joelhos, e até dos calcanhares, deixando-a completamente imóvel. — Aquilo é metal bento?

Jace assentiu.

— As algemas estão alinhadas para proteger os pulsos, mas caso se mova demais... — Emitiu um ruído chiado. Simon, recordando-se de como as próprias mãos queimaram ao tocarem a estrela de Davi na cela em Idris, da forma como a pele sangrou, teve que lutar contra o impulso de gritar com ele.

— Bem, enquanto você estava por aí prendendo vampiros, eu estava ao norte da cidade combatendo um demônio Hydra — relatou Isabelle. — Com Clary.

Jace, que até então havia demonstrado apenas o mínimo interesse no que acontecia ao redor, endireitou-se.

— Com *Clary*? Você a levou para caçar demônios? Isabelle...

— Claro que não. Ela já estava mais do que envolvida na luta quando cheguei.

— Mas como soube...?

— Ela me mandou uma mensagem — respondeu Isabelle. — Então fui. — Examinou as unhas, que estavam, como sempre, perfeitas.

— Mandou mensagem para *você*? — Jace agarrou Isabelle pelo pulso. — Ela está bem? Se machucou?

Isabelle olhou para a mão de Jace segurando seu pulso e depois novamente para o rosto do irmão. Se estava machucando, Simon não sabia dizer, mas o olhar no rosto dela poderia ter cortado vidro, assim como o sarcasmo na voz.

— Sim, está sangrando até a morte lá em cima, mas pensei em não revelar isso de cara porque gosto de fazer suspense.

Jace, como que repentinamente consciente do que estava fazendo, soltou o pulso de Isabelle.

— Ela está aqui?

— Lá em cima — respondeu Isabelle. — Descansando...

Mas Jace já tinha saído, correndo pelas portas de entrada. Atravessou-as e desapareceu. Isabelle, encarando-o de trás, balançou a cabeça.

— Não pode ter esperado que ele fosse agir de forma diferente — disse Simon.

Por um instante ela não disse nada. Simon ficou imaginando se ela planejava ignorá-lo assim por toda a eternidade.

— Eu sei — disse, afinal. — Só queria saber o que está acontecendo com eles.

— Não sei nem se *eles* sabem.

Isabelle estava mordendo o lábio inferior. De repente parecia muito nova, e estranhamente perturbada para os padrões Isabelle. Evidentemente alguma coisa estava acontecendo, e Simon esperou silenciosamente enquanto a menina aparentava chegar a uma decisão.

— Não quero ficar assim — disse. — Venha. Quero falar com você. — E começou a ir em direção às portas do Instituto.

— Quer? — Simon se espantou.

Isabelle virou e o encarou.

— Agora quero. Mas não posso garantir que vá durar muito.

Simon levantou as mãos.

— Quero falar com você, Iz. Mas não posso entrar no Instituto.

Uma linha apareceu entre as sobrancelhas de Izzy.

— Por quê? — interrompeu-se, olhando dele para as portas, então para Camille e para ele novamente. — Ah, certo. Então como chegou aqui?

— Portal — respondeu. — Mas Jace disse que tem uma entrada que leva a portas que dão lá fora. Para vampiros poderem vir aqui à noite. — Apontou para portas estreitas na parede a alguns metros. Eram fechadas com um pino enferrujado, como se há tempos não fossem utilizadas.

Isabelle deu de ombros.

— Tudo bem.

O pino emitiu um ruído quando ela puxou, espirrando flocos de ferrugem em uma nuvem vermelha. Do outro lado da porta, havia uma pequena sala de pedra, como uma sacristia de igreja, e portas que provavelmente desembocavam do lado de fora. Não havia janelas, mas uma corrente de ar frio entrava pelas bordas das portas, fazendo com que Isabelle, que estava de vestido curto, tremesse.

— Ouça, Isabelle — disse Simon, concluindo que iniciar a discussão era obrigação dele. — Eu realmente sinto muito pelo que fiz. Não tem desculpa...

— Não, não tem — concordou Isabelle. — E já que estamos no assunto, pode esclarecer por que tem andado com o sujeito que Transformou Maia em licantrope.

Simon relatou a história que Jordan havia contado, tentando manter a explicação o mais imparcial possível. Achou que fosse muito importante explicar para ela que de início não sabia quem era Jordan, e também que Jordan se arrependia muito do que fizera.

— Não que justifique — concluiu. — Mas, você sabe... — *todos nós já fizemos coisas ruins*. Não conseguia contar sobre Maureen. Não agora.

— Eu sei — falou Isabelle. — E já ouvi falar no Praetor Lupus. Se o aceitaram como membro, não pode ser um fiasco total, suponho. — Olhou para Simon um pouco mais de perto. — Mas não sei por que precisa de alguém para protegê-lo. Você tem... — Apontou para a própria testa.

— Não posso passar o resto da vida tendo pessoas vindo para cima de mim e sendo explodidas pela Marca — disse Simon. — Tenho que saber quem está tentando me matar. Jordan está ajudando com isso. Jace também.

— Acha mesmo que Jordan está ajudando? Porque a Clave tem influência junto ao Praetor. Podemos substituí-lo.

Simon hesitou.

— Sim — declarou. — Acho que está ajudando. E não posso depender da Clave sempre.

— Tudo bem. — Isabelle se inclinou para trás, contra a parede. — Alguma vez já imaginou por que sou tão diferente dos meus irmãos? — perguntou, sem preâmbulo. — De Alec e Jace, quero dizer.

Simon piscou.

— Além do fato de que você é uma menina e eles... não?

— Não. Não é isso, idiota. Quero dizer, olhe para eles. Não têm nenhum problema em se apaixonarem. Os dois *estão* apaixonados. Do tipo, pra sempre. Já se encontraram. Veja só Jace. Ele ama Clary como... como se não existisse mais nada no mundo, nem nunca mais fosse existir. Com Alec é a mesma coisa. E Max... — A voz falhou. — Não sei como teria sido no caso dele. Mas ele confiava em todo mundo. E como talvez tenha notado, eu não confio em ninguém.

— As pessoas são diferentes — disse Simon, tentando parecer compreensivo. — Não significa que sejam mais felizes do que você...

— Claro que significa — discordou Isabelle. — Pensa que não sei? — Olhou para Simon, fixamente. — Conhece meus pais.

— Não muito bem. — Nunca demonstraram muito interesse em conhecer o namorado vampiro de Isabelle, o que não ajudou a melhorar a impressão de Simon de que ele era apenas mais um em uma longa lista de pretendentes indesejáveis.

— Bem, sabe que os dois faziam parte do Ciclo. Mas aposto que não sabia que foi ideia da minha mãe. Meu pai nunca se entusiasmou muito com Valentim, nem com nada daquilo. E depois, quando tudo aconteceu e foram banidos, perceberam que tinham praticamente destruído as próprias vidas, e acho que ele a culpou. Mas já tinham Alec, e eu ia nascer, então ele ficou, apesar de eu achar que ele queria ir embora. E depois, quando Alec tinha mais ou menos 9 anos, ele conheceu outra pessoa.

— Uau — disse Simon. — Seu pai traiu sua mãe? Isso... isso é horrível.

— Ela me contou — explicou. — Eu tinha mais ou menos 13 anos. Minha mãe falou que ele ia deixá-la, mas descobriram que ela estava grávida de Max, então continuaram juntos, e ele terminou com a outra. Minha mãe não me contou quem era ela. Só falou que não se podia confiar nos homens. E mandou que eu não contasse para ninguém.

— E você? Contou?

— Não até agora — revelou.

Simon pensou em uma Isabelle mais nova, guardando o segredo, jamais confiando-o a ninguém, escondendo dos irmãos. Sabendo coisas sobre a família que eles jamais saberiam.

— Ela não deveria ter pedido isso — falou, subitamente furioso. — Não foi justo.

— Talvez — respondeu Isabelle. — Achei que me fazia ser especial. Não pensei em como poderia ter me mudado. Mas vejo meus irmãos entregando os respectivos corações e penso *não sabem que não deveriam fazer isso?* Corações são frágeis. E acho que mesmo quando a pessoa se cura, ela nunca mais volta a ser como era antes.

— Talvez fique melhor — disse Simon. — Sei que eu fiquei.

— Está falando de Clary — concluiu. — Porque ela partiu seu coração.

— Em pedacinhos. Sabe, quando alguém prefere o próprio irmão a você, não é como receber uma injeção no ego. Achei que talvez quando percebesse que jamais daria certo com Jace, desistiria e voltaria para mim. Mas finalmente percebi que ela nunca deixaria de amá-lo, independentemente de dar certo ou não. E entendi que se só estava comigo por não poder ficar com ele, preferia ficar sozinho, então terminei.

— Não sabia que você tinha terminado — disse Isabelle. — Presumi...

— Que eu não tivesse amor-próprio? — Simon sorriu ironicamente.

— Achei que ainda estivesse apaixonado por Clary — falou. — E que não conseguisse ter nada sério com mais ninguém.

— Porque você escolhe caras que jamais terão nada sério com você — disse Simon. — Para nunca precisar ter nada sério com eles.

Os olhos de Isabelle brilharam quando olhou para ele, mas não disse nada.

— Gosto de você — disse Simon. — Sempre gostei.

Ela deu um passo em direção a ele. Estavam relativamente próximos na pequena sala, e Simon conseguia escutar a respiração de Isabelle e os batimentos do coração. Tinha cheiro de xampu, suor, perfume de gardênia e sangue de Caçadora de Sombras.

Pensar em sangue fez com que se lembrasse de Maureen, e seu corpo ficou tenso. Isabelle percebeu — claro, era uma guerreira, tinha os sentidos extremamente aguçados e detectava os mais discretos movimentos nos outros — e recuou, a própria expressão enrijecendo.

— Muito bem — disse ela. — Bom, fico feliz que tenhamos conversado.

— Isabelle...

Mas ela já tinha se retirado. Ele foi atrás pelo Santuário, mas ela era rápida. Quando a porta da sacristia se fechou atrás dele, ela já tinha atravessado metade do salão. Simon desistiu e observou enquanto ela desaparecia para o Instituto, sabendo que não podia segui-la.

Clary sentou, balançando a cabeça para espantar o torpor. Levou um instante para se lembrar de onde estava — em um quarto no Instituto, cuja única luz vinha da luminosidade que penetrava pela única janela alta. Era uma luz azul — luz de crepúsculo. Estava enrolada em um cobertor; a calça jeans, o casaco e os sapatos arrumados em uma cadeira perto da cama. E ao seu lado, Jace, olhando para ela como se o tivesse conjurado de um sonho.

Ele estava sentado na cama com uniforme de combate, como se tivesse acabado de chegar de uma luta, e o cabelo bagunçado; o brilho fraco da janela iluminando as olheiras, os vãos nas têmporas, os ossos das bochechas. Sob esta luz tinha a beleza extrema e quase irreal de uma pintura de Modigliani, cheio de planos alongados e angulosos.

Clary esfregou os olhos, piscando para espantar o sono.

— Que horas são? — perguntou. — Quanto tempo...

Ele a puxou para perto e beijou-a e, por um instante, Clary congelou, subitamente consciente de que só trajava uma camiseta fina e roupa íntima. Em seguida ela relaxou. Foi o tipo de beijo demorado que deixava seu corpo tão mole quanto água. O tipo de beijo capaz de fazê-la achar que não havia nada errado, que estava tudo como antes, e ele só estava feliz em vê-la. Mas quando as mãos de Jace alcançaram a bainha da camiseta para levantá-la, Clary o empurrou.

— Não — disse, envolvendo o pulso dele com os dedos. — Não pode me agarrar toda vez que me vê. Não serve como substituto para conversa.

Com a respiração entrecortada, ele disse:

— Por que você mandou uma mensagem para Isabelle e não para mim? Se estava com problemas...

— Porque sabia que ela iria — respondeu. — E não sei quanto a você. Não neste momento.

— Se tivesse acontecido alguma coisa...

— Aí você teria ficado sabendo. Você sabe, quando se dignasse a atender ao telefone. — Ainda estava segurando os pulsos de Jace; soltou-os nesse momento e chegou para trás. Era difícil, fisicamente difícil, estar tão perto dele e não tocá-lo, mas forçou as mãos para baixo, ao lado do corpo, e as manteve lá. — Ou me fala o que está acontecendo ou pode sair do quarto.

A boca dele se abriu, mas ele não disse nada; Clary não era tão severa com Jace havia muito tempo.

— Desculpe — respondeu ele, afinal. — Quero dizer, sei que pelo jeito que tenho agido, você não tem razão alguma para me ouvir. E provavelmente não devia ter entrado aqui. Mas quando Isabelle contou que se machucou, não pude me conter.

— Algumas queimaduras — disse Clary. — Nada importante.

— Tudo que acontece com você é importante para mim.

— Bem, isso certamente explica o motivo de não ter me ligado nenhuma vez. E na última vez em que o vi, fugiu sem me dizer por quê. É como namorar um fantasma.

A boca de Jace subiu ligeiramente no canto.

— Não exatamente. Isabelle já namorou um fantasma. Ela poderia contar...

— Não — disse Clary. — Foi uma metáfora. E você sabe exatamente o que estou querendo dizer.

Por um instante, Jace ficou em silêncio. Em seguida se pronunciou:

— Deixe-me ver as queimaduras.

Clary esticou os braços. Tinha machas vermelhas no interior dos pulsos onde o sangue do demônio havia pingado. Ele pegou os pulsos dela muito levemente, olhando para ela para pedir permissão primeiro, e então virando-os. Ela se lembrou da primeira vez em que a tocara, na rua, do lado de fora do Java Jones, examinando suas mãos, procurando Marcas que não possuía.

— Sangue de demônio — falou. — Daqui a algumas horas somem. Está doendo?

Clary balançou a cabeça.

— Não sabia — disse ele. — Não sabia que precisava de mim.

A voz de Clary tremeu.

— Sempre preciso.

Ele abaixou a cabeça e beijou a queimadura no pulso. Uma onda de calor passou por ela, como um espinho quente do pulso até a ponta do estômago.

— Não percebi — disse ele.

Beijou a queimadura seguinte, no antebraço, e a próxima, subindo pelo braço e o ombro, a pressão do corpo dele empurrando-a para trás até que estivesse deitada sobre os travesseiros, olhando para ele. Jace se apoiou sobre os cotovelos para não esmagá-la com o próprio peso, e encarou-a.

Os olhos de Jace sempre escureciam quando se beijavam, como se o desejo mudasse a cor de algum jeito primitivo. Tocou a marca branca de estrela no ombro de Clary, a que os dois tinham, que os marcava como filhos daqueles que tiveram contato com anjos.

— Sei que tenho andado estranho ultimamente — declarou. — Mas não é você. Eu te amo. Isso nunca muda.

— Então o quê...?

— Acho que tudo que aconteceu em Idris; Valentim, Max, Hodge, até mesmo Sebastian... Sufoquei tudo, tentando esquecer, mas as coisas estão me alcançando. Eu... vou procurar ajuda. Vou melhorar. Prometo.

— Promete.

— Juro pelo Anjo. — Abaixou a cabeça, beijando a bochecha de Clary. — Não, que diabos. Juro por *nós dois*.

Clary enrolou os dedos na manga da camisa de Jace.

— Por que nós dois?

— Porque não existe nada em que eu acredite mais. — Ele inclinou a cabeça para o lado. — Se nos casássemos... — começou, e deve ter sentido que ela ficou tensa, pois sorriu. — Não entre em pânico, não estou te pedindo em casamento. Só estava imaginando o que você sabia sobre casamentos de Caçadores de Sombras.

— Não usam anéis — respondeu Clary, passando os dedos pela nuca dele, onde a pele era macia. — Apenas símbolos.

— Um aqui — prosseguiu Jace, tocando gentilmente o braço de Clary com a ponta do dedo, onde estava a cicatriz. — E outro aqui. — Deslizou o dedo pelo braço dela, passando pela clavícula, até repousá-lo no coração acelerado da menina. — O ritual vem da Canção de Salomão: "Põe-me como selo sobre o teu coração, como um selo sobre o teu braço: porque o amor é tão forte quanto a morte."

— O nosso é mais forte do que isso — sussurrou Clary, lembrando-se de como o trouxera de volta. E desta vez, quando os olhos de Jace escureceram, ela esticou o braço e o puxou em direção à própria boca.

Beijaram-se por um longo tempo, até quase toda a luz sumir do quarto e restarem apenas sombras. Mas Jace não moveu as mãos nem tentou tocá-la; Clary sentiu que ele estava esperando permissão.

Percebeu que ela teria que se encarregar de levar adiante, se quisesse — e *queria*. Jace tinha admitido que alguma coisa estava errada, e que não tinha nada a ver com ela. Era um progresso: um progresso positivo. Precisava ser recompensado, certo? Um sorriso torto se esboçou na beira da boca de Clary. A quem estava enganando? Queria por ela. Porque ele era Jace, porque o amava, porque era tão lindo que às vezes achava que precisava cutucá-lo, apenas para se certificar de que ele era real.

E foi exatamente isso que fez.

— Ai — reagiu Jace. — Por que fez isso?

— Tire a camisa — sussurrou. Tentou alcançar a bainha, mas Jace foi mais rápido, levantando-a sobre a cabeça e jogando-a casualmente no chão. Ele sacudiu o cabelo, e ela quase esperou que os fios dourados espalhassem faíscas pela escuridão do quarto.

— Sente-se — disse Clary suavemente. Seu coração estava acelerado. Não era comum assumir o papel de condutora nestas situações, mas Jace não parecia se incomodar. Sentou-se lentamente, puxando-a consigo até que os dois estivessem sentados entre os lençóis amontoados. Ela subiu no colo dele, colocando as pernas uma de cada lado dos quadris. Agora estavam cara a cara. Clary o escutou respirando fundo, e ele ergueu as mãos, alcançado a camiseta dela, mas ela as abaixou novamente, com suavidade, colocando-as nos lados do corpo dele e posicionando as próprias mãos sobre Jace em vez disso. Observou os próprios dedos deslizarem sobre o peito e os braços dele, o inchaço dos bíceps onde as Marcas pretas se entrelaçavam, a marca em forma de estrela no ombro. Passou o indicador na linha entre os músculos do peitoral, na barriga tanquinho. Os dois estavam arfando quando ela alcançou o fecho da calça dele, mas ele não se moveu, apenas olhou para ela com uma expressão que dizia: *o que você quiser*.

Com o coração acelerado, abaixou as mãos para a barra da própria camisa e a tirou sobre a cabeça. Desejou que estivesse usando um sutiã melhor — este era branco e de algodão — mas quando olhou novamente para a expressão de Jace, o pensamento evaporou. Ele estava com os lábios abertos, os olhos quase pretos; podia se ver refletida neles e percebeu que ele não ligava se o sutiã era branco, preto ou verde neon. Só o que ele via era ela.

Clary então alcançou as mãos de Jace, pegando-as e colocando-as na própria cintura, como se dissesse *pode me tocar agora*. Ele inclinou a cabeça para cima, e a boca de Clary desceu para a dele, então começaram a se beijar novamente, mas desta vez de maneira feroz em vez de lenta, com um fogo quente e acelerado. As mãos de Jace estavam febris: nos cabelos de Clary, no corpo, puxando-a para baixo de modo que ficasse deitada embaixo dele, e enquanto as peles nuas deslizavam juntas, ela teve plena consciência de que não havia nada entre eles além dos jeans, do sutiã e da calcinha. Passou as mãos nos cabelos sedosos e desgrenhados, segurando a cabeça do namorado enquanto ele a beijava até a garganta. *Até onde vamos? O que estamos fazendo?*, perguntava uma pequena parte do cérebro, mas o restante da mente berrava para que esta parte se calasse. Queria continuar tocando-o, beijando-o. Queria que ele a segurasse, e saber que era real, que estava aqui com ela e que jamais sumiria novamente.

Os dedos dele encontraram o fecho do sutiã. Clary ficou tensa. Os olhos de Jace eram grandes e brilhantes na escuridão, o sorriso lento.

— Tudo bem?

Clary assentiu. A respiração vinha veloz. Ninguém na vida jamais a vira sem sutiã — nenhum *menino*, pelo menos. Como se sentisse o nervosismo dela, amparou o rosto gentilmente com uma das mãos, provocando seus lábios com os próprios, tocando-os suavemente até que todo o corpo de Clary parecesse estar explodindo de tensão. A mão direita calejada e de dedos longos acariciou a bochecha dela, em seguida o ombro, acalentando-a. Mas ainda estava tensa, esperando que a outra mão voltasse ao fecho do sutiã, lhe tocasse novamente, mas ele parecia estar alcançando alguma coisa atrás dele próprio — o que estava *fazendo*?

Clary de repente pensou no que Isabelle havia dito sobre tomar cuidado. *Ah*, pensou. Enrijeceu um pouco e recuou.

— Jace, não tenho certeza se...

Viu um flash prateado na escuridão, e algo frio e afiado cortou a lateral do seu braço. Por um instante só o que sentiu foi surpresa — em seguida, dor. Puxou as mãos para trás, piscando, e viu uma linha de sangue escuro escorrendo na pele onde um corte superficial se estendia do ombro ao cotovelo.

— Ai — disse, mais por irritação do que por surpresa. — O que...

Jace saiu de cima dela e da cama com um único movimento. De súbito estava no meio do quarto, sem camisa, com o rosto branco como osso.

Com a mão no braço ferido, Clary começou a sentar.

— Jace, o que...

Interrompeu-se. Na mão esquerda ele tinha uma faca — a faca de cabo prateado que ela vira na caixa do pai. Havia uma linha fina de sangue na lâmina.

Olhou para a própria mão e levantou os olhos novamente para ele.

— Não entendo...

Ele abriu a mão, e a faca caiu no chão. Por um segundo pareceu que fosse correr outra vez, como fizera no dia do bar. Então desabou no chão e pôs a cabeça entre as mãos.

* * *

— Gostei dela — disse Camille quando as portas se fecharam atrás de Isabelle. — Me lembra um pouco de mim mesma.

Simon se virou para olhar para ela. O Santuário estava pouquíssimo iluminado, mas conseguia vê-la nitidamente, com as costas no pilar, as mãos amarradas atrás. Um Caçador de Sombras montava guarda perto das portas do Instituto, mas ou não ouviu ou não estava interessado em Camille.

Simon aproximou-se dela. As amarras que a prendiam exerciam um estranho fascínio nele. Metal bento. A corrente parecia brilhar suavemente contra a pele pálida, e ele teve a impressão de estar vendo alguns fios de sangue pingando em torno das algemas nos pulsos.

— Ela não é nada como você.

— Isso é o que você pensa. — Camille inclinou a cabeça para o lado; os cabelos louros pareciam artisticamente arranjados ao redor do rosto, apesar de ele saber que ela não tinha como ter tocado neles. — Você os ama tanto — afirmou —, seus amigos Caçadores de Sombras. Como o falcão ama o mestre que o prende e cega.

— As coisas não são assim — disse Simon. — Caçadores de Sombras e seres do Submundo não são inimigos.

— Nem pode entrar na casa deles — argumentou. — É excluído. E, no entanto, ansioso em servi-los. Ficaria ao lado deles contra sua própria espécie.

— Não tenho espécie — respondeu Simon. — Não sou um deles. Mas também não sou um de vocês. E prefiro ser como eles a ser como você.

— *É* um de nós. — Camille se mexeu impacientemente, batendo as correntes, e soltou uma pequena exclamação de dor. — Tem uma coisa que não lhe disse, no banco. Mas é verdade. — Deu um sorriso rígido em meio à dor. — Sinto cheiro de sangue humano em você. Alimentou-se recentemente. De um mundano.

Simon sentiu alguma coisa saltar dentro de si.

— Eu...

— Foi maravilhoso, não? — Os lábios vermelhos se curvaram. — A primeira vez que não sentiu fome desde que virou vampiro.

— Não — disse Simon.

— Está mentindo. — Havia convicção na voz de Camille. — Eles tentam nos fazer lutar contra nossa natureza, os Nephilim. Só nos aceitam se fingirmos que somos diferentes do que de fato somos: caçadores e predadores. Seus amigos nunca aceitarão o que é, apenas o que finge ser. O que faz por eles, jamais fariam por você.

— Não sei por que está se incomodando com isto — falou Simon. — O que está feito, está feito. Não vou soltá-la. Fiz minha escolha. Não quero o que me ofereceu.

— Talvez não agora — respondeu Camille suavemente. — Mas vai querer. Vai querer.

O Caçador de Sombras que estava de guarda recuou quando a porta abriu e Maryse entrou. Vinha acompanhada de duas figuras imediatamente familiares a Simon: o irmão de Isabelle, Alec, e o namorado, o feiticeiro Magnus Bane.

Alec estava com um terno preto; Magnus, para surpresa de Simon, vestia algo semelhante, acrescido de um cachecol branco de seda com franjas nas pontas e um par de luvas brancas. Os cabelos estavam arrepiados como sempre, mas pela primeira vez não estavam cheios de purpurina. Camille, ao vê-lo, ficou imóvel.

Magnus não parecia ter visto a vampira ainda; estava ouvindo Maryse que dizia, um tanto desconfortavelmente, que tinham sido gentis em virem tão depressa.

— Realmente não os esperávamos até amanhã, na melhor das hipóteses.

Alec emitiu um ruído abafado de irritação e olhou para o nada. Não parecia nem um pouco feliz em estar ali. Fora isso, pensou Simon, ele parecia o mesmo de sempre — mesmo cabelo preto, mesmos olhos azuis firmes —, apesar de haver um aspecto mais relaxado que não tinha antes, como se tivesse crescido de algum jeito.

— Felizmente tem um Portal perto da Ópera de Viena — disse Magnus, jogando o cachecol sobre o ombro de maneira expressiva. — Assim que recebemos o recado, corremos para cá.

— Ainda não sei o que isso tem a ver conosco — contestou Alec. — Então caçaram uma vampira que estava aprontando alguma. Não é o que sempre fazem?

Simon sentiu o estômago revirar. Olhou para Camille e viu que ela estava rindo dele, mas com os olhos fixos em Magnus.

Alec, olhando para Simon pela primeira vez, enrubesceu. Era sempre muito perceptível, devido à pele muito pálida.

— Desculpe, Simon. Não estava falando de você. Você é diferente.

Pensaria assim se tivesse me visto ontem à noite, me alimentando do sangue de uma menina de 14 anos?, ponderou Simon. Mas não disse nada, apenas assentiu para Alec.

— Ela é relevante para a nossa atual investigação sobre as mortes de três Caçadores de Sombras — esclareceu Maryse. — Precisamos de informações dela, e ela só fala com Magnus Bane.

— Sério? — Alec olhou para Camille com um interesse confuso. — Só com Magnus?

Magnus seguiu os olhos de Alec e, pela primeira vez — ou pelo menos foi esta a impressão de Simon —, olhou diretamente para Camille. Alguma coisa crepitou entre eles, uma espécie de energia. A boca de Magnus se elevou em um sorriso nostálgico.

— Sim — respondeu Maryse, uma expressão confusa passando por seu rosto ao perceber o olhar entre o feiticeiro e a vampira. — Isto é, se Magnus aceitar.

— Aceito — declarou, tirando as luvas. — Falo com Camille para vocês.

— Camille? — Alec olhou para Magnus com as sobrancelhas erguidas. — Então a conhece? Ou... ela o conhece?

— Nos conhecemos. — Magnus deu de ombros singelamente, como se dissesse *o que se pode fazer?* — Ela já foi minha namorada.

13

Garota Encontrada Morta

— Sua namorada? — Alec parecia estarrecido. Maryse também. Simon não podia dizer que ele próprio não estava. — Você namorou uma *vampira*? Uma *mulher* vampira?

— Foi há 130 anos — disse Magnus. — Não a vejo desde então.

— Por que não me contou? — inquiriu Alec.

Magnus suspirou.

— Alexander, faz centenas de anos que estou vivo. Já estive com homens, com mulheres, com fadas, feiticeiros e vampiros, e até mesmo um ou dois gênios. — Olhou de lado para Maryse, que aparentava estar levemente horrorizada. — Revelei demais?

— Tudo bem — disse ela, apesar parecer um pouco descorada. — Preciso discutir uma coisa com Kadir um instante. Já volto. — Chegou para o lado, juntando-se a Kadir, então desapareceram por uma entrada. Simon recuou alguns passos também, fingindo analisar um dos vitrais atentamente, mas sua audição vampiresca era suficientemente boa para que pudesse ouvir cada palavra que Magnus e Alec diziam um ao outro, querendo ou não. Camille também estava escutando, sabia. Estava com a cabeça inclinada para o lado enquanto ouvia, os olhos pesados e pensativos.

— *Quantas outras* pessoas? — perguntou Alec. — Mais ou menos.

Magnus balançou a cabeça.

— Não sei quantas, e não tem importância. A única coisa importante é o que sinto por você.

— Mais de cem? — indagou Alec. O rosto de Magnus não demonstrava expressão. — *Duzentas*?

— Não posso acreditar que estamos tendo esta conversa agora — disse Magnus, a ninguém em particular. Simon estava inclinado a acreditar, e desejou que não estivessem conversando na frente dele.

— Por que tantas? — Os olhos de Alec estavam muito claros à pouca luz. Simon não sabia dizer se ele estava irritado. Não *soava* irritado, apenas intenso, mas Alec era uma pessoa contida, e talvez isto fosse o mais irritado que ficasse. — Enjoa das pessoas depressa?

— Eu vivo eternamente — Magnus respondeu, baixinho. — Mas ninguém mais vive.

Alec aparentava ter sido agredido.

— Então você fica com elas enquanto estão vivas, depois encontra outra?

Magnus não disse nada. Olhou para Alec, os olhos brilhando como os de um gato.

— Preferia que eu passasse a eternidade sozinho?

A boca de Alec estremeceu.

— Vou encontrar Isabelle — declarou, e sem mais uma palavra virou e voltou para o Instituto.

Magnus observou-o partir com olhos tristes. Não uma tristeza humana, pensou Simon. Seus olhos pareciam conter uma tristeza centenária, como se as bordas afiadas da tristeza humana tivessem sido desgastadas e suavizadas pelo efeito do tempo, do jeito que a água do mar gastava pontas afiadas de vidro.

Como se soubesse o que Simon estava pensando, Magnus o olhou de lado.

— Ouvindo a conversa alheia, vampiro?

— Não gosto quando me chamam assim — disse Simon. — Tenho um nome.

— Suponho que seja melhor eu lembrar. Afinal de contas, daqui a cem, duzentos anos, seremos só nós dois. — Magnus olhou pensativamente para Simon. — Só sobraremos nós.

A ideia fez Simon se sentir como se estivesse em um elevador que havia se soltado das amarras repentinamente e começado a cair, mil andares abaixo. Já tinha pensado nisso, é claro, mas sempre afastara o pensamento. A noção de que permaneceria com 16 anos enquanto Clary crescia, Jace crescia, todos os conhecidos cresciam e tinham filhos e nada mudaria para ele era grande e terrível demais para ser contemplada.

Ter 16 anos para sempre parecia bom até que se parasse para pensar de fato. Então não parecia mais um grande prospecto.

Os olhos de gato de Magnus eram de um verde dourado claro.

— Encarar a eternidade — disse Magnus. — Não é tão divertido, é?

Antes que Simon pudesse responder, Maryse estava de volta.

— Onde está Alec? — perguntou confusa, olhando ao redor.

— Foi ver Isabelle — respondeu Simon antes que Magnus precisasse se pronunciar.

— Muito bem. — Maryse alisou a frente do blazer, apesar de não estar amarrotado. — Se não se importa...

— Falo com Camille — disse Magnus. — Mas quero fazer isso sozinho. Se quiser me esperar no Instituto, posso encontrá-la quando acabar.

Maryse hesitou.

— Sabe o que perguntar?

O olhar de Magnus tinha total firmeza.

— Sei como conversar com ela, sim. Se estiver disposta a dizer alguma coisa, dirá a mim.

Ambos pareciam ter se esquecido de que Simon estava lá.

— Devo sair também? — perguntou ele, interrompendo o campeonato de troca de olhares.

Maryse olhou para ele, meio distraída.

— Ah, sim. Obrigada pela ajuda, Simon, mas não precisamos mais de você. Pode ir para casa, se desejar.

Magnus não disse nada. Simon deu de ombros, virou-se e foi para a porta que levava à sacristia e à saída. Na porta pausou e olhou para trás. Maryse e Magnus continuavam conversando, apesar de o guarda já estar mantendo a porta do Instituto aberta, pronto para se retirar. Apenas Camille parecia se lembrar da presença de Simon. Estava sorrindo para ele do pilar, os lábios curvados nos cantos, os olhos brilhando como uma promessa.

Simon saiu e fechou a porta.

— Acontece toda noite. — Jace estava sentado no chão, as pernas levantadas, as mãos entre os joelhos. Tinha posto a faca na cama ao lado de Clary; a menina manteve uma mão sobre o objeto enquanto ele falava, mais para reconfortá-lo do que por precisar se defender. Toda a energia parecia ter se esvaído de Jace, e mesmo a voz soava vazia e distante enquanto conversava, como se falasse de longe. — Sonho que você entra no meu quarto e nós... começamos a fazer o que estávamos fazendo. E aí eu te machuco. Corto, enforco ou esfaqueio, e você morre, me olhando com esses olhos verdes enquanto sua vida se esvai em sangue entre minhas mãos.

— São apenas sonhos — disse Clary, suavemente.

— Acabou de ver que não são — discordou Jace. — Eu estava completamente acordado quando peguei a faca.

Clary sabia que ele estava certo.

— Tem medo de estar enlouquecendo?

Ele balançou a cabeça lentamente. O cabelo caiu no olho e ele o puxou para trás. Os cabelos de Jace tinham crescido demais; fazia algum tempo que não os cortava, e Clary ficou imaginando se seria porque não se importava. Como pôde não prestar mais atenção às olheiras, às unhas roídas e a aparência completamente exausta do namorado? Esteve tão preocupada pensando se ele ainda a amava ou não que não teve olhos para mais nada.

— Não estou tão preocupado com isso, sinceramente — disse. — Fico preocupado em machucá-la. Estou preocupado que qualquer que seja o veneno invadindo meus sonhos vá penetrar minha vida e eu... — Sua garganta pareceu fechar.

— Jamais me machucaria.

— Essa faca estava *na minha mão*, Clary. — Olhou para ela, e em seguida desviou o olhar. — Se machucá-la... — interrompeu-se. — Caçadores de Sombras morrem jovens, muitas vezes — disse. — Todos nós sabemos disso. E você quis ser Caçadora de Sombras, e eu jamais a impediria, pois não é minha competência dizer o que deve fazer com sua vida. Principalmente quando corro os mesmos riscos. Que espécie de pessoa eu seria se dissesse que não tem problema arriscar a minha vida, mas a sua tem? Então pensei em como seria para mim se você morresse. Aposto que já pensou nisso.

— Sei como seria — disse Clary, lembrando-se do lago, da espada e do sangue de Jace se espalhando pela areia. Ele havia morrido, e o Anjo o trouxera de volta, mas aqueles haviam sido os piores minutos de sua vida. — Queria morrer. Mas sabia o quão decepcionado ficaria se eu simplesmente desistisse.

Ele deu um meio sorriso.

— E pensei a mesma coisa. Se você morresse, eu não ia querer viver. Mas não me mataria, pois o que quer que aconteça conosco depois da morte, quero estar com você. E se eu me matasse, sei que nunca mais falaria comigo. Em vida nenhuma. Então viveria e tentaria fazer alguma coisa com a minha vida, até poder estar novamente com você. Mas se *eu* te machucasse, se *eu* fosse a causa da sua morte, nada me impediria de me destruir.

— Não diga isso. — Clary se sentiu gelada até os ossos. — Jace, devia ter me contado.

— Não podia. — A voz soou seca, definitiva.

— Por que não?

— Achei que fosse Jace Lightwood — falou. — Pensei que fosse possível que minha criação não tivesse me afetado. Mas agora fico imaginando se talvez as pessoas não sejam capazes de mudar. Talvez eu sempre vá ser Jace Morgenstern, filho de Valentim. Ele me criou, durante dez anos, e talvez essa mancha não saia nunca mais.

— Acha que isto é por causa do seu pai — disse Clary, e o pedaço da história que Jace contou uma vez passou por sua cabeça: *amar é destruir*. E em seguida lhe ocorreu o quanto era estranho chamar Valentim de pai de Jace, quando o sangue dele corria em suas veias, e não nas do namorado. Mas nunca sentiu por Valentim o que uma pessoa sentiria por um pai. Ao contrário de Jace. — E não queria que eu soubesse?

— Você é tudo que quero — declarou. — E talvez Jace Lightwood mereça tudo que deseja. Mas Jace Morgenstern não. Em algum lugar de mim, sei disso. Ou não estaria tentando destruir o que temos.

Clary respirou profunda e lentamente.

— Não acho que esteja tentando.

Jace levantou a cabeça e piscou.

— O que quer dizer?

— Acha que é psicológico — explicou Clary. — Que tem alguma coisa errada com você. Bem, eu não acho. Acho que tem alguém fazendo isso com você.

— Eu não...

— Ithuriel me mandava sonhos — contou Clary. — Talvez alguém esteja te fazendo sonhar.

— Ithuriel enviou sonhos para tentar ajudar. Para guiá-la até a verdade. Qual é o objetivo destes sonhos? São doentios, sem significado, sádicos...

— Talvez tenham algum significado — disse Clary. — De repente o significado não é o que pensa. Ou talvez o responsável pelo envio esteja tentando machucá-lo.

— Quem faria isso?

— Alguém que não goste muito da gente — respondeu Clary, e afastou uma imagem da Rainha Seelie.

— De repente — falou Jace suavemente, olhando para as próprias mãos. — Sebastian...

Então ele também não quer chamá-lo de Jonathan, pensou Clary. Não o culpava. Também era o nome dele.

— Sebastian está morto — disse, um pouco mais abrupta do que pretendia. — E se ele tivesse este tipo de poder, teria utilizado antes.

Dúvida e esperança pareceram lutar na expressão de Jace.

— Realmente acha que outra pessoa poderia estar fazendo isso?

O coração de Clary batia acelerado. Não *tinha* certeza; queria tanto que fosse verdade, mas se não fosse, teria dado esperança a Jace à toa. Teria dado esperança *aos dois*.

Mas então teve a sensação de que fazia tempo que Jace não se sentia esperançoso em relação a nada.

— Acho que devemos ir até a Cidade do Silêncio — disse. — Os Irmãos podem entrar na sua cabeça e descobrir se alguém andou mexendo nela. Como fizeram comigo.

Jace abriu a boca e fechou novamente.

— Quando? — perguntou, finalmente.

— Agora — respondeu Clary. — Não quero esperar. Você quer?

Ele não respondeu; apenas se levantou e pegou a camisa. Olhou para Clary, quase sorrindo.

— Se vamos até a Cidade do Silêncio, é melhor se vestir. Quero dizer, eu gosto do visual calcinha e sutiã, mas não sei se os Irmãos do Silêncio vão gostar. Só sobraram alguns, e não quero que morram de emoção.

Clary se levantou da cama e jogou um travesseiro nele, principalmente de alívio. Alcançou as roupas e começou a vestir a camisa. Logo antes de passá-la sobre a cabeça, viu a faca sobre a cama, brilhando como um raio de chama prateada.

— Camille — disse Magnus. — Quanto tempo, não?

Ela sorriu. A pele parecia mais pálida do que o feiticeiro lembrava, e veias escuras e difusas começavam a aparecer sob a superfície. O cabelo ainda tinha cor de prata, e os olhos eram verdes como os de um gato. Continuava linda. Ao olhar para ela, transportou-se para Londres novamente. Viu o lampião e sentiu o cheiro de fumaça, sujeira e cavalos, o gosto metálico da névoa, as flores no Kew Gardens. Viu um menino com cabelos pretos e olhos azuis como os de Alec. Uma menina com longos cachos castanhos e um semblante sério. Em um mundo onde tudo o deixava eventualmente, Camille era uma das poucas constantes remanescentes.

E lá estava ela.

— Senti sua falta, Magnus — disse.

— Não, não sentiu. — Ele sentou-se no chão do Santuário. Sentiu o frio das pedras através das roupas. Ficou feliz por ter pegado o cachecol. — Então, por que o recado para mim? Tentando ganhar tempo?

— Não. — Inclinou-se para a frente, as correntes tilintando. Ele quase conseguia escutar o chiado de onde o metal bento tocava a pele dos pulsos. — Ouvi coisas a seu respeito, Magnus. Ouvi que está sob a proteção dos Caçadores de Sombras atualmente. Ouvi que conquistou o amor de um deles. O menino com quem estava conversando, suponho. Mas seus gostos sempre foram diversificados.

— Tem ouvido boatos a meu respeito — disse Magnus. — Mas poderia ter simplesmente me perguntado. Durante todos estes anos estive no Brooklyn, nada longe, e nunca tive notícias suas. Nunca a vi em uma das minhas festas. Havia um muro de gelo entre nós dois, Camille.

— *Eu* não o construí. — Os olhos verdes se arregalaram. — Sempre o amei.

— Você me deixou — disse. — Fez de mim um bichinho de estimação e depois me abandonou. Se o amor fosse comida, eu teria passado fome com os ossos que me deu. — Falava com naturalidade. Fazia muito tempo.

— Mas tínhamos toda a eternidade — protestou Camille. — Devia saber que eu voltaria para você...

— Camille — falou Magnus, com total paciência. — O que *quer*?

O peito dela subiu e desceu rapidamente. Como não tinha necessidade de respirar, Magnus sabia que era apenas um efeito.

— Sei que tem os ouvidos dos Caçadores de Sombras — falou. — Quero que fale com eles a meu favor.

— Quer que arrume um acordo para você — traduziu Magnus.

Ela fixou os olhos nele.

— Sua linguagem sempre foi lamentavelmente moderna.

— Estão dizendo que matou três Caçadores de Sombras — disse Magnus. — Matou?

— Eram membros do Ciclo — revelou, o lábio inferior tremendo. — Mataram e destruíram minha espécie no passado...

— Foi por isso? Vingança? — Quando ela ficou calada, Magnus disse: — Sabe o que fazem com aqueles que matam Nephilim, Camille.

Os olhos de Camille se acenderam.

— Preciso que interceda por mim, Magnus. Quero imunidade. Quero uma promessa assinada da Clave de que se eu der informações, pouparão minha vida; e me libertarão.

— Nunca vão libertá-la.

— Então nunca saberão por que seus colegas tiveram que morrer.

— *Tiveram* que morrer? — ponderou Magnus. — Colocação interessante, Camille. Estou certo em concluir que há mais do que os olhos podem ver? Mais do que sangue ou vingança.

Camille se manteve em silêncio, olhando para ele, o peito subindo e descendo artisticamente. Tudo nela era artístico — a cascata de cabelos prateados, a curva da garganta, até o sangue nos pulsos.

— Se quer que converse com eles por você — disse Magnus —, precisa, no mínimo, me contar alguma coisinha. Uma demonstração de boa-fé.

Ela sorriu alegremente.

— Sabia que falaria com eles, Magnus. Sabia que o passado não estava completamente morto para você.

— Considere-o vivo se quiser — respondeu Magnus. — E a verdade, Camille?

A vampira passou a língua pelo lábio inferior.

— Pode revelar a eles — disse — que estava cumprindo ordens quando matei aqueles Caçadores de Sombras. Não me incomodei em fazê-lo, afinal mataram minha espécie, e foram mortes merecidas. Mas não faria a não ser que alguém ordenasse, alguém muito mais poderoso do que eu.

O coração de Magnus acelerou. Não estava gostando daquilo.

— Quem?

Mas Camille balançou a cabeça.

— Imunidade, Magnus.

— Camille...

— Vão me levar para o sol e me deixar morrer — disse. — É o que fazem com quem mata os Nephilim.

Magnus se levantou. O cachecol estava empoeirado por ter tocado o chão. Olhou pesarosamente para as manchas.

— Farei o que puder, Camille. Mas não posso prometer.

— Jamais prometeria — murmurou, com olhos semicerrados. — Venha cá, Magnus. Aproxime-se de mim.

Ele não a amava, mas ela era um sonho do passado, então se aproximou até que pudesse tocá-la.

— Lembra — disse suavemente. — Lembra-se de Londres? Das festas de De Quincey? Lembra-se de Will Herondale? Sei que sim. Aquele seu menino, aquele Lightwood. São até parecidos.

— São? — disse Magnus, como se jamais tivesse pensado a respeito.

— Meninos bonitos sempre foram sua ruína — declarou. — Mas o que uma criança mortal pode oferecer? Dez anos? Vinte, antes de a ruptura alcançá-los? Quarenta, cinquenta anos, antes de a morte levá-los. Posso lhe dar toda a eternidade.

Magnus tocou a bochecha de Camille. Era mais fria do que o chão.

— Podia me dar o passado — disse, um pouco triste. — Mas Alec é meu futuro.

— Magnus... — começou.

A porta do Instituto se abriu. Maryse estava na entrada, contornada pela luz enfeitiçada atrás. Ao seu lado, Alec, com os braços cruzados. Magnus ficou imaginando se Alec teria escutado a conversa entre ele e Camille através da porta... Certamente não?

— Magnus — disse Maryse Lightwood. — Chegaram a algum acordo?

Magnus abaixou a mão.

— Não tenho certeza se chamaria de acordo — disse, voltando-se para Maryse. — Mas acho que temos alguns assuntos a discutir.

Vestida, Clary foi com Jace até o quarto dele, onde arrumou uma pequena bolsa de lona com coisas para levar até a Cidade do Silêncio; como se, pensou, estivesse indo a uma sombria festa do pijama. Eram armas, essencialmente — algumas lâminas serafim, a estela de Jace, e, quase como uma decisão de última hora, a faca de cabo prateado, com a lâmina agora limpa. Jace vestiu uma jaqueta de couro preta, e ela observou enquanto ele fechava o zíper, soltando mechas de cabelo dourado do colarinho. Quando virou para olhar para ela, passando a bolsa pelo ombro, deu um sorriso frágil, e ela viu a lasca singela no incisivo esquerdo da frente que sempre achara adorável; um pequeno defeito em uma aparência que do contrário seria perfeita. Seu coração se contraiu, e por um instante desviou os olhos dele, mal conseguindo respirar.

Jace estendeu a mão para ela.

— Vamos.

Não havia como convocar os Irmãos do Silêncio para buscarem-nos, então Jace e Clary pegaram um táxi em direção a Houston e ao Cemitério de Mármore. Clary achou que poderiam ter atravessado um Portal até a Cidade dos Ossos — já tinha ido lá antes, sabia como era —, mas Jace falou que havia regras para tais coisas, e Clary não conseguia espantar a sensação de que os Irmãos do Silêncio poderiam achar grosseiro.

Jace se sentou ao lado dela no banco de trás do táxi, segurando uma de suas mãos e traçando desenhos com os dedos. Isto a distraía, mas não o suficiente para impedir que prestasse atenção enquanto ele contava sobre o que vinha acontecendo com Simon, a história de Jordan, a captura de Camille, e a exigência da vampira em ver Magnus.

— Simon está bem? — perguntou, preocupada. — Não sabia. Ele esteve no Instituto e sequer o vi...

— Não esteve no Instituto; só no Santuário. E parece estar bem. Melhor do que eu imaginava para alguém que há tão pouco tempo era mundano.

— Mas o plano parece perigoso. Digo, Camille; ela é completamente louca, não é?

Jace passou os dedos nas juntas de Clary.

— Precisa parar de pensar em Simon como o menino mundano que conhecia. O que vivia precisando ser salvo. Está quase impossibilitado de se ferir. Não viu aquela Marca que deu a ele em ação. Eu vi. É como a fúria de Deus visitando o mundo. Deveria se sentir orgulhosa.

Ela estremeceu.

— Não sei. Fiz porque tinha que fazer, mas não deixa de ser uma maldição. E não sabia que ele estava passando por tudo isso. Não me falou nada. Sabia que Isabelle e Maia tinham descoberto tudo, mas nem imaginava sobre Jordan. Que era ex-namorado de Maia, nem... nada. *— Porque não perguntou. Estava ocupada demais se preocupando com Jace. Nada legal.*

— Bem — disse Jace —, contou para ele o que está acontecendo com *você*? Porque é uma via de mão dupla.

— Não. Na verdade, não falei para ninguém — revelou Clary, e contou a Jace sobre a ida com Luke e Maryse à Cidade do Silêncio, do que descobriram no necrotério do Beth Israel e a subsequente descoberta da Igreja de Talto.

— Nunca ouvi falar — comentou. — Mas Isabelle tem razão, existem todos os tipos de seitas demoníacas bizarras por aí. A maioria nunca consegue de fato invocar um. Parece que essa conseguiu.

— Acha que o demônio que matamos era o que estavam idolatrando? Acha que agora talvez... parem?

Jace balançou a cabeça.

— Aquele foi só um demônio Hydra, uma espécie de cão de guarda. Além disso, "ninguém que vai a ela voltará". Parece um demônio fêmea. E são as seitas que idolatram demônios femininos que normalmente fazem coisas horríveis com bebês. Têm todos os tipos de ideias distorcidas sobre fertilidade e crianças. — Acomodou-se para trás no assento, semicerrando os olhos.

— Tenho certeza de que o Conclave irá até a igreja verificar, mas aposto vinte contra um que não vão encontrar nada. Vocês mataram o demônio-guarda, então a seita vai limpar tudo e se livrar das provas. Talvez tenhamos que esperar até arrumarem um lugar novo.

— Mas... — O estômago de Clary se embrulhou. — Aquele bebê. E as fotos que vi no livro. Acho que vão tentar fazer mais crianças como... como Sebastian.

— Não podem — disse Jace. — Injetaram sangue de demônio em um bebê humano, o que é péssimo, sim. Mas só se arruma alguma coisa como Sebastian se utilizar sangue de demônio em crianças Caçadoras de Sombras. Em vez disso, o neném morreu. — Jace apertou singelamente a mão dela, para confortá-la. — Não são boas pessoas, mas não imagino que tentarão novamente, considerando que não deu certo.

O táxi freou cantando pneu na esquina da Houston com a Second Avenue.

— O taxímetro está quebrado — disse o motorista. — Dez dólares.

Jace, que em outras circunstâncias provavelmente teria feito algum comentário sarcástico, deu uma nota de vinte ao motorista e saltou, segurando a porta aberta para Clary.

— Está pronta? — perguntou, enquanto se dirigiam ao portão de ferro que levava à Cidade.

Clary assentiu.

— Não posso dizer que minha última visita tenha sido muito legal, mas, sim, estou pronta. — Pegou a mão dele. — Desde que estejamos juntos, estou pronta para qualquer coisa.

Os Irmãos do Silêncio estavam esperando por eles na entrada da Cidade, quase como se aguardassem a visita. Clary reconheceu o Irmão Zachariah em meio ao grupo. Estavam em uma fila silenciosa, bloqueando a entrada da Cidade a Clary e Jace.

Por que vieram aqui, filha de Valentim e filho do Instituto? Clary não tinha certeza quanto a qual deles falava em sua cabeça, ou se eram todos. *Não é comum crianças entrarem na Cidade do Silêncio sem supervisão.*

A designação "crianças" doeu, apesar de Clary saber que no que se referia a Caçadores de Sombras, todos os menores de 18 anos eram crianças e sujeitos a regras diferentes.

— Precisamos de ajuda — respondeu Clary quando ficou claro que Jace não ia dizer nada. Estava olhando de um Irmão do Silêncio para o outro com uma indiferença curiosa, como alguém que já tivesse recebido incontáveis diagnósticos terminais de diferentes médicos, e agora, chegando ao fim da linha, aguardava sem muita esperança o veredito de um especialista. — Não é essa a função de vocês; ajudar Caçadores de Sombras?

No entanto, não somos serventes à sua disposição. E nem todos os problemas fazem parte da nossa jurisdição.

— Mas este faz — argumentou Clary com firmeza. — Acredito que alguém esteja invadindo a mente de Jace, alguém poderoso, e mexendo com as lembranças e os sonhos dele. Fazendo com que faça coisas que não quer.

Hipnomancia, disse um dos Irmãos do Silêncio. *A magia dos sonhos. Território somente dos maiores e mais poderosos usuários de magia.*

— Como os anjos — concordou Clary, e foi recompensada com um silêncio rígido e surpreso.

Talvez, disse o Irmão Zachariah, finalmente, *devessem vir conosco até as Estrelas Falantes.* Não se tratava de um convite, nitidamente, mas de uma ordem, pois viraram-se imediatamente e começaram a caminhar para o coração da Cidade, sem esperar para ver se Jace e Clary seguiram.

Chegaram ao pavilhão das Estrelas Falantes, onde os Irmãos assumiram seus lugares atrás da mesa preta de pedra de basalto. A Espada Mortal estava de volta ao lugar, brilhando na parede atrás deles como a asa de um pássaro prateado. Jace foi para o centro do recinto e olhou para a estampa de estrelas metálicas cauterizadas nos azulejos vermelhos e dourados no chão. Clary olhou para ele, com dor no coração. Era difícil vê-lo assim, com toda a energia ardente de sempre apagada, como luz enfeitiçada sufocando sob uma coberta de cinzas.

Ele então levantou a cabeça loura, piscando, e Clary soube que os Irmãos do Silêncio estavam se manifestando na mente dele, dizendo palavras que ela não podia ouvir. Viu Jace balançando a cabeça e o escutou falando:

— Não sei. Achei que não passassem de sonhos comuns. — A boca de Jace então enrijeceu, e Clary não pôde deixar de imaginar o que estariam perguntando. — Visões? Acho que não. Sim, encontrei o Anjo, mas foi Clary que teve os sonhos proféticos. Não eu.

Clary ficou tensa. Estavam muito perto de perguntar sobre o que acontecera com Jace e o Anjo naquela noite no Lago Lyn. Não tinha pensado nisso. Quando os Irmãos do Silêncio entravam na sua mente, o que viam? Só o que estavam procurando? Ou tudo?

Jace então assentiu.

— Tudo bem. Estou pronto se vocês estiverem.

Fechou os olhos, e Clary, assistindo, relaxou um pouco. Deve ter sido assim para Jace, pensou, quando ele a viu nesta posição na primeira vez em que os Irmãos do Silêncio investigaram sua mente. Enxergou detalhes que não havia notado naquela ocasião, pois estava envolvida nas redes das mentes dos Irmãos e na própria, passeando pelas lembranças, alheia ao mundo.

Viu Jace enrijecer completamente, como se o tivessem tocado com as mãos. A cabeça foi para trás. As mãos, nos lados do corpo, se abriram e fecharam, enquanto as estrelas no chão brilhavam com uma luz prateada. Clary piscou, afastando lágrimas causadas pela claridade; Jace era um contorno escuro contra uma folha de prata luminosa a ponto de quase cegar, como se estivesse no coração de uma cachoeira. Ao redor deles havia um ruído, um sussurro suave e incompreensível.

Enquanto Clary observava, ele caiu de joelhos, as mãos apoiadas no chão. Seu coração apertou. Quando os Irmãos do Silêncio estiveram na cabeça dela, quase desmaiou, mas Jace era mais forte, não era? Ele lentamente se curvou, com as mãos na barriga e agonia em cada linha do rosto, apesar de não ter soltado nenhum grito. Clary não aguentou mais — correu na direção dele através dos lençóis de luz e se ajoelhou ao lado do namorado, jogando os braços ao redor de seu corpo. As vozes sussurradas ao redor elevaram-se a uma tempestade de protestos quando Jace virou a cabeça e olhou para ela. A luz prateada havia desaparecido dos olhos do rapaz, que estavam lisos e brancos como ladrilhos de mármore. Os lábios formaram o nome de Clary.

E então sumiu... a luz, o som, tudo, e eles ficaram ajoelhados juntos no chão, cercados por silêncio e sombra. Jace estava tremendo, e quando as mãos dele se soltaram, Clary viu que estavam sangrando onde as unhas haviam rasgado a pele. Ainda segurando-o pelo braço, ela olhou para os Irmãos do Silêncio, lutando contra a própria raiva. Sabia que era o equivalente a sentir raiva de um médico que precisava administrar um tratamento doloroso, porém necessário. Mas era difícil — tão difícil — ser razoável quando se tratava de alguém que amava.

Existe algo que não nos contou, Clarissa Morgenstern, disse o Irmão Zachariah. *Um segredo que vocês dois estão retendo.*

Uma mão gelada se fechou em torno do coração de Clary.

— O que quer dizer?

A marca da morte está neste rapaz. Era outro Irmão falando; Enoch, supôs Clary.

— Morte? — disse Jace. — Quer dizer que vou morrer? — Não parecia muito surpreso.

Queremos dizer que esteve *morto. Passou pelo portal para os reinos de sombra, teve a alma descolada do corpo.*

Clary e Jace trocaram um olhar. Ela engoliu em seco.

— O Anjo Raziel... — começou Clary.

Sim, a marca dele está por todo o corpo do menino também. A voz de Enoch não tinha emoção. *Só existem duas maneiras de trazer de volta os mortos. A forma da necromancia: a magia sombria de sino, livro e vela. Isso devolve uma ilusão de vida. Mas somente um Anjo da própria mão direi-*

ta de Deus poderia devolver uma alma humana ao corpo com a mesma facilidade com que a vida foi dada ao primeiro dos homens. Balançou a cabeça. *O equilíbrio entre vida e morte, entre bem e mal, é delicado, jovens Caçadores de Sombras. Vocês o perturbaram.*

— Mas Raziel é o Anjo — disse Clary. — Pode fazer o que quiser. Vocês os idolatram, não? Se ele escolheu fazer isto...

Escolheu?, perguntou outro Irmão. *Ele escolheu?*

— Eu... — Clary olhou para Jace. *Eu poderia ter pedido qualquer coisa no universo. Paz mundial, a cura de uma doença, vida eterna. Mas a única coisa que queria era você.*

Conhecemos o ritual dos Instrumentos, disse Zachariah. *Sabemos que aquele que os possui, que é o seu Senhor, pode fazer um pedido ao Anjo. Não acho que poderia ter recusado.*

Clary empinou o queixo.

— Bem — disse ela —, já está feito.

Jace deu uma risada sem alegria.

— Podem me matar, você sabe — declarou. — Restaurar o equilíbrio.

As mãos de Clary apertaram o braço dele.

— Não seja ridículo. — Mas a voz saiu fraca.

Ficou ainda mais tensa quando Zachariah se afastou do grupo de Irmãos do Silêncio e se aproximou deles, os pés deslizando silenciosamente até as Estrelas Falantes. Alcançou Jace, e Clary teve que lutar contra o impulso de empurrá-lo quando se ajoelhou e colocou os longos dedos sob o queixo de Jace, erguendo sua cabeça para perto da própria. Os dedos de Zachariah eram esguios, sem linhas: dedos de um jovem. Nunca tinha parado para pensar na idade dos Irmãos do Silêncio antes, presumindo que fossem todos alguma espécie de velhos encarquilhados.

Jace, ajoelhado, olhou de baixo para Zachariah, que olhava para ele com sua expressão cega e impassível. Clary não pôde deixar de pensar em pinturas medievais de santos ajoelhados, olhando para o alto, os rostos inundados de luz dourada brilhante.

Queria ter estado aqui, disse a voz surpreendentemente suave, *quando estava crescendo. Teria enxergado a verdade em seu rosto, Jace Lightwood, e sabido quem era.*

Jace pareceu confuso, mas não se afastou.

Zachariah se virou para os outros.

Não podemos e tampouco devemos machucar o menino. Laços antigos existem entre os Herondale e os Irmãos. Devemos ajuda a ele.

— Ajuda com o quê? — perguntou Clary. — Está enxergando alguma coisa errada com ele, alguma coisa dentro da cabeça?

Quando um Caçador de Sombras nasce, um ritual é executado, diversos feitiços de proteção são colocados sobre a criança, pelos Irmãos do Silêncio e pelas Irmãs de Ferro.

As Irmãs de Ferro, Clary sabia por causa dos estudos, eram a seita irmã dos Irmãos do Silêncio; ainda mais reservadas que eles, responsabilizavam-se pela fabricação das armas dos Caçadores de Sombras.

O Irmão Zachariah continuou.

Quando Jace morreu e depois foi reerguido, ele nasceu uma segunda vez, despido destas proteções e rituais. Deve tê-lo deixado tão aberto quanto uma porta destrancada — sujeito a qualquer tipo de influência demoníaca ou mal-intencionada.

Clary lambeu os lábios secos.

— Possessão, quer dizer?

Possessão, não. Influência. Desconfio que um poder demoníaco forte sussurre aos seus ouvidos, Jonathan Herondale. Você é forte e o combate, mas isso te desgasta como o oceano desgasta a areia.

— Jace — sussurrou ele, através de lábios brancos. — Jace Lightwood, não Herondale.

Clary, prendendo-se aos aspectos práticos, disse:

— Como pode ter certeza de que se trata de um demônio? E o que podemos fazer para que o deixe em paz?

Enoch, soando pensativo, falou:

O ritual deve ser executado novamente, as proteções aplicadas uma segunda vez, como se ele tivesse acabado de nascer.

— Podem fazer isso?

Zachariah inclinou a cabeça.

Pode ser feito. As preparações precisam ser realizadas, uma das Irmãs de Ferro convocadas, um amuleto fabricado... Interrompeu-se. *Jonathan precisa ficar conosco até que o ritual seja completo. Este é o lugar mais seguro para ele.*

Clary olhou novamente para Jace, procurando uma expressão — qualquer expressão — de esperança, alívio, alegria, qualquer coisa. Mas o rosto estava impassível.

— Por quanto tempo? — perguntou.

Zachariah abriu as mãos.

Um dia, talvez dois. O ritual é feito para bebês; teremos que mudá-lo, modificá-lo para funcionar com um adulto. Se tivesse mais de 18 anos, seria impossível. Como é, já será difícil. Mas não está além de qualquer salvação.

Não está além de qualquer salvação. Não era o que Clary esperava; queria ouvir que o problema era simples, que seria facilmente resolvido. Olhou para Jace. Estava com a cabeça abaixada, os cabelos caindo para a frente; a nuca parecia tão vulnerável para ela que fez com que seu coração doesse.

— Tudo bem — disse ela suavemente. — Eu fico aqui com você...

Não. Os Irmãos se pronunciaram como um grupo, as vozes inexoráveis. *Ele deve ficar aqui sozinho. Para o que precisamos fazer, ele não pode se dar o luxo de se deixar distrair.*

Clary sentiu o corpo de Jace enrijecer. Na última vez em que ele tinha estado sozinho na Cidade do Silêncio, havia sido injustamente aprisionado, testemunhado as mortes terríveis da maioria dos Irmãos do Silêncio, e atormentado por Valentim. Não podia imaginar que a ideia de outra noite sozinho na Cidade fosse algo menos do que terrível para ele.

— Jace — sussurrou Clary. — Faço qualquer coisa que queira. Se quiser ir...

— Eu fico — disse. Tinha levantado a cabeça, e a voz saiu forte e clara. — Fico. Faço o que tiver que fazer para consertar isso. Só preciso que ligue para Izzy e Alec. Diga a eles... diga que estou na casa de Simon para ficar de olho nele. Diga que os vejo amanhã ou depois.

— Mas...

— Clary. — Gentilmente, Jace pegou as mãos dela e segurou-as entre as dele. — Você tinha razão. Alguma coisa está *fazendo* isto comigo. Conosco. Sabe o que isso significa? Se posso ser... curado... não precisarei ter medo de mim quando estiver perto de você. Passaria mil noites na Cidade do Silêncio para isso.

Clary se inclinou para a frente, sem se incomodar com a presença dos Irmãos do Silêncio, e o beijou; um rápido toque dos próprios lábios nos dele.

— Voltarei — sussurrou ela. — Amanhã à noite, depois da festa nos Grilhões, volto para vê-lo.

A esperança nos olhos dele foi o suficiente para quebrar o coração de Clary.

— Talvez até lá já esteja curado.

Ela tocou o rosto dele com as pontas dos dedos.

— Talvez esteja.

Simon acordou ainda se sentindo exausto após uma longa noite de pesadelos. Rolou para ficar de costas e olhou para a luz que entrava pela janela solitária do quarto.

Não pôde deixar de imaginar se dormiria melhor caso fizesse o que faziam os outros vampiros e dormisse durante o dia. Apesar de o sol não lhe causar nenhum mal, sentia o apelo das noites, o desejo de sair sob o céu escuro e as estrelas brilhantes. Havia algo nele que queria viver nas sombras — assim como havia algo que queria sangue. E veja no que lutar contra *isso* tinha dado.

Levantou-se cambaleando e se vestiu, então foi até a sala. O local cheirava a torrada e café. Jordan estava sentado em um dos bancos à bancada, os cabelos arrepiados como sempre, os ombros encolhidos.

— Oi — cumprimentou Simon. — E aí?

Jordan olhou para ele. Estava pálido por baixo do bronzeado.

— Temos um problema — revelou.

Simon piscou. Não via o colega de apartamento lobisomem desde o dia anterior. Voltara do Instituto e desmaiara de exaustão. Jordan não estava em casa, e Simon concluiu que estivesse trabalhando. Mas talvez alguma coisa tivesse acontecido.

— O que houve?

— Puseram isto embaixo da nossa porta. — Jordan empurrou um jornal dobrado para Simon. Era o *New York Morning Chronicle*, dobrado em uma das páginas. Havia uma foto terrível perto do topo, uma imagem granulosa de um corpo em uma calçada, membros magros curvados em ângulos estranhos. Mal parecia humano, como acontecia às vezes com cadáveres. Simon estava prestes a perguntar para Jordan por que tinha que olhar para isso quando o texto abaixo da foto captou seu olhar.

GAROTA ENCONTRADA MORTA

A polícia diz que está investigando pistas sobre a morte de Maureen Brown, de 14 anos, cujo corpo foi encontrado na noite de domingo, às 23 horas, enfiado em uma lata de lixo do lado de fora da lanchonete Big Apple Deli, na Third Avenue. Apesar de nenhuma causa de morte oficial ter sido liberada pelo médico legista, o dono do estabelecimento, Michael Garza, que encontrou o corpo, disse que a garganta da menina estava cortada. A polícia ainda não localizou nenhuma arma...

Sem conseguir continuar lendo, Simon desabou em uma cadeira. Agora que sabia, a foto era evidentemente de Maureen. Reconheceu as mangas de arco-íris, o chapéu cor-de-rosa bobo que estava usando quando a viu pela última vez. *Meu Deus*, queria dizer. *Ah, Deus*. Mas nenhuma palavra saiu.

— Aquele bilhete não dizia — indagou Jordan, com a voz gelada — que se não fosse àquele endereço, cortariam a garganta da sua namorada?

— Não — sussurrou Simon. — Não é possível. Não.

Mas lembrava.

A amiga da priminha do Eric. Como ela chama? A que gosta do Simon. Ela vai a todos os nossos shows e diz para todo mundo que é namorada dele.

Simon se lembrou do telefone cor-de-rosa e cheio de adesivos e da forma como o segurou para tirar uma foto deles. Da sensação da mão dela em seu ombro, leve como uma borboleta. Catorze anos. Encolheu-se, cruzando os braços sobre o peito, como se conseguisse se encolher o suficiente até desaparecer.

14

Quais Sonhos Podem Vir

Jace se mexeu desconfortavelmente na cama estreita da Cidade do Silêncio. Não sabia onde os Irmãos dormiam, e eles não pareciam inclinados a revelar. O único lugar que parecia haver para ele deitar era em uma das celas abaixo da Cidade, onde normalmente mantinham os prisioneiros. Deixaram a porta aberta para que ele não sentisse tanto como se estivesse preso, mas o lugar não poderia ser qualificado como agradável nem com muito esforço.

O ar era abafado e espesso; Jace tinha tirado a camisa e deitado por cima das cobertas apenas de jeans, mas ainda estava com muito calor. A cor das paredes era cinzenta. Alguém havia marcado as letras *JG* na pedra logo acima de sua cama, deixando a ele a tarefa de imaginar o que significaria — e não havia nada no recinto além da cama, um espelho quebrado que lhe devolvia o reflexo em pedaços distorcidos, e a pia. Sem falar nas lembranças mais do que desagradáveis que o quarto despertava.

Os Irmãos entraram e saíram de sua mente a noite inteira, até que estivesse se sentindo como um pano torcido. Como eram tão reservados em relação a tudo, Jace não tinha a menor ideia de se estava tendo algum progresso ou não. Não pareciam satisfeitos, mas também, nunca pareciam.

O verdadeiro teste, sabia, seria dormir. Com que sonharia? *Dormir, sonhar talvez.* Rolou, enterrando o rosto nos braços. Não achava que pudesse suportar mais nenhum sonho em que machucasse Clary. Acreditava que poderia enlouquecer de fato, e a ideia o apavorava. O prospecto de morrer nunca o assustou tanto, mas pensar em enlouquecer era quase a pior coisa que poderia imaginar. No entanto, dormir era a única forma de saber. Fechou os olhos e se forçou a dormir.

Conseguiu, e sonhou.

Estava no vale — no vale em Idris onde lutou contra Sebastian e quase morreu. Era outono, e não verão, como quando estivera lá pela última vez. As folhas explodiam em ouro, castanho avermelhado, laranja e vermelho. Estava perto da margem do pequeno rio — um riacho, na verdade — que cortava o vale ao meio. Ao longe, vindo em sua direção, havia alguém, alguém que ainda não conseguia enxergar com clareza, mas o ritmo da pessoa era direto e intencional.

Tinha tanta certeza de que era Sebastian que só quando a figura chegou perto o bastante para que enxergasse com clareza, percebeu que não podia ser. Sebastian era alto, mais do que Jace, mas esta pessoa era pequena — a face estava coberta por sombras, mas era uma cabeça ou duas mais baixa do que ele — e magra, com os ombros finos da infância, pulsos ossudos saindo das mangas curtas demais da camisa.

Max.

A imagem do irmão caçula atingiu Jace como um golpe, e ele caiu de joelhos sobre a grama verde. A queda não o machucou. Tudo tinha os amortecimentos do sonho que era. Max tinha a aparência de sempre. Um menino de joelhos nodosos prestes a crescer e deixar aquela fase criancinha. Agora jamais aconteceria.

— Max — disse Jace. — Max, sinto tanto.

— Jace. — Max continuou onde estava. Uma lufada de vento soprou e levantou os cabelos castanhos do rosto do menino. Os olhos, por trás dos óculos, mostravam-se muito sérios. — Não estou aqui por minha causa — disse. — Não estou aqui para assombrá-lo ou fazer com que se sinta culpado.

Claro que não está, disse uma voz na mente de Jace. *Max apenas o amou, sempre, o admirou, o achava maravilhoso.*

— Os sonhos que vem tendo — disse Max. — São recados.

— Os sonhos são influência de um demônio, Max. Os Irmãos do Silêncio disseram...

— Estão errados — interrompeu Max. — Só restaram poucos deles agora, e seus poderes estão mais fracos do que costumavam ser. Estes sonhos querem dizer alguma coisa. Você interpretou errado. Não estão mandando machucar Clary. Estão avisando que já está machucando.

Jace balançou a cabeça lentamente.

— Não entendo.

— Os anjos me mandaram para conversar com você porque o conheço — disse Max, com a voz infantil clara. — Sei como é com as pessoas que ama, e jamais as machucaria intencionalmente. Mas ainda não destruiu toda a influência de Valentim em você. A voz dele sussurra, e você acha que não ouve, mas ouve. Os sonhos estão afirmando que até matar essa parte de você, não pode ficar com Clary.

— Então a matarei — disse Jace. — Farei o que precisar. Só me diga como.

Max deu um sorriso luminoso e entregou alguma coisa que trazia na mão. Uma adaga de cabo prateado — aquela de Stephen Herondale, a que estava na caixa. Jace reconheceu de cara.

— Pegue isto — instruiu Max. — E volte-a contra si mesmo. A parte de você que está comigo no sonho tem que morrer. O que restará depois estará purificado.

Jace pegou a faca.

Max sorriu.

— Ótimo. Muitos de nós aqui do outro lado nos preocupamos com você. Seu pai está aqui.

— Valentim não...

— Seu verdadeiro pai. Ele me disse para orientá-lo a utilizar isto. Cortará tudo que há de podre na sua alma.

Max sorriu como um anjo, e Jace virou a faca contra si, com a lâmina para dentro. Então, no último segundo, hesitou. Era próximo demais do que Valentim havia feito com ele, perfurando-o no coração. Pegou a lâmina e fez uma incisão no antebraço direito, do cotovelo ao pulso. Não sentiu dor. Trocou a faca para a mão direita e fez o mesmo com o outro braço. Sangue explodiu dos longos cortes nos braços, de um vermelho mais brilhante do que sangue de verdade, sangue da cor de rubis. Derramou-se por seus braços e pingou na grama.

Ouviu Max respirar suavemente. O menino se curvou e tocou o sangue com os dedos da mão direita. Quando os levantou, brilhavam escarlates. Deu um passo na direção de Jace, e depois mais um. Perto assim, Jace enxergava nitidamente o rosto de Max — a pele infantil sem poros, a transparência das pálpebras, os olhos... — Jace não se lembrava dos olhos dele serem tão escuros. Max colocou a mão no peito de Jace, logo acima do coração, e com o sangue começou a traçar um desenho, um símbolo. Um que Jace nunca tinha visto, com cantos que se sobrepunham e ângulos estranhos na forma.

Quando terminou, Max abaixou a mão e recuou, a cabeça inclinada para o lado como um artista examinando seu trabalho mais recente. Uma pontada de agonia passou por Jace de repente. Parecia que a pele do peito estava queimando. Max ficou olhando, sorrindo, flexionando a mão sangrenta.

— Dói, Jace Lightwood? — disse, e a voz não era mais a de Max, mas algo diferente, alto, rouco e familiar.

— Max — sussurrou Jace.

— Como causou dor, também deve recebê-la — disse Max, cujo rosto havia começado a brilhar e mudar. — Como causou pesar, também deve senti-lo. Agora é meu, Jace Lightwood. É meu.

A dor cegava. Jace se encolheu para a frente, com as mãos fechadas sobre o peito, e caiu na escuridão.

Simon estava sentado no sofá, o rosto nas mãos. A mente em alvoroço.

— É minha culpa — disse. — É como se tivesse matado Maureen enquanto bebia o sangue. Está morta por minha causa.

Jordan esparramou-se na poltrona diante dele. Estava de jeans e uma camiseta verde sobre uma blusa térmica com buracos nos punhos; colocou os polegares neles e começou a esgarçar o tecido. A medalha de ouro do Praetor Lupus que tinha no pescoço brilhava.

— Ah, vai — falou. — Você não tinha como saber. Ela estava bem quando a coloquei no táxi. Estes caras devem ter pegado e matado ela mais tarde.

Simon estava tonto.

— Mas eu a mordi. Ela não vai voltar, certo? Não vai ser vampira?

— Não. Qual é, você sabe estas coisas tão bem quanto eu. Teria que ter dado um pouco de sangue para que ela se tornasse vampira. Se ela tivesse bebido o *seu* sangue e depois morrido, sim, estaríamos no cemitério vigiando. Mas não bebeu. Digo, presumo que fosse se lembrar de algo assim.

Simon sentiu um gosto amargo de sangue no fundo da garganta.

— Eles acharam que ela fosse minha namorada — falou. — Avisaram que a matariam se eu não aparecesse, e quando não fui, cortaram a garganta dela. Deve ter passado o dia esperando, imaginando se eu apareceria. Torcendo para que aparecesse... — Seu estômago embrulhou, e ele se curvou, arfando e tentando não vomitar.

— É — disse Jordan —, mas a pergunta é: quem são *eles*? — Fixou os olhos em Simon. — Acho que talvez seja hora de ligar para o Instituto. Não amo os Caçadores de Sombras, mas sempre soube que têm arquivos incrivelmente completos. Talvez consigam alguma coisa com o endereço do bilhete.

Simon hesitou.

— Vamos — disse Jordan. — Você faz um monte de troço para eles. Deixe que façam alguma coisa por você.

Simon deu de ombros e foi buscar o telefone. Voltando para a sala, discou o número de Jace. Isabelle atendeu no segundo toque.

— Você de novo?

— Desculpe — respondeu Simon, sem jeito. Aparentemente o interlúdio no Santuário não a suavizara tanto quanto esperava. — Estava procurando o Jace, mas suponho que possa falar com você...

— Um amor, como sempre — disse Isabelle. — Pensei que ele estivesse com você.

— Não. — Simon sentiu um ligeiro desconforto. — Quem disse?

— Clary — respondeu. — Talvez estejam se escondendo juntos, ou coisa do tipo. — Não parecia preocupada, o que fazia sentido; a última pessoa que mentiria em relação à localização de Jace se ele estivesse correndo perigo seria Clary. — Seja como for, Jace deixou o telefone no quarto. Se o vir, lembre que tem que ir à festa nos Grilhões hoje à noite. Clary vai matar ele, se não aparecer.

Simon tinha quase se esquecido de que *ele* deveria comparecer à festa.

— Tudo bem — disse ele. — Isabelle, ouça, temos um problema aqui.

— Desembucha. Adoro problemas.

— Não sei se vai adorar este — comentou, incerto, e relatou rapidamente a situação. Ela se espantou ligeiramente na parte em que ele falou sobre ter mordido Maureen, e Simon sentiu a garganta apertar.

— Simon — sussurrou ela.

— Eu sei, eu sei — disse, miseravelmente. — Acha que não sinto muito? Lamento além da conta.

— Se tivesse matado ela, teria transgredido a Lei. Seria um criminoso. Eu teria que *te* matar.

— Mas não matei — falou, a voz tremendo um pouco. — Não fiz isso. Jordan jura que ela estava bem quando a pôs no táxi, e o jornal diz que a garganta dela tinha sido cortada. Não fui *eu* que fiz isso. Alguém fez para me atingir. Só não sei por quê.

— Ainda não terminamos com esse assunto. — A voz soou severa. — Mas primeiro vá buscar o bilhete que deixaram. Leia para mim.

Simon obedeceu, e foi recompensado ao ouvir Isabelle inspirando profundamente.

— Achei que o endereço soasse familiar — falou. — Foi lá que Clary me mandou encontrá-la ontem. É uma igreja, ao norte da cidade. A sede de alguma espécie de seita de adoração demoníaca.

— O que uma seita de adoração demoníaca ia querer comigo? — perguntou Simon, e recebeu um olhar curioso de Jordan, que só estava escutando metade da conversa.

— Não sei. Você é um Diurno. Tem poderes incríveis. Será alvo de lunáticos e praticantes de magia sombria. É assim que as coisa *são*. — Isabelle, pensou Simon, poderia ter sido um pouco mais solidária. — Vai à festa nos Grilhões, certo? Podemos nos encontrar lá para discutirmos os próximos passos. E contarei para a minha mãe sobre o que está acontecendo com você. Já estão investigando a Igreja de Talto, então podem acrescentar este detalhe às informações.

— Pode ser — disse Simon. A última coisa que queria agora era ir a uma festa.

— E leve Jordan — orientou ela. — Um guarda-costas não fará mal.

— Não posso fazer isso. Maia vai estar lá.

— Eu falo com ela — disse Isabelle. Soava mais confiante do que Simon estaria no lugar dela. — Nos vemos lá.

E desligou. Simon voltou-se para Jordan, que estava deitado no futon com a cabeça apoiada em uma das almofadas.

— Quanto da conversa você escutou?

— O suficiente para entender que vamos à festa hoje — respondeu Jordan. — Soube da festa nos Grilhões. Não sou do bando de Garroway, então não fui convidado.

— Sendo assim, acho que vai ter que ir como meu acompanhante. — Simon guardou o telefone de volta no bolso.

— Sou seguro o bastante quanto a minha masculinidade para aceitar isso — disse Jordan. — Mas é melhor arrumarmos alguma roupa legal para você — gritou enquanto Simon voltava para o quarto. — Quero que esteja bonito.

Há muitos anos, quando Long Island City era um centro industrial e não uma vizinhança da moda cheia de galerias de arte e cafés, os Grilhões eram uma fábrica têxtil. Agora tratava-se de uma casca de tijolos cujo interior fora transformado em um espaço vago, porém lindo. O chão era feito de quadrados de aço sobrepostos, e vigas finas de aço bordavam o teto, enroladas com cordas de pequenas luzes brancas. Escadas de ferro ornamentadas subiam em espiral até passarelas decoradas com plantas suspensas. Um enorme teto de vidro abria-se para o céu noturno. Tinha até um terraço, construído sobre o East River, com uma vista espetacular da Fifty-Ninth Street Bridge, que se erguia, estendendo-se do Queens para Manhattan como uma lança de gelo metálico.

O bando de Luke tinha caprichado na arrumação do local. Havia vasos metálicos enormes artisticamente posicionados, com flores marfim de caules longos, e mesas cobertas com panos brancos arrumadas em um círculo ao redor de um palco onde um quarteto de cordas de lobisomens tocava música clássica. Clary não conseguia deixar de desejar que Simon estivesse ali; tinha certeza de que ele acharia que Quarteto de Cordas de Lobisomens seria um bom nome para uma banda.

Clary foi de mesa em mesa, arrumando coisas que não precisavam ser arrumadas, mexendo em flores e alinhando talheres que não estavam tortos. Apenas alguns convidados já tinham chegado, e ela não conhecia nenhum. Sua mãe e Luke estavam perto da porta, recebendo as pessoas e sorrindo, com Luke parecendo desconfortável de terno, e Jocelyn radiante em um vestido azul feito sob medida. Após os eventos dos últimos dias, era bom ver a mãe feliz, apesar de Clary não poder evitar imaginar quanto era real e quanto era aparência. Havia uma certa rigidez na boca de Jocelyn que deixou Clary preocupada — estava realmente feliz ou apenas sorrindo por cima da dor?

Não que Clary não soubesse como a mãe estava se sentindo. Independentemente do que se passasse, não conseguia tirar Jace da cabeça. O que os Irmãos do Silêncio estavam fazendo com ele? Será que conseguiriam consertar o que quer que houvesse de errado com ele, bloquear a influência demoníaca? Passara a noite anterior em claro, olhando para a escuridão do quarto e se preocupando até literalmente passar mal.

Mais do que qualquer outra coisa, queria que ele estivesse ali. Tinha escolhido o vestido que estava usando — dourado-claro, e mais justo que o usual — na esperança de que Jace fosse gostar, e agora ele não a veria usando-o. Era uma preocupação fútil, sabia disso; ela passaria o resto da vida vestindo um barril se isso significasse que Jace iria melhorar. Além do mais, ele vivia dizendo o quanto ela era linda, e nunca reclamava do fato de que usava mais jeans e tênis do que qualquer outra coisa, mas tinha achado que ele gostaria do vestido.

Diante do espelho mais cedo, quase se sentiu linda. A mãe sempre dissera que ela própria tinha florescido tarde, e Clary, olhando para o próprio reflexo, ficou imaginando se a mesma coisa aconteceria com ela. Não era mais lisa como uma tábua — aumentara um número do sutiã no último ano — e se apertasse bem os olhos, acreditava que dava para ver... Sim, definitivamente eram quadris. Tinha curvas. Pequenas, mas tinha que começar em algum lugar.

Usou poucas joias?

Levantou a mão e tocou o anel Morgenstern na corrente em torno do pescoço. Tinha colocado novamente, pela primeira vez em dias, naquela manhã. Acreditava se tratar de um gesto silencioso de confiança em Jace, uma forma de demonstrar lealdade, independentemente de ele saber ou não. Decidiu que o usaria até vê-lo novamente.

— Clarissa Morgenstern? — disse uma voz suave sobre seu ombro.

Clary se virou, surpresa. A voz não era familiar. Havia ali uma menina alta e magra, que parecia ter mais ou menos 20 anos. A pele era branca como leite, marcada com veias verde-claras como seiva, o mesmo tom dos cabelos louros. Os olhos eram azuis, como bolas de gude, e estava com um vestido azul tão fino que Clary concluiu que devia estar morrendo de frio. A lembrança surgiu lentamente das profundezas.

— Kaelie — disse Clary, reconhecendo a garçonete fada do Taki's, que serviu a ela e aos Lightwood em mais de uma oportunidade. Uma faísca fez com que lembrasse que houvera indícios de que Kaelie e Jace já tinham tido algum envolvimento, mas isto parecia tão insignificante diante dos acontecimentos que não conseguiu se importar. — Não sabia... Conhece Luke?

— Não me confunda com uma convidada neste evento — disse Kaelie, a mão esguia fazendo casualmente um gesto de indiferença no ar. — Milady me enviou para encontrá-la, não para participar das celebrações. — Olhou curiosa por cima do ombro, os olhos inteiramente azuis brilhando. — Mas não sabia que sua mãe estava se casando com um lobisomem.

Clary ergueu as sobrancelhas.

— E daí?

Kaelie a olhou da cabeça aos pés com um ar entretido.

— Milady disse que você era um tanto dura, apesar de pequena. Na Corte seria menosprezada por ter uma estatura tão baixa.

— Não estamos na Corte — disse Clary. — E não estamos no Taki's, o que quer dizer que *você* veio até *mim*, o que significa que tem cinco segundos para dizer o que a Rainha Seelie quer. Não gosto muito dela, e não estou com humor para os joguinhos de Milady.

Kaelie apontou um dedo fino e de unha verde para a garganta de Clary.

— Milady pediu para perguntar — disse — por que usa o anel Morgenstern. É em reconhecimento ao seu pai?

A mão de Clary foi para a garganta.

— Por Jace, porque ele me deu — disse, antes que pudesse se conter, e em seguida se repreendeu silenciosamente. Não era sábio revelar mais do que o necessário a Rainha Seelie.

— Mas ele não é um Morgenstern — disse Kaelie —, e sim um Herondale, e eles têm o próprio anel. Uma estampa de garças, e não estrelas matutinas. E não combina mais com ele, uma alma que voa como um pássaro, e não caindo como Lúcifer?

— Kaelie — disse Clary, entre dentes. — *O que a Rainha Seelie quer?*

A menina fada riu.

— Ora — falou —, apenas lhe dar isto. — E entregou alguma coisa, um pequeno pingente de sino de prata, com um arco na ponta que permitia que fosse pendurado em uma corrente. Quando Kaelie esticou a mão, o sino soou, leve e doce como a chuva.

Clary recuou.

— Não quero presentes da sua dama — disse —, pois eles vêm carregados de mentiras e expectativas. Não vou dever nada a Rainha.

— Não é um presente — afirmou Kaelie, impaciente. — É uma forma de convocação. A Rainha lhe perdoa por sua teimosia de mais cedo. Espera que em breve vá querer a ajuda dela. Está disposta a oferecer, se decidir solicitar. Basta tocar este sino, e um empregado da Corte virá e a levará até ela.

Clary balançou a cabeça.

— Não vou tocá-lo.

Kaelie deu de ombros.

— Então não lhe custará nada aceitá-lo.

Como se estivesse em um sonho, Clary viu a própria mão se esticar, e os dedos pairarem sobre o sino.

— Faria qualquer coisa para salvá-lo — disse Kaelie, a voz fina e doce como o toque do sino —, qualquer que fosse o preço, independentemente do que pudesse dever ao Inferno ou ao Céu, não faria?

Lembranças de vozes tocaram como música na cabeça de Clary. *Já parou para pensar que inverdades podia haver no conto que sua mãe contou, mas que serviam a algum propósito? Realmente acha que conhece todos os segredos do seu passado?*

Madame Dorothea disse a Jace que ele se apaixonaria pela pessoa errada.

Não está além de qualquer salvação. Mas será difícil.

O sino tilintou quando Clary o pegou, guardando-o na palma. Kaelie sorriu, os olhos brilhando como contas de vidro.

— Uma escolha sábia.

Clary hesitou. Mas antes que pudesse devolver o sino à menina fada, ouviu alguém chamar seu nome e se virou para ver a mãe abrindo caminho pelas pessoas em direção a ela. Girou rapidamente outra vez, mas não se surpreendeu ao constatar que Kaelie já tinha se retirado, sumindo pela multidão como bruma queimando rapidamente ao sol da manhã.

— Clary — disse Jocelyn, alcançando-a —, estava te procurando, e Luke apontou para você aqui, sozinha. Tudo bem?

Sozinha. Clary imaginou que tipo de feitiço Kaelie teria utilizado; teoricamente, a mãe conseguia enxergar através de quase tudo.

— Tudo bem, mãe.

— Cadê o Simon? Pensei que fosse vir.

Claro que pensaria em Simon primeiro, pensou Clary, e não em Jace. Apesar de que, teoricamente, Jace iria e, como namorado dela, provavelmente chegaria cedo.

— Mãe — disse, e em seguida deu uma pausa. — Acha que algum dia vai gostar de Jace?

Os olhos verdes de Jocelyn suavizaram.

— Eu *notei* que ele não estava aqui, Clary. Só não sabia se você queria conversar sobre isso.

— Quero dizer — prosseguiu Clary obstinadamente —, acha que tem alguma coisa que ele possa *fazer* para que goste dele?

— Tem — disse Jocelyn. — Poderia fazê-la feliz. — Tocou suavemente o rosto de Clary, que cerrou a mão, sentindo o sino contra a pele.

— Ele me faz feliz — respondeu Clary. — Mas não pode controlar tudo no mundo, mãe. Outras coisas acontecem... — Não encontrou palavras. Como poderia explicar que não era *Jace* que a estava deixando infeliz, mas sim o que estava acontecendo com ele, sem revelar o que era?

— Você o ama tanto — falou Jocelyn, levemente. — Isso me assusta. Sempre quis mantê-la protegida.

— E veja no que deu — começou Clary, então suavizou a voz. Não era hora de culpar a mãe, ou brigar com ela; não agora. Não com Luke olhando para elas da entrada, o rosto iluminado com amor e ansiedade. — Se pelo menos o conhecesse — disse, um pouco desamparada. — Mas suponho que todo mundo diga isso sobre o próprio namorado.

— Tem razão — concordou Jocelyn, surpreendendo-a. — Não o conheço, não de verdade. Olhando, ele me lembra um pouco a mãe, de alguma forma. Não sei por quê; ele não se parece com ela, exceto pelo fato de que também era linda, e tinha aquela vulnerabilidade terrível que ele tem...

— Vulnerabilidade? — Clary estava estarrecida. Nunca pensou que ninguém além dela pudesse achar Jace vulnerável.

— Ah, sim — disse Jocelyn. — Eu queria detestá-la por tirar Stephen de Amatis, mas era impossível não querer proteger Céline. Jace tem um pouco disso. — Soava perdida em pensamentos. — Ou talvez seja o fato de coisas belas serem tão facilmente quebradas pelo mundo. — Abaixou a mão. — Não importa. Tenho minhas lembranças com as quais brigar, mas são *minhas* lembranças. Jace não deveria ter que suportar o peso delas. Mas digo uma coisa. Se ele não te amasse como ama, e isso fica estampado no rosto dele cada vez que te olha, não o toleraria nem por um segundo. Então, mantenha isso em mente quando ficar irritada comigo.

Com um sorriso e um carinho na bochecha, dispensou os protestos de Clary de que não estaria irritada, e voltou para perto de Luke com um último apelo para que Clary se misturasse e tentasse socializar. Clary assentiu e não disse nada, olhando para a mãe enquanto se retirava e sentindo o sino queimando o interior da mão onde o apertava, como a ponta de um fósforo aceso.

* * *

A área em torno dos Grilhões era composta essencialmente de armazéns e galerias de arte, o tipo de vizinhança que esvaziava à noite, então Simon e Jordan não demoraram muito para encontrar uma vaga. Simon saltou da picape e constatou que Jordan já estava na calçada, fitando-o com um olhar crítico.

Simon não tinha levado consigo nenhuma roupa chique quando saiu de casa — não tinha nada mais arrumado do que uma jaqueta que outrora pertencera a seu pai —, então ele e Jordan haviam passado a tarde no East Village procurando uma roupa decente. Finalmente acharam um antigo terno Zegna em uma loja de consignação chamada Love Saves the Day, que essencialmente vendia botas de plataforma com purpurina e cachecóis Pucci dos anos 1970. Simon suspeitava que a maioria das roupas de Magnus viesse de lá.

— O quê? — disse agora, puxando desconfortavelmente a manga do paletó. Era um pouco pequeno para ele, apesar de Jordan ter opinado que ninguém notaria se não abotoasse. — Está muito ruim?

Jordan deu de ombros.

— Não vai quebrar nenhum espelho — disse. — Só estava me perguntando se está armado. Quer alguma coisa? Uma adaga, talvez? — Abriu um pouco o próprio paletó, e Simon viu algo longo e metálico brilhando contra o forro.

— Não é à toa que você e Jace se gostam tanto. São dois arsenais ambulantes malucos. — Simon balançou a cabeça, cansado, e se virou para ir em direção à entrada dos Grilhões. Era do outro lado da rua, onde havia um toldo dourado projetando um retângulo de sombra na calçada que fora decorada com um tapete vermelho-escuro com a imagem de um lobo estampada em ouro. Simon não pôde deixar de se sentir levemente entretido.

Apoiada em um dos mastros que sustentavam o toldo encontrava-se Isabelle. Estava com o cabelo preso e usava um longo vestido vermelho com uma abertura na lateral que mostrava boa parte da perna. Círculos dourados subiam pelo braço direito da jovem. Pareciam pulseiras, mas Simon sabia que na verdade era o chicote de electrum. Estava coberta por Marcas. Entrelaçavam-se pelos braços, desciam pela coxa, cercavam a garganta e decoravam o peito, do qual boa parte era visível graças ao decote. Simon tentou não encarar.

— Oi, Isabelle — disse.

Ao lado de Simon, Jordan também tentava não olhar muito.

— Hum — disse ele. — Oi. Sou o Jordan.

— Já nos conhecemos — respondeu Isabelle friamente, ignorando a mão estendida do rapaz. — Maia estava tentando arrancar sua pele da cara. E com razão.

Jordan pareceu preocupado.

— Ela está aqui? Está bem?

— Está aqui — respondeu Isabelle. — Não que o estado dela seja da sua conta...

— Me sinto meio que responsável — afirmou Jordan.

— E onde está essa sensação? Dentro das suas calças, talvez?

Jordan pareceu indignado.

Isabelle acenou com a mão fina e decorada.

— Veja bem, o que quer que tenha feito no passado é passado. Sei que é do Praetor Lupus agora, e contei a Maia o que isso significa. Ela está disposta a aceitar que você está aqui, e ignorá-lo. Mas é o máximo que terá. Não a incomode, não tente falar com ela, sequer olhe para ela, ou o dobrarei ao meio tantas vezes que vai acabar parecendo um pequeno origami de lobisomem.

Simon deu uma risadinha.

— Pode rir. — Isabelle apontou para ele. — Ela também não quer falar com você. Então, apesar de ela estar totalmente gata hoje... se eu gostasse de meninas, iria fundo... nenhum dos dois está autorizado a falar com ela. Entenderam?

Assentiram, olhando para os próprios sapatos como alunos que acabaram de receber advertências.

Isabelle afastou-se do mastro.

— Ótimo. Vamos entrar.

15

Beati Bellicosi

O interior dos Grilhões estava vivo com cordas de luzes multicoloridas. Vários dos convidados já estavam sentados, mas também havia muitos circulando, com taças de champanhe cheias do líquido claro e espumante nas mãos. Garçons — que também eram lobisomens, Simon notou; todo o evento parecia equipado por membros do bando de Luke — passavam em meio aos convidados, entregando flautas de champanhe. Simon recusou. Desde a experiência na festa de Magnus, não se sentia seguro bebendo nada que não tivesse preparado pessoalmente.

Maia estava perto de um dos pilares de tijolo, conversando com outros dois lobisomens e rindo. Trajava um vestido de cetim laranja brilhante que realçava sua pele marrom, e os cabelos formavam uma moldura de cachos castanho-dourados ao redor do rosto. Ela viu Simon e Jordan e virou de costas deliberadamente. A parte de trás do vestido tinha um decote em V profundo que deixava muita pele nua a mostra, incluindo uma tatuagem de borboleta na lombar.

— Acho que ela não tinha aquilo quando a conheci — disse Jordan. — A tatuagem.

Simon olhou para Jordan. Ele estava fitando a ex-namorada com uma espécie de nostalgia que Simon achou que faria com que Isabelle lhe desse um soco na cara se não fosse cuidadoso.

— Vamos — disse ele, colocando a mão nas costas de Jordan e empurrando levemente. — Vamos ver onde é nossa mesa.

Isabelle, que estava observando os dois por cima do ombro, deu um sorriso malicioso.

— Boa ideia.

Abriram caminho pela multidão até a área onde se situavam as mesas, apenas para descobrir que metade delas já estava ocupada. Clary estava em um dos assentos, olhando para uma taça de champanhe cujo conteúdo parecia ser refrigerante. Ao lado estavam Alec e Magnus, ambos com os ternos escuros que usavam desde o retorno de Viena. Magnus parecia brincar com as franjas do cachecol branco. Alec, com os braços cruzados, olhava emburrado para o nada.

Clary, ao ver Simon e Jordan, se levantou, o alívio evidente em sua expressão.

Circulou a mesa para cumprimentar Simon, e ele viu que ela usava um vestido dourado de seda e sandálias baixas. Sem salto alto, parecia minúscula. O anel Morgenstern estava no pescoço, a prata brilhando contra a corrente que o sustentava. Esticou os braços para abraçá-lo e murmurou:

— Acho que Alec e Magnus estão brigando.

— É o que parece — murmurou ele de volta. — Cadê o seu namorado?

Com isso, soltou os braços do pescoço dele.

— Ficou preso no Instituto. — Virou-se. — Oi, Kyle.

Ele sorriu, meio sem jeito.

— É Jordan, na verdade.

— Fiquei sabendo. — Clary gesticulou para a mesa. — Bem, é melhor sentarmos. Logo logo vão começar os brindes e tudo mais. E depois, espero, a comida.

Todos se sentaram. Fez-se um silêncio longo e desconfortável.

— Então — disse Magnus afinal, passando um dedo branco e comprido na borda da taça de champanhe. — Jordan. Soube que faz parte do Praetor Lupus. Vejo que está com um dos medalhões. O que está escrito?

Jordan assentiu. Estava ruborizado, os olhos âmbar brilhando, a atenção, era claro, apenas parcialmente voltada para a conversa. Estava seguindo Maia com o olhar, os dedos se abrindo e fechando nervosamente na borda da toalha. Simon duvidava que Jordan tivesse consciência disso.

— *Beati bellicosi*: abençoados são os guerreiros.

— Bela organização — disse Magnus. — Conheci o fundador, no século XIX. Woolsey Scott. Uma antiga e respeitável família de lobisomens.

Alec emitiu um ruído feio com o fundo da garganta.

— Dormiu com ele também?

Os olhos felinos de Magnus se arregalaram.

— Alexander!

— Bem, não sei nada sobre o seu passado, sei? — indagou Alec. — Não me conta nada; só diz que não tem importância.

O rosto de Magnus estava sem expressão, mas havia um leve toque de irritação em sua voz.

— Isto quer dizer que cada vez que eu mencionar qualquer pessoa que tenha conhecido, vai me perguntar se tive um caso com ela?

A expressão de Alec era de teimosia, mas Simon não pôde deixar de se solidarizar um pouco; a dor por trás dos olhos azuis era clara.

— Talvez.

— Encontrei Napoleão uma vez — disse Magnus. — Mas não tivemos um caso. Surpreendentemente, ele era pudico para um francês.

— Conheceu Napoleão? — Jordan, que não aparentava estar acompanhando quase nada da conversa, pareceu impressionado. — Então é verdade o que dizem sobre feiticeiros, não?

Alec o olhou, desagradado.

— *O que* é verdade?

— Alexander — disse Magnus friamente, e Clary encontrou o olhar de Simon do outro lado da mesa. Os dela estavam arregalados, verdes e com uma expressão de *Uh-oh*. — Não pode ser grosso com todo mundo que falar comigo.

Alec fez um gesto largo e abrangente.

— E por que não? Estou atrapalhando seu estilo? Digo, talvez estivesse querendo flertar com o lobisomem aqui. Ele é bastante atraente, se gosta do tipo cabelos desgrenhados, ombros largos, bonitão.

— Ei, calma — disse Jordan levemente.

Magnus enterrou a cabeça entre as mãos.

— Ou então, há muitas meninas bonitas aqui, já que aparentemente seu gosto é amplo. Existe alguma coisa que você *não* curta?

— Sereias — respondeu Magnus entre os dedos. — Sempre têm cheiro de alga.

— *Não tem graça* — irritou-se Alec e, chutando a cadeira para trás, levantou-se e misturou-se à multidão.

Magnus ainda estava com a cabeça entre as mãos, os cabelos pretos arrepiados atravessando os dedos.

— Só não entendo — disse a ninguém em particular — por que o passado tem que importar.

Para surpresa de Simon, foi Jordan quem respondeu.

— O passado sempre importa — declarou. — É o que lhe dizem quando se junta aos Praetor. Não pode esquecer o que fez no passado, ou jamais aprenderá com ele.

Magnus levantou o olhar, os olhos verde-dourados brilhando através dos dedos.

— Quantos anos você tem? — inquiriu. — Dezesseis?

— Dezoito — disse Jordan, parecendo ligeiramente assustado.

A idade de Alec, pensou Simon, suprimindo um sorriso interior. Não achava o drama de Alec e Magnus engraçado de verdade, mas era difícil não se sentir amargamente entretido com a expressão de Jordan. Ele devia ter o dobro do tamanho de Magnus — apesar de alto, Magnus era esguio quase a ponto de ser esquelético —, mas nitidamente temia o feiticeiro. Simon virou para trocar um olhar com Clary, mas ela estava olhando para a porta da frente, o rosto subitamente branco como osso. Derrubando o guardanapo na mesa, murmurou:

— Com licença. — E se levantou, praticamente correndo.

Magnus ergueu as mãos.

— Bem, se vai haver um êxodo... — disse, e se levantou com graça, jogando o cachecol em torno do pescoço. Desapareceu na multidão, teoricamente procurando por Alec.

Simon olhou para Jordan, que estava fitando Maia outra vez. A menina estava de costas para eles, conversando com Luke e Jocelyn, rindo e jogando os cabelos cacheados para trás.

— Nem pense nisso — disse Simon, e se levantou. Então apontou para Jordan. — Fique aqui.

— Fazendo o quê? — quis saber Jordan.

— O que quer que Praetor Lupus façam nesta situação. Medite. Contemple seus poderes Jedi. Qualquer coisa. Volto em cinco minutos, e é melhor que ainda esteja aqui.

Jordan se inclinou para trás, cruzando os braços sobre o peito de um jeito nitidamente rebelde, mas Simon já tinha parado de prestar atenção. Virou e foi para a multidão, seguindo Clary. Ela era um pontinho vermelho e dourado entre os corpos em movimento, coroada pelos cabelos brilhantes.

Ele a alcançou perto de um dos pilares e colocou a mão no ombro da amiga, que se virou com uma expressão de espanto, olhos arregalados, a mão erguida como se fosse combatê-lo. Relaxou ao ver quem era.

— Você me assustou!

— Evidentemente — disse Simon. — O que está acontecendo? Por que está tão agitada?

— Eu... — Clary abaixou a mão, dando de ombros; apesar de forçar um olhar de despreocupação casual, a pulsação no pescoço parecia um martelo. — Achei que tivesse visto Jace.

— Foi o que imaginei — revelou. — Mas...

— Mas?

— Parecia muito assustada. — Não sabia ao certo por que falou aquilo, ou o que esperava que ela respondesse.

Clary mordeu o lábio, como sempre fazia quando estava nervosa. Por um instante seu olhar ficou distante; era um olhar familiar a Simon. Uma das coisas que sempre amou em Clary era a capacidade que ela tinha de se perder na própria imaginação, a facilidade em se distanciar em mundos ilusórios de maldições, príncipes, destinos e magia. Em outra época fora capaz de fazer o mesmo, de habitar universos imaginários muito mais emocionantes por serem seguros, por serem fictícios. Agora que o real e o imaginário haviam colidido, imaginava se ela, como ele, sentia saudades do passado, do normal. Imaginou se a normalidade seria algo como a visão ou o silêncio, que não se percebe ser algo precioso até que se perca.

— Ele está passando por um mau momento — contou, com a voz baixa. — Estou preocupada.

— Eu sei — disse Simon. — Veja, não quero me intrometer, mas... ele descobriu o que tem de errado? Alguém descobriu?

— Ele... — interrompeu-se. — Ele está bem. Só está tendo dificuldades para aceitar algumas coisas sobre Valentim. Você sabe.

Simon sabia. Também sabia que ela estava mentindo. Clary, que quase nunca escondia nada dele. Encarou-a severamente.

— Ele anda tendo pesadelos — continuou ela. — Ficou preocupado que houvesse algum envolvimento demoníaco...

— Envolvimento *demoníaco*? — repetiu Simon, incrédulo. Sabia que Jace vinha tendo pesadelos, ele mesmo havia revelado, mas nunca mencionara nada sobre demônios.

— Bem, aparentemente existem espécies de demônios que tentam atingi-lo através dos sonhos — disse Clary, parecendo lamentar ter tocado no assunto —, mas tenho certeza de que não é nada. Todo mundo tem pesadelos às vezes, não? — Colocou a mão no braço de Simon. — Só vou ver como ele está. Já volto. — Seu olhar já estava desviando dele, direcionando-se à porta que levava ao terraço; Simon recuou com um acenou de cabeça e deixou que ela fosse, observando-a enquanto adentrava a multidão.

Parecia tão pequena — pequena como no primeiro ano do fundamental, quando a levou até a porta de casa e a observou subindo as escadas, pequena e determinada, a merendeira batendo no joelho. Sentiu o coração, que não batia mais, se contrair, e ficou imaginando se havia alguma coisa no mundo tão dolorosa quanto não poder proteger as pessoas que amava.

— Parece péssimo — disse uma voz atrás dele. Era rouca, familiar. — Pensando na pessoa horrível que você é?

Simon se virou e viu Maia apoiada no pilar atrás dele. Tinha um fio das pequenas luzes brancas e brilhantes no pescoço e o rosto ruborizado pelo champanhe e o calor do recinto.

— Ou talvez devesse dizer — prosseguiu ela —, no *vampiro* horrível que você é. Exceto que assim parece que você é ruim em ser vampiro.

— *Sou* ruim em ser vampiro — disse Simon. — Mas isso não significa que eu também não seja ruim como namorado.

Maia deu um sorriso torto.

— O Morcego disse que eu não deveria ter sido tão dura com você — observou. — Disse que os homens fazem coisas estúpidas quando há meninas envolvidas. Principalmente os mais nerds que não tiveram tanta sorte com as mulheres anteriormente.

— É como se ele enxergasse a minha alma.

Maia balançou a cabeça.

— É difícil sentir raiva de você — revelou ela. — Mas estou tentando. — Virou-se de costas.

— Maia — disse Simon. Sua cabeça tinha começado a doer e ele estava um pouco tonto. No entanto, se não falasse com ela agora, não falaria mais. — Por favor. Espere.

Ela virou novamente e olhou para ele, as duas sobrancelhas elevadas de forma questionadora.

— Desculpe pelo que fiz — falou. — Sei que já disse isso antes, mas estou sendo sincero.

Ela deu de ombros, sem expressão, não oferecendo nada em troca.

Simon engoliu em seco, ignorando a dor de cabeça.

— Talvez o Morcego tenha razão — continuou ele. — Mas acho que é mais do que isso. Queria ficar com você porque, e isso vai soar muito egoísta, você fazia com que eu me sentisse normal. Como a pessoa que eu era antes.

— Sou licantrope, Simon. Não é exatamente normal.

— Mas você... você — disse, tropeçando um pouco nas palavras. — É espontânea e verdadeira, uma das pessoas mais verdadeiras que já conheci. Queria ir pra minha casa jogar Halo. Conversar sobre quadrinhos, ir a shows, sair para dançar e fazer coisas normais. Nunca me chamou de Diurno, ou vampiro, nem nada além de Simon.

— Essas são atividades de amiga — disse Maia. Estava apoiada no pilar outra vez, os olhos brilhavam suavemente enquanto falava. — Não de *namorada*.

Simon apenas olhou para ela. A dor de cabeça pulsava como um batimento cardíaco.

— Aí aparece — acrescentou — trazendo Jordan. *O que* passou pela sua cabeça?

— Isso não é justo — protestou Simon. — Não fazia ideia de que ele era seu ex...

— Eu sei. Isabelle me contou — interrompeu Maia. — Mas achei que devesse brigar por isso também.

— Ah, é? — Simon olhou para Jordan, que estava sentado sozinho à mesa redonda, como alguém cujo par do baile de formatura não tinha aparecido. E de repente se sentiu muito cansado; cansado de se preocupar com todo mundo, de sentir culpa pelas coisas que havia feito e que provavelmente faria no futuro. — Bem, a Izzy contou que ele escolheu trabalhar comigo para ficar perto de você? Precisava ouvir o jeito como pergunta de você. Até a forma como diz seu nome. Cara, o jeito que brigou comigo quando achou que eu estivesse te traindo...

— Não estava me traindo. Não éramos exclusivos. Traição é diferente...

Simon sorriu quando Maia parou de falar, enrubescendo.

— Acho que é bom que desgoste tanto de Jordan a ponto de ficar do meu lado contra ele independentemente de qualquer coisa — disse Simon.

— Faz muitos anos — disse ela. — Ele nunca tentou entrar em contato. Nenhuma vez.

— Tentou — revelou Simon. — Sabia que a noite em que te mordeu foi a primeira vez que ele se Transformou?

Maia balançou a cabeça, fazendo os cachos balançarem, os olhos escuros muito sérios.

— Não. Pensei que ele soubesse...

— Que era lobisomem? Não. Sabia que estava perdendo o controle de alguma forma, mas quem imagina que está virando um licantrope? Um dia após ter te mordido, foi procurá-la, mas os Praetor o contiveram. Mantiveram-no longe de você. E mesmo assim não deixou de procurá-la. Acho que não se passou um único dia nos últimos dois anos em que não tenha pensado sobre seu paradeiro...

— Por que está defendendo ele? — sussurrou Maia.

— Porque precisa saber — disse Simon. — Fui um péssimo namorado, e devo isso a você. Precisa saber que ele não teve a intenção de abandoná-la. Só me aceitou como tarefa porque seu nome foi mencionado nas anotações do meu caso.

Os lábios de Maia se abriram. Ao balançar a cabeça, as luzes brilhantes do colar piscaram como estrelas.

— Só não sei o que devo fazer com isso, Simon. O que devo *fazer*?

— Não sei — respondeu ele. Sentia como se pregos estivessem sendo martelados no crânio. — Mas posso dizer uma coisa. Sou o último sujeito a quem deveria pedir conselhos amorosos. — Apertou a mão contra a testa. — Vou lá fora. Respirar um pouco. Jordan está sentado ali se quiser falar com ele.

Apontou para as mesas e virou-se de costas, para longe dos olhos inquisidores, dos olhos de todos no recinto, do barulho das vozes elevadas e das risadas, e cambaleou para a porta.

Clary abriu as portas que levavam ao terraço e foi recebida por uma corrente de ar frio. Estremeceu, desejando que estivesse com o casaco, mas sem vontade de perder tempo voltando até a mesa para buscá-lo. Então saiu, fechando a porta.

O terraço era uma ampla área de ladrilho cercada por grades de ferro. Tochas esculpidas queimavam em grandes suportes de peltre, mas não ajudavam muito a aquecer o ar — o que provavelmente explicava por que ninguém além de Jace estava ali fora. Ele estava perto da grade, olhando para o rio.

Clary queria correr até ele, mas não conseguia deixar de hesitar. Ele usava um terno escuro, o blazer aberto sobre uma camisa branca, e a cabeça estava virada para o lado, para longe dela. Nunca o tinha visto usando esse tipo de roupa, e o visual o deixava mais velho e reservado. A brisa do rio levantava seus cabelos claros, e ela viu a cicatriz do lado da garganta onde Simon o mordera uma vez, lembrando que Jace havia se deixado morder, arriscado a própria vida, por ela.

— Jace — disse ela.

Ele se virou, olhou para ela e sorriu. O sorriso era familiar e pareceu destrancar alguma coisa nela, libertando-a para correr pelos ladrilhos até ele e jogar os braços em volta de seu corpo. Ele a pegou, segurando-a um pouco acima do chão por um bom tempo, o rosto enterrado em seu pescoço.

— Você está bem — disse Clary, afinal, quando ele a colocou no chão. Ela esfregou ferozmente as lágrimas que haviam escapado dos olhos. — Digo, os Irmãos do Silêncio não o liberariam se não estivesse bem, mas pensei que tivessem dito que o ritual ia demorar? Dias, até?

— Não demorou. — Ele colocou as mãos uma de cada lado do rosto e sorriu para ela. Atrás dele a Queensboro Bridge erguia-se sobre a água. — Conhece os Irmãos do Silêncio. Gostam de exagerar sobre tudo o que fazem. Mas na verdade a cerimônia é bem simples. — Jace sorriu. — Me senti um pouco tolo. É uma cerimônia para criancinhas, mas fiquei pensando que se acabasse depressa, poderia vê-la com seu vestido sexy de festa. Foi o que me fez aguentar. — Seus olhos percorreram Clary da cabeça aos pés. — E vou te contar, *não* me decepcionei. Você está linda.

— Você também está muito bonito. — Clary riu um pouco em meio às lágrimas. — Nem sabia que tinha um terno.

— Não tinha. Precisei comprar. — Passou os dedos pelas maçãs do rosto de Clary, onde as lágrimas o haviam molhado. — Clary...

— Por que veio aqui para fora? — perguntou ela. — Está um gelo. Não quer voltar lá para dentro?

Ele balançou a cabeça.

— Queria falar com você a sós.

— Então fale — disse Clary, quase sussurrando. Tirou as mãos dele do rosto e as colocou na sua cintura. A necessidade de ser abraçada por ele era quase sufocante. — Mais algum problema? Você vai ficar bem? Por favor, não me esconda nada. Depois de tudo que aconteceu, deve saber que aguento qualquer notícia ruim. — Sabia que estava tagarelando de nervoso, mas não conseguia evitar. Seu coração parecia bater a mil quilômetros por minuto. — Só quero que fique bem — disse, o mais calmamente que conseguiu.

Os olhos dourados de Jace escureceram.

— Não paro de olhar aquela caixa. A que era do meu pai. Não sinto nada. As cartas, as fotos. Não sei quem eram aquelas pessoas. Não parecem reais para mim. Valentim era real.

Clary piscou; não era o que esperava que ele dissesse.

— Lembra, eu disse que ia demorar...

Ele não pareceu escutar.

— Se eu realmente fosse Jace Morgenstern, me amaria assim mesmo? Se eu fosse Sebastian, me amaria?

Clary apertou as mãos de Jace.

— Você jamais seria assim.

— Se Valentim tivesse feito comigo o que fez com Sebastian, *você me amaria?*

Tinha uma urgência na pergunta que Clary não compreendia. Ela disse:

— Mas aí não seria você.

A respiração dele falhou, quase como se o que ela disse o tivesse machucado — mas como poderia? Era verdade. Ele não era como Sebastian. Ele era ele.

— Não sei quem sou — disse Jace. — Me olho no espelho e vejo Stephen Herondale, mas me comporto como um Lightwood e falo como meu pai, como Valentim. Então vejo quem sou aos seus olhos e tento ser essa pessoa, porque você tem fé nessa pessoa, e acho que a fé pode bastar para fazer de mim o que você quer.

— Já é o que quero. Sempre foi — disse Clary, mas não conseguia se livrar da sensação de que estava falando com uma sala vazia. Era como se Jace não pudesse *escutá-la*, independentemente de quantas vezes dissesse que o amava. — Entendo que tem a sensação de não saber quem é, mas eu sei. E um dia você também vai saber. Enquanto isso, não pode ficar se preocupando em me perder, porque isso não vai acontecer nunca.

— Existe um jeito... — Jace levantou os olhos para encontrar os dela. — Me dê a mão.

Surpresa, Clary estendeu a mão, lembrando-se da primeira vez em que ele a tinha tocado daquele jeito. Tinha o símbolo agora, o símbolo do olho aberto na parte de trás da mão, o que ele estava procurando naquela ocasião, mas não encontrou. Seu primeiro símbolo permanente. Virou a mão dela, mostrando o pulso, a pele vulnerável do antebraço.

Clary estremeceu. A brisa do rio parecia penetrar em seus ossos.

— Jace, o que está fazendo?

— Você se lembra do que falei sobre casamentos de Caçadores de Sombras? Como em vez de trocar anéis, nos Marcamos com símbolos de amor e compromisso? — Ele a encarou, os olhos arregalados e vulneráveis sob cílios dourados espessos. — Quero Marcá-la de um jeito que nos una, Clary. É só uma Marca pequena, mas é permanente. Está disposta?

Ela hesitou. Um símbolo permanente, quando eram tão jovens — a mãe ficaria furiosa. Mas nada mais parecia funcionar; nada do que dizia o convencia. Talvez isso convencesse. Silenciosamente, Clary sacou a própria estela e entregou a ele. Ele a pegou, tocando as pontas dos seus dedos ao fazê-lo. Ela tremia mais agora, sentindo frio por todo o corpo, exceto onde ele a tocou. Jace segurou o braço dela contra o próprio corpo e abaixou a estela, encostando-a levemente em sua pele, movendo-a suavemente para cima e para baixo, e então, quando ela não protestou, com mais força. Devido ao frio que sentia, o calor da estela foi quase bem-vindo. Assistiu enquanto as linhas escuras surgiam a partir da ponta, formando um desenho de linhas firmes e angulares.

Os nervos de Clary tremeram com um alarme súbito. O desenho não parecia falar de amor e compromisso; havia alguma outra coisa ali, mais sombria, algo que falava em controle e submissão, em perda e escuridão. Será que ele estava desenhando o símbolo errado? Mas este era Jace; certamente sabia o que estava fazendo. No entanto, uma dormência já começava a se espalhar pelo braço a partir de onde a estela havia tocado — um formigamento dolorido, como nervos despertando — e ela se sentiu tonta, como se o chão estivesse se movendo embaixo dela.

— Jace. — A voz se elevou, transparecendo ansiedade. — Jace, acho que não está certa...

Ele soltou o braço dela. Equilibrava levemente a estela na mão, com a mesma graça com a qual seguraria uma arma.

— Sinto muito, Clary — disse. — Quero estar ligado a você. Jamais mentiria quanto a isso.

Ela abriu a boca para perguntar de que diabos ele estava falando, mas nenhuma palavra saiu. A escuridão subia rápido demais. A última coisa que sentiu foram os braços de Jace ao seu redor enquanto caía.

Após o que pareceu uma eternidade vagando por uma festa que considerava extremamente chata, Magnus finalmente encontrou Alec, sentando sozinho à uma mesa no canto, atrás de um arranjo de rosas brancas artificiais. Havia algumas taças de champanhe sobre a mesa, a maioria pela metade, como se convidados as tivessem abandonado lá ao passar. O próprio Alec parecia abandonado. Estava com o queixo apoiado nas mãos, e olhava irritado para o nada. Não levantou o olhar, nem quando Magnus passou o pé em torno de uma cadeira na frente da dele, girou-a e sentou, apoiando os braços no encosto.

— Quer voltar para Viena? — ofereceu.

Alec não respondeu, apenas continuou encarando o vazio.

— Ou podemos ir para outro lugar — sugeriu Magnus. — Onde quiser. Tailândia, Carolina do Sul, Brasil, Peru... ih, não, fui banido do Peru. Tinha me esquecido. É uma longa história, mas divertida, se quiser ouvir.

A expressão de Alec revelava que não queria ouvir. Deliberadamente, virou e olhou pelo salão, como se o quarteto de cordas dos lobisomens o fascinasse.

Como estava sendo ignorado por Alec, Magnus decidiu se entreter mudando as cores do champanhe nas taças. Fez uma azul, a seguinte rosa, e estava trabalhando em uma verde quando Alec esticou a mão e bateu no pulso dele.

— Pare com isso — comandou. — As pessoas estão olhando.

Magnus olhou para os próprios dedos, que soltavam faíscas azuis. Talvez fosse um tanto óbvio. Encolheu os dedos.

— Bem — declarou. — Tenho que fazer alguma coisa para não morrer de tédio, considerando que não está falando comigo.

— Não estou — disse Alec. — Não falando com você, quero dizer.

— Ah, é? — respondeu Magnus. — Acabei de perguntar se queria ir para Viena, para a Tailândia ou para a lua, e não me lembro de você ter dado uma resposta.

— Não sei o que quero.

Alec, com a cabeça abaixada, estava brincando com um garfo de plástico abandonado. Apesar de os olhos estarem desafiadoramente voltados para baixo, a cor azul clara era visível mesmo através das pálpebras abaixadas, que eram claras e finas como pergaminho. Magnus sempre achara os humanos mais bonitos que todas as outras criaturas da Terra, e sempre se perguntou por quê. Apenas alguns anos antes da dissolução, Camille dissera. Mas era a mortalidade que fazia deles quem eram, a chama era mais brilhante por causa das oscilações. *A morte é a mãe da beleza*, dizia o poeta. Imaginou se o Anjo teria cogitado fazer seus servos, os Nephilim, imortais. Mas não; apesar de toda a força, eles sucumbiam como os humanos sempre sucumbiram nas batalhas através de todas as eras do mundo.

— Está com aquele olhar outra vez — Alec observou, rabugento, levantando os olhos por entre os cílios. — Como se estivesse encarando alguma coisa que não consigo enxergar. Está pensando em Camille?

— Na verdade, não — respondeu. — Quanto da minha conversa com ela você escutou?

— Quase tudo. — Alec cutucou a toalha de mesa com o garfo. — Estava ouvindo atrás da porta. O suficiente.

— Nem perto do suficiente, na minha opinião. — Magnus fixou o olhar no garfo, que saltou da mão de Alec e atravessou a mesa em direção a ele. Bateu a mão sobre ele e disse: — Pare com a inquietação. O que foi que eu disse para Camille que o incomodou tanto?

Alec levantou os olhos azuis.

— Quem é *Will*?

Magnus exalou uma espécie de risada.

— Will. Santo Deus. Isso foi há muito tempo. Will era um Caçador de Sombras, como você. E sim, lembrava você, mas não é nada como ele. Jace é muito mais parecido, pelo menos no quesito personalidade, e minha relação com você não é nada como a que tive com Will. É *isso* que está te incomodando?

— Não gosto de pensar que só está comigo porque pareço com um morto de quem gostava.

— Nunca disse isso. Camille insinuou. Ela é mestre em insinuação e manipulação. Sempre foi.

— Você não disse que ela estava enganada.

— Se deixar, Camille ataca por todas as frentes. Defenda uma, e ela ataca outra. A única maneira de lidar com ela é fingir que ela não está conseguindo atingi-lo.

— Ela disse que meninos bonitos eram sua ruína — disse Alec. — O que faz parecer que sou apenas mais um em uma linha de brinquedos seus. Um morre ou vai embora, você arruma outro. Não sou nada. Sou... trivial.

— Alexander...

— O que — prosseguiu Alec, encarando a mesa novamente — é particularmente injusto, porque você não é nada trivial para mim. Mudei minha vida inteira por você. Mas nada muda no seu caso, muda? Acho que é isso que significa viver para sempre. Nada nunca precisa importar tanto assim.

— Estou dizendo que você importa...

— O *Livro Branco* — disse Alec, de repente. — Por que o queria tanto?

Magnus olhou para ele, confuso.

— Sabe por quê. É um livro de feitiços muito poderoso.

— Mas o queria para alguma coisa específica, não era? Um feitiço que ele possui? — A respiração de Alec estava irregular. — Não precisa responder; dá para ver pelo seu rosto que sim. Era... era um feitiço para me tornar imortal?

Magnus ficou completamente abalado.

— Alec — sussurrou. — Não. Não, eu... não faria isso.

Alec fitou-o com um olhar perfurante.

— Por que não? Por que ao longo de todos os anos e de todas as relações que teve nunca tentou transformar alguém em imortal, como você? Se pudesse ter a mim ao seu lado para sempre, não quereria?

— Claro que quereria! — Magnus, percebendo que estava quase gritando, diminuiu a voz com esforço. — Mas você não entende. Não se consegue alguma coisa em troca de nada. O preço de viver eternamente...

— Magnus. — Era Isabelle, apressando-se em direção a eles com o telefone na mão. — Magnus, preciso falar com você.

— Isabelle. — Normalmente Magnus gostava da irmã de Alec. No momento, não tanto. — Adorável, maravilhosa Isabelle. Poderia se retirar, por favor? Não é uma boa hora.

Isabelle olhou de Magnus para o irmão, então para o feiticeiro outra vez.

— Então não quer que eu lhe diga que Camille acabou de fugir do Santuário e minha mãe está exigindo que volte ao Instituto para ajudar a encontrá-la?

— Não — respondeu Magnus. — Não quero que me diga isso.

— Bem, que péssimo — disse ela. — Porque é verdade. Quero dizer, suponho que não tenha que ir, mas...

O resto da frase pairou pelo ar, mas Magnus entendia o que ela não estava falando. Se ele não fosse, a Clave desconfiaria que ele tinha algum envolvimento na fuga de Camille, e essa era a última coisa de que precisava. Maryse ficaria uma fera, complicando ainda mais a relação com Alec. E, no entanto...

— Ela *fugiu?* — ecoou Alec. — Ninguém jamais escapou do Santuário antes.

— Bem — disse Isabelle —, agora escapou.

Alec se encolheu ainda mais no assento.

— Vá — disse Alec. — É uma emergência. Apenas vá. Podemos conversar mais tarde.

— Magnus... — Isabelle parecia quase pedir desculpas, mas não tinha como esconder a urgência na voz.

— Tudo bem. — Magnus se levantou. — Mas — acrescentou, pausando ao lado da cadeira de Alec e se inclinando para perto dele — *você não é trivial.*

Alec enrubesceu.

— Se está dizendo — falou.

— Estou dizendo — respondeu Magnus, e se virou para seguir Isabelle para fora do salão.

Lá fora, na rua deserta, Simon estava apoiado na parede, contra o tijolo coberto de marfim, olhando para o céu. As luzes da ponte ofuscavam as estrelas, então não havia nada a ser visto além de um lençol escuro aveludado. Desejou com uma ferocidade repentina que pudesse respirar o ar frio para clarear a mente, que pudesse senti-lo no rosto, na pele. Vestia apenas uma camisa fina, e não fazia a menor diferença. Não podia tremer, e mesmo a lembrança de como era tremer aos poucos o estava deixando, a cada dia, se afastando como lembranças de outra vida.

— Simon?

Ele congelou onde estava. Aquela voz, fraca e familiar, flutuando como um fio no ar gélido. *Sorria*. Fora essa a última palavra que dissera a ele.

Mas não podia ser. Estava morta.

— Não vai olhar para mim, Simon? — A voz era pequena como sempre, mal um suspiro. — Estou bem aqui.

Uma sensação de pavor subiu por sua espinha. Abriu os olhos e virou a cabeça lentamente.

Maureen estava envolta em um círculo de luz emitido por um poste de rua na esquina do Vernon Boulevard. Trajava um longo e virginal vestido branco. Os cabelos estavam penteados sobre os ombros, brilhando em amarelo à luz do poste. Ainda tinha um pouco de sujeira de cemitério nele. Usava chinelos brancos nos pés. O rosto estava completamente pálido, com círculos vermelhos pintados nas maçãs do rosto e a boca rosa escura como se tivesse sido desenhada com pilot.

Os joelhos de Simon cederam. Ele deslizou pela parede onde se apoiava até estar sentado no chão, com os joelhos dobrados. A cabeça parecia prestes a explodir.

Maureen soltou uma risadinha feminina e saiu da frente do poste. Foi em direção a ele e olhou para baixo; o rosto trazia uma expressão de satisfação entretida.

— Achei que fosse se surpreender — revelou.

— Você é uma vampira — disse Simon. — Mas... como? Eu não fiz isso com você. Sei que não fiz.

Maureen balançou a cabeça.

— Não foi você. Mas foi *por causa* de você. Pensaram que eu fosse sua namorada, sabia? Me tiraram do meu quarto à noite e me deixaram em uma jaula o dia seguinte inteiro. Mandaram eu não me preocupar, pois você iria me buscar. Mas não foi. Não apareceu.

— Eu não sabia. — A voz de Simon falhou. — Teria ido se soubesse.

Maureen jogou os cabelos louros por cima do ombro em um gesto que fez com que Simon se lembrasse repentina e dolorosamente de Camille.

— Não tem importância — disse com a voz juvenil. — Quando o sol se pôs, disseram que eu podia morrer, ou escolher viver assim. Como vampira.

— Então *escolheu* isso?

— Não queria morrer — suspirou. — E agora serei bonita e jovem para sempre. Posso passar a noite toda fora, e não preciso voltar para casa nunca. E ela toma conta de mim.

— De quem está falando? Quem é ela? Está se referindo a Camille? Veja bem, Maureen, ela é louca. Não deveria dar ouvidos a ela. — Simon se levantou, cambaleando. — Posso ajudar. Encontrar um lugar para você ficar. Ensinar a ser vampira...

— Ah, Simon. — Maureen sorriu, e os dentinhos brancos se mostraram em uma fileira perfeita. — Acho que você também não sabe ser vampiro. Não queria me morder, mas mordeu. Eu me lembro. Seus olhos ficaram pretos com os de um tubarão, então me mordeu.

— Sinto muito. Se me deixar ajudar...

— Poderia vir comigo — disse ela. — Isso me ajudaria.

— Ir com você para onde?

Maureen olhou de um lado para o outro da rua vazia. Parecia um fantasma com o vestido branco e fino. O vento o balançava ao redor do corpo, mas ela nitidamente não sentia frio.

— Você foi escolhido — disse. — Porque é um Diurno. Os que fizeram isto comigo querem você. Mas sabem que tem a Marca agora. Não podem te ter a não ser que escolha ir. Então, me enviaram como mensageira. — Ela inclinou a cabeça para o lado, como um passarinho. — Posso não ser alguém que importe para você — disse —, mas na próxima vez, será. Continuarão indo atrás das pessoas que ama até que não sobre ninguém, então é melhor vir comigo e descobrir o que querem.

— Você sabe? — perguntou Simon. — O que querem?

Ela fez que não com a cabeça. Estava tão pálida sob a luz difusa do poste que parecia quase transparente, como se o olhar de Simon pudesse passar direto por ela. Da maneira como, supôs, sempre fizera.

— Importa? — perguntou ela, e estendeu a mão.

— Não — respondeu. — Não, suponho que não. — E segurou a mão dela.

16

Anjos de Nova York

— Chegamos — disse Maureen a Simon.

A menina tinha parado no meio da calçada e estava olhando para um prédio enorme de vidro e pedra que se erguia diante deles. Fora evidentemente projetado para se parecer com um daqueles edifícios luxuosos construídos no Upper East Side antes da Segunda Guerra Mundial, mas os toques modernos denunciavam — as janelas altas, os telhados metálicos sem nenhum toque de verdete, os anúncios caindo pela frente do prédio prometendo APARTAMENTOS LUXUOSOS A PARTIR DE US$750.000. Aparentemente a compra de um deles garantiria o uso de um jardim no telhado, uma academia, uma piscina aquecida e serviço de porteiro 24 horas, a partir de dezembro. No momento o local ainda estava em construção, e havia placas de AFASTE-SE: PROPRIEDADE PRIVADA pelos andaimes que o cercavam.

Simon olhou para Maureen. Ela parecia estar se acostumando a ser vampira com grande rapidez. Atravessaram a Queensboro Bridge e a

Second Avenue para chegarem ali, e os chinelos brancos estavam rasgados. Mas não diminuiu o ritmo em nenhum momento, e nem pareceu se surpreender por não se cansar. Agora estava olhando para o edifício com uma expressão beatífica, o pequeno rosto cheio do que Simon só podia imaginar se tratar de ansiedade.

— Este local está fechado — disse ele, sabendo que estava relatando o óbvio. — Maureen...

— Silêncio. — Ela esticou a mão pequena para empurrar um letreiro preso a um canto do andaime. O objeto se soltou com um ruído de gesso sendo rasgado e pregos arrancados. Alguns deles caíram no chão aos pés de Simon. Maureen jogou o letreiro de lado e sorriu para o buraco que acabara de abrir.

Um senhor que passeava com um poodle vestido com uma roupa xadrez, parou e os encarou.

— Deveria arrumar um casaco para a sua irmãzinha — disse a Simon. — Magrinha desse jeito, vai congelar neste frio.

Antes que Simon pudesse responder, Maureen voltou-se para o sujeito com um sorriso feroz, exibindo todos os dentes, inclusive os caninos.

— *Não sou irmã dele* — sibilou.

O homem empalideceu, pegou o cachorro e se apressou para longe.

Simon balançou a cabeça para Maureen.

— Não precisava fazer isso.

As presas tinham perfurado o lábio inferior, coisa que já tinha acontecido com Simon tantas vezes que ele já estava até acostumado. Gotas finas de sangue escorreram pelo queixo.

— Não me diga o que fazer — respondeu com impertinência, mas as presas se retraíram. Passou a mão no queixo num gesto infantil, espalhando o sangue. Em seguida voltou-se novamente para o buraco que abrira. — Vamos.

Atravessou-o, e ele foi atrás. Passaram pelo que obviamente era a área onde a equipe de construtores jogava o lixo. Havia ferramentas quebradas por todos os lados, tijolos esmagados, sacos plásticos e latas de coca-cola sujando o chão. Maureen levantou a saia e passou cuidadosamente pelo lixo, com um olhar de nojo no rosto. Pulou por cima de uma vala e subiu alguns degraus de pedra quebrados. Simon a seguiu.

Os degraus levavam a um par de portas de vidro, abertas. Através destas havia uma recepção de mármore. Um lustre imenso pendurava-se do teto, apesar de não haver luz para refletir nos pingentes de cristal. O local estava escuro demais para que um humano sequer o visse. Tinha uma mesa de mármore para o porteiro, uma espreguiçadeira verde sob um espelho de bordas douradas, e fileiras de elevadores em ambos os lados da portaria. Maureen apertou o botão do elevador, que, para surpresa de Simon, acendeu.

— Para onde estamos indo? — perguntou.

O elevador apitou e Maureen entrou, com Simon logo atrás. Era decorado em dourado e vermelho, com espelhos em cada parede.

— Para cima. — Ela apertou o botão para o telhado e riu. — Para o Céu — disse, e as portas se fecharam.

— Não estou encontrando Simon.

Isabelle, apoiada em um pilar dos Grilhões, tentando não se preocupar, levantou a cabeça e viu Jordan se erguendo diante dela. Ele era realmente muito alto, pensou. Devia ter pelo menos 1,90 m. O achou bonito na primeira vez em que o viu, com os cabelos escuros desalinhados e os olhos esverdeados, mas agora que sabia que era ex-namorado de Maia, o movera para o espaço mental destinado a meninos proibidos.

— Bem, eu não o vi — disse ela. — Pensei que fosse o guardião dele.

— Ele me disse que voltava logo. Isso foi há quarenta minutos. Achei que tivesse ido ao banheiro.

— Que espécie de guardião você é? Não deveria ter ido ao banheiro *com* ele? — perguntou.

Jordan pareceu horrorizado.

— Caras — explicou — não vão com outros caras ao banheiro.

Isabelle suspirou.

— O pânico homossexual latente acaba com vocês em qualquer ocasião — declarou. — Vamos. Vamos procurá-lo.

Circularam pela festa, movimentando-se entre os convidados. Alec estava se lamuriando sozinho em uma mesa, brincando com uma taça de champanhe vazia.

— Não, não vi — respondeu quando perguntaram. — Mas é bem verdade que não estava procurando.

— Bem, pode nos ajudar a procurar — disse Isabelle. — Terá alguma coisa para fazer além de parecer infeliz.

Alec deu de ombros e se juntou a eles. Decidiram se separar e vasculhar a festa. Alec subiu para procurar nas passarelas e no segundo andar. Jordan saiu para checar as varandas e a entrada. Isabelle se encarregou da área da festa. Estava ponderando se procurar embaixo das mesas seria ridículo quando Maia apareceu atrás dela.

— Está tudo bem? — inquiriu. Olhou para cima em direção a Alec, e em seguida para onde Jordan havia ido. — Reconheço uma equipe de buscas quando vejo uma. O que estão procurando? Algum problema?

Isabelle relatou a situação de Simon.

— Acabei de falar com ele, há meia hora.

— O Jordan também, mas agora ele sumiu. E considerando que pessoas têm tentado matá-lo ultimamente...

Maia repousou o copo sobre a mesa.

— Eu ajudo.

— Não precisa. Sei que não está morrendo de amores pelo Simon no momento...

— Isso não significa que não quero ajudar se ele estiver *com problemas* — falou, como se Isabelle estivesse sendo ridícula. — O Jordan não deveria estar de olho nele?

Isabelle jogou as mãos para o alto.

— Deveria, mas aparentemente caras não vão com outros caras ao banheiro ou coisa parecida. Não estava falando coisa com coisa.

— Meninos nunca falam — disse Maia, e foi atrás dela. Entraram e saíram da multidão, apesar de Isabelle já estar praticamente certa de que não encontrariam Simon. Tinha um friozinho no estômago que estava se tornando maior e mais intenso. Quando todos voltaram à mesa original, ela sentia como se tivesse engolido um copo de água gelada.

— Ele não está aqui — disse ela.

Jordan xingou, em seguida olhou com uma expressão culpada para Maia.

— Desculpe.

— Já ouvi coisa pior — disse ela. — Então, qual é o próximo passo? Alguém já tentou ligar para ele?

— Cai direto na caixa postal — relatou Jordan.

— Alguma ideia de para onde possa ter ido? — perguntou Alec.

— Na melhor das hipóteses, voltou para o apartamento — respondeu Jordan. — Na pior, as pessoas que andavam atrás dele finalmente o alcançaram.

— Pessoas que o quê? — Alec ficou estarrecido; apesar de Isabelle ter contado a história de Simon a Maia, ainda não tinha atualizado o irmão.

— Vou voltar para o apartamento e procurar lá — disse Jordan. — Se estiver, ótimo. Se não, ainda é o local por onde devo começar. Eles sabem onde ele mora; têm mandado recados para lá. Talvez tenha alguma mensagem. — Não parecia muito esperançoso.

Isabelle tomou a decisão em uma fração de segundo:

— Vou com você.

— Não precisa...

— Sim, preciso. Eu disse a ele que poderia vir para cá hoje à noite; sou responsável. Além disso, estou achando esta festa um saco.

— É — concordou Alec, parecendo aliviado com a possibilidade de sair de lá. — Eu também. Talvez todos devêssemos ir. Devemos contar para Clary?

Isabelle balançou a cabeça.

— É a festa da mãe dela. Não seria justo. Vamos ver o que conseguimos fazer só os três.

— Três? — perguntou Maia, com um tom delicado de irritação na voz.

— Quer vir conosco, Maia? — Quem perguntou foi Jordan. Isabelle congelou; não sabia ao certo como Maia reagiria ao fato do ex-namorado ter falado diretamente com ela. A boca da licantrope se encolheu um pouco, e por apenas um instante ela olhou para Jordan não como se o detestasse, mas de maneira pensativa.

— É o Simon — disse, finalmente, como se isso decidisse tudo. — Vou buscar meu casaco.

As portas do elevador se abriram para uma mistura de ar escuro e sombras. Maureen soltou mais uma risada aguda e dançou pela escuridão, e Simon a seguiu com um suspiro.

Encontravam-se em uma grande sala de mármore sem janelas. Não havia lâmpadas, mas a parede à esquerda do elevador tinha uma porta de vidro dupla. Através delas Simon viu a superfície lisa do telhado, e no alto o céu preto marcado por estrelas que brilhavam fracamente.

O vento soprava forte outra vez. Seguiu Maureen através das portas em direção à rajada de ar frio, o vestido da menina esvoaçando como uma mariposa batendo as asas contra uma ventania. O jardim do telhado era tão elegante quanto garantiam as placas. Azulejos lisos e hexagonais compunham o piso; havia canteiros de flores brotando sob vidro e arbustos em forma de monstros e animais. A passarela através da qual seguiam era adornava com pequenas luzes brilhantes alinhadas. Ao redor erguiam-se condomínios altos, as janelas avermelhadas com eletricidade.

O caminho acabava em degraus de ladrilho que davam em um ambiente quadrado e amplo envolto em três lados pela parede alta que cercava o jardim. Evidentemente tratava-se de uma área onde futuros moradores socializariam. Havia um grande bloco de concreto no centro, que provavelmente teria uma grelha, concluiu Simon, e a área era cercada por canteiros de rosas cuidadosamente aparados que floresceriam em junho, assim como as grades nuas emoldurando as paredes um dia desapareceriam sob uma coberta de folhas. Eventualmente seria um local muito bonito, um jardim em uma cobertura no Upper East Side onde seria possível relaxar em uma espreguiçadeira, com o East River brilhando sob o pôr do sol e a cidade se estendendo diante dos espectadores num um mosaico de luzes cintilantes.

Só que... O chão de azulejos fora desfigurado, com uma espécie de líquido preto e pegajoso utilizado para desenhar um círculo, dentro de um círculo maior. O espaço entre os dois círculos fora preenchido com símbolos rabiscados. Apesar de Simon não ser um Caçador de Sombras, já tinha visto símbolos Nephilim o bastante para reconhecer os que eram oriundos do *Livro Gray*. Estes não eram. Pareciam ameaçadores e errados, como uma maldição escrita em uma língua desconhecida.

No centro do círculo havia um bloco de concreto. No topo deste, um objeto volumoso e retangular, coberto com um pano escuro. O formato não diferia muito do de um caixão. Mais símbolos se espalhavam ao redor da base do bloco. Se o sangue de Simon circulasse, teria gelado.

Maureen uniu as mãos.

— Oh — disse com a vozinha fina. — Que bonito.

— *Bonito*? — Simon olhou rapidamente para a forma encolhida em cima do bloco de concreto. — Maureen, que diabos...

— Então o trouxe. — Foi a voz de uma mulher que falou; educada, forte e... familiar. Simon se virou. Na passarela atrás dele encontrava-se uma mulher alta com cabelos curtos e escuros. Era muito magra e trajava um casaco escuro comprido, com um cinto no meio como uma *femme fatale* de um filme de espionagem dos anos 1940. — Obrigada, Maureen — prosseguiu. Tinha um rosto rijo e belo, de ângulos precisos e com maçãs do rosto altas e olhos escuros e grandes. — Muito bem. Pode ir agora. — Então voltou o olhar para Simon. — Simon Lewis — disse. — Obrigada por ter vindo.

No instante em que pronunciou o seu nome, Simon a reconheceu. Na última vez em que a vira, ela estava sob a chuva forte do lado de fora do Alto Bar.

— Você. Eu me lembro de você. Me deu seu cartão. A promotora musical. Uau, deve *realmente* querer promover minha banda. Nem achei que fôssemos tão bons assim.

— Não seja sarcástico — disse a mulher. — Não adianta nada. — Olhou para o lado. — Maureen. Pode *ir*. — A voz soou firme desta vez, e Maureen, que estava circulando como um fantasminha, soltou um ganido e correu de volta pelo caminho que os trouxera. Ele assistiu enquanto ela desaparecia pelas portas que levavam até o elevador, quase lamentando por vê-la se retirar. Maureen não era grande companhia, mas sem ela se sentiu muito sozinho. Quem quer que fosse esta estranha, emitia uma aura clara de poder sombrio que Simon não notara antes por estar sob os efeitos do sangue humano.

— Me deu trabalho, Simon — disse ela, e agora a voz vinha de outra direção, a alguns metros de distância. Simon girou e viu que ela estava ao lado do bloco de concreto, no centro do círculo. As nuvens passavam rapidamente pela lua, projetando uma estampa de sombras ambulantes no rosto da mulher. Porque estava no primeiro degrau, Simon tinha que esticar a cabeça para trás para olhar para ela. — Pensei que colocar as mãos em você seria fácil. Lidar com um simples vampiro. E um recentemente transformado, aliás. Mesmo um Diurno não é nada que eu não tenha encontrado antes, apesar de não ver um há cem anos. Sim — acrescentou com um sorriso ao ver o olhar no rosto dele. — Sou mais velha do que pareço.

— Parece bem velha.

A mulher ignorou o insulto.

— Mandei meus melhores serventes atrás de você, e apenas um retornou, com um conto balbuciado sobre fogo sagrado e ira de Deus. Depois disso se tornou um completo inútil. Tive que sacrificá-lo. Foi bastante irritante. Então resolvi que teria que lidar pessoalmente com você. Segui você até seu showzinho musical estúpido, e depois, quando me aproximei de você, vi. Sua Marca. Como alguém que conheceu Caim pessoalmente, estou intimamente familiarizada com a forma.

— Conheceu Caim *pessoalmente*? — Simon balançou a cabeça. — Não pode esperar que eu acredite nisso.

— Acredite ou não — declarou —, não faz a menor diferença para mim. Sou mais velha do que os sonhos da sua espécie, garotinho. Caminhei pelo Jardim do Éden. Conheci Adão antes de Eva. Fui sua primeira esposa, mas não fui obediente, então Deus me descartou e fez uma nova mulher para ele, uma fabricada do seu próprio corpo, para ser sempre subserviente. — Sorriu fracamente. — Tenho muitos nomes. Mas pode me chamar de Lilith, a primeira de todos os demônios.

Com isso, Simon, que não sentia frio há meses, finalmente estremeceu. Já tinha ouvido o nome Lilith antes. Não conseguia lembrar exatamente onde, mas sabia que era um nome associado à escuridão, maldade e coisas terríveis.

— Sua Marca me colocou numa difícil questão — disse Lilith. — Preciso de você, Diurno, entenda. Da sua força de vida, de seu sangue. Mas não podia forçá-lo, ou machucá-lo.

Disse isso como se o fato de precisar do sangue dele fosse a coisa mais natural do mundo.

— Você... bebe sangue? — perguntou Simon. Estava tonto, como se estivesse preso em um sonho estranho. Certamente isto não podia estar acontecendo de fato.

Ela riu.

— Sangue não é o alimento de demônios, criança tola. O que quero de você não é para mim. — Estendeu uma mão esguia. — Aproxime-se.

Simon balançou a cabeça.

— Não vou entrar nesse círculo.

Ela deu de ombros.

— Muito bem, então. Pretendia apenas lhe oferecer uma visão melhor. — Mexeu os dedos ligeiramente, de forma quase negligente, como o gesto de alguém abrindo uma cortina. O pano preto cobrindo o objeto em forma de caixão entre eles desapareceu.

Simon encarou fixamente o que fora revelado. Não estivera enganado quanto à forma de caixão. Tratava-se de uma caixa grande de vidro, comprida e larga o suficiente para uma pessoa se deitar. Um caixão de vidro, pensou, como o da Branca de Neve. Mas este não era um conto de fadas. O interior do caixão continha um líquido nebuloso, e, flutuando no líquido — nu da cintura para cima, os cabelos louro-esbranquiçados boiando como algas claras — estava Sebastian.

Não havia nenhum recado na porta do apartamento de Jordan, embaixo do tapete de boas-vindas, ou imediatamente óbvio no interior do apartamento. Enquanto Alec montava guarda lá embaixo e Maia e Jordan verificavam a mochila de Simon na sala, Isabelle, na entrada do quarto de Simon, olhava silenciosamente para o lugar onde ele vinha dormindo nos últimos dias. Era muito vazio — apenas quatro paredes, despidas de qualquer decoração; um chão sem nada além de um futon e um cobertor branco dobrado no pé; e uma única janela com vista para a Avenue B.

Podia ouvir a cidade — a cidade onde crescera, cujos ruídos sempre a cercaram, desde que era um bebê. Tinha achado a quietude de Idris terrivelmente estranha, sem os barulhos de alarmes de carro, pessoas gritando, sirenes de ambulâncias e a música tocando; coisas que em Nova York nunca cessavam, mesmo tarde da noite. Mas agora, parada ali, olhando para o pequeno quarto de Simon, pensou no quão solitário e distantes soavam estes barulhos, e se ele próprio tinha se sentido sozinho à noite, deitado aqui, olhando para o teto, sem ninguém.

Mas também, não era como se já tivesse visto o quarto de Simon na casa dele, que provavelmente era coberto por pôsteres de bandas, troféus de esporte, caixas daqueles jogos que ele gostava de jogar, instrumentos musicais, livros — todos os fragmentos de uma vida normal. Nunca tinha pedido para ir até lá, e ele nunca sugerira. Tinha ficado tímida quanto a conhecer a mãe dele ou fazer qualquer coisa que pudesse indicar um compromisso maior do que estava disposta a aceitar. Mas agora, olhando para este quarto vazio, com o agito escuro da cidade ao seu redor, sentiu uma pontada de medo por Simon — misturada a uma quantidade equivalente de arrependimento.

Voltou-se para o restante do apartamento, mas parou ao escutar um murmúrio baixo de vozes vindo da sala. Reconheceu a de Maia. Não soava irritada, o que em si era surpreendente, considerando o quanto parecia detestar Jordan.

— Nada — dizia ela. — Chaves, alguns papéis com placares de jogos anotados. — Isabelle se inclinou através da porta. Conseguiu ver Maia, em um dos lados da bancada da cozinha, com a mão no bolso da mochila de Simon. Jordan, do outro lado, a observava. Observava *Maia* em si, pensou Isabelle, não o que estava fazendo; daquele jeito que os meninos olham quando gostam tanto da pessoa que cada movimento os fascina. — Vou verificar a carteira.

Jordan, que havia trocado a roupa formal e colocado calça jeans e uma jaqueta de couro, franziu o rosto.

— Estranho que tenha deixado para trás. Posso ver? — Ele esticou a mão através da bancada.

Maia recuou tão depressa que derrubou a carteira, a mão se afastando velozmente.

— Não ia... — Jordan recolheu a própria mão lentamente. — Desculpe.

Maia respirou fundo.

— Ouça — disse —, conversei com Simon. Sei que não teve a intenção de me Transformar. Sei que não sabia o que estava acontecendo com você. Lembro como foi. Lembro que fiquei apavorada.

Jordan colocou as mãos lenta e cuidadosamente sobre a bancada. Era estranho, pensou Isabelle, ver alguém tão alto tentando parecer pequeno e inofensivo.

— Deveria ter estado lá para você.

— Mas o Praetor não deixou — disse Maia. — E sejamos sinceros, você não sabia nada sobre ser licantrope; seríamos como duas pessoas vendadas tropeçando em um círculo. Talvez tenha sido melhor que não estivesse por perto. Fez com que eu fugisse para onde pude encontrar ajuda. Com o Bando.

— Inicialmente, torci para que o Praetor Lupus a trouxesse — sussurrou ele. — Para poder vê-la novamente. Depois percebi que estava sendo egoísta, e deveria estar torcendo para não ter transmitido a doença para você. Sabia que as chances eram meio a meio. Pensei que pudesse ter tido sorte.

— Bem, não tive — disse ela, com naturalidade. — E ao longo dos anos montei uma imagem sua na cabeça como uma espécie de monstro. Pensei que soubesse o que estava fazendo quando fez isso comigo. Achei que fosse vingança por eu ter beijado aquele menino. Então o odiei. E odiá-lo tornou tudo mais fácil. Ter a quem culpar.

— Deve me culpar — disse. — A culpa é minha.

Ela passou o dedo na bancada, evitando os olhos dele.

— E culpo. Mas... não como antes.

Jordan levantou as mãos e agarrou o próprio cabelo com os punhos, puxando com força.

— Não tem um dia em que não pense no que fiz. Eu mordi você. Te Transformei. Fiz de você o que é. Levantei a mão para você. Te machuquei. A pessoa que mais amava no mundo.

Os olhos de Maia brilhavam com lágrimas.

— Não *diga* isso. Não ajuda. Acha que ajuda?

Isabelle limpou a garganta alto, entrando na sala.

— Então. Encontraram alguma coisa?

Maia desviou o olhar, piscando rapidamente. Jordan, abaixando as mãos, respondeu:

— Não. Estávamos prestes a revistar a carteira dele. — Pegou-a de onde Maia havia derrubado. — Aqui. — Jogou para Isabelle.

Ela a pegou e abriu. Carteira da escola, identidade, uma palheta vazia no local que deveria ser destinado a cartão de crédito. Uma nota de dez dólares e um recibo. Então outra coisa chamou a atenção — um cartão de visitas, guardado de maneira descuidada atrás de uma foto de

Simon e Clary, do tipo que se tiraria em uma cabine de uma farmácia barata. Ambos sorriam.

Isabelle pegou o cartão e o analisou. Tinha um desenho curvilíneo, quase abstrato, de uma guitarra flutuando contra as nuvens. Abaixo um nome.

Satrina Kendall. Promotora de Bandas. Abaixo, um número de telefone e um endereço no Upper East Side. Isabelle franziu o cenho. Alguma coisa, uma lembrança, surgia no fundo da mente.

Isabelle levantou o cartão para Jordan e Maia, que estavam ocupados não olhando um para o outro.

— O que acham disto?

Antes que pudessem responder, a porta do apartamento se abriu e Alec entrou. Estava com a cara fechada.

— Encontraram alguma coisa? Estou lá embaixo há meia hora, e nada sequer remotamente ameaçador passou. A não ser que se leve em conta os alunos da NYU que vomitaram nos degraus da frente.

— Aqui — disse Isabelle, entregando o cartão para o irmão. — Veja isto. Não parece ter alguma coisa estranha?

— Além do fato de que nenhuma promotora de bandas poderia ter algum interesse na porcaria da banda do Lewis? — perguntou Alec, pegando o cartão entre os dedos. Ele estreitou os olhos. — Satrina?

— Esse nome significa alguma coisa para vocês? — perguntou Maia. Seus olhos ainda estavam vermelhos, mas a voz soou firme.

— Satrina é um dos 17 nomes de Lilith, a mãe de todos os demônios. É por causa dela que feiticeiros são chamados de filhos de Lilith — respondeu Alec. — Porque ela é mãe dos demônios, que por sua vez criaram a raça dos feiticeiros.

— E você sabe os 17 nomes de cabeça? — Jordan parecia incrédulo.

Alec o olhou friamente.

— Quem é você mesmo?

— Ah, cala a boca, Alec — disse Isabelle, com o tom que só usava com o irmão. — Olha, nem todos temos a memória que você tem para coisas chatas. Não suponho que se lembre dos *outros* nomes de Lilith?

Com um olhar superior, Alec despejou:

— Satrina, Lilith, Ita, Kali, Batna, Talto...

— Talto! — gritou Isabelle. — É isso. Sabia que estava me lembrando de alguma coisa. *Sabia* que tinha uma ligação! — Rapidamente contou a eles sobre a Igreja de Talto, o que Clary tinha encontrado lá, e como se relacionava ao bebê metade demônio no Beth Israel.

— Gostaria que tivesse me contado isto antes — disse Alec. — Sim, Talto é outro nome de Lilith. E Lilith sempre esteve associada a bebês. Foi a primeira mulher de Adão, mas fugiu do Jardim do Éden porque não queria obedecer a ele ou a Deus. Mas Deus a amaldiçoou por desobediência: qualquer criança que gerasse, morreria. Reza a lenda que ela tentou ter filhos de todas as maneiras, mas todos nasciam mortos. Eventualmente jurou que se vingaria de Deus enfraquecendo e matando bebês humanos. Pode-se dizer que ela é a deusa demônio das crianças mortas.

— Mas você disse que ela era mãe dos demônios — observou Maia.

— Ela conseguiu criar demônios espalhando gotas do próprio sangue na terra de um lugar chamado Edom — explicou Alec. — E porque nasceram do seu ódio a Deus e à humanidade, se tornaram demônios. — Ciente de que todos o estavam encarando, deu de ombros. — É só uma história.

— Todas as histórias são verdadeiras — afirmou Isabelle. Esta era a base de suas crenças desde a infância. Todos os Caçadores de Sombras acreditavam nisso. Não existia apenas uma religião, apenas uma verdade, e nenhum mito era desprovido de significado. — Você sabe disso, Alec.

— Sei de mais uma coisa — disse Alec, devolvendo o cartão. — Esses telefone e endereço são inúteis. Chance zero de serem reais.

— Talvez — disse Isabelle, enfiando o cartão no bolso. — Mas não temos outro lugar por onde começar. Então vamos começar por lá.

Simon só conseguia olhar. O corpo boiando no caixão — o corpo de Sebastian — não parecia vivo; pelo menos, não estava respirando. Mas também não estava exatamente morto. Fazia dois meses. Se *estivesse* morto, Simon tinha quase certeza, estaria com uma aparência muito pior. O corpo estava muito branco, como mármore; uma das mãos era um cotoco atado, mas fora isso não havia marcas. Parecia estar dormindo, os olhos fechados, os braços soltos nas laterais. Apenas o fato de que o peito não fazia movimentos de subida e descida indicava que havia alguma coisa muito errada.

— Mas — disse Simon, sabendo que soava ridículo — ele está morto. Jace o matou.

Lilith colocou uma das mãos claras na superfície de vidro do caixão.

— Jonathan — disse, e Simon lembrou que este era, de fato, seu nome. A voz da mulher tinha um aspecto suave estranho ao falar o nome, como se estivesse cantando para uma criança. — Ele é lindo, não é?

— Hum — disse Simon, olhando com desprezo para a criatura dentro do caixão, o garoto que assassinara Max Lightwood, de 9 anos. A coisa que matara Hodge. Que tentara matar todos eles. — Não faz muito o meu tipo, na verdade.

— Jonathan é único — afirmou. — É o único Caçador de Sombras que já conheci que é parte Demônio Maior. Isto faz dele alguém muito poderoso.

— Ele está *morto* — rebateu Simon. Tinha a sensação de que, de algum jeito, era importante reafirmar este argumento, apesar de Lilith não parecer absorvê-lo.

Lilith, olhando para Sebastian, franziu o rosto.

— É verdade. Jace Lightwood chegou por trás e o apunhalou pelas costas, através do coração.

— Como você...

— Eu estava em Idris — respondeu Lilith. — Quando Valentim abriu a porta para os mundos dos demônios, atravessei. Não para lutar naquela batalha estúpida. Foi mais por curiosidade do que por qualquer outra razão. Que Valentim pudesse ter tanta arrogância... — interrompeu-se, dando de ombros. — O Céu o destruiu por isso, é claro. Vi o sacrifício que fez; vi o Anjo se elevar e voltar-se contra ele. Vi o que foi retribuído. Sou a mais velha dos demônios, conheço as Leis Antigas. Uma vida por uma vida. Corri para Jonathan. Já era quase tarde demais. A parte humana dele morreu instantaneamente: o coração deixou de bater, os pulmões de inflar. As Leis Antigas não foram o suficiente. Tentei trazê-lo de volta ali. Mas já era tarde. Tudo que consegui fazer foi isto. Preservá-lo para este momento.

Simon pensou brevemente sobre o que aconteceria se fugisse — se passasse pela mulher-demônio insana e se jogasse do telhado. Não podia ser ferido por outra criatura humana devido à Marca, mas duvidava que o poder se estendesse a protegê-lo contra o solo. Mesmo assim, era um vampiro. Se caísse de quarenta andares e quebrasse todos os ossos do corpo, poderia se curar? Engoliu em seco e viu Lilith olhando entretida para ele.

— Não quer saber — disse, com a voz fria e sedutora — de que momento estou falando? — Antes que tivesse a chance de responder, ela se inclinou para a frente, apoiando os cotovelos no caixão. — Suponho que conheça a história de como os Nephilim passaram a existir? Como o Anjo Raziel misturou o próprio sangue ao sangue dos homens e deu para um homem beber, tornando-o o primeiro dos Nephilim?

— Já escutei.

— Como consequência, o Anjo criou uma nova raça. E agora, com Jonathan, uma nova raça nasceu novamente. Assim como o primeiro Jonathan liderou os primeiros Nephilim, este Jonathan liderará a nova raça que pretendo criar.

— A nova raça que pretende... — Simon ergueu as mãos. — Quer saber, se quer criar uma nova raça começando com um cara morto, vá em frente. Não sei o que isto tem a ver comigo.

— Ele está morto agora. Mas não precisa continuar assim. — A voz de Lilith era totalmente fria e sem emoção. — Existe, é claro, uma espécie de criatura do Submundo cujo sangue oferece a possibilidade de, digamos, ressurreição.

— Vampiros — disse Simon. — Quer que eu transforme Sebastian em um *vampiro*?

— O nome dele é Jonathan. — O tom saiu severo. — E sim, de certa forma. Quero que o morda, beba seu sangue, e dê a ele o seu em troca...

— Não vou fazer isso.

— Tem certeza?

— Um mundo sem Sebastian — Simon utilizou o nome propositalmente — é melhor do que um *com* ele. Não o farei. — Raiva fervia em Simon em uma corrente veloz. — E mesmo assim, não poderia se quisesse. Ele está *morto*. Vampiros não podem ressuscitar os mortos. Deveria saber disso, se sabe tanta coisa. Uma vez que a alma deixa o corpo, nada pode trazê-lo de volta. Ainda bem.

Lilith fixou os olhos nele.

— Realmente não sabe, né? — disse. — Clary nunca lhe contou.

Simon estava ficando de saco cheio.

— Nunca me contou o quê?

Ela riu.

— Olho por olho, dente por dente, vida por vida. Para prevenir o caos, é preciso que haja ordem. Se uma vida é dada à Luz, uma vida é devida às Trevas.

— Eu — disse Simon de forma lenta e deliberada — realmente não faço ideia do que esteja falando. E não me importo. Vocês, vilões, e seus programas de eugenia arrepiantes estão começando a me entediar. Então vou embora agora. Sinta-se à vontade para tentar me conter me ameaçando ou me machucando. Recomendo que vá em frente e tente.

Ela olhou para ele e riu.

— Caim se ergueu. — disse. — Você é um pouco como aquele cuja Marca possui. Ele era teimoso, como você. Audacioso, também.

— Ele enfrentou... — Simon engasgou com a palavra. *Deus.* — Eu só estou lidando com você. — E virou-se para se retirar.

— Eu não viraria as costas, Diurno — disse Lilith, e alguma coisa na voz o fez olhar para ela, apoiada no caixão de Sebastian. — Pensa que não pode ser ferido — falou com desdém. — E de fato não posso levantar a mão contra você. Não sou tola; já vi o fogo sagrado do divino. Não tenho o menor desejo de vê-lo voltado contra mim. Não sou Valentim para me meter com o que não entendo. Sou um demônio, mas sou muito antiga. Conheço a humanidade melhor do que pode imaginar. Entendo a fraqueza do orgulho, da sede de poder, do desejo pela carne, da cobiça, da vaidade e do amor.

— O amor não é uma fraqueza.

— Ah, não? — disse ela, e olhou para além dele com um olhar frio e aguçado como um sincelo.

Simon se virou, sem querer, sabendo que devia, e olhou para trás.

Ali na passagem de tijolos, estava Jace. Vestia um terno escuro e uma camisa branca. Diante dele encontrava-se Clary, ainda com o vestido dourado bonito da festa nos Grilhões. Os longos cabelos ruivos e ondulados haviam se soltado do penteado, e espalhavam-se ao redor dos ombros. Estava completamente imóvel em um círculo formado pelos braços de Jace. Quase poderia parecer uma foto romântica, não fosse pelo fato de que em uma de suas mãos, Jace segurava uma faca comprida e brilhante com cabo de osso, e a ponta estivesse contra a garganta de Clary.

Simon olhou para Jace completamente chocado. Não havia emoção no rosto dele, nenhuma luz nos olhos. Parecia completamente vazio.

Muito levemente, Jace inclinou a cabeça.

— Trouxe-a, Lady Lilith — disse ele. — Conforme me pediu.

17

E Caim se Ergueu

Clary nunca sentira tanto frio.

Nem quando nadou para fora do Lago Lyn, tossindo e cuspindo a água venenosa. Nem quando achou que Jace estivesse morto sentiu esta terrível paralisia gelada no coração. Naquele momento ardeu em fúria, fúria contra o pai. Agora sentia apenas gelo, até os dedos dos pés.

Tinha recuperado a consciência no lobby de mármore de um prédio estranho, sob a sombra de um lustre apagado. Jace a carregava, um braço sob os joelhos dobrados, o outro apoiando a cabeça. Ainda tonta e atordoada, enterrou a cabeça no pescoço dele por um instante, tentando lembrar onde estava.

— O que aconteceu? — sussurrou.

Chegaram ao elevador. Jace apertou o botão e Clary escutou o ruído que indicava que a máquina estava descendo em direção a eles. Mas onde estavam?

— Perdeu a consciência — respondeu Jace.

— Mas como... — Então se lembrou, e parou de falar. As mãos dele nela, a picada da própria estela na pele, a onda de escuridão que sucedera. Alguma coisa *errada* com o símbolo que ele desenhou nela, a aparência e a sensação. Ficou imóvel nos braços dele por um instante, em seguida falou:

— Me ponha no chão.

Jace a colocou de pé e eles se entreolharam. Apenas um pequeno espaço os separava. Ela poderia ter esticado o braço e o tocado, mas pela primeira vez desde que o conhecera, não queria. Tinha a terrível sensação de estar olhando para um estranho. Parecia Jace, soava como Jace quando falava, pareceu Jace quando a abraçou. Mas os olhos estavam estranhos e distantes, assim como o pequeno sorriso que dançava em seus lábios.

As portas do elevador se abriram atrás dele. Lembrou-se de estar na nave do Instituto, dizendo "eu te amo" para uma porta de elevador fechada. A passagem se abria atrás dele agora, tão escura quanto a boca de uma caverna. Clary apalpou o bolso em busca da estela; não estava lá.

— Você me apagou — disse ela. — Com um símbolo. Me trouxe até aqui. *Por quê?*

O rosto lindo estava completa e cuidadosamente sem expressão.

— Tive que fazer isso. Não tive escolha.

Ela se virou e correu, tentando chegar à porta, mas ele foi mais rápido. Sempre havia sido. Pôs-se diante dela, bloqueando a passagem, e esticou as mãos.

— Clary, não corra — disse ele. — Por favor. Por mim.

Olhou para ele, incrédula. A voz era a mesma — soava como Jace, mas não exatamente... — como uma gravação, pensou, onde todos os tons e características da voz estavam ali, mas a vida que a animava, não. Como não tinha percebido antes? Achava que ele parecia distante em decorrência de estresse e dor, mas não. Ele *não estava mais lá*. O estômago de Clary se embrulhou e ela tentou chegar à porta outra vez, mas ele apenas a pegou pela cintura e a girou novamente para ele. Ela o empurrou, os dedos fechando no tecido da camisa e rasgando-a de lado.

Clary congelou, encarando-o. Na pele do peito, logo acima do coração, havia um símbolo.

Não era algum que já tivesse visto. Não era preto, como normalmente eram os símbolos dos Caçadores de Sombras, mas vermelho-escuro, cor de sangue. E não tinha a graciosidade delicada dos símbolos do *Livro Gray*. Era rabiscado, feio, as linhas ríspidas e cruéis em vez de curvilíneas e bondosas.

Jace não pareceu notar. Olhou para si mesmo, como se estivesse imaginando para que ela estava olhando, em seguida voltou os olhos para ela, confuso.

— Tudo bem. Não machucou.

— Esse símbolo... — começou, mas se interrompeu. Talvez ele *não* soubesse que estava ali. — Me solte, Jace — foi o que acabou falando, se afastando dele. — Não precisa fazer isto.

— Está errada quanto a isso — disse ele, e a alcançou novamente.

Desta vez ela não lutou. O que aconteceria se escapasse? Não podia simplesmente largá-lo ali. Jace ainda estava lá, pensou, preso em algum lugar por trás daqueles olhos vazios, talvez gritando para ela. Tinha que ficar com ele. Precisava saber o que estava acontecendo. Permitiu que a pegasse e a levasse ao elevador.

— Os Irmãos do Silêncio vão perceber que saiu — falou, enquanto os botões dos andares acendiam conforme o elevador subia. — Vão alertar a Clave. Virão procurar...

— Não preciso temer os Irmãos. Não era um prisioneiro; não esperavam que eu quisesse sair. Não notarão que saí até acordarem amanhã.

— E se eles acordarem antes disso?

— Ah — disse Jace, com uma certeza fria —, não vão. É mais provável que os outros convidados da festa nos Grilhões percebam a sua ausência. Mas o que podem fazer quanto a isso? Não terão ideia de onde foi, e o Rastreamento a esse prédio é bloqueado. — Tirou o cabelo do rosto de Clary, que ficou imóvel. — Vai ter que confiar em mim. Ninguém vem atrás de você.

Não sacou a faca até saírem do elevador.

— Jamais te machucaria. Sabe disso, não sabe? — disse, mesmo enquanto afastava o cabelo dela com a ponta da lâmina e a pressionava contra a garganta. O ar gelado atingiu os ombros nus de Clary assim que chegaram ao telhado. As mãos de Jace estavam mornas onde a tocavam, e Clary sentiu o calor através do vestido fino, mas isso não a aqueceu, não por dentro. Internamente estava preenchida por lascas de gelo.

Sentiu ainda mais frio ao ver Simon, olhando para ela com aqueles olhos escuros e enormes. O rosto dele parecia ter sido esvaziado pelo choque, como um pedaço de papel branco. Ele estava olhando para ela e Jace como se estivesse vendo alguma coisa fundamentalmente *errada*, uma pessoa com o rosto revirado, um mapa-múndi em que a terra sumira e sem nada além de oceano.

Mal olhou para a mulher perto dele, com os cabelos escuros e finos, e o rosto cruel. O olhar de Clary dirigiu-se imediatamente para o caixão transparente no pedestal de pedra. Parecia brilhar por dentro, como se aceso por uma luz leitosa interior. A água em que Jonathan flutuava provavelmente não era água, mas algum outro líquido, menos natural. A Clary normal, pensou, sem veemência, teria gritado ao ver o irmão, boiando, aparentemente morto e totalmente imóvel no que parecia o caixão de vidro da Branca de Neve. Mas a Clary congelada apenas encarou com um choque distante e contido.

Lábios vermelhos como sangue, pele branca como a neve, cabelos pretos como ébano. Bem, em parte estava certo. Quando conheceu Sebastian, ele tinha cabelos pretos, mas agora era branco-prateado, e flutuava ao redor da cabeça como algas albinas. A mesma cor do cabelo do pai dele. Do pai *deles*. A pele era tão clara que podia ser feita de cristais luminosos. Mas os lábios também estavam descoloridos, assim como as pálpebras dos olhos.

— Obrigada, Jace — respondeu a mulher que ele chamou de Lady Lilith. — Muito bem, e muito pontual. De início achei que fosse ter dificuldades com você, mas ao que parece me preocupei à toa.

Clary encarou. Apesar de a mulher não parecer familiar, a *voz* era. Já tinha ouvido antes. Mas onde? Tentou se afastar de Jace, mas as mãos dele a apertaram mais. A ponta da faca pressionou sua garganta. Um acidente, disse a si mesma. Jace — mesmo este — jamais a machucaria.

— Você — disse a Lilith entre dentes. — O que fez com Jace?

— A filha de Valentim se pronuncia. — A mulher de cabelos escuros sorriu. — Simon? Gostaria de explicar?

Simon parecia prestes a vomitar.

— Não faço ideia — respondeu, parecendo engasgado. — Acredite, vocês dois são a última coisa que eu esperava ver.

— Os Irmãos do Silêncio disseram que um demônio era responsável pelo que vem acontecendo com Jace — disse Clary, e viu Simon parecer mais espantado do que nunca. A mulher, no entanto, apenas a observou com olhos que pareciam círculos lisos de obsidiana. — O demônio era você, não era? Mas por que Jace? O que quer de nós?

— Nós? — Lilith gargalhou. — Como se você tivesse alguma importância nisto, menina. Por que você? Porque é um meio para um fim. Porque precisava destes dois meninos, e os dois a amam. Porque Jace Herondale é a pessoa em quem mais confia no mundo. E *você* é alguém a quem o Diurno ama o suficiente para abdicar da própria vida. Talvez *você* não possa ser ferido — disse, voltando-se para Simon —, mas *ela* pode. É tão teimoso que vai assistir enquanto Jace corta a garganta dela em vez de dar seu sangue?

Simon, parecendo a própria morte, balançou a cabeça lentamente, mas antes que pudesse falar, Clary disse:

— Simon, não! Não faça, o que quer que seja. Jace não me machucaria.

Os olhos insondáveis da mulher voltaram-se para Jace. Ela sorriu.

— Corte-a — disse. — Só um pouco.

Clary sentiu os ombros de Jace ficarem tensos, como ocorrera no parque quando estivera mostrando a ela como lutar. Ela sentiu alguma coisa na garganta, como um beijo mordaz, frio e quente ao mesmo tempo. E sentiu uma gota quente escorrendo pela clavícula. Os olhos de Simon se arregalaram.

Ele tinha cortado Clary. Realmente a cortara. Ela pensou em Jace agachado no chão do quarto no Instituto, a dor evidente em cada linha do corpo. *Sonho que você entra no meu quarto. E aí eu te machuco. Corto, enforco ou esfaqueio, e você morre, me olhando com esses olhos verdes enquanto sua vida se esvai em sangue entre minhas mãos.*

Não tinha acreditado nele. Não de fato. Ele era Jace. Jamais a machucaria. Olhou para baixo e viu o sangue manchando o colarinho do vestido. Parecia tinta vermelha.

— Vocês estão vendo — disse Lilith. — Ele faz o que eu mando. Não o culpem por isso. Está inteiramente sob meu poder. Durante semanas invadi a mente dele, enxergando os sonhos, aprendendo seus temores e vontades, as culpas e os desejos. Em um sonho aceitou minha Marca, e essa Marca tem queimado através dele desde então, através da pele, até a alma. Agora a alma dele está em minhas mãos, para que eu a modele e direcione como bem entendo. Fará tudo que eu mandar.

Clary se lembrou do que os Irmãos do Silêncio haviam dito. *Quando um Caçador de Sombras nasce, um ritual é executado, diversos feitiços de proteção são colocados sobre a criança, pelos Irmãos do Silêncio e pelas Irmãs de Ferro. Quando Jace morreu e depois foi reerguido, ele nasceu uma segunda vez, despido destas proteções e rituais. Deve tê-lo deixado tão aberto quanto uma porta destrancada — sujeito a qualquer tipo de influência demoníaca ou mal-intencionada.*

Eu fiz isso, pensou Clary. *Eu o trouxe de volta, e quis guardar segredo. Se tivéssemos contado a alguém sobre o que aconteceu, talvez o ritual pudesse ter sido feito a tempo de manter Lilith fora da cabeça dele.* Sentiu-se nauseada e com ódio de si mesma. Atrás dela, Jace estava em silêncio, parado como uma estátua, com os braços em torno dela e a faca ainda na garganta. Pôde senti-la na pele quando respirou para falar, mantendo a voz calma com esforço.

— Entendo que esteja controlando Jace — disse. — Só não entendo *por quê*. Certamente existem outras formas mais fáceis de me ameaçar.

Lilith suspirou como se a história toda tivesse ficado muito tediosa.

— Preciso de você — disse, com uma paciência exagerada —, para fazer com que Simon faça o que quero, que é me dar o sangue dele. E preciso de Jace não apenas para trazê-la aqui, mas como um contrapeso. Tudo na magia precisa se equilibrar, Clarissa. — Apontou para o círculo preto desenhado nos azulejos, e em seguida para Jace. — Ele foi o primeiro. O primeiro a voltar, a primeira alma restaurada neste mundo em nome da Luz. Portanto precisa estar presente para que eu tenha êxito na restauração da segunda, em nome das Trevas. Entendeu agora, tolinha? Todos somos necessários aqui. Simon para morrer. Jace para viver. Jonathan para voltar. E você, filha de Valentim, para ser a catalisadora de tudo.

A voz da mulher-demônio havia se reduzido a um cântico baixo. Com um choque de surpresa, Clary percebeu que agora sabia onde a tinha ouvido antes. Viu o pai, no interior de um pentagrama, uma mulher de cabelos pretos com tentáculos no lugar dos olhos ajoelhada a seus pés. A mulher dizia:

— *A criança nascida com este sangue terá mais poderes que os Demônios Maiores dos abismos entre os mundos. Mas isto queimará sua humanidade, como o veneno queima a vida do sangue.*

— Eu sei — disse Clary através de lábios rijos. — *Eu sei quem você é.* Te vi cortando o próprio pulso e entornando sangue em um cálice para o meu pai. O anjo Ithuriel me mostrou em uma visão.

Os olhos de Simon iam de Clary para a mulher, cujos olhos escuros detinham uma ponta de surpresa. Clary supôs que ela não se surpreendesse com facilidade.

— Vi meu pai invocá-la. Sei que do que a chamou. *Milady de Edom.* Você é um Demônio Maior. *Você* deu seu sangue para fazer do meu irmão o que ele é. Você o transformou em uma... uma *coisa* horrível. Se não fosse por você...

— Sim. Tudo isso é verdade. Dei meu sangue para Valentim Morgenstern, ele o colocou no filho dele, e este é o resultado. — A mulher repousou a mão suavemente, quase como uma carícia, na superfície do caixão de Sebastian. Tinha um sorriso estranhíssimo no rosto. — Quase é possível dizer, de certa forma, que sou mãe de Jonathan.

— Falei que aquele endereço não significava nada — disse Alec.

Isabelle ignorou o irmão. Assim que atravessaram as portas do prédio, o pingente de rubi que carregava no pescoço pulsou ligeiramente, como as batidas de um coração distante. Isso significava presença demoníaca. Em outras circunstâncias teria esperado que Alec sentisse a estranheza do local assim como ela, mas ele estava nitidamente muito imerso em melancolia por causa de Magnus para se concentrar.

— Pegue sua luz enfeitiçada — disse a ele. — Deixei a minha em casa.

Ele olhou irritado para ela. Estava escuro no lobby, escuro o bastante para que um ser humano normal não conseguisse enxergar. Maia e Jordan tinham a excelente visão noturna dos lobisomens. Estavam em pontas opostas do recinto, Jordan examinando a enorme mesa de mármore da portaria e Maia apoiada na outra parede, aparentemente analisando os próprios anéis.

— Tem que levá-la sempre a todos os lugares — respondeu Alec.

— Ah é? Você trouxe seu Sensor? — irritou-se Isabelle. — Não pensei que tivesse trazido. Pelo menos tenho isto. — Cutucou o pingente. — Posso dizer que tem *alguma coisa* aqui. Alguma coisa demoníaca.

A cabeça de Jordan se virou bruscamente.

— Têm demônios aqui?

— Não sei, talvez só um. Ele pulsou e enfraqueceu — admitiu Isabelle. — Mas é uma coincidência grande demais para ser o endereço errado. Temos que checar.

Uma luz suave se ergueu à sua volta. Olhou para o lado e viu Alec erguendo a luz enfeitiçada, o brilho contido entre os dedos. Projetou sombras estranhas no rosto dele, fazendo com que parecesse mais velho do que realmente era, os olhos num tom de azul mais escuro.

— Então vamos — disse ele. — Investigaremos um andar de cada vez.

Foram em direção ao elevador, primeiro Alec, em seguida Isabelle, então Jordan e Maia entrando em fila atrás dos irmãos. As botas de Isabelle tinham símbolos de silêncio desenhados nas solas, mas os saltos de Maia estalavam no chão de mármore ao andar. Franzindo o rosto, parou para tirá-los e foi descalça pelo restante do caminho. Quando entrou no elevador, Isabelle notou que ela usava um anel dourado no dedo do pé esquerdo, com uma pedra turquesa.

Jordan, olhando para os pés dela, disse, surpreso:

— Lembro deste anel. Comprei para você n...

— Cala a boca — comandou Maia, apertando o botão de fechar a porta. As portas se fecharam enquanto Jordan emudecia.

Pararam em todos os andares. A maioria ainda estava em construção — não havia iluminação, e fios se penduravam do teto como vinhas. As janelas tinham tábuas de madeira compensada pregadas sobre elas. Panos balançavam na brisa como fantasmas. Isabelle manteve uma mão firme no pingente, mas nada aconteceu até chegarem ao décimo andar. Quando as portas se abriram, ela sentiu uma palpitação na palma, como se estivesse segurando um passarinho batendo as asas.

Falou em um leve sussurro:

— Tem alguma coisa aqui.

Alec apenas assentiu; Jordan abriu a boca para dizer alguma coisa, mas Maia lhe deu uma cotovelada com força. Isabelle ultrapassou o irmão, entrando no hall diante dos elevadores. O rubi agora pulsava e vibrava em sua mão como um inseto perturbado.

Atrás dela, Alec sussurrou:

— *Sandalphon*. — Uma luz brilhou ao redor de Isabelle, iluminando o hall. Ao contrário de alguns dos outros andares que tinham visto, este parecia ao menos parcialmente pronto. Havia paredes nuas de granito ao seu redor, e o chão era de azulejo liso. Um corredor levava a duas direções. Um desaguava em uma pilha de equipamentos de construção e fios emaranhados. O outro levava a um arco. Além dele, um espaço escuro os chamava.

Isabelle virou para olhar os companheiros. Alec havia guardado a pedra de luz enfeitiçada e estava segurando uma lâmina serafim ardente, que iluminava o interior do elevador como uma lanterna. Jordan havia sacado uma faca grande e de aparência brutal, que segurava na mão direita. Maia parecia em processo de prender o cabelo; quando abaixou as mãos, tinha um pino longo e afiado. Suas unhas também haviam crescido, e os olhos tinham um brilho esverdeado e selvagem.

— Sigam-me — orientou Isabelle. — Em silêncio.

O rubi na garganta de Isabelle fazia *tap tap* enquanto ela percorria o corredor, como as cutucadas de um dedo insistente. Não ouvia o resto do grupo atrás dela, mas sabia que estavam ali pelas longas sombras projetadas nas paredes escuras de granito. Estava com a garganta apertada e os nervos zunindo, como sempre acontecia quando entrava em uma batalha. Esta era a parte que menos gostava, a antecipação antes da liberação da violência. Durante uma luta nada além da luta importava; agora tinha que se esforçar para manter em mente a tarefa em mãos.

O arco se ergueu sobre eles. Era de mármore esculpido, estranhamente *démodé* para um prédio tão moderno, as laterais decoradas com arabescos. Isabelle olhou brevemente para cima ao atravessar, e quase deu um pulo. O rosto de uma gárgula sorridente esculpida na pedra a encarava de volta. Fez uma careta e virou para olhar para a sala em que acabara de entrar.

Era ampla, com pé-direito alto, nítidamente destinada a ser um loft no futuro. As paredes eram janelas que se estendiam do chão ao teto, fornecendo uma vista do East River com o Queens ao longe, um painel da Coca-Cola brilhando em vermelho-sangue e azul-marinho na água preta. As luzes dos prédios em volta flutuavam cintilantes pelo ar noturno como fios prateados em uma árvore de Natal. A sala em si estava escura e cheia de sombras estranhas e recurvadas espalhadas em intervalos regulares e próximas ao chão. Isabelle apertou os olhos, confusa. Eram inanimadas; pareciam pedaços de móveis quadrados e pesados, mas o quê...?

— Alec — disse suavemente. O pingente se agitava como se estivesse vivo, o coração de rubi dolorosamente quente contra sua pele.

Em um instante o irmão estava ao seu lado. Ergueu a lâmina, e o quarto se encheu de luz. A mão de Isabelle voou para a boca.

— Santo Deus — sussurrou ela. — Oh, pelo Anjo, não.

— Você não é mãe dele. — A voz de Simon se alquebrou com as palavras, mas Lilith sequer virou para olhá-lo. Ainda estava com as mãos sobre o caixão de vidro. Sebastian flutuava do lado de dentro, mudo e inconsciente. Os pés estavam descalços, Simon notou. — Ele tem uma mãe. A mãe de Clary. Clary é irmã dele. Sebastian, Jonathan, não ficará muito contente se machucá-la.

Com isso Lilith levantou o olhar e riu.

— Uma tentativa corajosa, Diurno — disse. — Mas sei com o que estou lidando. Vi meu filho crescer, você sabe. Visitei-o diversas vezes sob a forma de uma coruja. Vi como a mulher que o pariu o detestava. Ele não tem nenhum amor perdido por ela, tampouco se importa ou deveria se importar com a irmã. É muito mais parecido comigo do que com Jocelyn Morgenstern. — Seus olhos escuros passaram de Simon para Jace e Clary. Não tinham se mexido. Clary ainda estava envolta pelos braços de Jace, com a faca próxima à garganta. Ele a segurava com facilidade e descuido, como se mal prestasse atenção. Mas Simon sabia o quão velozmente o aparente desinteresse de Jace poderia explodir em ação violenta.

— Jace — disse Lilith. — Entre no círculo. Traga a menina com você.

Obediente, Jace avançou, empurrando Clary. Ao atravessarem a linha preta pintada, os símbolos no interior da linha brilharam em um vermelho súbito e cintilante — e mais alguma coisa também se acendeu. Uma Marca no lado esquerdo do peito de Jace, logo acima do coração, brilhou repentinamente, com tanto fulgor que Simon fechou os olhos. Mesmo assim, ainda conseguia ver o símbolo, um torvelinho vil de linhas furiosas, impressas no interior de suas pálpebras.

— Abra os olhos, Diurno — irritou-se Lilith. — A hora chegou. Vai me dar seu sangue ou vai recusar? Conhece o preço se o fizer.

Simon olhou para Sebastian no caixão — então olhou novamente. Um símbolo gêmeo ao que tinha acabado de brilhar no peito de Jace ficara visível no de Sebastian também, e estava começando a desbotar quando Simon o fitou. Em um instante desapareceu, e Sebastian estava parado e pálido outra vez. Sem se mover. Sem respirar.

Morto.

— Não posso trazê-lo de volta para você — disse Simon. — Ele está *morto*. Daria meu sangue, mas ele não pode engolir.

A respiração de Lilith sibilou exasperada por entre os dentes, e por um instante seus olhos brilharam com uma luz dura e ácida.

— Primeiro precisa mordê-lo — falou. — Você é um *Diurno*. Sangue de anjo corre pelo seu corpo, pelo seu sangue e suas lágrimas, pelo fluido nas suas presas. Seu sangue de Diurno irá ressuscitá-lo por tempo o suficiente para que possa engolir e beber. Morda-o e dê-lhe o seu sangue, traga-o de volta para mim.

Simon encarou-a vorazmente.

— Mas o que está dizendo... está dizendo que tenho o poder de trazer de volta os *mortos*?

— Desde que se tornou um Diurno tem esse poder — revelou ela. — Mas não o direito de utilizá-lo.

— O direito?

Ela sorriu, passando a ponta de uma das longas unhas vermelhas pelo topo do caixão de Sebastian.

— A história é escrita por vencedores, é o que dizem — declarou. — Talvez não haja tanta diferença entre os lados da Luz e das Trevas quanto pensa. Afinal, sem as Trevas não haveria nada para a Luz iluminar.

Simon a olhou sem entender.

— Equilíbrio — esclareceu ela. — Existem leis mais antigas do que qualquer um de vocês pode imaginar. E uma delas é que não se pode trazer de volta o que está morto. Quando a alma deixa o corpo, pertence à morte. E não pode ser recuperada sem um preço.

— E está disposta a pagar? Por *ele?* — Simon gesticulou na direção de Sebastian.

— Ele *é* o preço. — Jogou a cabeça para trás e riu. Soava quase como uma risada humana. — Se a Luz traz de volta uma alma, então as Trevas também têm o direito de trazer outra. É o meu direito. Ou talvez deva perguntar para sua amiguinha Clary do que estou falando.

Simon olhou para Clary. Ela parecia prestes a desmaiar.

— Raziel — disse, fracamente. — Quando Jace morreu...

— Jace *morreu*? — A voz de Simon subiu uma oitava. Jace, apesar de ser o assunto da discussão, permaneceu sereno e impassível, a mão que segurava a faca ainda firme.

— Valentim o apunhalou — disse Clary, quase num sussurro. — Então o Anjo matou Valentim, e me disse que eu poderia pedir qualquer coisa. E eu falei que queria Jace de volta... eu o queria de volta, e ele o trouxe... para mim. — Os olhos de Clary estavam enormes em seu pequeno rosto branco. — Ele ficou morto por apenas alguns minutos... quase nada...

— Foi o suficiente — suspirou Lilith. — Eu estava pairando perto do meu filho durante a batalha com Jace; o vi cair e morrer. Segui Jace até o lago, vi Valentim matá-lo, e depois vi quando o Anjo o fez levantar novamente. Soube que era a minha chance. Corri para o rio e peguei o corpo do meu filho... Mantive-o preservado precisamente para este momento. — Ela olhou afetuosamente para o caixão. — Tudo em equilíbrio. Olho por olho. Dente por dente. Vida por vida. Jace é o contrapeso. Se Jace vive, Jonathan também viverá.

Simon não conseguia desviar o olhar de Clary.

— O que ela está falando... sobre o Anjo... é verdade? — indagou. — E nunca contou para ninguém?

Para surpresa dele, foi Jace quem respondeu. Esfregando a bochecha no cabelo de Clary, falou:

— Era o nosso segredo.

Os olhos verdes de Clary brilharam, mas não se moveram.

— Então, como vê, Diurno — disse Lilith —, só estou pegando o que é meu de direito. A Lei diz que o primeiro que foi trazido de volta deve estar no círculo enquanto o segundo é retornado. — Apontou para Jace e estalou desdenhosamente o dedo. — Aqui está ele. Aqui está você. Tudo está pronto.

— Então não precisa de Clary — disse Simon. — Deixe-a fora disso. Deixe-a ir.

— Claro que preciso dela. Preciso dela para que *você* tenha motivação. Não posso feri-lo, detentor da Marca, ou ameaçá-lo, ou matá-lo. Mas posso lhe arrancar o coração ao acabar com a vida dela. E o farei.

Lilith olhou na direção de Clary, e Simon acompanhou o olhar.

Clary. Estava tão pálida que quase parecia azul, apesar de, talvez, ser por causa do frio. Os olhos verdes estavam grandes no rosto branco. Um rastro de sangue quase seco ia da clavícula ao colarinho do vestido, agora manchado de vermelho. As mãos estavam largadas nas laterais, soltas, mas tremendo.

Simon a viu como era, mas também como fora aos 7 anos, com braços finos, sardas e aqueles prendedores azuis de plástico que usou no cabelo até os 11 anos. Lembrou da primeira vez em que notou que ela tinha a forma de uma garota por baixo das camisetas largas e dos jeans que sempre usava, e de como não sabia se olhava ou desviava o olhar. Pensou na sua risada e em seu lápis veloz se movendo sobre a página, deixando desenhos complexos ao passar: castelos pontudos, cavalos correndo, personagens coloridas que inventava. *Pode ir sozinha para a escola*, dissera a mãe, *mas só se Simon for junto.* Pensou na mão de Clary sobre a dele enquanto atravessaram a rua, e no próprio senso de que tinha assumido uma tarefa incrível: a responsabilidade pela segurança da amiga.

Já fora apaixonado por ela uma vez, e talvez alguma parte dele sempre fosse ser, porque ela havia sido a primeira. Mas não era isso que importava agora. Importava porque era Clary; era parte dele; sempre fora, e sempre seria. Quando olhou para ela, a amiga balançou a cabeça, muito levemente. Sabia o que ela estava dizendo. *Não faça isso. Não dê o que ela quer. Deixe que aconteça o que tiver que acontecer comigo.*

Simon entrou no círculo; quando os pés passaram pela linha pintada, sentiu um tremor, como um choque elétrico, passar por ele.

— Tudo bem — falou. — Eu faço.

— *Não!* — gritou Clary, mas Simon não olhou para ela. Estava observando Lilith, que deu um sorriso frio e vitorioso ao levantar a mão esquerda e passá-la pela superfície do caixão.

A tampa desapareceu, se abrindo pelos lados de um jeito que, para Simon, parecia bizarramente com uma lata de sardinha. Enquanto a camada superior do vidro retrocedia, ela derreteu e escorreu pelas laterais do pedestal de granito, cristalizando em pequenos cacos de vidro quando as gotas atingiam o chão.

O caixão agora estava aberto, como um aquário; o corpo de Sebastian boiava no interior, e Simon achou ter visto mais uma vez o brilho do símbolo no peito dele quando Lilith alcançou o aquário. Enquanto Simon assistia, ela pegou os braços largados de Sebastian e os cruzou sobre o peito em um gesto estranhamente tenro, colocando o enfaixado embaixo do inteiro. Afastou um chumaço de cabelo da testa branca e imóvel e recuou, sacudindo a água leitosa das mãos.

— Ao trabalho, Diurno — disse.

Simon foi em direção ao caixão. O rosto de Sebastian estava imóvel, assim como as pálpebras fechadas. Não havia pulsação na garganta. Simon se lembrou do quanto queria beber o sangue de Maureen. Como desejou a sensação dos caninos se enterrando na pele dela e libertando o sangue salgado abaixo. Mas isto — isto era se alimentar de um cadáver. A mera ideia fazia seu estômago embrulhar.

Apesar de não estar olhando para ela, tinha consciência de que Clary estava observando. Podia sentir a respiração dela ao se inclinar sobre Sebastian. Também sentia Jace assisti-lo com olhos vazios. Alcançando o interior do caixão, fechou as mãos em torno dos ombros frios e escorregadios de Sebastian. Contendo o impulso de vomitar, abaixou-se e enterrou os dentes na garganta dele. Sangue preto de demônio jorrou em sua boca, amargo como veneno.

Isabelle se moveu silenciosamente entre os pedestais de pedra. Alec estava com ela, *Sandalphon* na mão, fazendo a luz se mover pelo recinto. Maia estava em um canto da sala, abaixada e vomitando, a mão apoiada na parede; Jordan estava por perto, aparentando querer esticar o braço e acariciar as costas dela, mas temendo a rejeição.

Isabelle não culpava Maia por vomitar. Se não tivesse anos de treinamento, faria o mesmo. Nunca tinha visto nada como o que via agora. Havia dezenas, talvez cinquenta pedestais na sala. Sobre cada um, uma pequena cesta parecida com um berço. Dentro de cada uma, um bebê. E todos eles estavam mortos.

Inicialmente manteve a esperança, ao percorrer as fileiras, de que poderia encontrar algum vivo. Mas estas crianças estavam mortas havia algum tempo. As peles cinzentas, os pequenos rostos machucados e descolorados. Estavam enroladas em cobertores finos e, apesar de estar frio no local, Isabelle não considerava que o frio fosse suficiente para que os bebês tivessem morrido congelados. Não sabia ao certo como tinham morrido; não suportava a ideia de investigar de perto. Este era nitidamente um assunto para a Clave.

Alec, atrás dela, tinha lágrimas descendo pelo rosto; estava praguejando baixinho quando chegaram ao último pedestal. Maia havia se levantado e estava apoiada na janela; Jordan lhe entregara alguma espécie de tecido, talvez um lenço, para pôr na frente do rosto. As luzes brancas e frias da cidade ardiam por trás dela, penetrando o vidro escuro como brocas de diamante.

— Iz — manifestou-se Alec. — Quem poderia ter feito uma coisa destas? *Por que* alguém, mesmo um demônio...

Então interrompeu-se. Isabelle sabia no que estava pensando. Max, quando nasceu. Ela tinha 7 anos, Alec, 9. Ambos se curvaram sobre o irmãozinho no berço, entretidos e encantados com aquela nova criatura fascinante. Brincaram com os dedinhos, riram das caras estranhas que ele fazia quando faziam cócegas nele.

O coração de Isabelle se apertou. *Max.* Ao passar pelas filas de berços, agora transformados em caixões, um senso de pavor opressor começou a atacá-la. Não conseguia ignorar o fato de que o pingente no pescoço estava brilhando com um fulgor mordaz e firme. O tipo de brilho que esperaria se estivesse encarando um Demônio Maior.

Pensou no que Clary tinha visto no necrotério do hospital Beth Israel. *Parecia um bebê normal. Exceto pelas mãos. Eram curvadas em garras...*

Com muito cuidado, alcançou um dos berços. Com cuidado para não tocar a criança, puxou o cobertor branco que envolvia o corpo.

Sentiu o ar deixar a própria garganta em um engasgo. Braços gorduchos comuns, pulsos redondos de bebê. As mãos pareciam suaves e novas. Mas os dedos — os dedos formavam garras, pretas como osso queimado, com pontas afiadas. Ela deu um passo involuntário para trás.

— O que foi? — Maia foi em direção a eles. Ainda parecia nauseada, mas a voz soava firme. Jordan seguiu, com as mãos nos bolsos. — O que achou? — perguntou.

— Pelo Anjo. — Alec, ao lado da irmã, estava olhando para o berço. — Este é... como o bebê que Clary falou? O do Beth Israel?

Lentamente, Isabelle assentiu.

— Acho que não foi só aquele — concluiu Isabelle. — Alguém está tentando fabricar mais deles. Mais... Sebastians.

— Por que alguém quereria mais *dele*? — A voz de Alec estava carregada de ódio cru.

— Ele era rápido e forte — observou Isabelle. Quase doía fisicamente falar qualquer coisa elogiosa sobre o garoto que matara o seu irmão e tentara matá-la. — Acho que estão tentando criar uma raça de superguerreiros.

— Não funcionou. — Os olhos de Maia estavam escuros de tristeza.

Um ruído tão suave que era quase inaudível intrigou a audição de Isabelle. Levantou a cabeça, a mão voando para o cinto, onde o chicote estava enrolado. Alguma coisa nas sombras à beira do quarto, perto da porta, se moveu; uma tremulação quase imperceptível, mas Isabelle já tinha se separado dos outros e estava correndo para a porta. Lançou-se para o corredor perto dos elevadores. *Tinha* alguma coisa ali — uma sombra que saíra da escuridão e estava se movendo, correndo ao longo da parede. Isabelle acelerou e se jogou para a frente, derrubando a sombra no chão.

Não se tratava de um fantasma. Ao caírem juntos, Isabelle extraiu da figura sombreada um grunhido de surpresa que soava bastante humano. Atingiram o chão ao mesmo tempo e rolaram. A figura era definitivamente humana — leve e mais baixa que Isabelle, com uma roupa esportiva cinzenta e um par de tênis. Cotovelos pontudos se elevaram, atacando a clavícula de Isabelle. Um joelho atingiu seu plexo solar. Ela engasgou e rolou para o lado, procurando o chicote. Quando conseguiu soltá-lo, a figura estava de pé. Isabelle rolou de bruços, lançando o chicote para a frente; a ponta enrolou no calcanhar da figura estranha e apertou. Isabelle puxou o chicote, derrubando-a.

Isabelle levantou-se cambaleando e alcançando a estela com a mão livre, que estava enfiada na frente do vestido. Com um movimento rápido finalizou a Marca *nyx* no braço esquerdo. Sua visão ajustou rapidamente, todo o recinto parecendo se encher de luz quando o símbolo de visão noturna fez efeito. Podia ver a agressora com mais clareza agora — uma figura magra com uma roupa cinza esportiva e tênis da mesma cor, chegando para trás até atingir a parede com as costas. O capuz do casaco caiu para trás, expondo o rosto. A cabeça era raspada, mas o rosto era definitivamente feminino, com maçãs do rosto angulares e olhos grandes e escuros.

— Pare com isso — mandou Isabelle, e puxou o chicote com força. A mulher gritou de dor. — Pare de tentar fugir.

A mulher expôs os dentes.

— Verme — disse. — Descrente. Não contarei nada.

Isabelle guardou a estela de volta no vestido.

— Se eu puxar o chicote com força o suficiente, vai cortar sua perna. — Deu outro puxão no chicote, apertando ainda mais, e avançou até estar diante da mulher, olhando para ela. — Aqueles bebês — disse. — O que aconteceu com eles?

A mulher soltou uma gargalhada alegre.

— Não eram fortes o suficiente. Um estoque fraco, fraco demais.

— Fraco demais para quê? — Quando a mulher não respondeu, Isabelle se irritou: — Pode me contar ou perder a perna. A escolha é sua. Não pense que não deixarei que sangre até a morte no chão. Assassinos de crianças não merecem clemência.

A mulher exibiu os dentes e sibilou, como uma cobra:

— Se me machucar, Ela vai castigá-la.

— Quem... — Isabelle se interrompeu, lembrando-se do que Alec havia dito. *Talto é outro nome de Lilith. Pode-se dizer que ela é a deusa demônio das crianças mortas.* — Lilith — disse. — É adoradora de Lilith. Fez tudo isso... por ela?

— Isabelle. — Era Alec, carregando a luz de *Sandalphon* à frente do corpo. — O que está acontecendo? Maia e Jordan estão revistando, procurando mais... crianças, mas parece que todas estavam naquele aposento. O que está acontecendo aqui?

— Esta... pessoa — disse Isabelle com nojo — faz parte da seita da Igreja de Talto. Aparentemente são adoradores de Lilith. E assassinaram todos estes bebês para ela.

— Assassinato não! — A mulher lutou para se reerguer. — Assassinato não. Sacrifício. Foram testadas e concluiu-se que eram fracas. Não foi nossa culpa.

— Deixe-me adivinhar — disse Isabelle. — Tentou injetar sangue de demônio em mulheres grávidas. Mas sangue de demônio é tóxico. Os bebês não conseguiram sobreviver. Nasceram deformados, e depois morreram.

A mulher choramingou. Foi um ruído muito leve, mas Isabelle viu os olhos de Alec cerrarem. Ele sempre fora o melhor em ler as pessoas.

— Um desses bebês — disse ele — era seu. Como pôde injetar sangue de demônio na sua própria criança?

A boca da mulher tremeu.

— Não fiz isso. *Nós* éramos as que levavam as injeções. As mães. Tornávamo-nos mais fortes, mais rápidas. Nossos maridos também. Mas ficamos doentes. Cada vez mais. Nossos cabelos caíram. Nossas unhas... — Ela levantou as mãos, mostrando as unhas escurecidas, os dedos ensanguentados dos quais algumas haviam caído. Os braços tinham marcas de hematomas escuros. — Estamos todas morrendo — disse. Tinha um leve ruído de satisfação na voz. — Estaremos mortas em poucos dias.

— Ela as fez tomar veneno — disse Alec —, e mesmo assim todas vocês a idolatram?

— Não entendem. — A mulher soava rouca, sonhadora. — Eu não tinha nada antes de Lilith me encontrar. Dormia em grades de metrô para não congelar. Ela me deu um lugar onde morar, uma família para cuidar de mim. Estar na presença Dela é estar segura. Nunca tinha me sentido segura antes.

— Você viu Lilith — disse Isabelle, lutando para manter a incredulidade afastada da voz. Sabia como eram seitas demoníacas; escrevera um trabalho sobre o assunto uma vez, para Hodge. Tirou uma nota alta. A maioria das seitas adorava demônios imaginados ou inventados. Alguns conseguiam invocar demônios menores e mais fracos, que ou matava todos os adoradores quando liberados ou se contentavam em serem servidos pelos membros da seita e terem todas as necessidades atendidas, com poucos pedidos em troca. Nunca tinha ouvido falar em uma seita que adorasse um Demônio Maior cujos membros de fato haviam *visto* o referido demônio. Muito menos um Demônio Maior tão poderoso quanto Lilith, a mãe dos feiticeiros. — Já esteve na presença dela?

Os olhos da mulher palpitaram e fecharam até a metade.

— Estive. Com Seu sangue em mim posso sentir quando Ela está perto. Como agora.

Isabelle não pôde evitar; a mão livre voou até o pingente. Vinha pulsando irregularmente desde que haviam entrado no prédio, e ela presumira que fosse por causa do sangue de demônio nas crianças mortas, mas a proximidade de um Demônio Maior faria mais sentido ainda.

— Ela está aqui? Onde?

A mulher parecia estar caindo no sono.

— Lá em cima — respondeu vagamente. — Com o vampiro. O que anda à luz do dia. Mandou que fôssemos buscá-lo para Ela, mas ele estava protegido. Não conseguimos tocá-lo. Os que foram atrás dele morreram. Então, quando o Irmão Adam voltou e nos contou que o menino era protegido pelo fogo sagrado, Lady Lilith ficou furiosa. Destruiu-o ali mesmo. Ele teve sorte, morrer pelas mãos Dela, muita sorte. — A respiração falhou. — E Ela é esperta, Lady Lilith. Encontrou outra maneira de trazer o menino...

O chicote caiu da mão repentinamente sem força de Isabelle.

— Simon? Ela trouxe Simon para cá? Por quê?

— "Ninguém que se dirige a Ela" — suspirou a mulher — "voltará..."

Isabelle caiu de joelhos, puxando o chicote.

— Pare com isso — disse, com a voz trêmula. — Pare de balbuciar e me diga onde ele está. Para onde o levou? Onde está Simon? Responda, ou...

— Isabelle — repreendeu Alec. — Iz, não adianta. Ela está morta.

Isabelle olhou incrédula para a mulher. Tinha morrido, parecia, entre uma respiração e outra, com os olhos arregalados, o rosto rijo em linhas sem energia. Era possível enxergar agora que por baixo da fome, da calvície e dos hematomas, provavelmente era muito jovem, não mais de 20 anos.

— *Maldição.*

— Não entendo — observou Alec. — O que um Demônio Maior quer com Simon? Ele é um vampiro. Tudo bem, um vampiro poderoso, mas...

— A Marca de Caim — respondeu Isabelle, distraída. — Deve ter alguma coisa a ver com a Marca. Só pode. — Foi em direção ao elevador e apertou o botão de chamar. — Se Lilith foi realmente a primeira mulher de Adão, e Caim era filho de Adão, então a Marca de Caim é quase tão velha quanto ela.

— Onde está indo?

— Ela disse que estavam lá em cima — respondeu Isabelle. — Vou procurar em todos os andares até encontrá-lo.

— Ela não pode machucá-lo, Izzy — disse Alec, com a voz sensata que Isabelle detestava. — Sei que está preocupada, mas ele tem a Marca de Caim; é intocável. Nem um Demônio Maior pode feri-lo. Ninguém pode.

Isabelle fechou a cara para o irmão.

— Então para que acha que ela o quer? Para ter quem busque a roupa dela na lavanderia durante o dia? Sinceramente, Alec...

Escutaram um *ping*, e a seta acima do elevador mais distante acendeu. Isabelle avançou quando as portas começaram a abrir. Houve um raio de luz... e depois, uma onda de homens e mulheres — carecas, emaciados e trajando roupas esportivas cinzentas e tênis. Brandiam armas rústicas, improvisadas com os escombros da construção: cacos de vidro, fragmentos de vergalhões, blocos de concreto. Nenhum deles falou. Em um silêncio tão intenso quanto misterioso, saíram do elevador em consonância e partiram para cima de Alec e Isabelle.

18

Cicatrizes de Fogo

Nuvens afluíram sobre o rio, como às vezes acontecia à noite, trazendo consigo uma bruma espessa. Não esconderam o que estava acontecendo no telhado, apenas dispuseram uma espécie de névoa escura sobre todas as coisas. Os prédios que se erguiam ao redor tornaram-se pilares sombrios de luz atravessando as nuvens baixas. Os pedaços de vidro quebrados do caixão, espalhados pelo chão de azulejos, brilhavam como gelo, e Lilith também reluzia, pálida sob a lua, observando Simon enquanto ele se curvava sobre o corpo imóvel de Sebastian, bebendo o sangue.

Clary mal suportava assistir. Sabia que Simon detestava o que estava fazendo; sabia que o fazia por ela. Por ela e, até um pouquinho, por Jace. E sabia qual seria o próximo passo do ritual. Simon daria o próprio sangue a Sebastian, por vontade própria, e morreria. Vampiros podiam morrer se tivessem o sangue drenado. Ele morreria, ela o perderia para sempre e seria — tudo isso seria — culpa dela.

Sentia Jace atrás dela, os braços ainda firmes em volta do seu corpo, as batidas suaves e regulares do coração nas omoplatas. Lembrou-se de como a segurara nos degraus do Salão dos Acordos em Idris. Do ruído do vento nas folhas quando a beijara, das mãos mornas em ambos os lados do rosto. Da forma como sentira o coração dele batendo, e em como pensara que o coração de mais ninguém batia como o dele, como se cada pulsação se casasse às dela.

Ele *tinha* que estar ali em algum lugar. Como Sebastian na prisão de vidro. Tinha que haver alguma forma de alcançá-lo.

Lilith olhava para Simon enquanto ele estava inclinado sobre Sebastian, os olhos escuros arregalados e fixos. Clary e Jace podiam nem estar ali.

— Jace — sussurrou Clary. — Jace, não quero ver isto.

Pressionou o próprio corpo contra o dele, como se estivesse tentando se aconchegar nos braços dele, e, em seguida, simulou um tremor quando a faca tocou a lateral de sua garganta.

— Por favor, Jace — sussurrou. — Não precisa da faca. Sabe que não posso machucá-lo.

— Mas por que...

— Só quero olhar para você. Quero ver seu rosto.

Sentiu o peito dele subir e descer uma vez, depressa. Um tremor o atravessou, como se estivesse combatendo alguma coisa, lutando. Em seguida se moveu, do jeito que só ele conseguia, tão veloz quanto um clarão de luz. Manteve o braço direito firme em volta dela e a mão esquerda deslizou a faca para o cinto.

Seu coração saltou, descontrolado. *Poderia correr*, pensou, mas ele a pegaria, e o pensamento durou apenas um instante. Segundos depois ambos os braços a envolviam outra vez, as mãos nos braços dela, virando-a para ele. Sentiu os dedos de Jace passarem por suas costas e pelos braços trêmulos e expostos ao girá-la para ficar de frente para ele.

Não estava olhando para Simon agora, nem para a mulher-demônio, apesar de ainda sentir ambas as presenças às suas costas, dando-lhe calafrios na espinha. Olhou para Jace. Aquele rosto era tão familiar. As linhas, a maneira como os cabelos caíam sobre a testa, a cicatriz desbotada na maçã do rosto, outra na têmpora. Os cílios eram um tom mais escuro do que os cabelos. Os olhos tinham a cor de um vidro amarelo claro. Era ali que estava a diferença, pensou. Ainda se parecia com Jace, mas os olhos estavam vazios e inexpressivos, como se ela estivesse olhando através de uma janela para um quarto vazio.

— Estou com medo — disse.

Ele a acariciou no ombro, enviando faíscas pelos nervos; com uma sensação de enjoo, percebeu que o corpo ainda reagia ao toque dele.

— Não vou deixar que nada aconteça a você.

Olhou-o fixamente. *Realmente acredita nisso, não é? De algum jeito não enxerga a desconexão entre suas ações e intenções. De algum jeito ela tirou isso de você.*

— Não vai conseguir contê-la — disse Clary. — Ela vai me matar, Jace.

Ele balançou a cabeça.

— Não. Ela não faria isso.

Clary queria gritar, mas manteve a voz baixa, cautelosa, calma.

— Sei que está aí, Jace. O verdadeiro Jace. — Pressionou o corpo mais para perto. A fivela do cinto dele se enterrou em sua cintura. — Você poderia combatê-la...

Foi a coisa errada a se dizer. Jace ficou completamente rígido, e ela viu um brilho de angústia nos olhos dele, o olhar de um animal enjaulado. Em um segundo se fechou.

— Não posso.

Clary estremeceu. O olhar no rosto dele era horrível, tão horrível. Ao vê-la tremendo, os olhos de Jace suavizaram.

— Está com frio? — perguntou, e por um instante soou como ele novamente, preocupado com o bem-estar da namorada. Isso fez com que a garganta de Clary doesse.

Ela assentiu, apesar de o frio físico ser a última coisa que tinha em mente.

— Posso colocar as mãos dentro do seu paletó?

Ele fez que sim com a cabeça. O paletó estava desabotoado; Clary deslizou os braços para dentro, as mãos tocando levemente as costas. Tudo estava misteriosamente silencioso. A cidade parecia congelada dentro de um prisma gélido. Até a luz que irradiava dos prédios em volta era imóvel e fria.

Jace respirava lenta e uniformemente. Clary conseguia enxergar o símbolo no peito através do tecido rasgado da camisa. Parecia pulsar quando ele respirava. Era nauseante, pensou, anexado a ele daquele jeito, como um sanguessuga, arrancando o que havia de bom, o que era *Jace.*

Lembrou-se do que Luke dissera sobre destruir uma Marca. *Se desfigurá-la o suficiente, pode minimizar ou destruir o poder. Às vezes, em batalhas, o inimigo tenta queimar ou cortar a pele de Caçadores de Sombras, apenas para privá-los do poder dos símbolos.*

Manteve os olhos fixos no rosto de Jace. *Esqueça o que está acontecendo,* pensou. *Esqueça Simon, a faca na garganta. O que disser agora importa mais do que qualquer coisa que já tenha dito antes.*

— Lembra do que me falou no parque? — sussurrou ela.

Jace olhou para ela, espantado.

— O quê?

— Quando contei que não falava italiano. Lembro o que me disse, o que aquela citação significava. Disse que significava que o amor é a força mais poderosa do mundo. Mais poderoso do que qualquer outra coisa.

Uma linha fina apareceu entre as sobrancelhas dele.

— Eu não...

— Lembra, sim. — *Vá com cuidado,* disse a si mesma, mas não conseguiu conter a tensão que emergiu na própria voz. — Lembra. A força mais poderosa, você disse. Mais forte que o Céu ou o Inferno. Tem que ser mais poderosa do que Lilith também.

Nada. Ele a fitou como se não conseguisse escutar. Era como gritar em um túnel preto e vazio. *Jace, Jace, Jace. Sei que está aí.*

— Existe uma maneira de me proteger sem deixar de fazer o que ela quer — falou. — Não seria a melhor coisa? — Pressionou o corpo contra o dele, sentindo o estômago embrulhar. Era como abraçar Jace e não gostar; alegria e pavor, tudo ao mesmo tempo, misturados. E sentia o corpo dele respondendo a ela, a batida do coração de Jace em seus ouvidos, suas veias; ele não tinha deixado de querê-la, independentemente das camadas de controle que Lilith exercia sobre a mente.

— Vou sussurrar para você — disse, esfregando os lábios no pescoço de Jace. Sentiu o cheiro dele, tão familiar quanto o próprio. — Ouça.

Ela inclinou a cabeça para cima e ele abaixou para escutá-la — então Clary deslizou a mão da cintura para o cabo da faca no cinto dele. Puxou-a para cima, exatamente como ele havia mostrado quando treinaram, equilibrando o peso na palma, e rasgou o lado esquerdo do peito em um arco amplo e superficial. Jace gritou — mais de surpresa do que de dor, supôs — e sangue jorrou do corte, escorrendo pela pele, cobrindo o símbolo. Ele pôs a mão no peito; quando viu que estava vermelha, olhou para Clary com os olhos arregalados, como se estivesse verdadeiramente machucado e não conseguisse acreditar na traição de Clary.

Ela se afastou dele quando Lilith gritou. Simon não estava mais curvado sobre Sebastian; tinha se reerguido e olhava para Clary, com a parte de trás da mão pressionando a boca. Sangue preto de demônio pingava do queixo na camisa branca. Os olhos estavam arregalados.

— Jace. — A voz de Lilith se elevou, estarrecida. — Jace, pegue-a... Eu ordeno...

Jace não se moveu. Olhou de Clary para Lilith, depois para a própria mão ensanguentada, então para Clary outra vez. Simon já tinha começado a se afastar de Lilith; de repente parou com um solavanco brusco e se curvou, caindo de joelhos. Lilith virou de costas para Jace e avançou para Simon, o rosto rijo e contorcido.

— Levante-se! — gritou. — Fique de pé! Bebeu o sangue dele. Ele agora precisa do seu!

Simon lutou para conseguir sentar, então caiu sem forças no chão. Vomitou, tossindo o sangue preto. Clary se lembrou dele em Idris, dizendo que o sangue de Sebastian era como veneno. Lilith moveu o pé para chutá-lo — em seguida cambaleou para trás como se tivesse sido empurrada com força por uma mão invisível. Lilith berrou — não palavras, apenas um grito como o guincho de uma coruja. Um ruído inconfundível de ódio e fúria.

Não era um som que um humano poderia emitir; era como se cacos de vidro estivessem sendo enfiados nos ouvidos de Clary. Ela gritou:

— Deixe Simon em paz! Ele está passando mal. Não vê que está passando mal?

Imediatamente se arrependeu de ter falado. Lilith virou-se lentamente, o olhar deslizando para Jace, frio e autoritário.

— Estou dizendo, Jace Herondale. — A voz ressoou. — Não deixe a garota sair do círculo. Pegue a arma dela.

Clary mal tinha percebido que ainda estava segurando a faca. Sentia tanto frio que estava quase entorpecida, mas, por baixo disso, uma onda de fúria intolerável contra Lilith — contra tudo — liberou o movimento do braço. Ela jogou a faca no chão. O objeto deslizou pelos azulejos, chegando aos pés de Jace. Ele olhou confuso para o objeto, como se jamais tivesse visto uma arma antes.

A boca de Lilith estava como um corte vermelho fino. Os brancos dos olhos haviam desaparecido; estavam inteiramente pretos. Não parecia humana.

— Jace — sibilou. — Jace Herondale, você me ouviu. E *vai* me obedecer.

— Pegue — disse Clary, olhando para Jace. — Pegue e mate a ela ou a mim. A escolha é sua.

Lentamente, Jace se abaixou e pegou a faca.

Alec estava com *Sandalphon* em uma das mãos e uma *hachiwara* — boa para combater múltiplos agressores — na outra. Pelo menos seis integrantes da seita estavam caídos aos seus pés, mortos ou inconscientes.

Alec já tinha combatido alguns demônios na vida, mas havia algo particularmente assustador em combater os integrantes da Igreja de Talto. Moviam-se em conjunto, menos como pessoas e mais como uma onda sinistra — visto que eram tão silenciosos e bizarramente fortes e velozes. Também não pareciam temer nem um pouco a morte. Apesar de Isabelle e Alec gritarem para que se afastassem, continuavam avançando em um bando conciso e silencioso, lançando-se contra os Caçadores de Sombras com a negligência autodestrutiva de roedores se atirando de penhascos. Tinham feito Alec e Isabelle recuarem pelo corredor até a sala grande e ampla cheia de pedestais quando o barulho da briga chegou a Maia e Jordan, que vieram correndo: Jordan em forma de lobo, Maia ainda humana, mas com as garras totalmente expostas.

Os integrantes da seita mal pareceram registrar a presença dos dois. Continuaram lutando, caindo um atrás do outro enquanto Alec, Maia e Jordan atacavam com facas, garras e lâminas. O chicote de Isabelle traçava desenhos brilhantes no ar ao cortar os corpos, enviando esguichos de sangue no ar. Maia em particular estava se saindo muito bem. Pelo menos uma dúzia de adoradores estava encolhida ao seu redor, e ela estava atacando mais um com uma fúria ardente, as mãos em garras vermelhas até os pulsos.

Um dos agressores invadiu o caminho de Alec e avançou nele. O capuz estava levantado; não dava para enxergar o rosto, nem adivinhar o sexo ou a idade. Alec enterrou a lâmina de *Sandalphon* no lado esquerdo do peito. A criatura gritou — um grito masculino, alto e rouco — e caiu, segurando o tórax, onde chamas queimavam as bordas do buraco rasgado no casaco. Alec virou-se de costas, enjoado. Detestava assistir ao que acontecia com humanos quando uma lâmina serafim penetrava suas peles.

De repente sentiu uma queimadura nas costas e virou-se, vendo um segundo integrante da seita empunhando um pedaço de vergalhão. Este estava sem capuz — um homem, o rosto tão fino que as maçãs do rosto pareciam perfurar a pele. Ele sibilou e atacou mais uma vez Alec, que saltou para o lado, a arma chiando inofensivamente no lugar onde estava. Ele girou e chutou o objeto para fora da mão do agressor, fazendo-o cair barulhentamente no chão; o homem da seita recuou, quase tropeçando em um corpo, e fugiu.

Alec hesitou por um instante. O sujeito que tinha acabado de agredi-lo estava quase alcançando a porta. Alec sabia que deveria segui-lo — até onde sabia, ele podia estar correndo para alertar alguém, ou buscar reforços —, mas sentia-se exaurido, enojado e um pouco nauseado. Eles podiam estar possuídos; podiam não ser mais quase nada humanas, mas ainda parecia muito como se estivesse matando pessoas

Ficou imaginando o que Magnus diria mas, para ser sincero, já sabia. Alec já tinha combatido criaturas assim antes, integrantes de seitas que serviam a demônios. Quase tudo de humano neles já tinha sido consumido, não restando nada além de um impulso assassino de matar e um corpo humano morrendo aos poucos em agonia. Não tinha como ajudá-los: eram incuráveis, irreparáveis. Escutou a voz de Magnus como se o feiticeiro estivesse ao seu lado: *Matá-los é a atitude mais misericordiosa possível.*

Guardando a *hachiwara* de volta no cinto, Alec partiu, atravessando a porta e entrando no corredor atrás do agressor fujão. O corredor estava vazio, e as portas do elevador mais afastado, abertas; um barulho agudo de alarme soava pelo recinto. Várias entradas ramificavam a partir do vestíbulo. Dando de ombros mentalmente, Alec escolheu uma a esmo e entrou.

Encontrou-se em um labirinto de pequenos quartos mal-acabados — placas de reboco tinham sido colocadas apressadamente, e buquês multicoloridos de fios brotavam de buracos nas paredes. A lâmina serafim formava uma colcha de retalhos de luz pelas paredes enquanto Alec se movimentava cuidadosamente através dos quartos, os nervos formigando. Em determinado momento a luz captou um movimento, e ele deu um pulo. Abaixando a arma, viu um par de olhos vermelhos e um pequeno corpo cinzento correndo para dentro de um buraco na parede. A boca de Alec se contraiu. Nova York, muito prazer. Mesmo em prédios novos como estes, havia ratos.

Eventualmente os quartos se abriram em um espaço mais amplo — não tão amplo quanto a sala dos pedestais, mas maior do que os outros. Também havia uma parede de vidro ali, com folhas de papelão coladas em algumas partes.

Uma forma escura estava agachada em um canto da sala, perto de uma área exposta de encanamento. Alec se aproximou com cuidado. Seria um truque da luz? Não, a forma era notoriamente humana, uma figura agachada e encolhida com vestes escuras. Alec sentiu uma pontada no símbolo de visão noturna quando apertou os olhos, avançando. A forma se revelou ser de uma mulher magra, descalça, com as mãos acorrentadas a um cano na frente do corpo. Ela ergueu a cabeça ao ouvir Alec se aproximando, e a luz fraca que vazava pelas janelas iluminou seus cabelos claros.

— Alexander? — indagou, a voz inteiramente incrédula. — Alexander Lightwood?

Era Camille.

— *Jace*. — A voz de Lilith agredia como um chicote em carne exposta; até Clary se encolheu ao escutar. — Ordeno que...

O braço de Jace recuou — Clary ficou tensa, se preparando — e ele atirou a faca em Lilith. O objeto cortou o ar pelo caminho e se enterrou no peito dela, que cambaleou para trás, perdendo o equilíbrio. Os calcanhares de Lilith deslizaram sobre a pedra lisa; a mulher-demônio se ajeitou com um rosnado, esticando a mão para retirar a faca das costelas. Soltando alguma coisa em uma língua que Clary não conseguia entender, deixou-a cair. O objeto caiu chiando, a lâmina meio corroída, como se tivesse entrado em contato com um ácido poderoso.

Voltou-se para Clary.

— O que fez com ele? *O que fez?* — Havia poucos instantes os olhos de Lilith estavam inteiramente pretos. Agora pareciam inchar e saltar. Pequenas serpentes pretas deslizaram das cavidades oculares; Clary gritou e recuou, quase tropeçando em uma cerca viva baixa. Fora esta a Lilith que conhecera na visão de Ithuriel, com olhos de serpente e voz dura e ecoante. Partiu para cima de Clary...

E de repente Jace estava entre as duas, bloqueando a passagem da demônio. Clary fitou-o. Era ele outra vez. Parecia arder com um fogo dos justos, como acontecera com Raziel no Lago Lyn naquela noite terrível. Tinha sacado uma lâmina serafim do cinto; o brilho branco-prateado refletia em seus olhos; sangue pingava da abertura na camisa, escorregando pela pele nua. A forma como olhou para ela, para Lilith — se anjos pudessem se erguer do Inferno, pensou Clary, seriam assim.

— *Miguel* — disse ele, e Clary não sabia ao certo se era a força do nome ou a raiva da voz, mas a lâmina que empunhava acendeu com mais intensidade do que qualquer lâmina serafim que já tivesse visto. Ela olhou para o lado por um instante, cega, e viu Simon encolhido no chão ao lado do caixão de vidro de Sebastian.

Seu coração retorceu no peito. E se o sangue demoníaco de Sebastian o tivesse envenenado? A Marca de Caim não ajudaria. Foi algo que fez por vontade própria, contra si mesmo. Por ela. *Simon.*

— Ah, Miguel. — A voz de Lilith estava carregada de risadas ao se mover em direção a Jace. — O capitão dos anfitriões do Senhor. Eu o conheci.

Jace ergueu a lâmina serafim, que brilhou como uma estrela, tão luminosa que Clary imaginou se a cidade inteira poderia enxergar, como um farol perfurando o céu.

— Não se aproxime.

Lilith, para surpresa de Clary, parou.

— Miguel destruiu o demônio Samael, a quem eu amava — revelou. — Por que, Caçadorzinho de Sombras, seus anjos são tão frios e sem misericórdia? Por que destroem o que não os obedece?

— Não fazia ideia de que fosse tão partidária do livre-arbítrio — disse Jace, e a maneira como se expressou, com a voz carregada de sarcasmo, contribuiu mais para assegurar Clary de que ele tinha voltado a si do que qualquer outra coisa o faria. — Que tal deixar que a gente saia deste telhado agora, então? Eu, Simon, Clary? O que me diz, demônio?

Acabou. Não me controla mais. Não vou machucar Clary, e Simon não irá obedecê-la. E aquela imundice que está tentando ressuscitar, sugiro que se livre dele antes que comece a apodrecer. Porque ele não vai voltar, e já passou da data de validade há muito tempo.

O rosto de Lilith se contorceu. Cuspiu em Jace, e o que saiu foi uma chama preta que atingiu o chão e se transformou em uma cobra que deslizou em direção a ele, com a boca aberta. Ele a esmagou com o sapato e avançou para a mulher-demônio com a lâmina em riste; mas Lilith desapareceu como uma sombra diante da luz, reaparecendo atrás dele. Quando Jace girou, ela esticou o braço quase preguiçosamente e bateu com a palma aberta no peito dele.

Jace voou, tendo Miguel arrancada da mão e quicando pelos ladrilhos. Seu corpo cortou o ar e bateu na parede baixa do telhado com tanta força que apareceram rachaduras na pedra. Caiu com violência no chão, visivelmente desorientado.

Arquejando, Clary correu para a lâmina serafim caída, mas não chegou a tempo de alcançá-la. Lilith segurou Clary com as mãos finas e frias e a arremessou com incrível força, fazendo-a bater em uma cerca viva. Os galhos a arranharam dolorosamente, abrindo longos cortes. Debateu-se para se soltar, o vestido enrolado na folhagem. Ouviu a seda rasgar ao se libertar e virou-se para ver Lilith levantando Jace, a mão sobre a frente ensanguentada da camisa.

Sorriu para ele, e os dentes também estavam pretos, reluzindo como metal.

— É bom que está de pé, pequeno Nephilim. Quero ver seu rosto quando matá-lo, e não apunhalá-lo pelas costas como fez com meu filho.

Jace passou a manga pelo rosto; estava sangrando por causa de um longo corte na bochecha, e o tecido voltou vermelho.

— Ele não é seu filho. Você doou um pouco de sangue para ele. Isso não faz com que seja seu. Mãe dos feiticeiros... — Ele virou a cabeça e cuspiu sangue. — Não é mãe de ninguém.

Os olhos de serpente de Lilith passearam furiosos de um lado para o outro. Clary, soltando-se arduamente da cerca, viu que cada uma das cabeças de serpente tinha dois olhos próprios, vermelhos e cintilantes. O estômago de Clary revirou quando as cobras se moveram, os olhares parecendo percorrer todo o corpo de Jace.

— Rasgando minha Marca. Que brutalidade — disse.

— Mas muito eficiente — respondeu Jace.

— Não pode me vencer, Jace Herondale — respondeu Lilith. — Pode ser o melhor Caçador de Sombras que o mundo conheceu, mas sou mais do que um Demônio Maior.

— Então lute comigo — disse Jace. — Dou-lhe uma arma. Uso minha lâmina serafim. Lute comigo cara a cara, e veremos quem vence.

Lilith olhou para ele, balançando a cabeça lentamente, os cabelos pretos girando ao seu redor como fumaça.

— Sou a mais antiga dos demônios — disse. — Não sou um *homem*. Não tenho orgulho masculino para cair nos seus truques, e não estou interessada em nenhum combate. Esta é uma fraqueza exclusiva do seu sexo, não do meu. Sou mulher. Usarei todas e quaisquer armas para conseguir o que quero. — Então o soltou, com um empurrão meio desdenhoso; Jace cambaleou por um instante, ajeitando-se rapidamente e alcançando no chão a lâmina serafim Miguel.

Ergueu-a ao mesmo tempo que Lilith riu e levantou as mãos. Sombras meio opacas explodiram de suas mãos abertas. Até Jace pareceu chocado quando as sombras se solidificaram, formando dois demônios gêmeos com olhos vermelhos cintilantes. Atingiram o chão, dando patadas e rosnando. Eram *cachorros*, pensou Clary admirada, dois cachorros pretos, magros e de aparência cruel, que lembravam vagamente um par de dobermans.

— Cães infernais — suspirou Jace. — Clary...

Interrompeu-se quando um dos cachorros avançou nele, a boca aberta tão grande quanto a de um tubarão, soltando um uivo alto. Um instante mais tarde o segundo saltou, lançando-se diretamente para Clary.

— Camille. — A cabeça de Alec estava girando. — O que está fazendo aqui?

Imediatamente percebeu que soava como um idiota. Lutou contra o impulso de estapear a própria testa. A última coisa que queria era parecer um idiota na frente da ex-namorada de Magnus.

— Foi Lilith — disse a vampira com uma voz pequena e trêmula. — Ordenou que os integrantes da seita invadissem o Santuário. Não é protegido contra humanos, e eles são humanos, de certa forma. Cortaram minhas correntes e me trouxeram para cá, para ela. — Ela ergueu as mãos, e as correntes prendendo os pulsos ao cano chacoalharam. — Eles me torturaram.

Alec agachou, ficando com os olhos na altura dos de Camille. Vampiros não tinham hematomas — curavam-se depressa demais para isso —, mas seus cabelos estavam sujos de sangue no lado esquerdo, o que fez com que ele acreditasse que ela estava dizendo a verdade.

— Digamos que eu acredite em você — falou. — O que ela queria contigo? Nada do que sei sobre Lilith menciona que ela tenha algum interesse em vampiros.

— Sabe por que a Clave estava me prendendo — disse. — Certamente ouviu.

— Você matou três Caçadores de Sombras. Magnus me disse que você alegou estar agindo por ordens de alguém... — interrompeu-se. — Lilith?

— Se eu contar, vai me ajudar? — O lábio inferior de Camille tremeu. Os olhos estavam enormes, verdes e suplicantes. Era linda. Alec se pegou imaginando se ela já teria olhado para Magnus deste jeito. Teve vontade de sacudi-la.

— Talvez — respondeu, espantado com a frieza na própria voz. — Não tem muito poder de barganha nesse contexto. Poderia ir embora e largá-la para Lilith, e não faria a menor diferença.

— Faria, sim — disse. A voz estava baixa. — Magnus o ama. Não amaria se fosse o tipo de pessoa capaz de abandonar uma criatura desamparada.

— Ele amou *você* — argumentou Alec.

Ela deu um sorriso nostálgico.

— Parece ter aprendido a lição desde então.

Alec se balançou ligeiramente sobre os calcanhares.

— Olha — disse. — Diga a verdade. Se o fizer, te liberto e te levo para a Clave. Eles vão tratá-la melhor do que Lilith.

Camille olhou para os pulsos, acorrentados a um cano.

— A Clave me acorrentou — relatou. — Lilith me acorrentou. Vejo pouca diferença no tratamento entre os dois.

— Então acho que a escolha é sua. Confiar em mim ou nela — concluiu Alec. Era uma aposta, tinha consciência.

Esperou durante diversos instantes tensos antes que ela respondesse:

— Muito bem. Se Magnus confia em você, também confiarei. — Levantou a cabeça, fazendo o melhor que podia para parecer digna apesar das roupas rasgadas e do cabelo ensanguentado. — Lilith veio até mim, e não o contrário. Ficou sabendo que eu queria recuperar minha posição de líder do clã de Manhattan, que estava com Raphael Santiago. Disse que me ajudaria, se eu a ajudasse.

— Ajudasse matando Caçadores de Sombras?

— Ela queria o sangue deles — revelou Camille. — Para aqueles bebês. Estava injetando sangue de Caçadores de Sombras e sangue de demônio nas mães, tentando repetir o que Valentim havia feito com o filho. Mas não deu certo. Os bebês viraram coisas retorcidas, e depois morreram. — Percebendo o olhar revoltado, acrescentou: — No início, eu não sabia *para quê* queria o sangue. Pode não ter uma boa opinião a meu respeito, mas não tenho gosto por matar inocentes.

— Não precisava aceitar — afirmou Alec. — Só porque ela ofereceu.

Camille sorriu, exaurida.

— Quando se é velho como eu — respondeu — é porque aprendeu a entrar no jogo corretamente, a fazer as alianças certas nos momentos certos. A se filiar não apenas aos poderosos, mas àqueles que acredita que o tornarão poderosos. Sabia que se não aceitasse ajudar Lilith, ela me mataria. Demônios são desconfiados por natureza, e ela acabaria achando que eu iria até a Clave revelar os planos de assassinar Caçadores de Sombras, mesmo que eu prometesse silêncio. Apostei que Lilith seria mais perigosa do que a sua espécie.

— E não se importava em matar Caçadores de Sombras.

— Eram integrantes do Ciclo — disse Camille. — Tinham matado integrantes da minha espécie. E da sua.

— E Simon Lewis? Qual era o seu interesse nele?

— Todo mundo quer um Diurno ao seu lado. — Camille deu de ombros. — E eu sabia que ele tinha a Marca de Caim. Um dos vampiros subalternos de Raphael ainda é leal a mim. Transmitiu a informação. Poucos membros do Submundo sabem. Isso faz dele um aliado incomensuravelmente valioso.

— É isso que Lilith quer com ele?

Os olhos de Camille se arregalaram. Sua pele estava muito pálida, e abaixo dela Alec podia ver que as veias tinham escurecido, o desenho das ramificações se espalhando pela brancura do rosto como rachaduras crescentes em porcelana. Eventualmente, vampiros famintos se tornavam selvagens, depois perdiam a consciência, uma vez que ficassem muito tempo sem sangue. Quanto mais velhos, mais conseguiam aguentar, mas Alec não pôde deixar de imaginar quanto tempo fazia que Camille não se alimentava.

— O que quer dizer?

— Aparentemente ela convocou Simon para um encontro — explicou Alec. — Estão em algum lugar no prédio.

Camille fitou-o mais um instante, em seguida riu.

— Uma verdadeira ironia — disse. — Ela nunca o mencionou para mim, e eu nunca o mencionei para ela, e, no entanto, nós duas estávamos atrás dele para nossos respectivos propósitos. Se ela o quer, é pelo sangue — acrescentou. — O ritual que está executando certamente envolve magia de sangue. O dele, que é uma mistura de Submundo com Caçador de Sombras, seria de grande utilidade para ela.

Alec sentiu uma pontada de desconforto.

— Mas ela não pode feri-lo. A Marca de Caim...

— Vai encontrar uma forma de contornar isso — garantiu Camille. — Ela é Lilith, a mãe dos feiticeiros. Está viva há *muito* tempo, Alexander.

Alec se levantou.

— Então é melhor descobrir o que ela está fazendo.

As correntes de Camille tilintaram quando a vampira tentou ajoelhar.

— Espere... Mas você disse que me libertaria.

Alec virou e olhou para ela.

— Não. Falei que deixaria a Clave cuidar de você.

— Mas se me deixar aqui, nada impede que Lilith me encontre antes. — Jogou os cabelos para trás. Linhas de tensão apareceram em seu rosto. — Alexander, por favor. Eu lhe imploro...

— Quem é Will? — perguntou Alec. As palavras foram expelidas súbita e inesperadamente, para horror dele.

— Will? — Por um instante o rosto de Camille transpareceu confusão; em seguida percepção, e quase divertimento. — Escutou minha conversa com Magnus.

— Parte dela — suspirou Alec cuidadosamente. — Will está morto, não está? Quero dizer, Magnus disse que faz muito tempo que o conheceu...

— Sei o que o incomoda, Caçadorzinho de Sombras. — A voz de Camille havia se tornado suave e musical. Atrás dela, através das janelas, Alec viu as luzes de um avião que sobrevoava a cidade. — Inicialmente se sentiu feliz. Pensou no momento, não no futuro. Agora percebeu que vai envelhecer, e um dia morrerá. E Magnus não. Não vão envelhecer juntos. Em vez disso, vão se afastar.

Alec pensou nas pessoas no avião, lá em cima, no ar gélido, olhando para a cidade como um campo de diamantes brilhando, bem abaixo. Claro, ele próprio nunca tinha entrado em um avião. Estava apenas especulando qual seria a sensação: solidão, distância, desconexão com o mundo.

— Não pode saber isso — falou. — Que vamos nos afastar.

Ela sorriu com piedade.

— Você é lindo agora — declarou. — Mas ainda será daqui a vinte anos? Quarenta? Cinquenta? Ele vai amar seus olhos azuis quando desbotarem, sua pele suave quando a idade deixar suas marcas? Suas mãos, quando enrugarem e enfraquecerem, seus cabelos quando ficarem brancos...

— Cale-se. — Alec ouviu o tremor da própria voz, e se sentiu envergonhado. — Cale-se. Não quero ouvir.

— Não precisa ser assim. — Camille se inclinou em direção a ele, os olhos verdes luminosos. — E se eu lhe dissesse que não precisa envelhecer? Nem morrer?

Alec sentiu uma onda de fúria.

— Não estou interessado em me tornar um vampiro. Nem perca seu tempo oferecendo. Nem que a única alternativa fosse a morte.

Por um breve instante, o rosto da vampira se contorceu. A careta sumiu em um flash quando seu autocontrole se restabeleceu; ela deu um sorriso fino e disse:

— Não era essa a minha sugestão. Eu se lhe dissesse que existe outra forma? Outra maneira de ficarem juntos para sempre?

Alec engoliu em seco. A boca estava seca como papel.

— Me diga — falou.

Camille ergueu as mãos. As correntes chacoalharam.

— Me solte.

— Não. Primeiro me conte.

Ela balançou a cabeça.

— Não farei isso. — A expressão estava dura como mármore, assim como a voz. — Disse que eu não tinha nenhum poder de barganha. Mas agora tenho. E não vou entregá-lo.

Alec hesitou. Em sua mente, escutou a voz suave de Magnus: *Ela é mestre em insinuação e manipulação. Sempre foi.*

Mas Magnus, pensou Alec. *Você nunca me contou. Nunca me alertou de que seria assim, que um dia eu acordaria e perceberia que estava indo a um lugar onde não poderia me seguir. Que essencialmente não somos iguais. Não existe "até que a morte nos separe" para quem nunca morre.*

Deu um passo em direção a Camille, e depois outro. Erguendo o braço direito, usou a lâmina serafim com toda a sua força. Arrebentou o metal das correntes; os pulsos da vampira se separaram, ainda com as algemas, porém livres. Ela ergueu as mãos com uma expressão de júbilo, triunfante.

— Alec. — Era Isabelle falando da entrada; Alec se virou e a viu ali parada, com o chicote ao lado do corpo. Estava manchado de sangue, assim como suas mãos e o vestido de seda. — O que está fazendo aqui?

— Nada. Eu... — Alec sentiu uma onda de vergonha e horror; quase sem pensar, se colocou na frente de Camille, como se pudesse escondê-la da irmã.

— Estão todos mortos. — O tom de Isabelle parecia cruel. — Os membros da seita. Matamos todos. Agora vamos. Temos que começar a procurar pelo Simon. — Cerrou os olhos para Alec. — Você está bem? Está muito branco.

— Cortei as correntes dela — soltou. — Não deveria ter feito isso. É que...

— Cortou as correntes de *quem*? — Isabelle deu um passo para dentro do quarto. As luzes da cidade se refletiam no vestido, fazendo-a brilhar como um fantasma. — Alec, do que está falando?

A expressão de Isabelle estava vazia, confusa. Alec virou-se, seguindo o olhar da irmã... e não viu nada. O cano continuava lá, um pedaço de corrente ao lado, a poeira no chão se movendo ligeiramente. Mas Camille não estava mais lá.

Clary mal teve tempo de erguer os braços antes de o cão infernal colidir contra ela como uma bala de canhão de músculos e ossos, o hálito quente e malcheiroso. Seus pés saíram do chão; lembrou-se de Jace ensinando sobre a melhor forma de cair, sobre como se proteger, mas o conselho voou da mente ao atingir o chão com os cotovelos, sentindo a agonia percorrendo seu corpo quando a pele rasgou. No momento seguinte o cachorro estava em cima dela, as patas pressionando-a no peito, o rabo nodoso batendo de um lado para o outro em uma imitação grotesca de um abano. A ponta da cauda era coberta por espinhos semelhantes a pregos, como uma clava medieval, e um rosnado espesso veio do corpo largo do animal, tão alto e forte que ela sentiu os ossos vibrarem.

— Segure-a! Rasgue a garganta se ela tentar escapar! — Lilith gritava instruções enquanto o segundo cão infernal pulava em Jace; ele estava lutando contra o bicho, rolando de um lado para o outro em um redemoinho de dentes, braços, pernas e o rabo cruel que batia de lá para cá. Dolorosamente, Clary virou a cabeça para o outro lado e viu Lilith acelerando na direção do caixão de vidro e de Simon, ainda encolhido. Dentro do objeto, Sebastian flutuava, imóvel como um corpo afogado; a cor leitosa da água havia se tornado escura, provavelmente por causa do sangue.

O cão que prendia Clary ao chão rosnou perto do seu ouvido. O ruído enviou uma onda de medo por ela — e com o medo, raiva. Raiva de Lilith, e de si mesma. Era uma Caçadora de Sombras. Uma coisa era ser derrubada por um demônio Ravener quando nunca tinha ouvido falar nos Nephilim. Agora já tinha algum treinamento. Deveria se sair melhor.

Qualquer coisa pode ser uma arma, dissera Jace no parque. O peso do cão infernal era opressor; engasgou-se e se esticou para alcançar a garganta, como se estivesse lutando para conseguir respirar. O animal latiu e rosnou, mostrando os dentes quando os dedos de Clary se fecharam em torno da corrente, segurando o anel Morgenstern. Puxou, com força, e a corrente arrebentou; Clary lançou-a em direção ao rosto do cachorro, açoitando-o brutalmente nos olhos. O cão recuou, uivando de dor, e Clary rolou para o lado, ajoelhando-se desajeitadamente. Com olhos sangrentos, a fera agachou, pronta para atacar. O colar tinha caído da mão de Clary e o anel estava rolando para longe; tentou segurar a corrente quando o cão saltou...

Uma lâmina brilhante cortou a noite, passando a poucos centímetros do rosto de Clary e decapitando o animal. Com um uivo solitário ele desapareceu, deixando para trás uma marca preta chamuscada na pedra e o fedor de demônio no ar.

Mãos desceram e ergueram Clary gentilmente. Era Jace. Tinha guardado a lâmina serafim ardente no cinto, e segurou-a com ambas as mãos, encarando-a com um olhar peculiar. Clary não conseguiria descrevê-lo, ou sequer desenhá-lo — esperança, choque, amor, desejo e raiva, tudo misturado em uma única expressão. A camisa estava rasgada em vários lugares, ensopada de sangue; o paletó havia sumido, os cabelos claros estavam grudentos de suor e sangue. Por um instante simplesmente se olharam, o aperto de Jace nas mãos dela era dolorosamente forte. Os dois falaram ao mesmo tempo:

— Você está... — começou ela.

— Clary. — Ainda segurando as mãos dela, ele a moveu para longe do círculo, em direção ao caminho que levava aos elevadores. — Vá — disse asperamente. — Saia daqui, Clary.

— Jace...

Ele respirou, trêmulo.

— *Por favor* — disse, e soltou as mãos, pegando de volta a lâmina serafim enquanto virava novamente para o círculo.

— Levante-se — rosnou Lilith. — *Levante-se.*

Mãos sacudiram o ombro de Simon, enviando uma onda de agonia por sua cabeça. Estivera flutuando na escuridão; abriu os olhos e viu o céu noturno, estrelas e o rosto branco de Lilith se erguendo sobre ele. Os olhos haviam desaparecido, substituídos por serpentes pretas. O choque da visão foi suficiente para fazer Simon levantar.

Assim que ficou de pé, teve ânsia de vômito e quase caiu de joelhos novamente. Fechando os olhos para combater o enjoo, ouviu Lilith rosnar seu nome, e, em seguida, a mão da mulher-demônio estava em seu ombro, conduzindo-o para a frente. Ele permitiu. Estava com a boca cheia do gosto amargo e nauseante do sangue de Sebastian; também estava se espalhando por suas veias, deixando-o enjoado, fraco, e fazendo-o ter calafrios. Sua cabeça parecia pesar quinhentos quilos, e a tontura ia e vinha em ondas.

Abruptamente, o aperto frio da mão de Lilith no braço de Simon desapareceu. Ele abriu os olhos e viu que estava sobre o caixão de vidro, exatamente como antes. Sebastian flutuava no líquido escuro e leitoso, o rosto liso, sem pulsação no pescoço. Dois buracos escuros eram visíveis na lateral da garganta, onde Simon o mordera.

Dê seu sangue a ele. A voz de Lilith ecoou, não alta, mas na mente dele. *Agora.*

Simon levantou o olhar, tonto. Estava com a visão enevoada. Esforçou-se para ver Clary e Jace através da escuridão invasora.

Use suas presas, disse Lilith. *Corte o pulso. Dê seu sangue a Jonathan. Cure-o.*

Simon ergueu o pulso até a boca. *Cure-o*. Levantar alguém do reino dos mortos era muito mais do que curá-los, pensou. Talvez a mão de Sebastian fosse crescer de volta. Talvez fosse isso que quisesse dizer. Esperou as presas saírem, mas elas não vieram. Estava enjoado demais para sentir fome, pensou, e combateu um impulso insano de rir.

— Não consigo — disse, meio engasgando. — Não consigo...

— *Lilith!* — A voz de Jace cortou a noite; a mulher virou-se sibilando, incrédula.

Simon abaixou o pulso lentamente, lutando para manter os olhos focados. Concentrou-se no brilho diante de si, que acabou se revelando a chama de uma lâmina serafim, na mão esquerda de Jace. Simon conseguia enxergá-lo nitidamente agora, uma imagem distinta pintada na escuridão. Não estava mais de paletó; estava imundo, a camisa rasgada e preta com sangue, mas os olhos estavam claros, firmes e atentos. Não parecia mais um zumbi, ou um sonâmbulo preso em um pesadelo.

— Onde ela está? — perguntou Lilith, os olhos de cobra deslizando para a frente. — Onde está a menina?

Clary. A visão turva de Simon examinou a escuridão em torno de Jace, mas ela não estava em lugar nenhum. As imagens começavam a clarear. Enxergava sangue borrando o chão de azulejos e pedacinhos de cetim rasgado nos galhos afiados da cerca viva. Havia o que pareciam pegadas de cachorro no sangue. Simon sentiu o peito apertar. Olhou rapidamente para Jace outra vez. Jace parecia furioso — muito furioso, aliás — mas não destruído como Simon imaginaria que fosse ficar se alguma coisa tivesse acontecido com Clary. Então onde estava ela?

— Ela não tem nada a ver com isso — respondeu Jace. — Diz que não posso matá-la, demônio. Eu digo que posso. Vamos ver quem tem razão.

Lilith se moveu com tanta velocidade que pareceu um borrão. Num instante estava ao lado de Simon, no seguinte no degrau acima de Jace. Ela o atacou com a mão; ele desviou, girando atrás dela, golpeando a lâmina serafim no ombro da mulher-demônio. Ela gritou, rodando, com sangue escorrendo do machucado. A cor do líquido era preto reluzente, como ônix. Juntou as mãos como se pretendesse esmagar a lâmina entre elas, que bateram uma na outra com um ruído trovejante, mas Jace já tinha saído, e estava a vários metros de distância, a luz da lâmina serafim dançando no ar diante dele como uma piscadela zombeteira.

Se fosse qualquer outro Caçador de Sombras que não Jace, pensou Simon, já estaria morto. Pensou em Camille dizendo: *homens não podem lutar contra o divino*. Caçadores de Sombras eram humanos, apesar do sangue de anjo, e Lilith era mais do que um demônio.

Simon sentiu uma pontada de dor. Surpreso, percebeu que as presas tinham finalmente aparecido e estavam cortando o lábio inferior. A dor e o gosto de sangue o despertaram ainda mais. Começou a se levantar, lentamente, com os olhos em Lilith. Ela certamente não pareceu reparar nele, ou no que estava fazendo. A mulher fitava Jace. Com outro rosnado repentino, pulou para cima dele. Assisti-los batalhando no telhado era como ver mariposas indo e vindo. Até a visão vampiresca de Simon tinha dificuldade em acompanhá-los enquanto se moviam, saltando sobre cercas vivas, correndo por passagens. Lilith fez Jace recuar contra a parede baixa que cercava um relógio de sol, os números dourado cintilantes em alto-relevo. Jace se movimentava tão depressa que parecia um borrão, a luz de *Miguel* chicoteando em torno de Lilith como se ela estivesse sendo envolvida em uma rede de filamentos reluzentes. Qualquer outra pessoa teria sido cortada em pedacinhos. Mas Lilith se movimentava como água escura, como fumaça. Parecia sumir e reaparecer de acordo com a própria vontade, e apesar de Jace notoriamente não estar se cansando, Simon podia sentir sua frustração.

Finalmente aconteceu. Jace jogou a lâmina serafim violentamente em direção a Lilith — e ela a segurou no ar, os dedos se fechando em torno da arma. A mão pingou sangue preto quando ela tomou a lâmina para si. As gotas, ao atingirem o chão, transformavam-se em pequenas cobras de obsidiana que deslizavam para a vegetação rasteira.

Segurando a lâmina com as duas mãos, levantou-a. Sangue corria pelos pulsos brancos e antebraços como riachos de alcatrão. Com um sorriso rosnado, quebrou a lâmina ao meio; um pedaço ruiu e virou pó cintilante, enquanto o outro — o cabo e um caco da lâmina — crepitou sombriamente, uma chama semissufocada por cinzas.

Lilith sorriu.

— Pobre Miguel — disse. — Sempre foi fraco.

Jace estava arfando, as mãos cerradas nas laterais do corpo, o cabelo grudado na testa pelo suor.

— Você e essa mania de se gabar usando os nomes alheios. "Conheci Miguel." "Conheci Samael." "O Anjo Gabriel fez meu cabelo." É tipo *Estou com a banda* com figuras bíblicas.

Isto era Jace sendo corajoso, pensou Simon; corajoso e irritante, porque achava que Lilith fosse matá-lo, e era assim que queria ir, corajoso e de pé. Como um guerreiro. Como faziam os Caçadores de Sombras. Seu canto do cisne seria sempre este — piadas, zombaria, falsa arrogância e aquele olhar que dizia *Sou melhor do que você*. Simon só não tinha percebido antes.

— Lilith — prosseguiu Jace, conseguindo fazer com que a palavra soasse como uma maldição. — Eu a estudei. No colégio. O Céu a amaldiçoou com a esterilidade. Mil bebês, e todos morreram. Não é esse o caso?

Lilith ergueu a lâmina escura, o rosto impassível.

— Cuidado, Caçadorzinho de Sombras.

— Ou o quê? Vai me matar? — Sangue escorria do rosto de Jace, do corte na bochecha; não fez qualquer gesto para limpar. — Vá em frente.

Não. Simon tentou dar um passo, mas seus joelhos cederam e ele caiu, batendo as mãos no chão. Respirou fundo. Não precisava do oxigênio, mas ajudava de alguma forma, estabilizando-o. Esticou o braço e agarrou a borda do pedestal de pedra, usando-o para se levantar. A cabeça de Simon estava latejando. Não teria tempo o suficiente. Tudo que Lilith precisava fazer era arremessar a lâmina quebrada que estava segurando...

Mas não o fez. Olhando para Jace, permaneceu parada, e de repente os olhos dele brilharam, a boca relaxando.

— *Não pode me matar* — disse, elevando a voz. — O que falou antes... sou o contrapeso. Sou a única coisa prendendo *ele* — esticou o braço, apontando para o caixão de vidro de Sebastian — a este mundo.

Se eu morrer, ele morre. Não é mesmo? — Deu um passo para trás. — Posso pular deste telhado agora — disse. — Me matar. Acabar com isto.

Pela primeira vez Lilith pareceu verdadeiramente perturbada. Sua cabeça foi de um lado para o outro, os olhos de serpente tremendo, como se investigassem o vento.

— Onde ela está? Onde está a menina?

Jace esfregou sangue e suor do rosto e sorriu para ela; seu lábio já estava cortado e derramava sangue pelo queixo.

— Esqueça. Mandei ela descer quando você não estava prestando atenção. Ela já foi, está segura.

Lilith rosnou.

— Está mentindo.

Jace deu mais um passo para trás. Mais alguns e estaria no muro baixo, na borda do prédio. Jace podia sobreviver a muitas coisas, Simon sabia, mas uma queda de um prédio de quarenta andares talvez fosse demais até para ele.

— Você esquece — disse Lilith. — Eu estava *lá*, Caçador de Sombras. O vi cair e morrer. Vi Valentim chorar sobre seu corpo. E depois testemunhei quando o Anjo perguntou a Clarissa o que ela queria dele, o que desejava acima de tudo, e ela respondeu *você*. Achando que vocês seriam as únicas pessoas no mundo que poderiam ter de volta um morto amado, e que não haveria *consequências*. *Foi* o que pensaram, não foi, vocês dois? Tolos. — Lilith cuspiu. — Vocês se amam, qualquer um percebe só de olhar; o tipo de amor que pode incinerar o mundo ou erguê-lo em glória. Não, ela jamais sairia do seu lado. Não enquanto achar que corre perigo. — Jogou a cabeça para trás, estendendo a mão e curvando os dedos em garras. — *Ali*.

Ouviu-se um grito, e uma das cercas vivas pareceu se abrir, revelando Clary agachada, escondida no meio. Chutando e arranhando, ela foi arrastada para a frente, as unhas arranhando o chão, procurando em vão por alguma coisa a que pudesse se agarrar. As mãos deixaram rastros sangrentos nos azulejos.

— *Não!* — Jace avançou, em seguida congelou quando Clary foi lançada ao ar, onde flutuou, pairando diante de Lilith. Estava descalça, o vestido de cetim, agora tão rasgado e imundo que parecia vermelho e preto em vez de dourado, agitando-se ao seu redor, uma das alças rasgadas e penduradas. Os cabelos tinham soltado completamente do penteado e desciam sobre os ombros. Seus olhos verdes se fixaram em Lilith com ódio.

— *Sua vaca* — falou.

O rosto de Jace estava horrorizado. Ele realmente acreditava quando disse que Clary tinha saído, Simon percebeu. Pensou que ela estivesse em segurança. Mas Lilith tinha razão. E agora estava regozijando, os olhos de serpente dançando enquanto mexia as mãos como uma titereira e Clary rodava e se engasgava no ar. Lilith estalou os dedos, e o que parecia um chicote prateado açoitou o corpo de Clary, rasgando o vestido e a pele embaixo. A menina gritou e agarrou o ferimento, que jorrava sangue como chuva escarlate nos azulejos.

— *Clary*. — Jace virou-se para Lilith. — Tudo bem — disse. Estava pálido, a bravata desaparecera; as mãos, cerradas, estavam brancas nas juntas. — Tudo bem. Solte-a e farei o que quer... Simon também. Deixaremos que você...

— *Deixarão*? — De algum jeito, as feições no rosto de Lilith se rearranjaram. Cobras se contorciam nas cavidades oculares, a pele branca estava completamente esticada e reluzente, a boca larga. O nariz quase desaparecera. — Não têm escolha. E, mais precisamente, me irritaram. Todos vocês. Talvez se simplesmente tivessem feito o que ordenei, poderia ter permitido que fossem embora. Agora nunca saberão, não é mesmo?

Simon soltou o pedestal, balançou e se estabilizou. Em seguida começou a andar. Mover os pés, um após o outro, era como lançar sacos enormes de areia molhada de um penhasco. Cada vez que um pé atingia o chão, enviava uma punhalada de dor através do corpo. Concentrou-se em continuar avançando, um passo de cada vez.

— Talvez não possa te matar — disse Lilith a Jace. — Mas posso torturá-la além da sua capacidade de tolerância, até levá-la à loucura, e fazê-lo assistir. Há coisas piores do que a morte, Caçador de Sombras.

Ela estalou os dedos novamente, e o chicote de prata desceu, batendo no ombro de Clary desta vez e abrindo um corte amplo. Clary se curvou mas não gritou, colocando as mãos na boca e se encolhendo como se pudesse se proteger de Lilith.

Jace avançou para se jogar em Lilith — e viu Simon. Seus olhares se encontraram. Por um instante o mundo pareceu ficar suspenso; o mundo todo, não apenas Clary. Simon viu Lilith, com toda a sua atenção focada em Clary, a mão esticada para trás, pronta para mais um golpe cruel. O rosto de Jace estava pálido de tanta angústia, e seus olhos escureceram ao encontrarem os de Simon — então ele percebeu — e entendeu.

Jace deu um passo para trás.

O mundo se transformou em um borrão ao redor de Simon. Ao saltar para a frente, percebeu duas coisas. Uma, que era impossível, jamais alcançaria Lilith a tempo; a mão dela já estava se movendo, o ar na frente dela vivo com a prata que girava. E a outra, que nunca tinha entendido o quão *rápido* um vampiro podia se mexer. Sentiu a laceração nos músculos das pernas e das costas, o estrépito nos ossos dos pés e calcanhares...

E lá estava ele, deslizando entre Lilith e Clary quando a mão da mulher-demônio desceu. O fio prateado longo e afiado o atingiu no rosto e no peito — houve um instante de dor assustadora —, e em seguida o ar pareceu se romper em volta dele como confete brilhante e Simon escutou Clary gritar, um som claro de choque e espanto que rasgou a escuridão.

— *Simon!*

Lilith congelou. Olhou de Simon para Clary, ainda no ar, e depois para a própria mão, agora vazia. Respirou profunda e longamente, uma respiração irregular.

— *Sete vezes* — sussurrou, e foi abruptamente interrompida quando uma incandescência capaz de cegar iluminou a noite.

Atordoado, tudo que Simon conseguiu pensar foi em formigas queimando sob o calor concentrado de uma lente de aumento quando um enorme raio de fogo desceu do céu, perfurando Lilith. Por um longo instante, ela queimou, branca em contraste com a escuridão, presa à chama, a boca aberta como um túnel, soltando um grito silencioso. Seus cabelos se levantaram em uma massa de filamentos em chamas, em seguida tornou-se ouro branco, finíssimo no ar, e depois em sal, milhares de grãos cristalinos de sal que choviam aos pés de Simon com uma beleza pavorosa.

E então se foi.

19

O Inferno Está Satisfeito

O fulgor inimaginável marcado no interior das pálpebras de Clary desbotou em escuridão. Uma escuridão surpreendentemente longa que devagar abriu caminho para uma luz cinzenta intermitente, manchada por sombras. Havia algo duro e frio pressionando suas costas, e o corpo todo doía. Escutou vozes murmuradas acima de si, o que enviou uma pontada de dor em sua cabeça. Alguém a tocou suavemente na garganta, então se afastou. Clary inspirou profundamente.

Seu corpo todo estava latejando. Abriu um pouco os olhos e olhou em volta, tentando não se mexer demais. Estava deitada sobre os azulejos do jardim do telhado, e uma das pedras machucava suas costas. Caíra no chão quando Lilith desaparecera, e estava coberta por cortes e hematomas, sem sapatos, com os joelhos sangrando e o vestido rasgado onde Lilith a cortara com o chicote mágico, sangue inchando através das aberturas no tecido de seda.

Simon estava ajoelhado ao seu lado, o rosto ansioso. A Marca de Caim ainda brilhava em branco na testa do vampiro.

— O pulso dela parece estável — dizia —, mas qual é?! Você deveria ter todos aqueles símbolos de cura. Tem que haver alguma coisa que possa fazer por ela...

— Não sem uma estela. Lilith me fez jogar fora a de Clary para que ela não pudesse tirá-la de mim quando acordasse. — A voz de Jace estava baixa e tensa tamanha era sua angústia. Ajoelhou-se diante de Simon, do outro lado de Clary, o rosto na sombra. — Pode carregá-la lá para baixo? Se conseguirmos levá-la ao Instituto...

— Quer que *eu* a carregue? — Simon pareceu surpreso; Clary não o culpou por isso.

— Duvido que ela me queira encostando nela. — Jace se levantou, como se não aguentasse ficar parado. — Se você pudesse...

A voz de Jace falhou, e ele virou de costas, encarando fixamente o local onde Lilith estivera até pouco tempo, agora apenas uma pedra com moléculas de sal espalhadas por cima. Clary ouviu Simon suspirar — de maneira proposital — e então se inclinando sobre ela, colocando as mãos em seus braços.

Clary abriu de vez as pálpebras, e os olhares se encontraram. Apesar de saber que ele tinha percebido que ela estava consciente, nenhum dos dois disse nada. Era difícil olhar para ele, para aquele rosto familiar com a marca que havia lhe dado brilhando como uma estrela branca acima dos olhos.

Soubera, ao dar a ele a Marca de Caim, que estava fazendo algo enorme, assustador e colossal, cujas consequências seriam quase totalmente imprevisíveis. Faria tudo de novo, para salvar a vida dele. Mas mesmo assim, quando o vira, a Marca ardendo como um raio branco enquanto Lilith — um Demônio Maior tão antigo quanto a própria humanidade — era carbonizada até virar sal, pensou: *o que foi que fiz?*

— Estou bem — disse ela. Apoiou-se nos cotovelos; doíam horrores. Em algum momento aterrissara sobre eles e machucara a pele toda. — Posso andar.

Ao ouvir a voz dela, Jace se virou. Vê-lo dilacerou o coração de Clary. Estava absurdamente machucado e ensanguentado, tinha um arranhão comprido na bochecha, o lábio inferior estava inchado, e havia uma dúzia de rasgos sangrentos na roupa. Não estava acostumada a vê-lo tão ferido —, mas, é claro, se não tinha uma estela para curá-la, também não tinha uma para se curar.

A expressão dele estava completamente vazia. Até Clary, que estava acostumada a ler o rosto dele como se fosse um livro, era incapaz de interpretar. Jace desviou o olhar para a garganta dela, onde Clary ainda estava sentindo uma dor pungente e o sangue tinha formado uma casquinha no lugar em que a faca tinha cortado. O vazio da expressão de Jace se desmanchou, e ele desviou o olhar antes que ela pudesse ver seu rosto mudar.

Descartando a ajuda de Simon com um aceno, Clary tentou se levantar. Uma dor ardente subiu pelo calcanhar e ela gritou, depois mordeu o lábio. Caçadores de Sombras não gritavam de dor. Suportavam estoicamente, lembrou a si mesma. Sem choramingos.

— É o meu tornozelo — disse. — Acho que pode estar torcido, ou quebrado.

Jace olhou para Simon.

— Carregue ela — instruiu. — Como falei.

Desta vez Simon não esperou a aprovação de Clary; passou um braço embaixo dos joelhos e o outro sob os ombros e a levantou. Ela abraçou o pescoço dele e segurou firme enquanto Jace dirigia-se à cúpula e às portas que iam para o lado de dentro. Simon seguiu, carregando Clary cuidadosamente como se ela fosse de porcelana. Clary já tinha quase se esquecido do quanto ele era forte, agora que era um vampiro. Não tinha mais o mesmo cheiro, pensou, um pouco saudosa — aquele cheiro de Simon de sabão, loção de barba barata (da qual não precisava) e seu chiclete de canela favorito. O cabelo ainda estava com cheiro de xampu, mas fora isso, não parecia ter cheiro nenhum, e a pele dele era fria. Apertou os braços ao redor do pescoço dele, desejando que ele tivesse algum calor no corpo. As pontas dos dedos de Clary estavam azuladas, e o corpo inteiro parecia entorpecido.

Jace, à frente deles, abriu as portas duplas de vidro com o ombro. Entraram, e, graças a Deus, no interior estava ligeiramente mais quente. Era estranho, pensou Clary, ser carregada por alguém cujo tórax não subia e descia com a respiração. Uma estranha eletricidade ainda parecia se prender a Simon, restos da luz brutalmente clara que cercara o telhado quando Lilith foi destruída. Queria perguntar como ele estava se sentindo, mas o silêncio de Jace era tão devastadoramente intenso que Clary teve medo de interromper.

Ele alcançou o botão do elevador, mas antes que pudesse chamá-lo as portas se abriram e Isabelle precipitou-se para fora dele, com o chicote dourado-prateado atrás parecendo uma cauda de cometa. Alec vinha atrás, pisando forte; ao ver Jace, Clary e Simon ali, Isabelle se interrompeu, e Alec quase colidiu com ela. Em outras circunstâncias, teria sido quase engraçado.

— Mas... — balbuciou Isabelle. Estava cortada e ensanguentada, o belo vestido vermelho rasgado nos joelhos, os cabelos pretos soltos do penteado e algumas mechas sujas de sangue. Alec parecia ter se saído melhor; apenas uma manga do paletó estava rasgada na lateral, apesar de a pele abaixo não aparentar ter sido machucada. — O que estão *fazendo* aqui?

Jace, Clary e Simon olharam confusos para ela, chocados demais para responder. Finalmente, Jace disse secamente:

— Poderíamos fazer a mesma pergunta.

— Eu não... Achamos que você e Clary estavam na festa — disse Isabelle. Clary raramente via Isabelle tão aturdida. — Estávamos procurando pelo Simon.

Clary sentiu o peito de Simon subir, uma espécie de reflexo de manifestação humana de surpresa.

— *Estavam*?

Isabelle enrubesceu.

— Eu...

— Jace? — Foi Alec quem falou, o tom autoritário. Lançou a Clary e Simon um olhar de espanto, mas depois sua atenção se voltou, como sempre, para Jace. Podia não estar mais apaixonado por ele, se é que já tinha sido, mas ainda eram *parabatai*, e Jace era sempre o primeiro em sua mente em qualquer batalha. — O que está fazendo aqui? E, pelo Anjo, o que aconteceu com você?

Jace fitou Alec, quase como se não o conhecesse. Parecia alguém em um pesadelo, examinando uma paisagem nova não por ser surpreendente ou dramática, mas se preparando para quaisquer horrores que pudesse revelar.

— Estela — pronunciou-se finalmente, com a voz falhando. — Está com a sua estela?

Alec pôs a mão no cinto, aparentemente estarrecido.

— Claro. — Entregou a estela a Jace. — Se precisa de um *iratze*...

— Não é para mim — disse Jace, ainda com a mesma voz instável. — Para ela. — Apontou para Clary. — Ela precisa mais do que eu. — Seus olhos encontraram os de Alec, dourado e azul. — Por favor, Alec — pediu, e a dureza da voz se fora tão depressa quanto viera. — Ajude-a por mim.

Então virou e se afastou em direção ao lado oposto da sala, onde ficavam as portas de vidro. Ficou ali parado, olhando através delas para o jardim lá fora, ou para o próprio reflexo, Clary não sabia.

Alec ficou olhando Jace por um instante, em seguida foi até Clary e Simon, empunhando a estela. Fez um sinal para que Simon colocasse Clary no chão, o que ele fez suavemente, deixando que ela apoiasse as costas na parede. Recuou quando Alec se ajoelhou sobre ela. Clary enxergou a confusão no rosto de Alec, e o seu olhar de surpresa ao constatar quão sérios eram os cortes no braço e no abdômen.

— Quem fez isto com você?

— Eu... — Clary olhou desamparada para Jace, que ainda estava de costas para eles. Podia ver o reflexo dele nas portas de vidro, o rosto como uma mancha branca, escurecido aqui e ali com hematomas. A frente da camisa estava escura com sangue. — É difícil explicar.

— Por que não nos chamou? — Isabelle exigiu saber, a voz enfraquecida pela sensação de traição. — Por que não avisaram que estavam vindo para cá? Por que não enviaram uma mensagem por fogo, nem *nada*? Sabem que teríamos vindo se precisassem.

— Não deu tempo — respondeu Simon. — E eu não sabia que Clary e Jace estariam aqui. Pensei que fosse o único. Não parecia correto arrastá-los para os meus problemas.

— A-arrastar para os seus problemas? — começou Isabelle, atabalhoadamente. — Você... — começou, e, em seguida, surpreendendo a todos, nitidamente até ela mesma, se atirou em Simon, abraçando-o pelo pescoço. Ele cambaleou para trás, despreparado para o ataque, mas se recuperou rapidamente. A envolveu com os braços, quase tropeçando no chicote, e a apertou com força, a cabeça escura de Isabelle logo abaixo do seu queixo. Clary não tinha certeza porque Isabelle estava falando muito suavemente, mas parecia que xingava Simon.

As sobrancelhas de Alec se ergueram, mas ele não fez nenhum comentário ao se curvar sobre Clary, bloqueando sua visão de Isabelle e Simon. Encostou a estela na pele dela, que deu um pulo com a dor.

— Sei que dói — disse, em voz baixa. — Acho que bateu a cabeça. Magnus precisa dar uma olhada em você. E Jace? Ele se machucou muito?

— Não sei. — Clary balançou a cabeça. — Ele não me deixa chegar perto.

Alec pôs a mão embaixo do queixo dela, virando seu rosto de um lado para o outro, e desenhou um segundo *iratze* ao lado da garganta, logo abaixo da mandíbula.

— O que ele fez para se sentir tão mal?

Clary desviou o olhar para encará-lo.

— O que o faz pensar que ele fez alguma coisa?

Alec soltou o queixo de Clary.

— Porque o conheço. É a forma como pune a si mesmo. Não deixar que chegue perto dele é castigo para ele, não para você.

— Ele não me *quer* perto dele — declarou Clary, escutando a rebeldia na própria voz e se odiando por ser mesquinha.

— Você sempre é tudo que ele quer — disse Alec em um tom surpreendentemente suave. Então chegou para trás, apoiando-se nos calcanhares e tirando os cabelos escuros dos olhos. Havia algo diferente nele nos últimos dias, pensou Clary, uma segurança de si que lhe permitia ser generoso com outros como nunca fora consigo mesmo antes. — Como foi que vieram parar aqui? Nem percebemos quando saíram da festa com Simon...

— Não saíram — explicou Simon. Ele e Isabelle haviam se soltado do abraço, mas continuavam lado a lado. — Vim sozinho. Bem, não exatamente. Fui... convocado.

Clary assentiu.

— É verdade. Não saímos com ele. Quando Jace me trouxe, eu não fazia ideia de que Simon também estaria aqui.

— *Jace* a trouxe aqui? — exclamou Isabelle, estarrecida. — Jace, se sabia sobre Lilith e a Igreja de Talto, devia ter dito alguma coisa.

Jace continuava olhando para as portas.

— Acho que foi um lapso de memória — respondeu com a voz neutra.

Clary balançou a cabeça quando Alec e Isabelle olharam do irmão adotivo para ela, como se procurassem uma explicação para o comportamento dele.

— Não foi Jace de fato — esclareceu afinal. — Ele estava... sendo controlado. Por Lilith.

— Possessão? — Os olhos de Isabelle se arregalaram, surpresos. Fechou a mão reflexivamente no cabo do chicote.

Jace virou de costas para as portas, então, devagar, abriu a camisa mutilada para que pudessem ver a horrorosa marca de possessão, e o corte sangrento que a dividia.

— Essa — contou, ainda com a mesma voz sem inflexão — é a marca de Lilith. Foi assim que me controlou.

Alec balançou a cabeça; parecia muito perturbado.

— Jace, normalmente a única maneira de destruir uma conexão demoníaca como essa é matar o demônio controlador. Lilith é um dos demônios mais poderosos que...

— Ela está morta — declarou Clary subitamente. — Simon a matou. Ou acho que pode-se dizer que a Marca de Caim a matou.

Todos fixaram os olhos em Simon.

— E vocês dois? Como vieram parar aqui? — perguntou ele, em tom defensivo.

— Estávamos à sua procura — respondeu Isabelle. — Encontramos aquele cartão que Lilith deve ter entregado a você. No seu apartamento. Jordan nos deixou entrar. Ele está com Maia, lá embaixo. — Estremeceu. — As coisas que Lilith andava fazendo... Não iam acreditar... *Tão* horríveis...

Alec levantou as mãos.

— Devagar, gente. Vamos explicar o que aconteceu conosco, e depois, Simon, Clary, vocês explicam o que aconteceu com vocês.

A explicação levou menos tempo do que Clary havia imaginado, com Isabelle se encarregando de quase todo o relato, ocasionalmente fazendo gestos com as mãos que ameaçavam cortar os membros desprotegidos dos amigos com o chicote. Alec aproveitou a oportunidade para ir até o telhado e enviar uma mensagem de fogo à Clave, comunicando onde estavam e pedindo ajuda. Jace chegou para o lado para dar passagem, sem dizer uma palavra, e repetiu o gesto quando Alec voltou. Não se pronunciou durante a explicação de Simon e Clary sobre o que tinha acontecido no telhado, nem quando contaram a parte sobre Raziel tê-lo ressuscitado dos mortos em Idris. Foi Izzy quem finalmente interrompeu, quando Clary começou a falar sobre Lilith ser a "mãe" de Sebastian e sobre como guardara o corpo dele em um caixão de vidro.

— Sebastian? — Isabelle bateu o chicote no chão com força o suficiente para abrir uma rachadura no mármore. — *Sebastian* está por aí? E não está morto? — Virou-se para olhar para Jace, que estava apoiado nas portas de vidro com os braços cruzados, sem expressão. — Eu o vi morrer. Vi Jace cortar a espinha de Sebastian em dois, e o vi cair no rio. E agora está me dizendo que ele está por aí, *vivo*?

— Não. — Simon apressou-se em acalmá-la. — O corpo está lá, mas não está vivo, na verdade. Lilith não completou a cerimônia. — Simon pôs a mão no ombro dela, mas Isabelle se sacudiu para que retirasse. Estava mortalmente pálida.

— "Não está vivo, na verdade" não é o bastante para mim — disse. — Vou até lá e cortá-lo em mil pedaços. — Dirigiu-se para a porta.

— Iz! — Simon colocou a mão no ombro dela. — Izzy. Não.

— Não? — Ela olhou para ele, incrédula. — Me dê um bom motivo para não ir até lá transformar aquele maldito em confete.

O olhar de Simon passou pela sala, repousando por um instante em Jace, como se esperasse que ele fosse se manifestar ou acrescentar algum comentário. Não o fez; sequer se mexeu. Finalmente, Simon falou:

— Veja bem, você entende o ritual, certo? Porque Jace foi trazido dos mortos, Lilith ganhou o direito de reerguer Sebastian. E para isso, precisava de Jace presente, e vivo, como um... Como ela chamou...

— Um contrapeso — completou Clary.

— Aquela marca que Jace tem no peito. A marca de Lilith. — Com um gesto aparentemente inconsciente, Simon tocou o próprio peito, acima do coração. — Sebastian também tem. Vi as duas brilharem ao mesmo tempo quando Jace entrou no círculo.

Isabelle, com o chicote tremendo ao lado do corpo e os dentes mordendo o lábio inferior vermelho, disse impacientemente:

— E?

— Acho que ela estava criando uma ligação entre eles — prosseguiu Simon. — Se Jace morresse, Sebastian não poderia viver. Então, se cortar Sebastian em pedacinhos...

— Poderia machucar Jace — disse Clary, as palavras saindo num turbilhão com a compreensão. — Ah, meu Deus. Ah, Izzy, não pode.

— Então simplesmente vamos deixá-lo *viver*? — Isabelle parecia incrédula.

— Corte-o em pedacinhos se quiser — declarou Jace. — Tem minha permissão.

— Cala a boca — repreendeu Alec. — Pare de agir como se sua vida não importasse. Iz, não estava ouvindo? Sebastian não está vivo.

— Também não está morto. Não o *suficiente*.

— Precisamos da Clave — afirmou Alec. — Precisamos entregá-lo aos Irmãos do Silêncio. Podem romper a ligação com Jace, e aí pode derramar o sangue que quiser, Iz. Ele é filho de *Valentim*. E é um assassino. Todo mundo perdeu alguém na batalha em Alicante, ou conhece alguém que perdeu. Acha que serão generosos com ele? Vão destruí-lo lentamente enquanto ainda está vivo.

Isabelle encarou o irmão. Lentamente, lágrimas brotaram nos olhos da menina, escorrendo pelas bochechas e manchando a sujeira e o sangue em sua pele.

— Odeio — disse ela. — Odeio quando tem razão.

Alec puxou a irmã mais para perto e beijou sua cabeça. Ela apertou brevemente a mão do irmão, em seguida recuou.

— Tudo bem — disse. — Não vou encostar em Sebastian. Mas não suporto estar tão perto dele. — Olhou para as portas de vidro, onde Jace ainda estava. — Vamos descer. Podemos esperar a Clave na portaria. E temos que chamar Maia e Jordan; provavelmente estão se perguntando aonde fomos.

Simon limpou a garganta.

— Alguém deveria ficar aqui só para ficar de olho... nas coisas. Eu fico.

— Não. — Quem falou foi Jace. — Você desce. Eu fico. Isto tudo é minha culpa. Devia ter me certificado de que Sebastian estava morto quando tive a oportunidade. E quanto ao resto...

Interrompeu-se. Mas Clary se lembrou de quando ele a tocara no rosto em um corredor escuro do Instituto, se lembrou dele sussurrando *Mea culpa, mea maxima culpa.*

Minha culpa, minha mais grave culpa.

Ela se virou para olhar para os outros; Isabelle já tinha apertado o botão, que estava aceso. Clary conseguia escutar o barulho distante do elevador subindo. Isabelle franziu o cenho.

— Alec, talvez devesse ficar aqui com Jace.

— Não preciso de ajuda — protestou Jace. — Não há nada de que cuidar aqui. Ficarei bem.

Isabelle jogou as mãos para o alto quando o elevador chegou com um *ping*.

— Tudo bem. Você venceu. Fique se remoendo aqui sozinho se quiser. — E entrou no elevador, seguida por Simon e Alec.

Clary foi a última, virando-se para olhar para Jace. Ele tinha voltado a fitar as portas, mas ela conseguia enxergar seu reflexo nelas. A boca estava cerrada em uma linha exangue e os olhos, escuros.

Jace, pensou quando as portas do elevador começaram a se fechar. Desejou que ele se virasse para olhá-la. Ele não o fez, mas Clary sentiu mãos fortes nos ombros, empurrando-a de súbito para a frente. Ouviu Isabelle dizer "Alec, o que está..." ao tropeçar através das portas do elevador e se ajeitar, virando-se para olhar. As portas estavam se fechando, mas conseguiu ver Alec. Ele deu um meio sorriso pesaroso e fez um gesto com ombros como se dissesse *O que mais poderia fazer?* Clary deu um passo para a frente, mas era tarde; as portas do elevador estavam fechadas.

Ela estava sozinha na sala com Jace.

O local estava cheio de cadáveres — figuras encolhidas, todas com roupas esportivas cinzentas, atirados, comprimidos ou amontoados contra a parede. Maia estava perto da janela, arfando e olhando a cena diante de si, incrédula. Tinha participado da batalha em Brocelind, em Idris, e achava que aquilo era a pior coisa que poderia ver. Mas, de algum jeito, isto superava. O sangue que escorria dos membros mortos da seita não era icor demoníaco; era sangue humano. E os bebês — silenciosos e mortos nos berços, as mãos de dedos afiados cruzadas uma sobre a outra, como bonecas...

Olhou para as próprias mãos. As garras ainda estavam expostas, manchadas de sangue da ponta à raiz; retraiu-as, e o sangue escorreu pelas palmas, manchando os pulsos. Os pés estavam descalços e manchados de sangue, e havia um longo arranhão em um dos ombros que ainda sangrava, apesar de já ter começado a melhorar. Apesar da cura rápida que a licantropia oferecia, sabia que acordaria cheia de hematomas no dia seguinte. Quando se era licantrope, machucados raramente duravam mais de um dia. Lembrou-se de quando era humana, e seu irmão, Daniel, se especializou em beliscá-la com força em lugares onde os hematomas não fossem visíveis.

— Maia. — Jordan atravessou uma das portas inacabadas, desviando de um bando de fios pendurados. Então se ajeitou e foi em direção a ela, passando pelos corpos. — Você está bem?

O olhar de preocupação no rosto dele embrulhou o estômago da menina.

— Onde estão Isabelle e Alec?

Ele balançou a cabeça. Tinha sofrido ferimentos menos visíveis do que os dela. A jaqueta grossa de couro o protegera, assim como a calça jeans e os sapatos. Tinha um longo arranhão na bochecha e havia sangue seco nos cabelos castanho-claros e na lâmina da faca que estava segurando.

— Procurei por todo o andar. Não vi. Tem mais alguns corpos nos outros quartos. Podem ter...

A noite acendeu como uma lâmina serafim. As janelas embranqueceram e uma luz brilhante invadiu o recinto. Por um instante, Maia achou que o mundo estivesse pegando fogo, e Jordan, aproximando-se através da luz, pareceu quase submergir, branco contra o branco, em um campo luminoso de prata. Se ouviu gritando, e recuou cegamente, batendo a cabeça contra a janela de vidro. Levantou as mãos para cobrir os olhos...

E a luz sumiu. Maia abaixou as mãos, o mundo girando ao redor. Esticou o braço a esmo, e Jordan estava lá. Pôs os braços em volta dele — jogou-os em volta dele, como fazia quando ele ia buscá-la em casa, e a segurava, enrolando seus cachos nos dedos.

Naquela época era mais magro, tinha ombros mais finos. Agora tinha músculos envolvendo os ossos, e abraçá-lo era como envolver algo absolutamente sólido, um pilar de granito em uma tempestade de areia no deserto. Agarrou-se a ele, e escutou as batidas do coração contra o próprio ouvido enquanto as mãos dele afagavam seu cabelo, uma carícia áspera e calmante, ao mesmo tempo reconfortante e... familiar.

— Maia... está tudo bem...

Ela levantou a cabeça e pressionou os lábios contra os dele. Jordan tinha mudado tanto, mas a sensação de beijá-lo era a mesma, a boca suave como sempre. Por um segundo ficou tenso pela surpresa, e em seguida abraçou-a, as mãos acariciando as costas nuas de Maia em círculos lentos. Ela se lembrou da primeira vez em que se beijaram. Tinha entregado a ele um par de brincos para guardar no porta-luvas do carro, mas a mão dele tremeu tanto que os derrubou, então ele se desculpara sem parar, até que ela o beijasse para fazê-lo se calar. Achou que fosse o menino mais doce que já conhecera.

Depois ele foi mordido, e tudo mudou.

Ela recuou, tonta e ofegante. Ele a soltou instantaneamente; estava olhando para ela, boca aberta, olhos entorpecidos.

Atrás dele, pela janela, Maia via a cidade — chegou a esperar que estivesse plana, um deserto branco destruído do lado de fora —, mas estava tudo igual. Nada mudara. Luzes piscavam aqui e ali nos prédios do outro lado da rua; era possível escutar o sussurro do tráfego abaixo.

— É melhor irmos — disse ela. — Temos que procurar os outros.

— Maia — disse ele. — Por que me beijou?

— Não sei — respondeu. — Acha que devemos tentar os elevadores?

— Maia...

— Não *sei*, Jordan — repetiu. — Não sei por que beijei, e não sei se o faria de novo, mas sei que estou nervosa, preocupada com os meus amigos, e quero sair daqui. Tudo bem?

Jordan assentiu. Parecia querer falar um milhão de coisas, mas se determinou a não dizê-las, o que deixou Maia agradecida. Passou a mão pelos cabelos emaranhados e cobertos de pó de gesso e assentiu.

— Tudo bem.

Silêncio. Jace continuava apoiado na porta, só que agora estava com a testa pressionada contra o vidro e os olhos fechados. Clary imaginou se ele sequer sabia que ela estava ali. Deu um passo para a frente, mas antes que pudesse dizer qualquer coisa, ele abriu as portas e voltou para o jardim.

Ela ficou parada por um instante, observando de trás. Poderia chamar o elevador, é claro, e descer, esperar a Clave na portaria com todo mundo. Se Jace não queria conversar, não queria conversar. Não podia forçá-lo. Se Alec estivesse certo, se isto era Jace se castigando, teria que esperar até que ele superasse.

Virou-se para o elevador — e parou. Uma pequena chama de raiva se acendeu nela, fazendo seus olhos arderem. *Não*, pensou. Não precisava permitir que se comportasse deste jeito. Talvez pudesse ser assim com todo mundo, mas não com ela. Devia mais a ela. Ambos deviam mais, um ao outro.

Girou e foi até as portas. O tornozelo ainda estava doendo, mas os *iratzes* de Alec estavam funcionando. Quase toda a dor do corpo havia se reduzido a um incômodo latejante. Abriu as portas e entrou no terraço, estremecendo quando os pés descalços tocaram os azulejos gelados.

Viu Jace imediatamente; estava ajoelhado próximo aos degraus, sobre azulejos sujos de sangue, icor e sal. Ele se levantou quando Clary se aproximou, e se virou, alguma coisa brilhante pendurada na mão.

O anel Morgenstern, na corrente.

O vento soprava para cima; jogava os cabelos dourados no rosto de Jace. Ele afastou-os impacientemente e disse:

— Lembrei que tínhamos deixado isto aqui.

A voz soou surpreendentemente normal.

— Foi por isso que quis ficar? — disse Clary. — Para pegar de volta?

Ele virou a mão, girando a corrente para cima e fechando os dedos sobre o anel.

— Sou apegado a ele. Tolice, eu sei.

— Podia ter dito, ou Alec poderia ter ficado...

— Meu lugar não é com vocês — disse, subitamente. — Depois do que fiz, não mereço *iratzes*, cura, abraços; não mereço ser consolado ou o que quer que meus amigos pensem que preciso. Prefiro ficar aqui com *ele*. — Apontou o queixo para onde o corpo de Sebastian continuava, imóvel no caixão aberto sobre o pedestal de pedra. — E certamente não mereço *você*.

Clary cruzou os braços sobre o peito.

— Alguma vez já pensou no que *eu* mereço? Que talvez mereça uma chance de conversar com você sobre o que aconteceu?

Jace olhou fixamente para Clary. Estavam a poucos centímetros de distância um do outro, mas parecia haver um abismo inexprimível entre eles.

— Não sei por que sequer quereria olhar para mim, quanto mais conversar.

— Jace — disse Clary. — As coisas que fez... não era *você*.

Ele hesitou. O céu estava tão preto e as janelas dos edifícios próximos tão claras que era como se estivessem no centro de uma rede de joias cintilantes.

— Se não era eu — argumentou —, então por que consigo me lembrar de *tudo o que fiz*? Quando as pessoas ficam possuídas e voltam, não se recordam do que fizeram enquanto foram habitadas pelo demônio. Mas eu me lembro de *tudo*. — Ele virou-se abruptamente e saiu andando em direção à parede do jardim do telhado. Ela o seguiu, grata pela distância que isso colocava entre eles e o corpo de Sebastian, agora bloqueado por uma fila de cercas vivas.

— Jace! — chamou, e ele olhou, ficando de costas para a parede, apoiando-se nela. Atrás dele, a eletricidade da cidade acendia a noite como as torres demoníacas de Alicante. — Você se lembra porque ela queria que lembrasse — afirmou Clary, alcançando-o, arfando um pouco. — Fez isso para torturá-lo, assim como fez com Simon para convencê-lo a fazer o que queria. Queria que se visse machucando as pessoas que ama.

— E vi — revelou ele, a voz baixa. — Foi como se parte de mim estivesse de longe, assistindo e gritando comigo mesmo para parar. Mas fora isso, me senti completamente tranquilo, como se o que estava fazendo fosse *certo*. Como se fosse a única coisa que pudesse fazer. Fico pensando se era assim que Valentim se sentia em relação a tudo que fazia. Como se fosse fácil ter razão. — Desviou o olhar dela. — Não suporto — falou. — Não deveria estar aqui comigo. É melhor ir.

Em vez de sair, Clary foi para o lado dele na parede. Já estava com os braços em volta dela mesma e tremia. Finalmente, relutante, Jace virou a cabeça para olhá-la outra vez.

— Clary...

— Não é você que decide — discutiu — onde vou, nem quando.

— Eu sei. — A voz estava áspera. — Sempre soube isso a seu respeito. Não sei por que tive que me apaixonar por uma pessoa mais teimosa do que eu.

Clary ficou em silêncio por um instante. Seu coração ficou apertado ao ouvir aquela palavra: "apaixonar."

— Todas as coisas que me disse — falou, meio sussurrando — no terraço dos Grilhões... Era sério?

Os olhos dourados ficaram sem expressão.

— Que coisas?

Que me amava, quase disse, mas, pensando bem... não tinha dito isso, tinha? Não as palavras em si. Mas a implicação estivera lá. E o fato em si, que se amavam, era algo que sabia tanto quanto sabia o próprio nome.

— Ficou me perguntando se eu te amaria se fosse como Sebastian, como Valentim.

— E você disse que assim não seria eu. Veja como errou — respondeu, com amargura na voz. — O que fiz hoje...

Clary foi em direção a ele; Jace ficou tenso, mas não se afastou. Ela segurou a frente da camisa dele, se inclinou para perto e afirmou, enunciando cada palavra com clareza:

— Não era você.

— Diga isso a sua mãe — falou. — Diga a Luke, quando perguntarem de onde veio *isto*. — Tocou-a suavemente na clavícula; o ferimento já tinha curado, mas a pele e o tecido do vestido continuavam manchados com sangue escuro.

— Direi — falou. — Direi a eles que a culpa foi minha.

Jace a encarou, os olhos dourados incrédulos.

— Não pode mentir para eles.

— Não é mentira. Eu o trouxe de volta — observou. — Estava morto, e eu o trouxe de volta. *Eu* perturbei o equilíbrio, e não você. Abri a porta para Lilith e o ritual estúpido. Podia ter pedido qualquer coisa, e pedi você. — Intensificou o aperto na camisa dele, os dedos brancos por causa do frio e da pressão. — E *faria tudo outra vez.* Eu te amo, Jace Wayland, Herondale, Lightwood, como queira se chamar. Não me importo. Eu te amo e sempre vou amar, e fingir que poderia ser diferente é perda de tempo.

Um olhar de tanta dor passou pelo rosto dele que Clary sentiu o próprio coração apertar. Então ele esticou os braços e pegou o rosto de Clary entre as mãos. As palmas estavam mornas contra suas bochechas.

— Lembra o que falei — disse, com a voz mais suave do que nunca — sobre não saber se existia um Deus ou não, mas que, independentemente disso, estávamos completamente sozinhos? Ainda não sei a resposta; só sabia que existia fé, e que eu não merecia tê-la. Então você apareceu. Mudou tudo em que eu acreditava. Sabe a frase de Dante que citei no parque? "*L'amor che move il sole e l'altre stelle*"?

Os lábios de Clary se curvaram um pouco nas laterais ao olhar para ele.

— Continuo não falando italiano.

— É uma frase do último verso de *Paradiso*, o *Paraíso* de Dante. "*Minha vontade e meu desejo se transformaram pelo amor, o amor que move o sol e todas as outras estrelas*". Dante estava tentando explicar a fé, eu acho, como um amor avassalador, e talvez seja blasfêmia, mas é assim que penso em relação ao jeito que te amo. Você apareceu na minha vida e de repente eu tinha uma verdade a qual me apegar: que eu te amava, e você a mim.

Apesar de parecer estar olhando para ela, seu olhar estava distante, como se fixo em algo longínquo.

— Aí comecei a ter os sonhos — prosseguiu. — E achei que talvez tivesse me enganado. Que não a merecia. Que não merecia ser perfeitamente feliz; quero dizer, meu Deus, quem merece *isso*? E depois de hoje...

— Pare. — Estivera agarrando a camisa dele, e a soltou, esticando as mãos sobre seu peito. Sentiu o coração acelerado de Jace sob as pontas dos dedos; as bochechas dele ruborizaram, e não só pelo frio. — Jace. Durante tudo que aconteceu esta noite, eu sabia de uma coisa. Que não era você me machucando. Não era você fazendo aquelas coisas. Tenho uma crença incontestável de que você é *bom*. E isso nunca vai mudar.

Jace respirou trêmula e profundamente.

— Não sei nem como tentar merecer isso.

— Não precisa. Tenho fé o suficiente em você — garantiu — por nós dois.

As mãos de Jace deslizaram sobre o cabelo de Clary. O vapor da respiração de ambos se elevou entre eles, uma nuvem branca.

— Senti tanto a sua falta — disse ele, e beijou-a de forma suave; não desesperada e faminta como nas últimas vezes, mas confortável, tenra e suavemente.

Ela fechou os olhos enquanto o mundo parecia girar ao seu redor como um catavento. Passando as mãos no peito dele, ergueu-se o máximo possível, envolvendo os braços no pescoço de Jace, ficando nas pontas dos pés para encontrar a boca dele com a sua. Os dedos dele desceram pelo corpo de Clary, sobre pele e cetim, e ela estremeceu, inclinando-se para ele, e tinha certeza de que os dois estavam com gosto de sangue, cinzas e sal, mas não tinha importância; o mundo, a cidade, todas as luzes e vida pareceram se reduzir a isto: ela e Jace, o coração ardente de um mundo congelado.

Foi ele que recuou relutantemente. No instante seguinte, ela percebeu por quê. O ruído de carros buzinando e pneus cantando na rua abaixo era audível, mesmo ali de cima.

— A Clave — disse, resignado, apesar de, como Clary ficou feliz em ouvir, ter precisado limpar a garganta para se pronunciar. O rosto de Jace estava avermelhado, como imaginava que o próprio também estivesse. — Chegaram.

Com a mão na dele, Clary olhou pela borda da parede do telhado e viu que vários carros compridos e pretos haviam estacionado na frente dos andaimes. Pessoas saltavam aos montes. Era difícil reconhecê-las desta altura, mas Clary teve a impressão de ter visto Maryse e vários outros com roupa de combate. Logo depois a picape de Luke parou e Jocelyn saltou. Clary teria sabido que era ela, apenas pela forma como se movia, a uma distância maior do que aquela.

Clary voltou-se para Jace.

— Minha mãe — disse. — É melhor descer. Não quero que suba aqui e veja... *ele*. — Apontou com o queixo para o caixão de Sebastian.

Jace tirou carinhosamente o cabelo do rosto de Clary.

— Não quero perdê-la de vista.

— Então venha comigo.

— Não. Alguém deveria ficar aqui. — Pegou a mão dela, virou-a de palma para cima e depositou ali o anel Morgenstern, a corrente formando uma piscina em volta dele como metal líquido. O fecho havia entortado quando o arrancou, mas ele conseguira consertar. — Por favor, fique com isto.

Ela olhou para baixo rapidamente, e em seguida, incerta, de volta para o rosto dele.

— Gostaria de entender o que significa para você.

Jace deu de ombros suavemente.

— Passei uma década usando — explicou. — Parte de mim está nele. Significa que confio a você o meu passado e todos os segredos que ele carrega. Além disso — tocou levemente uma das estrelas esculpidas na borda —, "o amor que move o sol e todas as outras estrelas". Finja que é isso que significa, e não Morgenstern.

Em resposta, Clary passou a corrente por cima da cabeça, sentindo o anel se ajeitar no lugar, abaixo da clavícula. Era como uma peça de um quebra-cabeça se encaixando. Por um instante, os olhares se encontraram em uma comunicação silenciosa, de certa forma mais intensa que o contato físico que haviam tido; Clary gravou a imagem dele em sua mente, como se o estivesse memorizando — os cabelos dourados emaranhados, as sombras projetadas pelos cílios, os anéis em tons mais escuros dentro do âmbar claro dos olhos.

— Já volto — disse. Apertou a mão dele. — Cinco minutos.

— Vá — disse ele com a voz áspera, soltando a mão da namorada, que virou e voltou pelo caminho em que viera. Assim que se afastou dele sentiu frio outra vez, e quando chegou às portas do prédio, estava congelando. Parou ao abrir a porta, e olhou para ele, mas Jace tinha se tornado apenas uma sombra, iluminado por trás pelo brilho do horizonte nova-iorquino. *O amor que move o sol e todas as outras estrelas*, pensou, e em seguida, quase como um eco em resposta, escutou as palavras de Lilith. *O tipo de amor que pode incinerar o mundo ou erguê-lo em glória.* Um tremor passou por ela, e não apenas pelo frio. Procurou Jace com os olhos, mas ele já tinha desaparecido nas sombras, então virou-se e entrou, a porta se fechando atrás.

Alec tinha subido para procurar Jordan e Maia, e Simon e Isabelle ficaram sozinhos, sentados lado a lado na espreguiçadeira no lobby. Isabelle estava com a luz enfeitiçada de Alec na mão, que iluminava o local com um brilho quase fantasmagórico, acendendo partículas de cinza que se soltavam do fogo no lustre.

Isabelle falou pouquíssimo desde que o irmão os deixara juntos. Estava com a cabeça abaixada, os cabelos escuros caindo para a frente, o olhar nas mãos. Eram mãos delicadas, com dedos longos, porém calejadas como as dos irmãos. Simon nunca tinha percebido, mas ela usava um anel prateado na mão direita, com um desenho de chamas no contorno e um L esculpido no meio. Lembrava o anel que Clary carregava no pescoço, com desenhos de estrelas.

— É o anel da família Lightwood — disse, percebendo que ele estava olhando. — Toda família tem um emblema. O nosso é o fogo.

Combina com você, pensou. Izzy *era* como fogo, com seu vestido vermelho ardente e humores inconstantes como faíscas. No telhado, quase achou que ela fosse sufocá-lo, com os braços envolvendo-o pelo pescoço enquanto o xingava de todos os nomes ao mesmo tempo em que o agarrava como se jamais quisesse soltá-lo. Agora estava olhando para o nada, intocável como uma estrela. Era tudo muito desconcertante.

Você os ama tanto, dissera Camille, *seus amigos Caçadores de Sombras. Como o falcão ama o mestre que o prende e cega.*

— O que disse — começou ele, um pouco indeciso, observando Isabelle, que tinha uma mecha de cabelo enrolada no indicador — lá no telhado... Que não sabia que Clary e Jace tinham sumido, que tinha vindo por minha causa... É verdade?

Isabelle levantou a cabeça, colocando a mecha de cabelo atrás da orelha.

— Claro que é verdade — respondeu, indignada. — Quando vimos que você tinha desaparecido da festa... Há dias que vem correndo perigo, Simon, e com a fuga de Camille... — interrompeu-se. — E Jordan é responsável por você. Estava desesperado.

— Então a ideia de vir me procurar foi dele?

Isabelle se virou para olhá-lo por um instante. Os olhos dela estavam insondáveis e escuros.

— Fui eu que notei sua ausência — revelou. — Eu que quis encontrá-lo.

Simon limpou a garganta. Sentiu-se ligeiramente tonto.

— Mas por quê? Pensei que me odiasse agora.

Escolhera a coisa errada para dizer. Isabelle balançou a cabeça, os cabelos pretos esvoaçando, e se afastou um pouco dele no assento.

— Ah, Simon. Não seja tonto.

— Iz. — Ele esticou a mão e tocou o pulso de Isabelle, hesitante. Ela não se afastou, apenas observou. — Camille me disse uma coisa no Santuário. Disse que Caçadores de Sombras não gostavam de seres do Submundo, apenas os usavam. Disse que os Nephilim jamais fariam por mim o que eu faço por eles. Mas você fez. Veio me procurar. *A mim.*

— Claro que vim — respondeu ela, com a voz abafada. — Quando pensei que tinha acontecido alguma coisa com você...

Ele se inclinou na direção dela. Os rostos estavam afastados por poucos centímetros. Simon conseguia ver faíscas do lustre refletidos nos olhos pretos de Isabelle. Os lábios da menina estavam abertos, e Simon sentia o calor da sua respiração. Pela primeira vez desde que se tornara vampiro, sentiu calor, como uma corrente elétrica passando entre os dois.

— Isabelle — falou. Não chamou de Iz, nem de Izzy. *Isabelle.* — Posso...

O elevador fez um barulho; as portas se abriram e Alec, Maia e Jordan saíram. Alec olhou desconfiado para Simon e Isabelle quando se afastaram, mas antes que pudesse dizer qualquer coisa, as portas duplas do lobby se escancararam, e Caçadores de Sombras inundaram o local. Simon reconheceu Kadir e Maryse, que imediatamente correu pela sala até Isabelle e a pegou pelos ombros, exigindo saber o que tinha se passado.

Simon se levantou e se afastou, saindo desconfortavelmente — e quase foi derrubado por Magnus, que estava correndo para chegar a Alec. Sequer pareceu notar Simon. *Afinal de contas, daqui a cem, duzentos anos, seremos só nós dois. Só sobraremos nós*, dissera-lhe Magnus no Santuário. Sentindo-se extremamente solitário na multidão de Caçadores de Sombras, Simon encostou-se à parede na vã esperança de não ser notado.

Alec levantou os olhos na hora em que Magnus o alcançou, pegando-o e puxando-o para perto. Passou os dedos pelo rosto de Alec como se estivesse verificando machucados ou danos; baixinho, murmurava:

— Como pôde... sair assim e nem me avisar... Eu poderia ter ajudado...

— Pare com isso. — Alec se afastou, sentindo-se rebelde.

Magnus olhou para si mesmo, acalmando a voz.

— Desculpe — disse ele. — Eu não devia ter saído da festa. Deveria ter ficado com você. Enfim, Camille sumiu. Ninguém tem a menor ideia quanto ao paradeiro dela, e como não é possível rastrear vampiros... — Deu de ombros.

Alec afastou a imagem de Camille da mente, acorrentada ao cano, olhando para ele com aqueles olhos verdes ferozes.

— Esqueça — disse. — Ela não tem importância. Sei que só estava tentando ajudar. E não estou irritado por ter saído da festa.

— Mas estava — disse Magnus. — Sabia que estava. Por isso fiquei tão preocupado. Fugindo e se colocando em perigo só porque estava com raiva de mim...

— Sou um Caçador de Sombras — interrompeu Alec. — Magnus, isto é o que eu *faço*. Não tem nada a ver com você. Da próxima vez se apaixone por um avaliador de seguros, ou...

— Alexander — disse Magnus. — Não vai ter próxima vez. — Encostou a própria testa na de Alec, verde-dourados olhando para azuis.

O coração de Alec acelerou.

— Por que não? — indagou. — Você vive eternamente. Nem todo mundo é assim.

— Sei que disse isso — concedeu Magnus. — Mas Alexander...

— Pare de me chamar assim — disse Alec. — Alexander é como meus pais me chamam. E suponho que seja muito evoluído de sua parte aceitar minha mortalidade de um jeito tão fatalista; tudo morre, blá-blá, mas como acha que eu me *sinto*? Casais normais podem *torcer*... Torcer para envelhecerem juntos, viverem vidas longas e morrerem na mesma época, mas nós não podemos. Nem sei o que você quer.

Alec não sabia o que esperava em resposta — raiva, defensiva ou até mesmo humor —, mas a voz de Magnus apenas diminuiu, crepitando singelamente ao falar:

— Alex... Alec. Se dei a impressão de que aceitei a ideia da sua morte, só posso me desculpar. Tentei aceitar, achei que tivesse... e, no entanto, ainda me imaginava tendo você por mais cinquenta, sessenta anos. Achei que até lá poderia estar pronto para deixá-lo ir. Mas é você, e agora percebo que não estarei mais pronto para perdê-lo do que estou agora. — Colocou as mãos suavemente nos lados do rosto de Alec. — E não estou nem um pouco.

— Então o que faremos? — sussurrou Alec.

Magnus deu de ombros e sorriu repentinamente; com os cabelos pretos desalinhados e o brilho nos olhos verde-dourados, parecia um adolescente rebelde.

— O que todo mundo faz — respondeu. — Como você disse. Torcemos.

Alec e Magnus tinham começado a se beijar no canto, e Simon não sabia ao certo para onde olhar. Não queria que pensassem que estava fitando o que evidentemente se tratava de um momento particular, mas onde quer que olhasse, encontrava os olhares fixos de Caçadores de Sombras. Apesar de ter lutado com eles no banco contra Camille, ninguém olhava para ele com gentileza. Uma coisa era Isabelle aceitá-lo e gostar dele, mas Caçadores de Sombras em grupo era outra completamente diferente. Sabia o que estavam pensando. As palavras "vampiro, submundo, inimigo" estavam escritas no rosto de todos. Foi um alívio quando as portas se abriram novamente e Jocelyn entrou, ainda com o vestido azul da festa. Luke vinha logo atrás.

— Simon! — gritou assim que o viu. Correu até ele e, para sua surpresa, deu um abraço forte antes de falar: — Simon, onde está Clary? Ela...

Simon abriu a boca, mas nada saiu. Como poderia explicar para Jocelyn, logo ela, o que tinha acontecido hoje? Jocelyn, que ficaria horrorizada em saber que muito da maldade de Lilith, das crianças que matara, do sangue que entornara, tinha sido a serviço de criar mais criaturas como o próprio filho morto dela, cujo corpo neste instante estava no telhado onde Clary aguardava com Jace?

Não posso contar nada disso a ela, pensou. *Não posso.* Olhou para além dela, para Luke, cujos olhos azuis estavam voltados para ele cheios de expectativa. Atrás da família de Clary viu os Caçadores de Sombras se agrupando ao redor de Isabelle enquanto ela, supostamente, narrava os eventos da noite.

— Eu... — começou, desamparado, e as portas do elevador se abriram novamente, revelando Clary. Estava sem sapato, o vestido de cetim em trapos, os hematomas já desbotando dos braços e pernas. Mas estava sorrindo, até radiante, mais feliz do que Simon via em semanas.

— Mãe! — exclamou, e Jocelyn correu e abraçou a filha. Clary sorriu para Simon por cima do ombro da mãe. Ele olhou em volta. Alec e Magnus ainda estava agarrados, e Maia e Jordan haviam desaparecido. Isabelle continuava cercada por Caçadores de Sombras, e Simon conseguia ouvir as reações de horror e espanto no grupo que a cercava enquanto contava a história. Desconfiava que parte dela estava gostando. Isabelle adorava ser o centro das atenções, independentemente do motivo.

Sentiu uma mão no ombro. Era Luke.

— *Você* está bem, Simon?

Simon olhou para ele. Luke era o mesmo de sempre: sólido, professoral, extremamente confiável. Nem um pouco irritado por sua festa de noivado ter sido interrompida por uma súbita emergência dramática.

O pai de Simon já tinha morrido havia tanto tempo que mal se lembrava dele. Rebecca tinha algumas recordações — que ele tinha barba e a ajudava a construir torres elaboradas com blocos —, mas Simon não. Era uma das coisas que sempre tivera em comum com Clary, que os unia: ambos tinham pais falecidos, ambos criados por mulheres solteiras e fortes.

Bem, ao menos uma destas coisas era verdade, pensou Simon. Apesar de sua mãe ter tido namorados, nunca tivera uma presença paterna;

nenhuma além de Luke. Supunha que, de certa forma, ele e Clary compartilhavam Luke. E o bando de lobos também procurava orientação nele. Para um solteirão que nunca tivera filhos, refletiu Simon, Luke tinha muitas crianças para cuidar.

— Não sei — disse Simon, oferecendo a Luke a resposta honesta que gostaria de acreditar que teria dado ao próprio pai. — Acho que não.

Luke virou Simon para ele.

— Está coberto de sangue — constatou. — E imagino que não seja seu, porque... — apontou para a Marca na testa do menino. — Mas ei. — A voz era suave. — Mesmo coberto de sangue e com a Marca de Caim, continua sendo o Simon. Pode me contar o que aconteceu?

— Não é meu sangue, tem razão — respondeu Simon com a voz rouca. — Mas também é uma longa história. — Inclinou a cabeça para cima a fim de olhar para Luke; sempre se perguntara se teria mais uma fase de crescimento algum dia, se ganharia alguns centímetros além dos 168 que já tinha, para conseguir olhar para Luke, sem falar em Jace, olho no olho. Mas agora não aconteceria mais. — Luke — começou —, acredita que é possível fazer alguma coisa tão ruim, mesmo sem ter a intenção, que não possa se recuperar? Que ninguém possa perdoá-lo?

Luke olhou para ele por um longo e silencioso instante. Em seguida respondeu:

— Pense em alguém que ama, Simon. Ama *mesmo*. Existe alguma coisa que esta pessoa possa fazer que seja capaz de acabar com seu amor por ela?

Várias imagens passaram pela mente de Simon como páginas de um livro de figuras: Clary virando para sorrir para ele por cima do ombro; a irmã fazendo cócegas nele quando era criança; a mãe dormindo no sofá com a manta cobrindo os braços; Izzy...

Conteve os pensamentos apressadamente. Clary nunca tinha feito nada tão terrível que precisasse de perdão; nenhuma das pessoas que estava imaginando tinha. Pensou em Clary, perdoando a mãe por ter roubado suas lembranças. Pensou em Jace, no que tinha feito no telhado, e em como tinha ficado depois. Fizera aquilo sem qualquer vontade, mas Simon duvidava que ele fosse conseguir se perdoar mesmo assim. E depois pensou em Jordan — não se perdoando pelo que aconteceu com Maia, mas seguindo com a vida mesmo assim, filiando-se ao Praetor Lupus e dedicando a vida a ajudar os outros.

— Mordi uma pessoa — disse. As palavras deixaram sua boca, e ele desejou que pudesse engoli-las de volta. Preparou-se para a expressão de horror de Luke, mas ela não veio.

— Sobreviveu? — perguntou. — A pessoa que mordeu. Sobreviveu?

— Eu... — Como explicar sobre Maureen? Lilith mandou que se retirasse, mas Simon tinha certeza de que voltaria a vê-la. — Não a matei.

Luke assentiu uma vez.

— Sabe como lobisomens se tornam líderes de bando — disse. — Têm que matar o antigo líder. Já fiz isso duas vezes. Tenho as cicatrizes para provar. — Puxou o colarinho da camisa de lado singelamente, e Simon viu a ponta de uma cicatriz branca, como se o peito tivesse sido arranhado. — Na segunda vez foi premeditado. Assassinato a sangue frio. Queria me tornar o líder, e foi assim que o fiz. — Deu de ombros. — Você é um vampiro. É da sua natureza querer beber sangue. Aguentou um longo tempo sem morder ninguém. Sei que pode caminhar ao sol, Simon, então se orgulha em ser um menino humano normal, mas ainda é o que é. Assim como eu. Quanto mais tentar sufocar sua verdadeira natureza, mais ela o controlará. Seja o que é. Ninguém que o ama de verdade vai deixar de amar por isso.

Rouco, Simon respondeu:

— Minha mãe...

— Clary me contou o que aconteceu com a sua mãe, e que está se hospedando com Jordan Kyle — disse Luke. — Veja, sua mãe vai te aceitar, Simon. Como Amatis me aceitou. Continua sendo o filho dela. Converso com ela, se quiser.

Simon balançou a cabeça silenciosamente. Sua mãe sempre gostara de Luke. Ter de lidar com o fato de que ele era um lobisomem provavelmente só pioraria as coisas.

Luke assentiu como se entendesse.

— Se não quiser voltar para a casa de Jordan, é mais do que bem-vindo ao meu sofá esta noite. Sei que Clary adoraria tê-lo por perto, e podemos conversar sobre o que fazer quanto a sua mãe amanhã.

Simon endireitou os ombros. Olhou para Isabelle do outro lado do lobby, o brilho do chicote, o resplendor do pingente na garganta, o movimento das mãos ao narrar. Isabelle, que não tinha medo de nada. Pensou na mãe, em como se afastara dele, o medo no olhar. Vinha se escondendo da lembrança, fugindo desde então. Mas era hora de parar.

— Não — respondeu. — Obrigado, mas acho que não preciso de nenhum lugar para ficar hoje. Acho... que vou para casa.

Jace estava sozinho no telhado, olhando para a cidade, o East River como uma cobra negro-prateada deslizando entre Brooklyn e Manhattan. As mãos e os lábios ainda estavam mornos pelo toque de Clary, mas o vento do rio era gelado, e o calor estava desbotando rapidamente. Sem casaco, sentia o ar atravessando o material fino da camisa como a lâmina de uma faca.

Inspirou profundamente, enchendo de ar frio os pulmões, e exalou lentamente. O corpo todo estava tenso. Aguardava o ruído do elevador, das portas se abrindo, dos Caçadores de Sombras invadindo o jardim. Seriam solidários de início, pensou, se preocupariam com ele. Então, quando entendessem o que tinha acontecido, viria o afastamento, as trocas de olhares significativos quando achassem que ele não estava olhando. Fora possuído — não apenas por um demônio, mas por um Demônio Maior —, agira contra a Clave e ameaçara ferir outra Caçadora de Sombras.

Pensou em como Jocelyn olharia para ele quando soubesse o que tinha feito com Clary. Luke talvez entendesse, perdoasse. Mas Jocelyn. Nunca conseguira falar honestamente com ela, dizer as palavras que julgava capazes de trazer algum conforto a ela. *Amo a sua filha mais do que jamais achei que fosse possível amar qualquer coisa. Jamais a machucaria.*

Ela simplesmente olharia para ele, pensou, com aqueles olhos verdes tão parecidos com os de Clary. Ia querer mais do que isso. Ia querer que dissesse o que ele mesmo não tinha certeza se era verdade.

Não sou nada como Valentim.

Não é? As palavras pareceram ser carregadas pelo ar frio, um sussurro destinado apenas aos seus ouvidos. *Não conheceu sua mãe. Não conheceu seu pai. Entregou seu coração a Valentim quando criança, como fazem as crianças, e se fez parte dele. Não pode extirpar isto de você agora com um corte de lâmina.*

Sua mão esquerda estava gelada. Olhou para baixo e viu, chocado, que de algum jeito tinha pegado a adaga — a adaga de prata do verdadeiro pai — e a estava segurando. A lâmina, apesar de ter sido corroída pelo sangue de Lilith, estava inteira novamente, e brilhava como uma promessa. Um frio que não tinha nenhuma relação com o clima começou a se espalhar pelo peito de Jace. *Quantas vezes tinha acordado assim, engasgando e suando, com a adaga na mão? E Clary, sempre Clary, morta aos seus pés.*

Mas Lilith estava morta. Acabou. Tentou colocar a faca no cinto, mas a mão não parecia querer obedecer ao comando do cérebro. Sentiu um calor pungente no peito, uma dor ardente. Ao olhar para baixo, viu que a linha ensanguentada que dividira a marca de Lilith ao meio, onde Clary o cortara com a adaga, tinha se curado. A marca reluzia em vermelho no peito.

Jace parou de tentar enfiar a adaga no cinto. Suas juntas embranqueceram à medida que o punho cerrou sobre o cabo, o pulso girando, tentando desesperadamente voltar a adaga contra si mesmo. Seu coração batia acelerado. Não tinha aceitado *iratzes*. Como a marca conseguira se curar tão depressa? Se a cortasse outra vez, se a desfigurasse, mesmo que temporariamente...

Mas a mão se recusava a obedecer. O braço permaneceu tenso ao lado do corpo enquanto ele começava a se dirigir, contra a vontade, ao pedestal onde o corpo de Sebastian estava estendido.

O caixão começou a brilhar com uma luz verde nebulosa — era quase um brilho de luz enfeitiçada, mas havia algo de doloroso nele, algo que parecia perfurar o olho. Jace tentou recuar, mas as pernas não obedeceram. Suor gelado começou a escorrer por suas costas. Uma voz sussurrou no fundo da mente.

Venha aqui.

Era Sebastian.

Pensou que estivesse livre porque Lilith morreu? A mordida do vampiro me acordou; agora o sangue dela que corre em minhas veias o chama.

Venha aqui.

Jace tentou conter o próprio avanço, mas estava sendo traído pelo corpo, carregado para a frente apesar de a mente consciente combater.

Mesmo ao tentar ficar para trás os pés o conduziam pela passagem, em direção ao caixão. O círculo pintado emitiu um brilho verde ao atravessá-lo, e o caixão pareceu reagir com um segundo clarão esmeralda. E então estava sobre ele, olhando para baixo.

Jace mordeu o lábio com força, torcendo para que a dor o arrancasse do atual estado de sonho. Não funcionou. Sentiu o gosto do próprio sangue ao olhar para Sebastian, que boiava como um corpo afogado na água. *Dos olhos nasceram pérolas baças.* Os cabelos eram algas descoradas, as pálpebras fechadas eram azuis. A boca tinha o formato frio e rígido da do pai. Era como olhar para um jovem Valentim.

Sem o próprio consentimento, inteiramente contra sua vontade, as mãos de Jace começaram a se elevar. A esquerda colocou a ponta da adaga na palma da direita, onde as linhas da vida e do amor se cruzavam.

Palavras escaparam dos próprios lábios. Escutou-as como se estivesse a uma distância imensa. Não era uma língua que conhecesse ou entendesse, mas sabia o que eram — cânticos de ritual. A mente gritava para o corpo parar, mas não parecia fazer a menor diferença. A mão esquerda desceu, a faca empunhada. A lâmina fez um corte limpo, certeiro e superficial na palma direita. Quase instantaneamente começou a sangrar. Tentou recuar, tentou puxar o braço, mas era como se estivesse preso em cimento. Enquanto assistia horrorizado, as primeiras gotas de sangue caíram no rosto de Sebastian.

Os olhos de Sebastian se abriram. Pretos, mais pretos do que os de Valentim, tão escuros quanto os do demônio que se referiu a si como mãe dele. Fixaram-se em Jace, como espelhos escuros, refletindo o próprio rosto, distorcido e irreconhecível, a boca formando as palavras do ritual, expelindo frases sem significado como um rio de água preta.

O sangue fluía mais livremente agora, transformando o líquido nebuloso dentro do caixão em um vermelho mais escuro. Sebastian se moveu. A água sangrenta deslocou-se e entornou quando ele sentou, os olhos pretos grudados em Jace.

A segunda parte do ritual, disse a voz na cabeça de Jace, *está quase completa.*

Água escorreu dele como lágrimas. Os cabelos claros, grudados na testa, não pareciam ter cor alguma. Estendeu uma das mãos, e Jace, contra os protestos da mente, entregou a adaga, com a lâmina para a frente.

Sebastian deslizou a mão pela lâmina fria e afiada. Sangue brotou de uma linha na palma. Sebastian descartou a adaga e pegou a mão de Jace, segurando-a contra a própria.

Era a última coisa que Jace esperava. Não conseguia recuar. Sentiu cada um dos dedos frios de Sebastian ao envolverem sua mão, pressionando os sangramentos um contra o outro. Era como ser agarrado por metal frio. Gelo começou a se espalhar pelas veias de Jace a partir da mão. Sentiu um arrepio passar por ele, e em seguida um tremor físico poderoso, tão doloroso que parecia que seu corpo estava sendo revirado do avesso. Tentou gritar...

Mas o grito morreu na garganta. Olhou para as mãos, a sua e a de Sebastian, unidas. Sangue corria pelos dedos e os pulsos, elegante como laços vermelhos. Brilhava sob a luz elétrica e fria da cidade. Não se movia como líquido, mas como arames rubros. Envolveu as mãos em uma união escarlate.

Um senso peculiar de paz se abateu sobre Jace. O universo parecia se afastar, e ele estava no pico de uma montanha, com o mundo aos seus pés, tudo para ele. As luzes da cidade que o cercavam não eram mais elétricas, e sim o brilho de mil estrelas como diamantes. Pareciam reluzir sobre ele com uma luminosidade benevolente que dizia: *Isto é bom. Isto é certo. Isto é o que seu pai gostaria que acontecesse.*

Viu Clary em sua mente, o rosto branco, a cachoeira de cabelos ruivos e a boca ao se mover, formando as palavras: *Já volto. Cinco minutos.*

Então a voz de Clary desbotou e outra se pronunciou, sobressaindo-se à dela, afogando-a. A imagem mental de Clary recuou, desaparecendo suplicantemente na escuridão, como Eurídice desapareceu quando Orfeu se virou com o intuito de vê-la uma última vez. Ele a viu, os braços brancos estendidos para ele; então as sombras se fecharam em torno dela, e Clary se foi.

Uma nova voz se pronunciou na mente de Jace agora, uma voz familiar, outrora odiada, agora estranhamente bem-vinda. A voz de Sebastian. Parecia correr com seu sangue, com o sangue que passara das mãos de um para o outro, como uma corrente em chamas.

Agora somos um, irmãozinho, você e eu, disse Sebastian.

Somos um.

O Ato de Cair

UMA NOVA CENA MOSTRANDO A PERSPECTIVA DE JACE SOBRE SEU BEIJO EM CLARY NO BECO.

— Porque não posso falar com você — disse Jace. — Não posso falar com você, não posso ficar com você, não posso nem olhar para você.
— Cidade dos Anjos Caídos

Jace jamais se esquecerá do olhar de Clary depois do que ele diz a ela. Primeiro choque, desbotando em dor.

Ele já a machucara antes, nunca intencionalmente, apesar de já ter explodido em sua própria cegueira. Na vez em que ela o flagrou beijando Aline e ele disse todas as coisas horríveis em que conseguiu pensar, como se meras palavras tivessem o poder de fazê-la desaparecer, enviá-la de volta a um lugar seguro.

Ele sempre se preocupou mais com a segurança dela do que com qualquer outra coisa. Se não o fizesse, nada disso estaria acontecendo. Jace imagina se Clary consegue enxergar aquele terror nos olhos dele, os cacos de todas aquelas dezenas de sonhos em que ele a apunhalava, ou a enforcava, e depois olhava para as próprias mãos, molhadas de sangue.

Ela recua um pouco. Tem alguma coisa em seu rosto, mas não é medo. É infinitamente pior. Ela vira, quase tropeçando na pressa de se retirar, e corre para fora da boate.

Por um instante ele fica parado e olha para ela. Isso era exatamente o que ele queria, uma parte de sua mente grita. Afastá-la. Mantê-la em segurança, longe dele.

Mas o restante de si está olhando, enquanto ela bate a porta, e testemunhando a ruína final de todos os seus sonhos. Uma coisa era chegar a esse ponto. Outra era abrir mão para sempre. Porque ele conhece Clary, e, se ela for agora, não voltará nunca mais.

Volte.

De algum jeito ele está do lado de fora da boate e os pingos de chuva caem com a força de tiros. Ele vê tudo em um único olhar, como sempre fez, como era treinado a fazer. A van amarela no meio-fio, a inclinação da rua ao se curvar de volta para Greenpoint, a abertura escura de um beco atrás do bar, e Clary, na esquina, prestes a atravessar a rua e sair de sua vida para sempre.

Ela se desvencilha do seu braço quando ele tenta alcançá-la, mas, ao toque da mão em suas costas, permite que Jace a guie para o beco. A mão desliza das costas até seu braço quando ela vira para encará-lo — e ele consegue ver tudo ao redor novamente: a parede molhada atrás deles, as janelas com grades, o equipamento musical descartado ensopando em poças de água da chuva.

E Clary está levantando o rosto, pequeno e pálido, seu rímel correndo em listras cheias de purpurina sob os olhos. Os cabelos estão escuros, grudados na cabeça. Ela parece ao mesmo tempo frágil e perigosa, um vidro explosivo.

Ela puxa o braço para longe do dele.

— Se está planejando se desculpar, não perca seu tempo. Não quero ouvir. — Ele tenta protestar, dizer que só queria ajudar Simon, mas ela está balançando a cabeça, as palavras ardendo como mísseis: — E não podia me falar? Não podia me mandar uma simples mensagem me avisando onde estava? Ah, espera. Não podia, porque você ainda está com a *porcaria do meu telefone*. Me dá.

Ele estica a mão para devolver o telefone, mas mal tem consciência dos próprios movimentos. Ele quer dizer *não, não, não, eu não podia dizer. Não posso dizer que tenho medo de machucá-la, mesmo não querendo. Não posso dizer que tenho medo de me tornar meu pai. Sua es-*

perança em mim é a melhor coisa da minha vida, e não suporto destruí-la.

— Me perdoe...

O rosto dela perde a cor, o batom brilha forte contra a pele clara.

— Não sei nem *por que* você acha que eu devo perdoá-lo. Devo perdoar por não me amar mais? Porque se é isso que você quer, Jace Lightwood, pode ir em frente e...

Ela se afasta dele e tropeça, cegamente, e Jace não consegue se conter: estica o braço para alcançá-la. Ela é delicada e está tremendo em seus braços, ambos estão encharcados, e ele não consegue se conter. A boca da garota está entreaberta, e Jace leva os próprios lábios aos dela, sentindo gosto de batom, gengibre doce e Clary.

Eu te amo. Ele não pode falar, então tenta confessar isso para ela com a pressão dos lábios, do corpo e das mãos. *Eu te amo, eu te amo.* Suas mãos estão na cintura dela, levantando-a, e tinha se esquecido: ela não é frágil; é *forte.* Seus dedos estão cravados nos ombros dele, a boca feroz na dele, e o coração de Jace martelando, como se estivesse tentando se livrar do corpo, enquanto ele a coloca em um amplificador quebrado.

Pare, a mente de Jace lhe diz. *Pare, pare, pare.* Ele força as mãos a soltarem-na e as coloca na parede, uma de cada lado da cabeça de Clary. Mas *isso* só deixa seus corpos mais próximos, o que é um erro. Ele consegue perceber a pulsação acelerada na garganta dela. Não consegue desviar o olhar do rosa em seus lábios, ruborizados pelo beijo, enquanto ela respira.

— Por que não pode falar comigo? Por que não pode olhar para mim?

O coração dele bate como se quisesse sair do corpo e ir morar sozinho em outro lugar.

— Porque eu te amo.

É a verdade, e uma verdade bastante inadequada, mas ele a sente como um soco com a força de uma mentira. O rosto de Clary suaviza, os olhos se arregalando. Ela está com as mãos nele, pequenas, delicadas e cuidadosas, e ele se inclina para ela, sentindo seu cheiro sob o aroma da água da chuva.

— Não me importo. — Ele se ouve dizendo. — Estou cansado de fingir que posso viver sem você. Não entende isso? Não vê que está me matando?

Ele está se afogando, e já é tarde demais. Ele a alcança, como um viciado buscando desoladamente a droga na qual jurou jamais tocar outra vez, após decidir que é melhor arder logo em uma última chama do que viver para sempre sem ela.

E o mundo cinzento brilha colorido ao seu redor quando eles se unem, corpos colidindo com força contra a parede atrás deles. A água que encharcava o vestido de Clary o deixou tão escorregadio quanto óleo de motor sob seus dedos. Ele a segura firme, o desejo remodelando os corpos de ambos a cada toque. A respiração dela parece áspera ao ouvido dele, as pálpebras quase fechadas, palpitando. Ele toca a pele dela em todos os pontos que consegue: garganta, nuca, a clavícula dura sob seus dedos, os braços suaves e escorregadios. As mãos de Clary também estão em Jace, não menos tímidas que as dele, e a cada toque parecem incendiar a chuva e o frio.

Ela está lhe agarrando os ombros quando levanta as pernas e com elas o envolve pela cintura. Ele emite um ruído que não sabia nem ser capaz de fazer. É tarde demais para voltar agora. As mãos de Jace se encolhem involuntariamente, sentindo o tecido da meia-calça de Clary rasgar sob seus dedos. Ele está tocando sua pele nua. E os beijos têm gosto de chuva. E, se ele não estava caindo antes, está caindo agora.

Ele pensa na Queda, nos anjos despencando eternamente no fogo, e em Ícaro, que voou muito perto do sol. Já havia pensado na agonia da Queda, no terror, mas nunca imaginou que pudesse ser alegre. Lúcifer não queria cair, mas também não queria servir, e enquanto Jace puxava Clary para perto de si, mais perto do que ele jamais concebeu que pudessem estar, ficou imaginando se era só no ato de cair que a pessoa podia ser verdadeiramente livre.

Este livro foi composto na tipologia Minion Pro,
em corpo 11,5/15,5, impresso em papel offwhite,
na Geográfica.